KB273415

포르노는 없다

포르노는 없다

포르노는 없다

김선영 장편소설

좋은날

혼자서강을건너보아라건너다지치면무인도에상륙하여라무인도가뭍이냐고
묻거든물이라고대답하여라남은수분을건너기위하여자갈이라도먹어보아라배
가부르면그여인의손길을빌려서가슴을쓰다듬어주어라이왕이면마스터베이션
을하여라그여인의긴손톱같은기분으로피를뽑아라오랜친구가따라줄서늘한소
주한잔, 창백한여자의알몸뚱이가한잔가득생각날것이다

작가의 말

'소설은 거짓말이다'라는 말을 하는 소설가들이 있는 것 같은데, 그들의 생각은 분명히 잘못된 것이다. '거짓말'이란 '사실과 다르게 꾸며서 하는 말'을 뜻하는 것이 아닌가. 소설은 있는 사실을 다르게 꾸며서 쓰는 것이 아니다. 가령 이순신 장군을 나라를 팔아먹은 역적으로 설명하고 묘사하는 글을 누군가가 썼다면, 그것은 오직 거짓말일 뿐 소설의 경지에 오르지는 못한다.

소설은 오히려 진실을 바탕으로 만들어진다. 그래서 '가공(架空)의 진실'이라고 할 수 있다. 진실된 메시지를 좀더 감동적으로 독자에게 전해주기 위하여 상상력의 힘으로 그 메시지에 걸맞는 옷을 입혀주는 것이다.

이 소설은 계간문예지 〈언어세계〉에 1995년 가을호부터 1996년 봄호까지 연재되었던 작품인데, 연재를 끝낸 뒤 1년 가까이 뜸을 들이다가, 이제야 비로소 구성상의 보완을 거쳐 완성을 하게 되었다. 이제, "예술이란 무엇인가"란 고귀한 화두를 졸업선물로 주신 최인훈 선생님을 4년만에 찾아 뵐 용기를 낼 수 있을 것 같다.

이 소설은 내가 소설가로 데뷔하고 나서 8년의 세월이 흐르는 동안에 가장 공을 들여 쓴 작품이다. 이 소설의 원고 입력을 도와준 문예창작과 후배가 "혹시 선배님이 직접 겪은 사랑 이야기가 아닌가요?"라고 물어왔을 만큼 '허구의 실감내기'에 신경을 쓴 작품이다. 허구를 실감나게 꾸미기 위해서는 작가의 체험이 숙성(熟成)을 거친 이후에 상상력의 힘과 어울려 적절하게 구성의 조화를 이루어내야 한다. 물론, 그 작가만이 가지고 있는 개성적인 내면의 문체가 따라주어야 함은 당연한 일이다. 그래야만 사실이 아닌 소설이 사실인 듯 느껴지고, 또 오래도록 장수할 수 있는 힘을 얻게 된다. 충분히 발효되지 않은 현실 체험이나 생각 체험을 가지고, 그것이 소설 같다고 해서 글로 썼다면, 그것은 오직 사실일 뿐 허구가 아니다. 요즘엔 소설과 미셀러니의 구분도 할 줄 모르는 젊고 예쁜 유형의 여성작가들이 참으로 많이 탄생하는 것 같다. 심히 개탄할 일이다.

주간에서 편집위원까지 모두가 민족문학작가회의의 참여계열 문인으로 구성된 〈언어세계〉였기 때문에, 이 소설의 성격상 그 문예지에의 집중연재(300매씩)는 매우 파격적이라는 평이 있었다. 그만큼 사조(思潮)의 범위에서 일탈하여 폭넓은 공감대를 이루어냈다고 감히 자부하고 싶다. '사랑에는 신분 차별이 있을 수 없다'는 나의 메시지가 그러하듯이, 사랑의 깊이와 진실, 그리고 사랑의 힘을 그려내는 데는 사조상의 구분을 따로 할 필요가 없지 않겠는가.

이 소설은 연작(連作) 집필의 여지를 고려하여 쓴 것이기 때문에, 말미에 여운을 많이 남겨놓았음을 밝혀둔다. 출판 여건이 좋지 않은 현실에서 나의 소설을 튼튼한 그릇에 담아내 주기로 한 좋은날의 최정헌 사장님과 편집부 식구들께 감사드린다. 원고 입력을 도와준 은영 후배에게도 고맙고, 앞으로 좋은 소설가로 탄생할 수 있으리라 믿는다.

1998년 1월 20일

김신영

프롤로그 이 이야기는 거의 나의 자전적 연애 체험으로 짜여져 있을 정도로 파격적이기 때문에, 이 세상에 이 고백이 공개되는 그날부터 나는 이 세상의 많은 정숙한 여인들로부터 불결한 남자로 취급받게 될지도 모른다. 하지만 나는 그럼에도 불구하고 이 이야기를 완성하지 않고서는 견딜 수가 없다. 나에게 이만한 사랑 이야기는 다시 찾아올 것 같지 않기 때문이다.

이 고백은 1990년 12월 24일 현재로부터 시작한다.

나는 마음이 더할 수 없이 쓸쓸한 날이면, 그리고 주머니에 돈이 3만원 정도의 여유가 있는 날이면 버릇처럼 찾는 곳이 있다. 청량리역 오른편 일대에 퍼져있는 소위 588이란 곳이다. 나는 그곳을 무대로 더러 소설을 써온 소설가이기 때문에, 취재를 위하여 가게 되노라고 둘러 말할 수도 있으련만, 그러나 실상이 그렇지 않다. 나는 언제나, 나의 사랑하는 그녀, 지영이를 만나러 그곳에 가게 되는 것이다.

1 소주를 반 병만 마시고 일어선다. 평소의 나답지 않은 모습이다. 나는 일단 종류에 관계없이 술을 입에 대었다 하면 취하도록 마셔야만 직성이 풀리는 성미. 그런데 이번엔 다르다. 특별히 가볼 데가 있는 것이다. 나는 소주값과 굴값을 주인 아줌마에게 건네주고 포장마차를 나선다.

눈이 왔으면 싶은데 눈이 오지 않는다. 내일은 올까? 그러면 화이트 크리스마스, 대부분의 사람들이 좋아할 것이다. 동네 골목 아무데

나 닥치는 대로 똥을 싸놓은 잡견들도 좋아할 것이다. 그러나 눈이 오기를 바라지 않는 사람도 있을 것이다. 택시 운전기사나 환경미화원같이 눈이 오면 더 힘겹고 번거로워지는 사람들. 이 순간 하느님은 그 중 어느 쪽을 위하여 눈을 내려주어야 할 건지 말아야 할 건지 고심하고 있을지도 모른다. 그러다 탁 하고 무릎을 친 것이, 우선 신자(信者)가 많은 쪽으로 마음이 기울게 되는지도 모른다. 그러나 택시 운전기사나 환경미화원 가운데는 비록 힘겹고 번거로워지더라도 화이트 크리스마스를 원하는 신자가 있을지도 모른다. 그리고 눈이 오면 하늘이 온통 자기 마음에 들어온 것처럼 가슴 벅차하는 아이들 가운데는, 작년 크리스마스 때 빙판에 넘어져 다리를 다친 기억이 있으므로 눈이 오지 않기를 바라는 쪽으로 생각이 바뀐 아이들도 있을 것이다. 이것이야말로 우주 만물을 창제하신 하느님으로서 당연히 겪어야 할 고민이 아닐 수 없다.

하지만 나와는 상관없는 일이 아닌가. 필요한 만큼 한정된 인물만 창제하면 되는 무명작가인 나에게 있어, 가장 중요한 일이란 역시 글을 쓸 수 있는 환경을 만들어내는 일이다. 어떤 이는 내가 무명작가 운운하는 것에 대해서 엄살부리지 말라고 핀잔을 줄지도 모른다. 하기야 내가 알고 있는 김건만 씨에 비하면 나는 무명작가가 아닐지도 모른다. 단편소설 12편이 수록된 창작집 한 권과 세 권 분량의 장편소설 가운데서 이미 한 권을 출간해 놓은 상태이니까. 신문과 잡지에 인터뷰 기사도 제법 실렸다. 하지만 나는 여전히 배가 고프다. 문단에 이름을 내놓기 이전보다 오히려 더 배가 고프다. 자비 출판이 아닌 인세 출판으로 소설책을 두 권이나 내놓았는데도 그렇다.

나는 무척 가슴이 쓸쓸한 남자다. 가슴에 살이 별로 붙어 있지 않기는 하지만, 그것과는 분명 무관하다. 가슴이 쓸쓸하게 느껴지는 건 순전히 마음 탓이다. 내 가슴속에서는 끊임없이 낙수(落水) 소리가 들려오고 있다.

언제부터였을까. 내가 더 이상 동정(童貞)인 채로 지낼 수 없다는 것을 절실하게 느낀 때부터 내 가슴속의 그러한 현상은 계속되어 오고 있는 것 같다. 간혹 지나가는 연인을 보았을 때, 그 중 다정하고 아름다운 한 쌍을 보았을 때 내 가슴속의 낙수 현상은 더욱 심각해진다. 혼자서 술을 마시고 있다가, 옆자리에서 술을 나눠 마시고 있는 다정한 연인을 보았을 때는 더 이상 참기 어려울 정도로 심각해진다. 그럴 때 술을 더 마시는 것은 금물이다. 내가 방금 소주 한 병만 마시고 포장마차를 나선 것은 그 이유다. 내 옆자리의 한 쌍은 더없이 다정해 보였다. 그런데 그 한 쌍이 다정해 보이는 것은 둘의 궁합이 잘 맞아서가 아니라, 순전히 여자 쪽의 얼굴이 온화해서 그럴 것이라는 별스런 질투가 다 생겨나는 것이었다. 그러나 나는 그 여자보다 더 온화한 여자의 얼굴을 알고 있다. 아니, 그것을 온화하다고 표현하는 것이 적당할까. 아무튼 부드러운 바람결 같은 느낌이 드는 얼굴. 지영. 나는 이제 그녀를 만나러 가기로 마음먹은 것이다.

그녀의 얼굴은 그냥 바라보고만 있어도 내 쓸쓸하던 가슴이 훈훈해질 정도로 편안하게 해주며, 그런 한편으로 자세히 바라보노라면 더없이 선정적인 이미지를 담고 있기도 하다. 한 인간이 그러한 이미지를 동시에 갖추고 있기란 어렵다. 선천적인 관상과 후천적인 관상이 잘 어우러졌을 것이다. 그런데, 그런 그녀를 만나기 위해서는 언제나 현금 3만원이 필요하다. 그녀는 처음에 2만 5천원을 요구했지만, 나는 그녀에게 5천원을 더 얹어주었다. 그래서 계속 3만원을 주곤 했는데, 이상하게 생각할지 모르지만 그것은 나의 선심이 얹혀진 단순한 화대(花代)일 뿐이다.

나의 발길은 어느덧 버스 정류장을 지나쳐 걸어가고 있다. 나는 다시 발길을 되돌려 버스 정류장 앞에 멈추어 선다. 행선지가 다른 시내버스가 몇 대 지나가고, 마침내 내가 기다리는 205번 버스가 선다. 205번 버스는 그녀가 살고 있는 청량리를 지나가는 것이다.

나는 긴 다리를 움직여 버스 앞문으로 오른다. 미리 바지 주머니에서 꺼내어 손에 들고 있던 토큰을 요금통에 집어넣고 차 안을 두리번거린다. 버스가 이곳 응암동에서 청량리까지 가려면 소요 시간이 적어도 한 시간. 길다면 길고 짧다면 짧은 시간을 이왕이면 짧게 보내기 위해서는, 아무리 쳐다보아도 지루하지 않은 어떤 여자의 얼굴과 몸매가 필요하다. 내가 마침 그런 여자를 발견하여 시선을 주었을 때, 그 대상이 되는 여자는 사람에 따라 제각기 다른 반응을 보인다. 그런 여자를 발견하기도 어려우니까 어차피 드문 일이지만, 그래도 대개는 나의 짐작에 걸맞게 다소곳이 나의 시선을 받아들인다. 고스란히. 매우 영리한 여자가 아닐 수 없다. 젊은 남성의 시선을 받는다는 것이 얼마나 기분좋은 일인가. 그 여자는 아무것도 하지 않고 그냥 지니고 있는 채로 예술가요, 동시에 예술품이 되는 것이다. 더없이 훌륭하고 자연스러운 창조가 아닐 수 없다. 그럴 때 화가들은 잠시 무기력해질 것이다.

또다른 형으로 두 가지가 있다. 한 타입은, 어쩔 줄 몰라하며 얼굴을 붉히는 것이다. 이럴 때는 나 역시 무안해져서 시선을 거두고 만다. 또 한 타입은, 나를 뭐 대단히 징그러운 벌레라도 본 것처럼 눈살을 찌푸리거나 심지어는 코방귀까지 뀌는 것이다. 이럴 때는 나 역시 불쾌해져서 시선을 거두고 만다.

그런데 앞의 세 가지 경우와는 전혀 다른 스타일의 여성이 있다. 바로 지금, 그런 여성이 나타난 것이다. 〈포스트맨은 벨을 두 번 울린다〉에서도 열연을 했지만, 그보다는 〈투씨〉에서 더 매력적인 모습을 보인 여배우 제시카 랭의 분위기를 가진 여자가 맨 뒷좌석에 앉아 있다.

나는 중간쯤에 선 채로 뚫어져라 그 여자의 아름다움을 탐구한다. 한순간, 그 여자의 시선이 내게로 와 나의 시선과 맞부딪치더니, 이내 나의 얼굴이며 몸 구석구석을 살핀다. 그 여자는 내가 그 여자에게 하는 식과 마찬가지로 나를 탐구하고 있는 것이다. 나는 잠시 외면했다가 다시 그 여자에게로 시선을 보낸다. 그 여자 역시 나와 비슷한 행동을 취한다. 그런데 오래지 않아, 그 여자의 눈빛이 흐려지고 도톰한 입술 사이에서 붉은 혀가 기어나오는 듯싶더니, 그것이 입맛을 다시는 형태로 발전하고, 동시에 두 다리가 살짝 스커트 굴레에서 벌어진다. 이런 형태의 여성 앞에서 나는 가장 무기력해진다. 예술품을 감상하는 듯한 점잖은 모습은 더 이상 아니다. 나의 눈빛 역시 풀어지고, 몸의 중요한 한 부분이 평소보다 발육하는 것이다. 나는 어쩔 수 없이 그 여자에게서 성적(性的) 매력을 느끼고 있다. 그 여자의 올리브색 스커트 밖으로 살짝 벌어진 채 나와 있는 두 무릎은 나의 풀어진 시선을 고스란히 흡인해 버린다. 둥근 듯 긴 살색이 가져다 주는 평온함.

그때 그 여자가 그 평온함을 깨뜨리고 벌떡 일어선다. 소스라치게 놀라는 표정이, 아마도 목적지를 지나쳐 왔던 모양이다. 그 여자가 느닷없이 일어설 때 올리브색 스커트가 잠시 펄럭였는데, 그때 나는 그 여자의 속옷을 보았는지도 모른다. 검은 것이 보였는데, 그것이 어둠인지 다른 무엇인지는 분간이 되지 않는다. 곧 그 여자는 내리는 문 앞에 섰는데, 곧게 뻗은 두 다리가 살색 스타킹 속에서 곱다. 흰색 하이힐이 그 두 다리를 겨우 받치고 서 있다. 하이힐 굽은 손가락 세 마디는 될 정도로 길고 가늘다. 여자들은 어찌하여 저런 불편한 신발을 신고 다닐까. 하지만 그런 요상한 물건을 신었기에 두 다리가 더 아름다워 보이는 건지도 모른다. 반쯤 내보이는 여자의 허벅지와, 물 흐르듯 장딴지에서 종아리로 흐르는 선을 관찰하니, 갓 자란 털도 보이지 않는 것이 더더욱 곱다.

나는 이번엔 그 여자의 곧게 선 두 다리에 흡인된 채 그 여자를 따라 내린다. 그 여자는 내가 뒤쫓는 것을 의식했는지 걸음을 빨리 한다. 그러나 나의 긴 다리는 그 여자의 뒷모습을 놓치지 않는다. 아니, 뒷모습보다 그 여자의 두 다리를 놓치지 않는다는 표현이 더 어울릴 것이다.

이윽고 여자는 어느 4층 건물 앞에서 멈추어 선다. 그러곤 바로 2층으로 이어지는 계단으로 오르기 시작한다. 나의 두 다리는 어느덧 체면 같은 것도 잊어버린 채 그 여자의 두 다리를 따라 계단을 오른다. 그 여자의 허벅지가 조금 더 내비치는가 싶었는데, 이번엔 여자의 알맞게 자란 엉덩이가 나의 시선에 가득하다. 내가 너무 빨리 쫓아올라 왔던 것이다. 그런데도 여자는 나를 느끼지 못했는지 느끼지 못한 척하는 건지 모르게, 그냥 2층 복도에서 처음으로 나서는 문을 열고 안으로 쑥 들어가 버린다. 그 여자가 열고 들어가 버린 문짝에는 이렇게 간판이 붙어 있다.

 - 민아 속셈 글짓기 학원

나는 그제서야 나의 정신없음을 자각하며 되돌아선다. 그 여자가 더없이 정숙한 이 땅의 숙녀일 것을 기대하면서. 그런데 계단 아래쯤에 이르렀을 때, 나는 내 귀뺨을 후려치는 듯한 소리를 듣고서 앗 하고 놀란다.

"나비야, 잘 가."

"늘 고맙습니다, 원장 선생님."

그렇다면, 하면서 나는 목을 돌려 계단 위쪽을 올려다본다. 차마 쳐다보기가 무안할 정도로 아슬아슬한 그 여자의 스커트 자락을 붙들고 예쁜 여자아이가 서 있다.

내가 그 낯모르는 여자의 두 다리에 흡인되어 내린 곳은 지하철 3호선 녹번역 앞이었다. 어차피 이렇게 된 일. 나는 이번엔 지하철을 이용하리라고 생각한다. 손목시계는 어느덧 일곱 시 반을 가리키고 있다. 늦지 않았을까 모른다. 특별히 늦어서 안 될 이유는 없지만, 그래도 여덟 시는 넘기지 않는 것이 좋다. 적어도 목욕탕에 방금 다녀온 그녀를 내가 처음으로 소유하기 위해서는.

2 자동판매기에서 1회용 승차권을 끊고 개찰구를 통과한다. 내려가니, 오래 기다리지 않아 전동차가 멈추어 선다. 탄다. 전동차가 미끄러진다. 전동차 안에는 시내버스 안보다 미인이 많다. 나를 지루하지 않게 해줄 미인이 많다. 시내버스에 비해 아무래도 사람 숫자가 많으니 미인 숫자도 비례해서 많겠지만, 설령 남자 승객들만 타 있다고 하더라도 그렇다. 아모레 화장품을 광고하는 미스코리아 출신의 탤런트 오현경이 언제나 원피스 수영복 차림인 채 시원한 미모와 늘씬한 두 다리를 뽐내고 있으며, 도배 대신에 쓸 무슨 페인트 선전을 하는, 이름은 알 수 없지만 어느 긴 다리를 가진 CF모델이 그러한 것

이다. 여성잡지 광고판에 나와 있는 표지 모델들도 하나같이 공인된 당대의 미녀들이다. 그 여자들에게 번갈아 눈을 주고 있으면, 정말이지 지루할래야 지루할 틈이 없다. 더욱이 이불 속에서 살짝 어깨를 드러내 놓은 채 미소짓고 있는 럭키 드봉 전속 모델인 탤런트 도지원은, 이쪽에서 보아도 저쪽에서 보아도 언제나 나를 쳐다봐 주는 듯한 시선을 하고 있어 기쁘다. 눈매가 사방으로 살아 있는 보기 드문 미모의 모델인 것이다.

하지만 말은 하지 않는 그 미모의 여자들과 무언의 대화를 하는 동안, 어느덧 전동차는 종로3가역. 다시 1호선으로 갈아타고 청량리 전철역까지. 1호선 전동차 안에도 여전히 당대의 일류 모델들이 있어 지루하지 않기는 마찬가지다.

마침내 전동차는 나의 행선지에 멈추어 서고, 나는 점잖게 내린다. 점잖게 내린다고는 생각하지만, 다른 사람들이 볼 때는 매우 큰 각도로 휘청거릴지도 모른다.

나는 청량리 지하철역에서 빠져나오자마자 발걸음을 빨리 해 대중목욕탕으로 향한다. 문 닫는 시각은 여덟 시. 지금 시각은 일곱 시 오십 분. 다행히 셔터는 내려지지 않았다.

"목욕 돼요?"

"빨리 하셔야 해요."

"그럼요. 샤워만 하면 됩니다."

나는 카운터의 노파가 건네준 수건 한 장을 받아들고 남탕으로 들어간다. 옷장 문을 열고 옷을 벗기 시작한다. 겨울철에는 옷 입기가 귀찮은 만큼 옷 벗기도 귀찮다. 털코트, 털조끼, 와이셔츠, 러닝셔츠, 타이츠, 양말, 그리고 팬티. 형편없이 마른 가슴과 어둡게 도사리고 있는 성기를 한 번씩 만져보고 나서 옷장 문을 잠근다. 고무줄 달린 열쇠를 빼내어 발목에 끼운다. 인간의 괄약근에 착안하여 고무줄을 만들어낸 것일까. 나는 남이 보기에 애물스럽지 않도록, 평소에 반쯤 덮여 있는 귀두의 표피를 완전히 밀어놓고서 목욕실 안으로 들어간다. 목욕실 안에 있는 사람이라곤 딱 한 명, 팬티를 입은 채 목욕탕 여기저기에 물을 뿌려대고 있는 남자 종업원뿐이다. 흰색 팬티에 물이 묻어, 엉덩이살이 드문드문 내비친다. 순간적으로, 만일 저 자가 여자라면, 그것도 젊고 아리따운 여자라면 하는 고약한 생각이 머리를 쳐들었다가 곧 수그러든다. 목욕탕 안에서 젊고 아리따운 여자와 단둘이 있어본 적이 없는 건 아니지만, 지금은 나의 사랑 지영이를 만나러 갈 때가 아닌가. 청소를 하고 있는 목욕탕 종업원 옆에서 다이알 비누칠을 하고 온수로 몸을 씻어낸다. 이 목욕탕에는 다이알 비누가 있어서 좋다. 내가 다이알 비누의 향기를 좋아하고, 지영이 역시 다이알 비누의 향기를 좋아하기 때문이다. 성기 일대를 세척할 때에도 다이알 비누의 거품이 적당하다.

목욕탕의 종업원이 의아해할 정도로 빠르게 샤워를 끝낸 나는 곧장 탈의실로 나간다. 물기를 닦아내고서, 아무도 없으니까 슬쩍 체중기에 몸무게를 달아본다. 67킬로그램 안팎에서 바늘이 까딱까딱거린다. 내 신장이 꼭 6척이니까, 아무리 생각해도 형편없는 몸무게다. 머리를 말리고, 얼굴에 스킨로션과 밀크로션을 차례로 바른다. 발목에 채워두었던 고무줄 달린 열쇠를 빼내어 옷장 문을 연다. 옷을 입기 시작한다. 팬티, 러닝셔츠, 타이츠, 와이셔츠, 바지, 털조끼, 양말, 털코트. 이상하게도 벗을 때와 역순이 되지 않는다.

어느덧 목욕탕 밖은 어두워져 있다. 나는 그 어둠속에서, 양손을 코트 주머니에 쿡 찌르고 저벅저벅, 붉은 조명이 가득찬 거리로 발걸음을 옮긴다. 그런데 문득, 오늘은 크리스마스 이브가 아닌가 하는 자각. 내게 크리스마스 선물을 받아야 할 연인이 있다면·바로 그녀가 아닌가 하는 잇따른 자각. 나는 발걸음을 되돌려, 오스카 극장 옆구리에 찰싹 붙어 있는 어느 제과점으로 들어간다. 그녀에게 줄 케이크를 사든다. 그녀의 부드러운 미소와 부드러운 살결에 부드러운 케이크는 더없이 어울린다. 카스텔라도 크림도.

3 이곳은 언제나 새롭다. 와볼 때마다 새롭다. 허름한 2층 슬래브 건물이 바뀐 것도 아니고, 여자들의 살을 더 선정적으로 느끼게 해주는 분홍빛 조명이 바뀐 것도 아니다. 언제나, 새로운 여자가 한 두 명씩은 이 거리에서 영업을 시작하기 때문이다.

588이라고 하면, 이 나라에서는 꽤 규모가 큰 축에 드는 대형 사창가다. 지영이는 바로 이곳에서 다른 여자들과 더불어 영업을 하고 있다. 나는 잰걸음으로, 그러나 케이크가 망가지지 않게끔 조심하면서 지영이가 영업 행위를 하고 있는 집으로 향한다. 도중에 어떤 여자가 잡는다.

"놀다 가요, 오빠."

과거엔 무조건 반말이었지만, 요즘엔 말투가 공손해진 아이들도 많아졌다. 심지어 "연애하고 가세요, 아저씨" 하고 말하는 여자도 있을 정도다. 그건 가정교육과 관계가 있는 걸까? 그렇지는 않을 것이다. 그렇게 말할 수 있는 것은, 순전히 그네들 스스로 배양한 능력일지도 모른다. 어려운 문제다. 귀찮다. 나는 그네들의 상담자가 아니니까.

내 외투를 잡은 손길의 주인공을 돌아보니, 이 일대에선 처음 보는 모습이다. 미니스커트 아래로 곧게 뻗은 두 다리가 살짝 떨고 있다. 작은 얼굴에서는 보조개가 웃는다.

"예쁘게 생겼구나."

"그럼 들어와요, 응?"

"미안해. 난 갈 데가 있는걸."

나는 걸음을 더 빨리 한다. 이 일대에서 지영이보다 예쁜 여자는 없는 것이다. 하기야 이 일대뿐만 아니라, 어느 곳을 가건 그녀보다 나은 여자는 보지 못했으니까.

"손에 든 건 뭐예요?"

여자가 등뒤에다 대고 말한다.

"애인한테 줄 선물이야."

뒤돌아보니, 여자는 포기하는 듯한 눈빛으로 나를 바라보고 서 있다. 자신에게는 케이크를 사다 줄 손님이 없어 질투하고 있는 건지도 모른다. 대관절 '질투'라고 하는 단어는 누가 만들어낸 것일까. 근사하다. 그건 그렇고, 단 일 분이라도 빨리 지영이의 입김을 보고 싶다. 그녀의 입김에서 퍼져나오는 향기는 그보다 더 나은 향기가 없을 만큼 향기롭다. 그래서 나는 그녀의 입김을 들이마시고 싶어할 때도 있다. 그런데 지영이가 영업을 하고 있는 집으로 가려면 꽤 여러 군데 유리 진열장을 지나쳐야 한다. 케이크를 사들고 길을 건넜던 나는, 백 미터쯤 걸어가 좌회전을 한다. 다시 오십 미터쯤 걸어가 우회전. 생맥주집과 구멍가게를 지나 나타나는 유리 진열장 같은 영업소 가운데 두 번째집.

그런데 지영이가 보이지 않는다. 불은 켜져 있다. 불이 실내를 밝혀

주고 있지만, 어딘지 빈집 같다. 미닫이 유리문을 밀어보니, 드르륵 하고 무딘 소리를 내며 열린다.

그녀의 방문 앞에 선다. 황토색의 흔한 여닫이문 앞에 그녀의 신발이 놓여져 있지 않은 걸 나는 발견한다. 이 집에는 방이 두 개밖에 없는데, 그 옆방도 마찬가지다. 그 옆방의 주인이 따로 있는 건 아니지만, 이따금 그녀는 그 방을 이용할 때가 있다. 손님이 영업 도중에 또 한 사람 왔을 때는 그 방에서 기다리도록 하는 것이다. 인기가 좋아야 가능한 일이며, 다른 여자에게는 거의 그런 일이 없는데 특별히 그녀에게만 때때로 있는 것 같다.

어쨌든 그녀는 없다. 어디로 간 걸까? 화장실에도, 세면장에도 그녀는 없다. 대중목욕탕? 미용실? 하지만 벌써 아홉 시에 가까워지는 시각이 아닌가. 나는 슬쩍 문을 밀어본다. 이럴 수가. 나는 크게 놀란다. 그녀의 향취가 깨끗이 소제되어 있는 것이다. 그녀의 먹빛 침대도, 그녀의 먹빛 냉장고도, 그녀의 먹빛 텔레비전도, 그녀의 먹빛 VTR도, 그녀의 먹빛 오디오 시스템도, 심지어 그녀의 탁상용 먹빛 라이터 겸 재떨이까지 없는 것이다. 순간 나는 주저앉을 뻔했는데, 가까스로 벽을 잡고 버틴다. 팔 밑에서 케이크가 흔들린다.

나는 문지방에 걸터앉아 생각해 본다. 이렇게 갑작스럽게 이 생활을 청산했을까? 아니면 다른 집으로 옮겨 간 것일까? 아니면 두 포주 간에 합의가 되어 맞바꿔진 건지도 모른다. 아니, 그렇지는 않을 것이다. 그렇다면 새로운 여자가 이곳을 지키고 있어야 할 테고, 무엇보다 이 집의 포주가 지영이처럼 단골 손님이 많은 여자를 다른 여자와 맞바꿀 정도로 어리석지는 않을 것이다. 그녀는 다른 여자의 두 배 세 배 몫을 벌어들이기에 충분한 것이다. 따라서 포주는 그녀를 데리고 있으면 다른 여자 두세 사람을 데리고 있는 것이나 마찬가지가 된다.

얼마 후 몸을 일으킨 나는 밖으로 나선다. 아직 실망할 단계는 아니다. 나처럼 많은 상상력에 의존하여 살아가는 소설가가 그녀의 행방을 찾아내지 못한대서야 말이 안 된다. 우선 옆집. 내가 유리 미닫이문을 열고 들어서자, 석유 곤로에 불을 쬐고 있던 여자가 몹시 반가워하며 일어선다. 손님이 없던 차에 제발로 굴러들어온 손님이란 '웬 떡이냐' 인 것이다. 투박하게 생겼는데, 마음씨 하나만큼은 정말 너그러워 보인다.

"뭣 좀 물어보겠소."

여자가 당황한다. 순간적으로 나를 형사 같은 사람으로 착각했을지도 모른다. 대개는 '뭣 좀 물어볼게요', '뭣 좀 물어봅시다' 하고 접근하는 법인데, 나는 소설 속의 어떤 등장인물이나 말할 법한 어투로 첫마디를 떼었던 것이다.

"무, 무슨 일이신데요?"

그 여자의 목소리가 얼굴과 몸매에 어울리지 않게 살짝 떨린다. 그 여자가 그러는 것도 무리는 아니다.

"이 옆집에 말이요."

"예?"

"지영이란 아가씨 있지 않소."

"그, 그런데요?"

여자의 무딘 목소리가 더 떨린다. 전라도가 고향인가? 표준말을 쓰고는 있지만, 억양에는 전라도의 흙냄새가 배어 있다.

"놀랄 것 없어요. 나는 그 아가씨의 손님이니까."

나는 그 말로 우선 여자를 안심시켜 준다.

"그 그래서 …… 찾는 거예요?"

여자가 짐작하여 말한다.

"그렇소."

"빈집이라서 놀라셨군요. 걱정마세요. 설마 아저씨 같은 멋진 손님을 두고 떠났을라구요."

그녀의 시선이 내 오른손에 들려 있는 케이크에 머문다.

"그애는 좋겠네. 이렇게 크리스마스 선물을 사다 줄 손님도 다 있구."

그 여자는 질투어린 시선으로 나를 잠시 흘겨보다가 이어서 말한다.

"가르쳐 드릴 테니까 나랑 한 번 놀래요? 잘해 드릴 테니까."

"꼭 조건을 달아야겠소?"

"지조가 있으셔. 가르쳐 드리죠. 나는 이렇게 다른 여자를 감싸주는 지조에도 감동할 때가 있다니까."

"자, 거두절미하고……."

"실은 큰집에 갔어요."

"큰집?"

곧 돌아올 신정 명절을 쇠기 위해서 큰집에 갔다는 말인가.

"여기서 좌로 돌아가면 큰길가에 약국 있잖아요."

"약국? 있지."

준수하게 생긴 여약사가 있는 곳이다.

"그 약국 옆에 큰 집 말예요. 원래 거기가 걔네 주인집이래요. 방이 안 나서 혼자 여기 떨어져 있었던 거라구요. 아니, 그보다 걔는 워낙 믿을 만하니까 혼자 내보내 둬도 괜찮았던 건지 모르죠. 그런데 거기 방이 있으니까 굳이 혼자 있게 할 필요가 없게 된 거겠죠."

그 여자는 추측하듯이 덧붙여 말한다.

"고맙소."

다른 건 중요하지 않았다. 지영이의 존재가 어디에든 내가 찾아갈 수 있는 곳에 머물고 있으면 되었다.

나는 곧장 유리 미닫이문을 열고 밖으로 나선다. 여자가 등뒤에다 덧붙인다.

"하지만 걔 없으면 나한테로 와요. 내가 외로운 가슴 달래 드릴 테니까."

"그건 또 무슨?"

"명절 때니까 시골 갔는지도 모르잖아요."

"잘 있어."

나는 짤막하게 대꾸하고 걸음을 떼어놓는다. 좌로 돌아서 다다른 약국 옆의 큰집. 큰 집은 큰 집이다. 여자들은 앉아 있지 않지만, 동그란 간이 의자가 여섯 개나 놓여 있는 것이다. 나는 안으로 들어가, 대개는 포주가 앉아 있게 마련인 문간방으로 다가간다. 순하게 생긴 30대 후반쯤의 여자가 앉아 있다. 영업하는 여자들의 옷을 빨아주고, 방을 치워주고, 또 밥을 해주는 파출부일 것이다.

"실례합니다. 지영이란 아가씨 있죠?"

이번의 여자는 내가 형사 같은 부담스런 직업을 가진 사람이 아니고 단순히 손님일 것으로 짐작했는지 별로 망설이지 않고 대답한다.

"시골 갔어요."

"네?"

"언니 결혼식이 있대요. 그래서 거기 갔어요."

"언니가 결혼?"

"말일날 올 거예요. 그때 온다고 했으니까."

갑자기 케이크가 무거워진다.

"수고하세요. 다음에 올게요."

나는 크게 실망하여 그녀의 새로운 방이 있을 큰집을 나선다. 얼마 후 그녀를 다시 만날 수는 있겠지만, 오늘 당장 나의 케이크를 받아 줄 그녀는 없지 않은가. 나의 작은 정성에 기뻐할 그녀의 모습을 보고 싶었는데. 그렇게 되면 그 누구보다 아늑한 크리스마스 이브의 밤을 보낼 수 있는 것인데.

4 알코올은 참으로 특별한 것이다. 이 세상에 알코올이 발견되지 않았다면, 지금쯤 인류는 어떠한 형태로 발전되어 있을까.

겨우 생맥주 5백cc짜리 두 컵을 마셨을 뿐인데 지영이에 대한 배신감이 불쑥 솟아오른다. 그녀가 나의 마음을 알 턱이 없는데도, 그녀는 나의 정성을 무시하고 떠났다, 하는 배신감이 자꾸 솟구쳐오르는 것이다. 그러나 완전히 배신감으로 기울어지지는 않는, 이를테면 헛구역질 같은 모양의 것이다.

다른 여자를 사리라. 그리고 그 여자에게 '메리 크리스마스'란 단어가 초코 위에 백색 크림으로 장식되어 있는 케이크를 선물하리라. 그것만이 쓸쓸한 나의 가슴을 달래줄 유일한 방법인 것 같았다.

생맥주집에서 나온 나는, 이번엔 청량리 맘모스 빌딩이 있는 쪽으로 걷는다. 건물 안에 자리한 작은 교회 맞은편 집에서 영업을 하고 있는 여자들 가운데 한 명이 나를 부른다.

"오늘은 술 안 마셨어?"

나를 어느 정도 알고 있는 여자. 내 가슴팍에도 못 미칠 작은 키에 앙증맞은 몸매를 지니고 있는 여자. 갸름한 얼굴에 약간 튀어나온 큰 눈을 가진 여자. 문학을 조금쯤은 아는 여자. 고교 시절에는 문학소녀였다는 여자. 일기장에 자기의 심정을 끄적거릴 줄도 아는 여자. 착한 마음씨를 가진 여자. 나의 군대 시절에 나와 서너 번쯤 관계했던 여자. 그 여자를 그 집에서는 '막내'라고 부른다. 내가 그 여자를 처음 본 것은 벌써 5년 전이니까 지금은 가장 고참이 되어 있겠지만, 아직까지도 그 여자의 호칭은 '막내'인 모양이다.

"생각보단 안 늙은 것 같군."

"이제 술 좀 그만 마셔."

막내가 걱정을 해준다. 나는 그 여자의 걱정이 진심인 줄 알고 있다. 그 여자의 얼굴에 그렇게 씌어져 있는 것이다. 입으로는 거짓말을 해도 얼굴로는 거짓말을 하지 못한다. 물론 얼굴로도 거짓말을 하려는 이가 없는 것은 아니다. 그러나 그 거짓말은 언제고 드러나기 마련이다. 막내는 진실된 얼굴로 나를 걱정해 주고 있는 것이다.

"고맙군."

"술 안 마셨을 때 한번 놀러 와."

나는 씨익 웃어주고서 걸음을 옮긴다. 늦은 시각인데 교회에서 찬송가가 흘러나온다. 무신론자인 나더러 들으라고 일부러 목청을 높이는 것 같다. 그런데 나는 과연 무신론자인가. 저들의 입장에서 보면, 내가 저들이 신봉하여 모시는 신을 믿고 있지 않으므로 무신론자일 것이다. 하지만 나는 내가 곧 신이다. 나는 그것을 믿는다. 그러므로 엄밀히 말하면 나는 무신론자는 아니다. 신자를 단 한 명도 거느리고 있지 않은 신의 존재 또한 중요한 것이 아닐까.

막내는 나의 손에 들려 있는 케이크를 보고 무슨 생각을 했을까. 그 여자는 내가 이 케이크를 나의 가족에게 가져가리라고 생각했을 것이다. 그 여자는 내가 가정에 안주하는 것을 바라고 있는지도 모른다. "결혼 안 해?" 하는 질문을 곧잘 던져주곤 했던 것이다. 역시 진실된 눈빛으로 말이다.

막내를 뒤로 하고 몇 걸음 옮기지 않았는데, 한 여자가 나의 시선을 끈다. 그러고 보니 막내가 있던 그 옆집이다. 처음 보는 여자. 그런데 둥근 얼굴에 수심이 가득 차 있다.

"어때?"

나는 그 여자의 의향을 간단하게 묻는다. 그 여자는 다소 느린 동작으로, 싫지는 않은 듯 문을 연다. 나는 약간 휘청거리며 들어선다.

"술 마셨나요?"

여자가 낯을 약간 찌푸리며 묻는다. 이 거리에서 술 마신 손님을 좋아할 여자는 하나도 없다. 그런데 낯을 찌푸리며 묻는 데는 기분이 좀 언짢다.

"취할 정도로 마신 건 아니야."

그 여자가 안내해 준 막다른 방으로 들어간다. 낯익은 방이다.

"그래. 그전에 이 방에 들어와 본 일이 있군."

"저 말고 누구?"

"응, 몇 년 됐어. 군대에 있을 때니까. 이름은 잘 기억나지 않는군. 키가 크고 늘씬한 아이였는데, 얼굴도 시원스럽게 생겼고."

"잘 모르겠군요."

"그때 내가 좋아하던 어떤 여자를 쏙 빼놓은 여자였어."

그때 내가 좋아하던 어떤 여자의 이름은 한민희.

이를테면 나는 그 여자를 통해서 대리 만족을 추구했던 셈이었지, 하고 말하려다가 그만둔다. 질투가 우리를 갈라놓았어, 하고 말하려다가도 그만둔다.

"저는 여기 온 지 사흘밖에 안 돼요."

"그런 것 같군."

나는 바지 주머니에서 2만5천원을 꺼내어 건넨다.

"크리스마스 이브고 그런데 조금 더 주시면……."

"그건 아가씨가 요구할 문제가 아니야."

여자는 기분이 상한 듯 "옷 벗고 기다려요" 하더니 문을 열고 밖으로 나간다. 나는 케이크를 소파 위에 내려놓은 다음, 아까 대중 목욕탕 탈의실에서 그랬던 것처럼 하나하나 옷을 벗는다. 이럴 때 옷을 벗는 건 그다지 귀찮지가 않다. 기대감과 가슴 설레임이 충만해 있기 때문이다. 나는 마침내 팬티만 남겨놓고 침대 위에 걸터앉는다. 가련한 내 몰골과 몸매가 한쪽 벽면을 온통 채우고 있는 대형 거울에 고스란히 비친다.

잠시 후 여자가 농구공 둘레만한 작은 크기의 플라스틱 물통에 물을 담아 들어온다. 물통에 가루약을 탄다. 물이 녹색으로 변한다. 여성들이 흔히 쓰는 세척제일 것이다.

"이리 오세요."

나는 팬티마저 벗어버리고 그 여자 앞으로 다가선다. 그 여자의 작은 손이 플라스틱 물통과 내 몸의 한 부분 사이에서 번갈아 움직이고, 나는 그 순간 말 잘 듣는 어린아이처럼 된다. 여자는 어머니가 되는 것말고, 이럴 때 또한 위대해 보이는 것이다.

그러나 곧 이어진, 첫만남인 우리의 연애는 실패로 돌아갔다. 그 여자는 나의 쓸쓸한 빈가슴에 입맞춰줄 능력이 결여되어 있었던 것이다.

그 여자가 나간 다음, 나는 탁자 위에 놓여 있는 장부 한 권을 발견한다. 그것은 특이한 일이다. 그 여자는 그 장부 위에 매일매일 날짜와 더불어 동그라미를 그려넣고 있었던 것이다. 그것은 포주와의 월말 계산 때 증거로 제시할 자료인 모양이다. 하지만 그런 것을 누가 증거로 받아들여 주겠는가. 동그라미는 손님을 받지 않고도 그려넣을 수 있다고, 이 집의 뚱뚱하고 사악하게 생긴 여자 포주는 생각할 것이다. 사실 이 집의 포주는 특별히 사악하게 생겨 먹었다는 걸 나는 잘 알고 있다. 그래선지 이 집에는 오래도록 계속 머물러 있는 여자가 없는 것이다. 아무튼 나라는 존재는 이제 곧, 내 쓸쓸한 빈가슴에 입맞춰 주지 않은 다소 머리가 나쁜 듯한 그 여자의 손과 볼펜에 의해 이 장부에 동그라미로 그려질 것이다.

나는 더 지체하지 않고 그 집에서 나온다. 그 여자가 엉뚱하게도 '미운 놈 떡 하나 더 달라'는 투로 말한다.

"그 케이크, 나 주면 안 돼요?"

왜 그 여자는 자신의 능력이 어느 수준인지를 모르는 걸까? 그냥 벌렁 드러누워 있으면서 손님이 단지 정상 체위만으로 일을 치르기를 기다리는 피동적인 자세. 왜 그 여자는 자신이 그쪽 방면의 직업 전선에 나서서는 불리하다는 사실을 깨닫지 못하는 걸까? 직업소개소를 통해서가 아니라 인신매매범에게 납치되어 그 세계에 발을 들여놓았기 때문이 아닐까?

나는 더욱 쓸쓸한 가슴, 아니 숫제 허무한 가슴이 되어 오스카 극장 뒤쪽의 수산물 시장으로 향한다. 그곳에는 그럴 듯한 술집이 빽빽하게 진을 치고 있는 것이다. 나의 허무한 가슴을 달래줄 마지막 카드는 폭주뿐이다. 소주가 좋을 것이다. 안주는 무엇으로 할까? 왠지 영덕게를 먹고 싶다.

잠시 후 나는, 영덕게와 더불어 소주를 파는 작은 포장마차 안으로 어깨를 잔뜩 낮추고서 들어간다.

"어서 오세요."

"소주 한 병하고, 요거 중간 크기로 한 마리 주세요."

"예에."

주인 아줌마의 안경 너머 눈빛이 둥근 얼굴에 어울리지 않게 날카롭다. 나는 동그란 의자에 쭈그린 듯 앉으며 묻는다.

"아주머니, 아이들 있으세요?"

"예. 중학생 둘 있어요."

의외로 목소리가 다감하다.

"그럼 이거, 아이들 갖다 주세요."

나는 주인 아줌마에게, 애당초 나의 사랑 지영이에게 주려고 샀던, 그러나 지금은 쓸모없게 되어버린 케이크를 건넨다.

"아이고, 고마워서 어쩌죠?"

잠시 후 칼집이 난 삶은 영덕게와 투명한 소주 한 병, 그리고 투명한 소주잔이 주인 아줌마의 손에 의하여 건네진다. 받아들기 무섭게 소주를 따라 한 번에 들이켠다. 그러기를 연거푸, 나는 한 병을 더 시키고, 이제 소주는 가랑비에서 소나기가 되어 나의 가슴속을 타고 흘러내린다.

사랑스런 나의 소주. 사랑스런 나의 알코올. 이 순간 알코올 빛깔만이 나의 머릿속에 가득 차고, 그나마 머릿속에 잡혀 있던 지영이의 얼굴은 산산조각나 공중분해되어 버린다.

5 내가 그녀를 만난 것은 지난달, 그러니까 1990년 11월 중순경이었다.

나는 그때 몹시 괴로워하고 있었다. 완성도 면에서 흠집이 있는 3부작 장편소설 〈이주민(移住民)〉의 1부를 서둘러 출간한 데 따른 자책감 때문이었다. 〈이주민〉은 쿠바 이민 일가의 이야기를 나의 스토리텔러 기질로 꾸려나간 것인데, 나는 그 땅에 현지 취재를 다녀오지 않은 약점을 지닌 채 집필에 들어갔으며, 1부 분량인 1,800매 가량을 8개월 사이에 끝내 버렸으니 흠집이 날 만도 한 일이었다. 8개월이라고는 하지만, 그것도 자료 수집이니 구상이니 쿠바 유민 이산 가족 대상 취재니 하는 것에 여러 달을 소모했으므로, 정작 집필에만 소요한 기간은 채 넉 달이 되지 못했다.

하기야 그런 것이 좋은 작품을 만들어내는 데 치명적인 약점이 될 것은 아니었다. 현지 취재를 거쳐야만 반드시 좋은 작품이 나오는 것도 아니고, 오랜 기간을 소요해서 써야지만 꼭 좋은 소설이 나오는 것도 아니다. 소설에 흠집이 나는 데 가장 큰 원인이 되었던 것은 무엇보다 적절한 집필 환경의 부재였다. 양이 많으면 많은 소설일수록 작가의 집필 환경은 더욱 중요시되는 법이다. 어떤 사람은 자기가 처한 환경을 탓하지 말고 개척해 나가라고 하지만, 그건 정말 미친 사람이나 할 수 있는 소리다. 탓할 것은 탓해야 한다. 그것이 바로 인간의 모습이며, 탓하는 가운데 개척 의지도 서서히 불살라오르는 것이다.

나는 두 군데 하숙집을 전전하며 1부를 완성시켰는데, 하숙집이 소설을 쓰는 데 얼마나 불리한 환경이라는 걸 나는 그때 비로소 실감할 수 있었다. 어디서든 작가가 처한 환경에서 오는 갈등, 혹은 인간이

처한 환경에서 오는 갈등은 있는 법이지만, 이거 하숙집이라는 데는 입에 담기 싫을 정도로 유별났다. 이쯤에서 그런 재미없는 이야기는 뒤로 미루기로 하고, 역시 지영이를 만나던 날의 이야기를 해야 할 것 같다.

사실 나는 588 일대에서 술주정뱅이로 소문나 있는 사람이다. 그래도 여전히 나를 따뜻한 가슴으로 감싸주려고 하는 여자가 없는 건 아니지만, 그와 반대로 내 모습만 보면 홍 하고 코방귀를 뀌는 심성이 못된 아이들도 적지 않았다. 특히 나는 그즈음, 완성도 면에서 흠집이 있는 소설을 서둘러 출간한 데 따른 자책감에 시달리고 있었기 때문에 유난히 술에 취해 그 일대를 돌아다녔다. 하필 왜 그 일대에서 취해 있게 되는가 하면, 그게 순전히 정부에서 술을 파는 시각을 옛 통행금지 시간대로 못박아 놓았기 때문이다. 그 일대에는 청량리 수산물 시장이 있으며, 새벽에 어획지로부터 컨테이너 차량들이 수산물을 싣고 직송해 오는 연유로, 그곳은 자연히 그 시간대에 활기를 띠게 되고 의당 술집이 문을 열기 마련이다. 그것은 환영할 만한 일이다. 새벽에 수산물 시장에서 온갖 해산물들과 씨름하는 일꾼들에게 소주 한 잔은 더없이 좋은 원기소가 될 것이다. 나는 그 사실을 잘 알고 있다. 그래서 대부분의 지역에서 술집들이 간판 불을 꺼뜨리는 시각이면 나는 그리로 자연스레 택시를 잡아타고 가는 것이다.

"어디로 모실까요?"

택시 운전기사가 격조있게 물어왔다.

"청량리 수산물 시장 앞에 세워 주세요."

내가 차를 탄 장소는 대학로 부근에 있는 출판사 앞이었다. 그날 나는 나의 소설 〈이주민〉을 출간한 H출판사에 들러 그달치의 선인세를

지불받았으며, 그 출판사의 편집장 차윤호와 술을 한잔 나눈 상태였
다. 차윤호와 서로 손을 흔들고 헤어지기는 잘 헤어졌는데, 대학로에
는 유별나게 젊은 연인들이 많아서 그런지 어쩐지 맹렬한 속도로 가
슴속에서 빗줄기가 떨어져내리는 것이었다.

시각이 여덟 시 정도였으니까 굳이 수산물 시장에까지 가서 술을
마실 필요는 없는 상황. 그런데도 내가 택시 운전사에게 행선지를 그
리로 말한 것은, 실은 그 옆동네로 가기 위해서였다. 술에 많이 취했
다면 바로 '588로 갑시다' 하면 되지만, 약간 마셨을 뿐인 맨정신으
로 그렇게 능청스럽게 말하기는 어려웠다. 그래서 588 대신에 청량리
수산물 시장을 대었던 것이다.

그런데 이건 무슨 재수없는 일인가. 그날따라 나를 따뜻한 입술과
가슴으로 감싸주려는 여자는 눈에 띄지 않고, 하필 내 모습만 보면 흥
하고 코방귀를 뀌는 심성이 못된 여자들만 눈에 띄었던 것이다. 나의
허전한 가슴은 그냥 그 상태로 소주 세례를 받을 위기에 처해 있었다.
심지어 나를 손가락질하며 비웃는 여자들이란 또 어떤가.

"사또 아냐?"

그렇게 말하고 혀를 쑥 내미는 여자들이 있었다.

"또라이인가봐."

그렇게 말하는 여자들도 있었는데, '또라이' 라는 말과 '사또' 라는
말은 모종의 연관을 갖고 있는지도 모르겠다고 나는 생각했다. 뒤에
일한사전을 뒤져서야 알게 된 일이지만, 또라(虎)이는 일본에서 술주
정꾼이라는 속어로 쓰이고 있었고, 사또(左黨)는 일본에서 술꾼이라
는 속어로 쓰이고 있었다. 더욱 혀를 찰 노릇은, 심성이 착하게 생긴
여자가 처음 보는 나에게 놀다 가라고 눈짓을 했는데, 그 옆에 있는

심성이 고약하게 생긴 또다른 여자가, 그 여자에게는 익히 술주정뱅이로 인식되어 있는 나를 자신의 동료에게 경계하라는 투로,

"받지 마. 받지 마."

하고 귀띔해 주는 것이 아닌가.

나는 애써, 이제는 과거의 술주정뱅이가 절대로 아니라는 표정과 몸동작으로 계속해서 걸음을 옮겨갔는데, 급기야 고대하던 구세주가 나타난 것이다.

"놀다 가세요, 아저씨."

처음 보는 여자였는데, 나는 이제껏 그녀보다 아름다운 여자를 본 일이 없는 것 같았다. 일류 모델이나 여배우가 특별 영업을 나온 건가 의심이 들 정도였다. 마침 그녀를 말릴, 나의 술주정뱅이 꼴을 익히 아는 심성이 못된 여자도 그 옆에는 없었다. 나는 걸음을 멈춰선 채 좋다는 투로 고갯짓을 했다. 그녀가 미닫이 유리문을 열어주었고, 나는 실내로 천천히 들어섰다.

"춥죠?"

그녀가 그렇게 묻는 순간 그녀의 알맞은 크기의 붉은 입술 사이에서는 뽀얀 입김이 흘러나왔는데, 그 향기가 그렇게 내 마음을 기쁘게 해줄 수가 없었다. 마치 그녀의 따스하고 향기로운 입김이 나의 식도를 타고 들어와 가슴속에 사뿐히 내려앉은 기분이었다.

그녀는 황토색 나무로 짜여진 여닫이문을 열었고, 나는 고동색 구두를 벗고 방안으로 들어갔다. 세 평 남짓한 방안은 말끔하게 정돈되어 있었다. 그녀는 이제까지 내가 본 어떤 여자보다도 방을 깨끗하고 아름답게 꾸며논 느낌이었다. 그리 화려하지도 않고 그리 초라하지도 않은 환경. 모자를 쓰고 있었던가. 그랬다. 뒤따라 들어온 그녀는 곧

둥글고 둘레에 창이 달려 있는 하얀 모자를 벗었다. 그러곤 사뿐히 침대에 걸터앉았는데, 그 순간 배추흰나비가 내려앉았어도 저보다는 사뿐히 앉지 못했으리라는 감탄이 솟아났다.

"아저씨는 예술가 같아요."

그녀는 그렇게 말하고서 씨익 웃었다.

"그럴지도 모르지."

그녀는 더 묻지 않고 계산해 줄 것을 요구했다.

"얼마지?"

나는 익히 알고 있는 화대였지만 일부러 물어보았다. 어쩌면 이 여자는 다른 여자보다 화대가 비쌀지도 모른다는 생각이 불쑥 든 것이다.

"2만 5천원이에요."

마찬가지였다. 나는 바지 주머니를 뒤져 3만원을 건네주었다.

"잠깐 기다리세요."

그녀는 곧 밖으로 나갔다.

나는 침대의 하늘색 시트 위에 걸터앉아서 방안을 둘러보았다. 침대는 문을 열고 들어간 상태에서 볼 때 오른쪽 벽면에 붙어 있었고, 오른쪽 벽면에는 그 일대의 여자들 방이 대개 그러한 것처럼 대형 거울이 부착되어 있었다. 침대가 고스란히 비칠 정도의 크기였다. 그 위에는 홍콩의 액션배우 유덕화의 브로마이드가 걸려 있었다. 왼쪽 벽면에는 먹빛 냉장고, 먹빛 25인치 대형 수상기, 먹빛 오디오 시스템이 차례로 놓여져 있었고, 맨 끝에는 방문 쪽을 바라보고 역시 먹빛 장롱이 놓여져 있었다. 그렇게 방안을 한 번 휘 둘러보고 있는데, 그녀가 문을 열고 들어왔다. 그녀는 물이 담겨진 하늘색 플라스틱 물통을 방바닥에 내려놓고서 내게 5천원을 내밀었다.

“아가씨 가져.”

그녀는 살짝 미소를 짓고서 그 돈을 텔레비전 위에 놓았다. 그녀는 다시 침대 위에 걸터앉아서 오른쪽 옆에 앉아 있는 나를 바라보았다. 나 역시 마주 바라보았는데, 아무리 보아도 이렇게 예쁜 여자가 왜 이런 곳에 와 있는 걸까 싶을 정도였다.

잠시 후 나는 침대에서 일어나 옷을 벗기 시작했다. 그녀도 내 옆에서 옷을 벗기 시작했는데, 그녀가 곧 브래지어와 팬티 차림이 되었을 때 나는 입이 벌어질 대로 벌어지고 말았다.

“키가 얼마지?”

“백 육십 삼.”

대관절 무엇에 견주어 표현해야 할까. 어떤 조각가도 이처럼 아름다운 몸을 빚어낼 수는 없으리라. 그녀는 이어서 브래지어마저 벗어버렸는데, 정말 알맞은 크기의 보기좋은 가슴이었다. 저런 아름다운 가슴을 가진 여자도 시집을 가서 아기를 낳으면 저곳에서 젖이 나오게 되는 걸까 하고 엉뚱한 의문마저 들 정도였다.

“가까이 오세요.”

그녀는 나를 자기 앞에 쭈그리고 앉게 했다. 나는 팬티 한장 걸치지 않은 알몸인 채 엉거주춤 쭈그리고 앉았다. 대변을 보는 자세였는데, 그녀가 그런 자세를 요구한 것은 그 일대에서는 매우 특이한 일이었다. 대개는 꼿꼿이 서 있게 한 다음 치부(恥部)를 세척해 주는 것이다.

그녀는 물이 담겨진 물통을 내 앞에 내려놓고 마찬가지로 내 맞은편에 쭈그리고 앉았다. 이렇게 아름다운 여성이 알몸인 채 내 앞에 쭈그리고 앉아 있다는 것이 실감나지 않을 지경이었다. 그녀는 오른손을 내밀어 나의 치부를 세척해 주기 시작했다. 어느새 그 부분은 최대한 부풀어올라 있었다. 그런데 그녀의 작고 부드러운 손이 이번에는 나의 고환집을 세척해 주는 것이었으며, 잇따라 분문(糞門)으로까지 내려왔다. 분문을 세척해 주는 경우는, 곧 입으로 분문을 애무해 주겠다는 뜻이 아닐 수 없었다. 나는 바짝 긴장되었다. 세척이 끝나자 그녀는 상자 속의 하늘색 크리넥스 티슈를 몇 장 빼내어 잘 닦아주었다.

"잘 생겼네요."

그녀는 살짝 까불듯이 말하고 이번에는 나를 침대 위에 길게 드러눕도록 했다. 드러눕자 그녀는 내 몸 위로 엎드리듯이 다가오며 붉고 고운 혀를 빼내어 나의 안면을 애무하기 시작했다. 뜨겁고 부드러운 혀였다. 이마며 코며 뺨이며 귀며 목이며 입술이며 할 것 없이 나의 얼굴 부위는 그녀의 뜨겁고 부드러운 혀에 의하여 애무되었다. 그녀의 혀는 한동안 가슴에 머물러 나의 작은 젖꼭지를 간지럽게 해주었다. 그러는 동안 그녀의 작고 부드러운 왼손은 내내 나의 치부에서 꼼지락거리는 것이었다. 무슨 수로 이런 애무 솜씨를 갖추게 되었을까? 그런데 감탄할 일은 거기서 그치지 않았다. 그녀의 혀는 배에 잠시 머물렀다가 허벅지를 타고 미끄러지듯이 내려와 무릎에 머물렀다. 그리고 다시 허벅지를 타고 올라오는 듯싶더니 이번에는 치부로, 치부에서 고환집으로, 고환집에서 분문으로, 정말 아찔한 순간순간들이 계속되고 있었다. 그러는 동안 그녀의 눈빛은 흰자위만 보였다. 이승에서 이것이 가능한 일인가. 아니, 저승에서라면 더욱 가능할 것 같지 않았다. 고달픈 세상을 살아가는 동안 이러한 기쁨을 누릴 수가 없다면 살아 있을 필요가 없을지도 모른다. 이것이야말로 가장 인간적인 정사(情事)가 아닌가 하는 생각들이 머릿속에서 맴돌았다. 나의 분문을 애무해 준 여자는 기왕에도 몇 명이 있었는데, 그녀의 특출한 미모 때문인지 그녀의 애무가 그 중 가장 환상적인 것이었다. 그녀의 혀는 다시 가슴으로 올라왔다가 이윽고 애무를 멈추었다. 이제 나의 빈가슴은 훈훈하게 달아올라 있었다.

"이리 와요."

그녀가 내 옆자리에 누우며 눈부시게 말했다.

"봐도 돼?"

나는 그녀의 치부를 눈짓으로 가리키며 물었다.

"보세요."

그녀는 스스럼없이 말했다. 대부분의 여자들은 자신의 치부를 보여주기를 꺼리는 법인데, 그녀는 그런 점에서도 일반 여인들과는 달랐다.

"고맙군."

나는 얼굴을 가져가 그녀의 비밀스런 부분을 들여다보았다. 소음순이 약간 바깥으로 비어져나와 있었는데, 향기는 그녀의 그곳에서마저 풍겨나오는 듯싶었다.

"정말 아름다운 몸이야."

나는 얼굴을 들어 그녀의 눈부신 몸을 한껏 훑어보았다.

"콘돔 있어?"

"서로 깨끗하겠지만, 그래도 필요하겠죠?"

중얼거리며 그녀는 침대 상단의 선반에서 콘돔을 한 개 집었다.

"이리 오세요."

그녀는 정성스런 손짓으로 콘돔을 내게 착용시켜 주었다. 굳이 에이즈 때문이 아니더라도, 콘돔을 착용해 두는 편이 기분은 반감될지언정 마음만큼은 편했다.

나는 천천히 그녀의 몸 위로 올라갔다. 가만히 그녀의 고운 얼굴을 바라보았다. 그토록 아리따운 여자가 나의 몸 아래 자연스럽게 누워 있다는 것이 도무지 현실처럼 느껴지지 않았다. 나는 마침내 꿈속에서 하늘을 날아다니는 듯한 기분으로 정사를 시작했으며, 그 일은 10여 분 가량 계속되었다. 그 동안 그녀는 아주 도발적인 음성을 내지르곤 했는데, 나는 그 소리마저 입에 넣고 싶은 심정이었다.

그 일이 끝나고 나서도 우리는 한동안 몸을 포갠 채 가만히 누워 있었다.

"아가씬 정말 놀라운 솜씨를 가졌군. 이름이 뭐지?"

몸을 일으킨 다음 그녀의 마일드세븐 담배 한 개비를 태워 물며 물었다. 그녀는 몸을 일으키고 팬티와 브래지어를 차례로 착용하며 대답했다.

"지영. 지영이에요."

물론 가명일 것이었다. 성은 묻고 싶지 않았다. 가명이든 본명이든 그녀의 이름 두 자만 알았으면 되었다.

그녀는 브래지어와 팬티 차림인 채 침대 한쪽 모서리에 앉았다. 엉덩이를 깔고 무릎을 세워 종아리에 팔로 깍지를 낀 자세였다.

흡사, 배추흰나비보다 더 보기좋은 곤충이 있다면 그 곤충 한 마리가 다소곳이 앉아 있는 것 같은 분위기였다.

"정말 예쁘구나."

"후훗."

살포시 웃는 그녀의 천진난만한 모습에 나는 다시금 넋이 나가고 말았다.

"혹시 전직 모델 아니야?"

"후훗."

그렇다는 건지 그렇지 않다는 건지 모르게 그녀는 다시 살포시 웃었다.

"아무래도 그런 것 같군."

"응. 일본에서 사진 찍었어요."

그런데 그녀의 그 대답은 농담인지 진담인지 분간이 가지 않는 느낌이었다.

"그렇게 예쁘면서 이런 덴 뭣하러 와 있는지 몰라."

그녀는 대답 대신 또 살포시 웃었다. 그녀가 그렇게 미소지으며 앉아 있는 모습을 통째로 주머니에 담아넣고 싶었다.

"아저씨는 예술가 맞아요?"

이번엔 그녀가 물어왔다. 그녀의 음성은 썩 귀엽고 듣기좋은 모양의 것이었다. 그런 정도라면 아무리 악을 쓴다고 해도 듣기싫지 않을 것 같았다. 그녀와 내가 서로 마주 바라보고 있는 분위기. 이것이야말로 평화가 아닌가. 늘 이런 기분으로 있을 수 있다면 얼마나 좋을까.

"실은 소설가야."

"어머, 정말?"

"왜? 거짓말 같애?"

"아니, 분위기는 확실히 있어요. 그럼 무슨 책을 썼는데?"

"뭐, 워낙 무명이라……."

"그럼 아저씨가 소설가라는 증거 있어요? 그리고 소설가가 이란 누추한 데는 뭣하러 와."

H출판사에서 가지고 나온 서류봉투가, 그때 문득 눈에 들어왔다. 그 안에는 나의 소설책 〈이주민〉이 한 권 들어 있었다.

“내가 쓴 책을 보여줄까?”

“응.”

그녀는 몹시 반가워했다. 나는 서류봉투에서 책을 꺼내 ‘문욱’이란 이름과 ‘이주민’이라는 소설 제목을 손으로 가리고 그녀에게 보여주었다. 그런데 그녀는 책등에 씌어져 있는 제목을 보았는지,

“이주 …… 이주 …… 그 다음엔 뭐지? 좀 보여줘요.”
하고 말했다.

“차차 알게 되는 게 좋잖아.”

“피.”

그녀는 귀엽게 입을 내밀었다.

“정말 예뻐.”

나는 그녀의 뺨을 신기한 듯 어루만지며 다시 감탄했다.

“아무리 생각해도 지영이가 이런 데 있다는 건 이해가 안 가는군. 대관절 어떻게 해서 발을 들여논 거지?”

“흘러흘러.”

“강물인 모양이군. 아니, 아직까지 강물은 아닌지 몰라. 시냇물 정도겠군. 하지만 그대가 이런 데 있는 건 아무리 잘 생각해도 아까운 생각이 들어.”

“하지만 …… 그래도 이런 데 있으니까 이렇게 책까지 낸 소설가와 연애하지, 언제 그러겠어요?”

“이런 데서 말고 밖에서 만났으면 프로포즈했을 텐데.”

“너무 예쁘면 마누라감으로 안 어울려요. 그래야 남들이 넘보지 않죠.”

“아까워.”

내가 혀마저 끌끌 찼는데도 그녀는 여전히 살포시 웃어주는 귀염성
을 버리지 않았다.

"이젠 그만 가야겠군."

나는 벗어놓았던 옷을 하나하나 주워 입으며 말했다.

"나는 그대를 사랑하게 될지도 몰라. 나는 나 자신도 이해하기 어
려울 정도로 유별난 종자니까."

나는 옷을 다 입고서 또 말했다.

"이상(李箱) 알아? 금홍이란 창녀와 살았던."

그녀는 또 살포시 웃는 얼굴로 대답을 대신했다.

"그만 갈게. 잘 있어."

나는 마음의 미련을 억지로 누르며 그녀의 방을 나섰다.

그녀와의 첫만남은 그런 모양의 것이었으며, 나는 그 뒤로도 한 달하
고 며칠 더 되는 사이에 네 번이나 그녀의 방에 드나들었다. 그때마다
그녀는 나의 빈가슴에 입을 맞춰주었고, 나는 솔직히 그때마다 살아 있
는 가치를 느낄 수 있게 되었다. 그래서 그런지 그녀의 손에 건네주어
야 하는 3만원의 화대는 조금도 아깝다는 생각이 들지 않았다. 그녀는
억만금을 주고도 얻기 어려울 평화를 내게 선사하고 있는 셈이었다.

6 내가 발기를 맨 처음 경험한 것은 하필이면 중학교 2학년 2학기
때 수업 시간 중이었다. 자꾸 특정한 한 여자의 알몸이 떠오르는 것
이었다. 아니, 나는 그 특정한 알몸을 만들어내려고 숫제 끙끙거리며
애를 쓰곤 했다. 그래서 내 머릿속에 그 특정한 한 여자의 알몸이 만
들어지면 나의 제2차 성징의 핵심은 비로소 발기하는 것이었다.

그때 내 머릿속에서 알몸이 되어주었던 특정한 여자는 아버지 고향 친구의 큰딸이었다. 중학생 때 서울로 전학을 온 나는(공부는 한양에 가서 해야 한다는 아버지의 강력한 주장에 의하여), 그때부터 학창 시절 내내 아버지 친구의 집에서 기식하게 되었는데, 아버지 친구의 큰딸인 한민아 누나는 평소에 중학생인 내 앞에서 상당히 개방적인 옷차림으로 돌아다니곤 했다. 아마 내가 아무런 느낌을 받지 못할 거라고 생각했을 것이다.

하지만 나는 이미 강원도 춘천에서 초등학교에 다닐 때부터 여체의 신비스러움을 눈치채고 있었다. 나에게 처음으로 여체의 신비스러움을 안겨준 여자는 명화(名畵) '쿼바디스'에서 여자 주인공으로 분(扮)한 데보라 카였다. 그녀가 나무기둥에 묶여 있는 바로 그 장면―그녀의 속살이 내비치는 가느다란 소복은 그녀의 희고 매끄러운 다리를 간간이 내비쳐줄 정도로 바람에 흩날렸던 것 같다.

"나는 저 여자를 사랑하고 싶어!"

나는 아예 감탄사까지 내뱉았는데, 학교에서 함께 단체 관람을 갔던 동급생 한민기의 여동생 한민희가 선생님한테 이르겠다며 질투 섞인 표정으로, 그리고 깔깔거리는 표정으로 뛰어나갔다. 그때 그녀의 고자질을 들은 교감선생은, 전교에서 1,2위를 다투던 우등생인 나를 두고 무슨 생각을 했을까? 괘씸하다고 생각했을까? 아니면, 역시 영리한 아이는 다르다고 생각했을까?

그런데 재미있는 것은, 두 번째로 나에게 여체의 신비스러움을 안겨준 여자가 바로 민희의 언니라는 사실이다. 그리고 그 언니는 바로, 지금 내가 이야기하고자 하는, 아버지 친구의 큰딸인 한민아 누나였다.

내가 누나라고 부르던 그녀는 이미, 내가 초등학생일 때 나에게 매끄럽고 아름다운 자신의 두 다리를 보여주었다. 서울에서 대학교에 다니던 민아 누나는 방학 때면 춘천의 본가에 내려와 있곤 했는데, 내가 동급생인 민기의 집(민아 누나의 본가)에 놀러가서 그의 누나인 민아 누나의 방에서 놀고 있을 때 그녀는 아무 거리낌없이 옷을 갈아입곤 했다. 짧은 속치마 속에서부터 이어지는 하얗고 날씬한 다리, 그리고 이따금은 팬티에서부터 이어지는 하얗고 날씬한 다리, 그 누나의 두 다리는 나에게 아름다움의 상징으로서 신비롭게 존재했었다.

내가 민희의 고자질에 대해서 복수를 한 것은 바로 민아 누나의 속치마 차림과 팬티 차림을 처음으로 보고 난 지 얼마 지나지 않아서였다. 내가 민기네 집에 놀러갔을 때 민기는 친척의 결혼식에 가족들과 가서 없었고, 대신에 그런 데 가길 싫어하는 민희만 남아 있었다.

"민기 방에서 나 좀 기다리고 있어도 돼?"

"맘대로 해."

나는 민기의 방으로 들어갔다. 민기네는 동네에서 손꼽히는 부잣집이었다. 그래서 민기의 누나인 민아 누나, 그리고 민기와 민희 까지 제각기 자기 방을 가지고 있었다. 그 가운데 외아들인 민기의 방이 가장 컸다.

나는 방바닥에 엎드려 민기의 어린이 잡지책을 보면서 기다렸다. 그런데 얼마 지나지 않아서 갑자기 방문이 열렸다. 민희였는데, 그녀는 놀랍게도 민아 누나의 것으로 여겨지는 속치마를 입고 있었다. 나보다 한 학년 아래인 초등학교 4학년생 민희가 입고 들어온 하얀 속치마에서는 분명히, 자기 자신을 가꿀 줄 아는 처녀만의 향기가 흘러나오고 있었다.

"나, 어때?"

나는 어이가 없었다.

"너, 왜 그런 걸 입었니?"

"예뻐질려구."

"그걸 입는다고 예뻐지니?"

"그럼 안 예뻐?"

그때 불쑥 민희가 교감 선생에게 고자질한 일이 떠올라서 나는 심술이 돋아났다. 그리고 민희는 민아 누나의 생김새를 많이 닮아 있었기 때문에 나의 짓궂은 호기심을 불러일으켰다.

"너, 거기 좀 볼 수 있니? 그럼 예쁘다고 해줄게."

"어디?"

"뒤로 돌아서봐."

"이렇게?"

민희는 뒤돌아서서 물었다.

"응. 이번엔 속치마를 걷어올려봐."

"이렇게?"

민희는 속치마를 걷어올리고서 다시 물었다.

"응. 이젠 가만히 서 있는 거야."

"뭐 할려구?"

"이걸 좀 내려야 해."

좀 긴장이 되는지 민희는 약간 몸을 떨면서 가만히 서 있었다. 나는 호기심에 가득 부풀어서 민희의 작은 팬티를 걷어내렸다. 아무런 느낌이 오지 않는 민희의 엉덩이가 보였고 그 사이에는 분문이 자리잡고 있었다.

역시 아무런 느낌이 오지 않았다. 나는 다만 여자에게도 남자와 똑같은 분문이 존재한다는 사실을 확인했을 뿐이었다. 나는 사실 그때 여자의 성기에 대해서는 관심이 없었다. 아니, 관심이 없다기보다 뭔가를 잘 모르고 있었다. 여자의 성기는 단지 남자의 성기와 구분이 된다는 것으로만 알고 있었을 뿐, 그 부위로 소위 성교(性交)를 할 수 있다는 사실을 모르고 있었다. 누가 가르쳐주지도 않았을 뿐만 아니라, 두터운 가정백과사전을 뒤적여 보고서도 그 사실을 눈치채지는 못했다. 다만 여자의 몸매와 살결이 아름답다는 것을, 민아 누나의 속옷 차림을 실제로 보아서 알고 있을 뿐이었다.

나는 중학교 2학년 1학기 때 서울로 전학을 오게 되었다. 강원도 춘천에서 운수업을 하던 아버지 친구(민아 누나의 아버지)가 서울로 사업장을 옮기며 이사를 하게 되었고, 나는 아버지의 강력한 주장에 의해 그분을 따라 서울로 유학을 오게 되었다.

그리고 나는 서울의 아버지 친구 집에서 민아 누나를 만날 수 있었다.

"잘 있었니?"

민아 누나는 예쁜 얼굴로 웃어주었다. 나는 오랜만에 만난 탓인지 조금 수줍어했다.

"오늘은 네 방에서 민아 누나랑 함께 자거라. 민아 누나가 쓸 2층방에 아직 도배를 못 끝냈지 뭐니."

아버지 친구 부인의 말을 듣고 나는 가슴이 콩닥콩닥 뛰었다. 영상 속의 데보라 카와 달리, 실제 상황에서 나에게 여자의 육체가 얼마나 아름답다는 사실을 깨닫게 해주었던 민아 누나와 함께 잘 수 있다니 …… 정말 꿈만 같았다. 하지만 그것은 나의 몸에 제2차 성징이 발달

하고 있다는 것을 신중하게 고려하지 않은 아버지 친구 부인의 중대 실수가 아닐 수 없었다.

그날 밤, 나는 민아 누나와 한 이불 속에서 잤다. 민아 누나가 나를 안아주어서 기분은 좋았는데, 그날 나는 발기를 경험하지는 못했다. 아직까지 발기 경험이 없었던 데다 너무 긴장했기 때문이었을 것이다. 하지만 그날 밤에 민아 누나가 나를 껴안고 자주었던 것은 나의 제2차 성징을 빠른 속도로 발달시키는 중대 원인이 되었다.

그런 내 몸의 변화를 짐작하지 못하는 민아 누나는, 나와 단둘이 있을 때는 나를 전혀 의식하지 않고 스커트 속이 내보이도록 앉아서 전화를 걸곤 했으며, 청바지도 쭈그리고 앉아서 전화를 걸고 있으면 엉덩이가 갈라지는 곳이 아슬아슬하게 내보이도록 위쪽이 짧은 걸 즐겨 입곤 했다. 소매 없는 옷을 입었을 때 드러나는 겨드랑이의 체모도 나의 가슴을 뛰게 하기는 마찬가지였다.

그러던 어느 날 나는 참 희한한 경험을 하게 되었다. 민아 누나가 커다란 목욕 타월을 알몸에 두르고 2층에서 내려와 나를 놀라게 한 사건이 있은 지 며칠 뒤의 일이었다. 그날 집에는 민아 누나와 나 단둘밖에 없었는데, 민아 누나가 청바지 차림으로 내려와 화장실로 들어가는 것이 아닌가. 나는 혹시나 싶어 문을 슬그머니 열어보았다. 놀랍게도 문은 잠겨져 있지 않았다. 그런데 더욱 놀라운 것은, 문을 열면 빈 공간이 있고 거기서 다시 오른쪽으로 문을 열게 되어 있었는데, 민아 누나는 그 문 역시 잠그지 않은 채 청바지를 내리고 있는 것이 아닌가. 이제 곧 민아 누나는 청바지와 팬티를 내린 상태에서 변기 뚜껑을 열 찰나였다. 그렇게 되면 민아 누나는 살짝 허리를 구부린 상태가 되므로 내 눈 안에 들어오는 신체 부위란 …… 아, 그것은 정말이지 상상하기조차 아찔한 노릇이 아닐 수 없었다. 결국 나는 그 아주 짧은 순간 동안에 벌어질 기쁨을 차마 받아들이지 못하고 화장실에서 쫓기듯이 나와버렸다.

나는 그 순간부터 다시는 돌아올 가능성이 없을 그 숨막히는 기회를 놓쳐버린 것을 엄청나게 후회하기 시작했으며, 더불어 민아 누나의 양쪽 궁둥이 사이에 숨어 있을 분문에 대한 상상력에 병적일 정도로 사로잡히게 되었다.

앞서도 말했지만, 나는 남자의 성기와 여자의 성기가 결합할 수 있다는 사실을 모르고 있었다. 사랑하는 남녀가 함께 살면 아기는 저절로 여자의 뱃속에 생겨지는 줄로만 알았다. 그것은 여자가 아기를 배꼽으로 낳는다는 것과 함께 내가 알고 있는 가장 비과학적인 생각이었다. 그러나 그 원인은 내가 머리가 나빠서가 절대로 아니었다. 나는 초등학교 시절에 어머니에게 이런 질문을 한 적이 있었다.

"엄마, 나는 어디서 나왔어?"

"글쎄 …… 어딜까?"

"엄마 배꼽 아니야?"

나는 여자의 성기란 남자인 나의 성기와 마찬가지로 오줌을 배출하는 곳으로만 연관지어 생각했기 때문에 그것은 비교적 똑똑한 짐작이 아닐 수 없었다. 오줌이 나오는 불결한 곳으로 인간이 나온다는 것은 아무리 생각해도 더럽지 않은가. 나는 그처럼, 성인이 되면 남자의 성기에서 다른 물질이 나오기도 하며, 여자의 성기는 요도와 동굴 같은 것이 따로 존재한다는 사실을 전혀 몰랐던 것이다.

"그래, 엄마 배꼽이야."

어머니는 웃으면서 그렇게 대답해 주었었다. 그 시절의 어머니나 어른들은 총애하는 자기 자식들에게 나의 어머니처럼 대부분 그렇게들 대답해 주었을 것이다.

아무튼 나의 첫 발기는 민아 누나의 알몸을 연상해낸 데서 비롯되었다. 그러나 그것은 겨우 시작에 불과했다.

7 다니던 대학교를 그만두고 민아 누나가 엘리베이터걸로 변신한 것은 내가 중학교 3학년 때였다. 아버지 친구의 사업이 부도가 나고 빚더미에 쌓이게 되자 민아 누나는 아예 직업 전선에 나선 것이었다. 그때부터 민아 누나의 옷차림은 더욱 화려해졌고 걸핏하면 미니스커트를 즐겨 입었다.

그런데 나에게는 한 가지 야릇한 버릇이 생겼다. 민아 누나마저 직장 생활에 들어갔기 때문에 아버지 친구 부인이 민희를 데리고 장을 보러 가는 날이면 나 혼자서 집을 볼 때가 많아졌는데, 그럴 때마다 2층에 있는 민아 누나의 방에 들어가 그녀의 옷냄새를 맡아보는 버릇이 생겼던 것이다. 청바지도 좋았고 미니스커트도 좋았다. 벽에 걸려 있는 옷이라면 어떤 종류건 가리지 않고 냄새를 맡아보았다. 엉덩이가 갈라지는 선이 닿아 있었을 부분이나 음부가 닿아 있을 부분에 코를 대고 연신 흠흠거렸다.

민아 누나의 옷냄새는 너무 좋았다. 그녀의 옷에는 늘 향기가 배어 있었다. 어떤 향기라고는 달리 표현할 길이 없지만, 그 냄새는 오직 민아 누나만이 지니고 있을 체취 같기도 했다.

그런데 나에게 가장 먼저, 아름다운 여자의 옷은 냄새가 좋다는 진리를 일깨워준 여자는 민아 누나가 아니었다. 서울로 전학 오기 이전의 중학교 1학년 때 여선생이었다. 국어 선생 민수옥.

나는 그녀의 아름다움과 훌륭함에 대하여 말하기 위해서 당시의 다른 여선생을 비교 설명하지 않을 수 없다. 내가 서울로 전학오기 전인 중학교 1학년 때와 2학년 1학기 때의 담임선생 마일숙은 반공도덕 과목 담당이었으며 여자였다. 시집을 가지 않았으며 늘씬한 두 다리를 가지고 있었다. 그런데다 미니스커트를 즐겨 입었다.

나의 학업 성적은 초등학교 때와 마찬가지로 상위권이었다. 상위권인 아이들이 대부분 그렇듯이 나 역시도 담임 선생을 참 따르는 편이었다. 반공도덕 수업시간에 그 담임선생의 목소리를 듣는 일이 조금도 지루하지 않았고 오히려 즐거웠을 정도였다. 그런데 어느 날부터 갑자기 반공도덕 시간이 지옥 같은 시간이 되어버렸다. 보기도 싫은 미니스커트 때문이었다. 무심코 2층으로 통하는 중앙 계단을 따라 올라가는데, 앞서서 누군가가 올라가는 것이었다. 슬쩍 올려다보다가 나는 아차 싶었다. 하필 담임선생이 미니스커트를 입은 상태로 계단을 올라가고 있는 것이 아닌가. 팬티가 보이지는 않았지만 거의 아슬아슬했다. 그런데 내가 돌아서서 내려갈 사이도 없이 뒤돌아본 담임선생의 눈과 내 눈이 마주쳐 버렸다. 순간 담임선생의 눈초리가 찢어질 듯 날카롭게 변했다.

'이놈 보게나?'

담임선생의 표정은 그렇게 말하고 있는 것 같았다.

'전 딴 생각이 있어서 일부러 따라 올라온 게 아닙니다. 우연히 선생님이 앞서서 올라가고 계셨을 뿐입니다.'

나는 그렇게 나의 결백을 주장하고 싶었으나, 그것은 마음일 뿐 소리가 되어 입 밖으로 기어나오지 않았다. 오히려 죄라도 지은 사람처럼 얼굴만 붉어졌을 뿐이었다.

"험."

젊은 여성답지 않게 담임선생은 헛기침을 크게 하고서 걸어 올라갔다.

예상했던 대로 반공도덕 시간은 나의 얼굴을 화끈거리게 만들었다. 담임선생은 지휘봉을 들고서 '요즘 학생들의 고약한 행태'를 지적하고 나선 것이었다.

"세상에 믿을 만한 남자가 없다더니, 바로 너희들 중에 그런 녀석이 있구나. 너희만한 나이에 여선생님 뒤꽁무니를 쫓아다니면서 무얼 볼 게 있다는 거냐?"

담임선생의 날카로운 시선이 자주 나의 얼굴에 내리꽂히고 있었다. 다행히 누가 그런 소행을 저지르고 다닌다고 공개하지는 않았지만, 나는 너무도 억울했다. 나는 그날부터 반공도덕 공부를 게을리하기 시작했으며, 담임선생에 대한 나쁜 소문을 믿기 시작했다. 가령,

"반공도덕 마일숙이 교감선생과 한 방에서 잤댄다."

"저녁 보충수업 시간에 마일숙이 3학년들한테 당했단다. 마일숙이 판서(板書)를 하고 있을 때 한 사람이 불을 끄자 여러 명이 우르르 달려들어 마일숙의 옷을 벗겼다는 거야. 그래서 유방도 만지고 거기도 만지고."

하는 소문들은 모두 나의 머릿속에서 사실로 자리잡았다.

그런 나의 속마음을 아는지 담임선생은 나를 좀더 호되게 공략했다. 하루는 채변 봉투를 안 가져온 사람들에게 교실 벌청소를 시켰는데, 하필 거기에 끼고 만 나를 청소반장에 임명했다. 뭔가 트집을 잡아내기 위한 임명인 셈이었다. 그런데 내가 급한 볼일을 보고 온 사이에 마일숙이 청소 검사를 하러 다녀갔다는 것이었다.

"그런데 너 좀 왔다 가래."

그 시간에 마일숙은 3학년 체력장 점검을 하고 있었다. 마일숙이 맡고 있는 종목은 윗몸일으키기. 그런데 놀랍게도 마일숙은 윗몸일으키기를 하고 있는 3학년들 옆에서 미니스커트를 입은 채 걸상 위에 앉아 있었다. 정상적인 중3이면 벌써 샅에 거웃이 나 있게 마련이었다. 그리고 그 시기에는 성욕마저 발동하는 법이었다. 그런데도 마일숙은 신성한 운동장에서 춘기 발동기(春機發動期), 즉 이성이 그리워지기 시작하는 시기의 학생들에게 하필이면 성욕을 자극시키는 옷차림을 하고 앉아 있었던 것이다. 아무튼 나는 청소반장 일을 제대로 수행하지 못했다는 이유로 미니스커트 차림의 그녀에게 박달나무 지휘봉으로 손바닥을 다섯 대 맞아야만 했다.

그 당시에 1학년을 맡은 여선생은 담임이던 마일숙을 포함하여 모두 다섯 명이었다. 과학선생, 국어선생, 영어선생, 미술선생이 또 있었다. 그 가운데 으뜸가는 미인으로 소문나 있는 선생은 미술선생이었다. 잘 웃지 않아서 그렇지 뭔가 분위기가 있는 여자였다. 좀 쌀쌀한 날이면 베이지색 바바리코트를 입거나, 좀 비가 내리는 날이면 하늘색 레인코트를 입거나 했다. 3학년들은 그런 미술선생에게 '겨울여자'라고 별명을 붙여 놓았다. '미니스커트'인 담임선생에 비하면 조금은 깊이가 있는 별명인 셈이었다. 그런데 미인에게는 그만큼 구설수가 많이 따르는 법인 모양이었다. 버스를 타지 않고 걸어서 강을 건너다보면 다리 난간에 분필로 적어놓은 이러한 낙서가 자주 눈에 띄곤 했다.

'우리 H중학교 미술선생 성옥영은 5월 5일 밤에 명화극장 앞에서 어떤 새끼와 데이트를 했다.'

'내가 사랑하는 우리 미술선생 성옥영은 퇴근할 때마다 매일 땅콩을 사서 까먹는다.'

그러한 낙서들은 대개 미술선생에 대한 짝사랑의 표현인 셈이었는데, 좀더 심하게 표현된 것까지 있었다.

'성옥영이 입고 다니던 스타킹이 학교 뒷산에서 발견되었다.'

그런데 반해 과학선생에 대해서는 증오의 표현이 많이 적혀져 있는 것 같았다. 보기에 민망할 정도인데, 가령 이런 식이었다.

'우리 H중학교에서 제일 악랄한 과학선생 백정미는 얼굴이 온통 피부병에 걸려 있다.'

'백정미는 마약 중독자다.'

'백정미에게 매맞지 않은 자여, 그대는 불행하리라.'

심지어 이런 직설적인 낙서도 적혀져 있었다.

'타도하자, 백정미.'

과학선생은 우리들을 언제나 엄하게 다루었으며, 그런 만큼 인기를 얻지 못했다. 우리 교실의 교탁 앞 부분에는 콩알만한 작은 구멍이 하나 뚫어져 있었다. 그 구멍은 물론 앉아서 강의하는 여선생의 치마 속을 엿보기 위한 것이었다. 마음에 들지 않는 여선생의 은밀한 부위를 엿보는 일도 우리들의 지상 과제였던 것이다. 그런데 하루는 이런 일이 있었다. 한 아이가 그 구멍을 통해서 백정미의 은밀한 부위를 열심히 엿보다가, 그녀가 일어나 판서를 하자 이번에는 백지 위에 추녀(醜女)를 하나 그려 그 구멍 위에 붙여놓은 것이었다. 어찌나 묘사를 잘 해놓았는지 추물도 그런 추물이 없었다. 한마디로 백정미에 다름아니었다. 게다가 뺨에다 화살표를 해서 '피부병'이라고 친절하게 설명까지 해놓았고, 얼굴 밑에는 '팬티를 빨아 입지 않아서

샛노랗다'고까지 써놓았다. 그것을 보고 킥킥 웃지 않은 아이가 드물었으니, 기어코 백정미가 눈치를 채기에 이르렀다. 못생긴 것도 서러운데 교탁 앞부분에 자신을 묘사했을 것임에 틀림없는 추물 그림이 붙어 있지 않은가. 더욱이 그림을 떼어내고 보니 구멍이 뚫려져 있지 않은가.

"너, 이리 나와, 이 새끼야!"

순간 백정미의 눈이 홱 돌아갔다. 앞으로 끌려나온 백정미 타도의 범인 뺨으로 손이 날아가기 시작했다. 얼마나 세게 때렸는지 그녀의 시계줄이 끊어져 날아갔을 정도였다. 그 매서운 따귀는 무려 수십 대까지 이어졌고, 그 이후로 그 백정미 타도의 범인은 매달 과학 점수가 '가'를 벗어나지 못했다.

영어선생 이숙민에 대해서는 구설수가 별로 나돌지 않았다. 늘 차분한 얼굴로 차분하게 우리들을 가르쳤으며, 또 앞으로 태어날 2세 때문에 배가 불렀으므로 동정표마저 얻은 셈이었다.

어쨌거나 나는 국어선생 민수옥에게 가장 호감을 가지고 있었다. 단발머리가 늘 싱싱해 보였으며, 목소리는 또박또박하고 가장 듣기가 좋았다. 강의하는 방법도 가장 조리가 있게 느껴졌으며, 듣는 대로 머리에 쏙쏙 들어왔다. 어떤 때는 지루한 수업시간(하기야 나는 조금도 지루하게 느끼지 않았지만)을 대신하여 교내 도서관에서 단체로 책을 골라 읽게 하기도 했다. 그런가 하면 그 듣기 좋은 목소리로 직접 책을 읽어주기도 했다. 그 가운데 가장 기억에 남는 소설은 주요섭의 '사랑(舍廊) 손님과 어머니'였다. 한번 FM 라디오에서 음악 프로를 담당하고 있는 고운 목소리의 여성 사회자를 떠올려보자. 그리고 그 여성 사회자의 목소리를 듣고 있는 것처럼 '사랑 손님과 어머니'를 들어보라. 민수옥 선생은 분명 그렇게 편안하게 들려주었었다. 안식(安息)처럼.

나는 그 소설에 완전히 매료되었다. 그리고 그 소설을 읽어줌으로써 문학 작품이 인간에게 왜 필요한가 하는 사실을 알려준 민수옥 선생에게 매료되었다. 그녀는 그 소설에 대해서 이렇게 설명해 주었다.

"이 소설은 어린 소녀아이의 눈을 통해서, 즉 동심으로 바라본 어른들의 사랑 이야기라고 할 수 있어요. 아직 어린 옥희는 사랑방 손님이 자기 아빠였으면 좋겠다고 생각하지만, 죽은 남편과의 사이에서 난 딸을 데리고 있는 어머니로서는 다른 남자와 쉽게 결혼할 수가 없는 거예요. 옥희를 사랑하는 것만큼이나 죽은 남편을 사랑하고 있기 때문이지요."

나는 그 민수옥 선생과 민아 누나를 비교해 보았을 정도였다. 나는 어느 쪽이 더 좋은지 분간을 할 재주가 전혀 없었다. 다만 민수옥 선생은 현실적으로 좋게 느끼고 있었고, 민아 누나는 이성의 그리움으로써 좋게 느끼고 있었다.

나는 국어 성적만큼은 언제나 학급에서 1등이었다. 그렇게 되고 보니, 내가 민수옥 선생을 좋아하는 것만큼이나 그녀도 나를 좋아하는 것 같았다. 복도를 지나가다가도 나와 마주치면 언제나 방긋 웃어주었다. 기분좋은 일이었다. 그녀가 마치 나를 껴안아주기라도 한 것 같은 기분이었으니까.

2학년 1학기의 어느 날 그 민수옥 선생이 교무실로 나를 불렀다.

"이것 좀 볼래?"

그녀가 나한테 내민 것은 얼마 전에 내가 여름방학 숙제로 제출한 시 세 편이었다. 잘 쓴 시들은 교지에 싣겠다고 했었다. 그녀는 맨 앞

에 있는 '바닷가에서'라는 시를 나더러 읽어보라고 했다. 나는 소리
내지 않고 읽었다.

'따뜻하고 포근한 날,
나는 바닷가에서 놀고 있었어요.
그리고 나는 돌멩이들을 줍고 있었어요.
갈매기 깃털처럼 하양과 까망으로
얼룩진 돌멩이들을.

그러나 내가 더 좋아하는 것은
바닷가에 놓여진 조가비들이죠.
나는 그것들을 아주 좋아합니다.
호주머니 같고, 귀엽고 작은 조가비들을.

나는 조가비 하나를 귀에 대봅니다.
저기 작은 별의 숨소리가 들려요.
그러나 그 별은 어디에?

물고기와 어부들은
나를 비웃어요.
왜냐하면
나는 깊은 바닷속에서
별을 찾고 있으니까요.'
그러자,

"어때? 너무 잘 쓴 것 같지 않아?"

민수옥 선생은 그렇게 말하고서 방긋 웃었다. 가슴이 뜨끔했다.

"선생님, 저어 …… 실은 ……."

"그래, 괜찮으니까 말해보렴."

"그건 제 시가 …… 아니에요. 어떤 잡지책에서 보고 …… 베낀 거예요. 하지만 뒤에 있는 두 편은 다 제 거예요."

"그렇지 ? 됐어. 솔직하게 고백했으니까 됐어. 그 시는 바로 러시아의 시인인 오브세이 드리즈의 대표작 가운데 하나야. 그리고 다른 시 두 편도 괜찮으니까 그것들을 교지에 실어주도록 하마."

"고맙습니다, 선생님."

나는 울 것만 같은 심정이었다.

"이번 일을 교훈으로 삼도록 해. 마음이 깨끗하지 않고서는 문학 작품을 쓸 수가 없는 거야."

미술부원이던 나는, 내년에는 꼭 민수옥 선생이 지도교사로 있는 문예반에 가입하리라고 다짐했다.

"그리구 말야……."

민수옥 선생은 또 내 앞으로 무엇인가를 내밀었다. 청첩장이었다.

"실은 선생님이 이번에 결혼을 하게 되었구나. 명색이 학교 선생님인데 학생들이 와줘야 모양이 좋지. 우리 반 반장 아이한테도 이야기해 놓았으니까 함께 오렴. 먹을 것도 많을 테니까."

민수옥 선생은 화사하게 웃고 있었지만, 나는 이번에야말로 정말 울고 싶은 심정이었다.

'왜 결혼하십니까, 선생님?'

그렇게 소리쳐 묻고 싶었다. 마치 누군가에게 사랑하는 여인을 빼앗기는 것 같은 기분이었다. 사랑하는 여인을 강한 자가 가로채가는데도 그저 멍청히 바라보고 있어야만 할 약자의 슬픔 같은 것.

"꼭 와."

"예."

나는 잔뜩 풀이 죽은 채 대답했다.

"그리고 욱이의 다음 수업시간이 내 시간인데, 그 시간에 선생님 심부름 좀 다녀올래? 오늘 수업은 독서로 대신할 테니까 수업 빠지는 걸 아쉽게 생각하지 말고."

"예."

"선생님 집엘 다녀오면 돼. 이 열쇠를 줄 테니까, 안집 아주머니한 테 선생님 심부름으로 왔다고 그러고 방안엘 좀 들어갔다 와라. 책 상 위에 노랑색 서류 봉투가 하나 있을 테니까 그걸 좀 가져오면 돼. 내가 안집 아주머니한테 전활 해놓을 테니까 들여보내 주실 거야."

그러고서 민수옥 선생은 나에게 집 약도가 그려진 메모지를 주었 다.

그녀가 사는 곳은 부엌 한 칸이 달려 있는 단칸방이었다. 나는 콩콩 뛰는 가슴을 안고 방안으로 들어갔다. 생각해 보라. 짝사랑의 대상인 여선생의 단칸방으로 들어갈 때의 심정을. 별로 꾸밈이 없이 잘 정돈 되어 있는 방안은 나에게 신비로움으로 다가왔다. 나는 우선 책상 위 에 놓여진 서류 봉투를 집어들고는 방안을 한 번 휘 둘러보았다. 그 런데 하필 책상 위의 책꽂이에 놓여 있는 사진틀이 내 눈을 확 휘어 잡았다. 그 사진틀 안에는 민수옥 선생이 들어 있었으나, 재수없게 그녀의 어깨에 팔을 얹고 있는 또 한 사람이 있었다. 남자였는데, 아 무래도 그녀의 신랑이 될 남자 같았다. 나는 불쑥 치밀어오르는 분노에 갑자기 눈물이 핑 돌았다. 그리고 결혼이란 대관절 왜 하는 것인가를 생각했다.

그런데 그 사진틀보다 더 강렬하게 내 눈을 휘어잡은 것이 있었다. 그것은 바로, 벽에 걸려 있는 민수옥 선생의 청바지였다. 그 순간 강렬한 욕망이 나를 끌어당겼다. 그 청바지를 통해서 그녀의 냄새를 맡아보고 싶다는 것이었다. 그 청바지에는 그녀의 체취가 고스란히 묻어 있을 것 같았다. 나는 청바지를 들고 앞지퍼가 있는 아랫부분과 엉덩이가 밀착될 부분에다 코를 들이밀고 흠흠거렸다. 그곳에서 특별한 향기는 풍겨나오지 않았지만, 민수옥 선생의 목소리처럼 안식과도 같은 체취가 느껴졌다. 그런데 내 머리는 거기서 그치지 않고 기어코 일을 저지르고 말았다. 그녀의 팬티에까지 생각이 미쳤던 것이다.

서랍식 옷장 맨 아래칸에는 정말 내 눈을 의심케 할 정도로 예쁘고 앙증맞은 삼각팬티가 여러 장 들어 있었다. 나는 쿵쿵 뛰는 심장을 억누르기 위하여 심호흡을 하고 나서 그 팬티를 집어들었다. 그러고 그 팬티에 코를 들이대었다. 역시 향수 냄새가 나지는 않았지만 안식과도 같은 체취가 나의 코를 한없는 평화로움에 빠져들게 만들었다. 나는 핑크색 위주로 된 여러 장의 팬티를 일일이 집어들고 하나하나 냄새를 맡아보고 나서도 아직 제정신이 아니었다. 환각제에 취해 있기라도 한 사람처럼 한동안 멍하니 앉아 있었다. 그것은 현실이 아니라 꿈속인 것 같기도 했다. 그때 불쑥 민수옥 선생의 그 안식과도 같은 팬티를 입어보고 싶다는 생각이 들었으나 감히 실행하지는 못했다. 그것만큼은 절대로 침범하지 못할 성역 (聖域) 같아서였다.

이윽고 민수옥 선생의 결혼식 날이 왔다. 나는 방과후에 민수옥 선생이 담임인 학급의 반장과 함께 예식장을 찾았다.

"신랑은 뭐 하는 사람이래?"

나는 얄밉게만 생각되는 신랑에 대해서 알고 싶었다. 그래서 반장에게 물어보았다.

"여학교 선생님이래."

"고등학교?"

"아니, 중학교."

"여학생들 많아서 재밌을 텐데 뭣하러 결혼을 하지?"

"그러기는 남학생들 많아서 재밌을 텐데 결혼하는 우리 선생님이나 마찬가지지, 뭐. 그리고 우린 아직 중학생이니까 선생님들이 보기엔 까마득히 어리게만 보이는 거야."

우리 어린것들은 하객들이 가득 찬 예식홀 안으로 들어갔다. 대부분이 어른인 하객들이 뒷공간까지 차지하고 있어서 앞이 잘 보이지 않았다. 잠시 후 사회자가 "신랑 입장!" 하고 외치자 문간에 서 있던 신랑이 들어섰다. 뭐가 그리도 좋은지 하얀 치아를 드러낸 채 싱글벙글 웃고 있었다.

"쳇!"

나는 잔뜩 심통이 나고 말았다.

다음엔 사회자가 "신부 입장!"이라고 외치자 민수옥 선생이 부친의 손을 잡고 들어섰다.

'민수옥, 민수옥 …….'

나는 '선생님'이라는 존칭을 생략한 채 그렇게 입속으로 뇌까렸다. 하지만 나의 애타는 심정을 알 리가 없는 민수옥 선생은 오로지 한 남성을 향해 걸어가고 있을 뿐이었다. 엄숙한 표정으로, 그러나 나비처럼 사뿐사뿐. 나는 하객들 틈바구니를 비집고 좀더 앞으로 빠져나가 두 사람이 만나는 광경을 지켜보았다. 흰 장갑을 끼고 있긴 했지만 두 사람의 손이 하나가 되었다.

'저 두 사람의 손에는 따스한 기운이 감돌고 있을까?'

나는 몹시 불쾌했지만, 그러나 두 사람은 행복해 보였다. 연애결혼이라고 들었다. 그런데 그때 왜 민아 누나의 모습이 떠올랐을까? 그것도 아주 선명하게. 나는 주제넘게 신사복을 입고서 민아 누나를 맞이하고 있었다. 나는 신랑, 그녀는 신부. 둘이서 손을 꼭 잡고 푸른 들판을 신나게 달려갔다. 사랑해요…… 그녀와 나 사이에서는 그 소리가 연신 오고갔다. 그때 누군가가 나타나서 나의 몽상을 깨뜨려 놓았다.

"고맙구나, 와줘서."

결혼식의 여주인공 민수옥 선생이었다.

'흥! 고마울 것 없어요!'

나는 그렇게 불만스럽게 대꾸하고 싶었다.

'당신은 나를 버린 거예요!'

나는 그렇게 한심스런 생각을 하고 있었다.

"이 아이들이 우리 학교 모범생들이에요."

민수옥 선생은 자신의 남편이 된 남자에게 우리들을 소개시켜 주었다.

"반갑구나."

그 남자는 우리 일행을 보고 활짝 웃었다. 하지만 나는 조금도 반갑지 않았다. 이번에는 민수옥 선생의 남편이 된 남자가 자기 옆에 서 있는 여학생들을 그녀에게 소개시켜 주었다.

"이 예쁜 공주들이 바로 우리 학교 모범생들이라오."

"다들 예쁜데."

반장이 내게 귀엣말로 말했다.

"예쁘면 뭐하니? 쬐그만 계집애들인걸."

나는 그렇게 퉁명스럽게 말하고서 저쪽의 여학생들을 둘러보다 소스라치게 놀랐다.

"잘 있었어, 욱이 오빠?"

낯익은 계집아이가 그 여학생 무리 속에서 생글생글 웃고 있었다. 부드러운 갈색머리에 흰 얼굴, 그리고 둥글고 큰 눈. 민아 누나의 동생인 민희였다. 민희가 좀더 어릴 적에 그녀의 분문을 살펴본 적이 있는 나는 그 죄책감 때문에 낯이 뜨거워졌다. 그런데 민희는 그때의 그 경험을 머릿속에서 지워버렸던지, 아니면 아무런 수치감도 가지고 있지 않은 모양이었다. 솔직히 나는 미안하다는 말이라도 해야 할 판이었다. 하지만 아무말도 하고 싶지 않았다.

"어머, 너희 둘이 아는 사이인 모양이구나?"

민수옥 선생이 말했다.

"……."

"예. 욱이 오빠와 우리 오빠는 초등학생 때 젤 친한 친구였어요. 그래서 저랑도 친해요."

나는 대답하지 않았는데, 민희가 나서서 흥겨운 듯 대답했다. 내가 중학생이 된 뒤로 잘 놀러가지 않았으니 오히려 서운해해야 마땅할 텐데도 나를 만난 일이 더없이 즐거운 눈치였다.

"재밌는 인연이구나. 이렇게 자기네 선생님들 결혼식 때 우연히 만나게 되었으니."

민수옥 선생의 남편이 된 남자가, 민희와 내가 무슨 각별한 사이라도 되는 것처럼 웃으면서 말했다.

"배들 고프겠구나. 저쪽 식당에 가서 차려놓은 음식을 배불리 먹으면서 얘기들 나누거라. 이건 선생님이 허락해 주는 미팅이니까 교칙에 안 걸린다."

그랬다. 말하자면 선생님이 연결시켜 준 중학생 단체 미팅이 되는 셈이었다. 신랑 신부는 우리들의 어깨를 두드려 주고는 다른 하객들이 있는 곳으로 갔다.

"가자, 욱아."

반장이 그렇게 말했지만 나는 여러 사람과 함께 어울리고 싶은 기분이 아니었다.

"난 그냥 갈게."

"왜, 오빠? 이렇게 오랜만에 만났는데."

민희가 가까이 다가서며 물었다.

"식욕이 없을 뿐이야."

"그럼 다른 데 가서 내가 햄버거 사줄까?"

"마음이 비단결 같구나, 넌."

민희가 오른손으로 살짝 입을 가리면서 웃었다. 양쪽 뺨에 너무 보기좋은 볼우물이 패였다.

"또 만나."

나는 민희를 향해 손을 흔들고서 반대편으로 터덜터덜 걸어갔다. 민희는 여전히 미소를 담고서 "안녕!" 하고 인사해 주었고, 반장은 잔뜩 찌푸린 표정으로 내 뒤를 따라왔다.

"아깝다, 먹을 것들이."

반장은 무척 아까운 눈치였다.

"그래도 먹기 싫으면 할 수 없는 거지."

“난 먹고 싶은걸.”

“그럼 너라도 가서 실컷 먹어라.”

“그래도 의리가 있지.”

“예쁜 계집애들 많은데, 왜?”

“난 계집애들한텐 정말 흥미없어.”

“말 되는 소리 한다.”

“히힛.”

하늘은 맑았다. 어느덧 여름이 오고 있었다. 배에서는 꼬르륵 소리가 흘러나왔다.

“그런데 왜 오랜만에 만난 그 예쁜 여자애와 이렇게 빨리 헤어진 거니?”

“알고 싶어?”

“응.”

“그애는 아직 중학생이잖아. 너무 어려서 여자 같지도 않아. 젖비린내가 나는 것 같단 말야.”

“중학생이긴 너도 마찬가지잖아.”

“하지만 나는 달라. 나는 다 큰 처녀를 봐야지만 여성다움을 느껴. 민수옥 선생님이나 아까 그애의 ……”

나는 하마터면 ‘아까 그애의’ 다음에 ‘언니처럼’ 이란 말을 뱉을 뻔했다.

“일 없다, 가자!”

나는 인도를 따라 마구 뛰어가기 시작했다. 반장도 뒤따라 뛰었다. 사실 나의 마음은 민희에게마저 의식의 한 구석을 구속당하기 싫은 것이었다. 그 아이가 전혀 여자처럼 느껴지지 않아서가 아니었다. 그러기에는 그 아이가 너무 예뻤다. 그래서 오히려 듬뿍 여자처럼 느껴져 왔다. 나는 그 점이 두려웠다.

"결혼하면 첫날밤이 있다던데, 그 남자 선생은 정말 좋겠다."

내가 부럽다는 투로 말했다.

"첫날밤에 뭘 하는 줄 아니?"

반장이 물어왔다.

"글쎄 …… 둘이 꼭 껴안고 자는 거겠지, 뭐."

"그럼 아기는 어떻게 낳고?"

"그렇게 살다 보면 아기는 자연히 생기는 거 아냐?"

"그게 아니라 민수옥 선생 보지에다 신랑 자질 집어넣는 거야."

나는 그 말이 무시무시하게 느껴졌다. 그렇게 하면 여자의 음부가 찢어지는 줄로 알았고, 모두가 포경일 걸로만 생각했던 남자의 그것도 찢어지는 줄로 알았다. 발기가 되면 그것이 단단하게 되고 귀두가 드러나는 것이 정상적인 남자의 성기라는 사실, 그리고 여자의 성기는 굵고 대변마저 내보낼 수 있는 분문처럼 신축성이 있는 괄약근으로 되어 있다는 사실을 알지 못하는 무식의 소치였다.

"그런데 그걸 네가 어떻게 아니?"

"우리 이모가 그랬어."

"그럼 너네 이모도 그랬단 말이니?"

"응, 그랬댔어."

믿지는 않았지만 그 말을 듣고 보니 민수옥 선생이 깨끗하지 못한 여자처럼 느껴졌다.

신혼여행을 다녀오고 다시 교실에 들어오게 된 민수옥 선생이 나의 그런 속사정을 모르는지 한 번 더 심부름을 시켰다. 이번에는 처녀 시절의 방이 아닌 신혼방이었다. 이제 민수옥 선생이 사는 방은 그녀만의 방이 아니었다. 성인 남자의 체취가 함께 배어 있는 방이었다.

그래도 호기심을 막을 길이 없어서 옷장 서랍 맨 위칸을 열어보았다. 그런데 내 눈은 곧 찡그려지고 말았다. 거기에는 남성용 사각팬티만 잔뜩 들어 있었던 것이다. 나는 좀약 냄새밖에 나지 않았는데도 흡사 악취를 맡은 것 같은 불쾌감을 지우지 못하며 이번엔 그 아래칸을 열어보았다. 그랬더니 이번에는 내가 찾고자 했던 민수옥 선생의 브래지어며 팬티 따위가 들어 있었다. 나는 과거에 그랬던 식으로 그것을 집어들고 냄새를 맡아보았다. 그러나 나는 이내 실망하고 말았다. 분명히 예전의 그 냄새가 아니었다. 성인 남자의 냄새가 뒤섞인 얄궂은 냄새였다. 거기서 민수옥 선생에 대한 나의 짝사랑은 막을 내리게 되었다. 그리고 나의 짝사랑은 민아 누나에게로 완전히 기울게 되었던 것이다.

앞서 얘기했지만 민아 누나에 대한 나의 짝사랑은 그녀의 옷 냄새를 맡아보는 데까지 이어졌다. 민수옥 선생의 속옷 냄새를 맡아보던 것처럼 민아 누나의 속옷 냄새마저 맡고 싶었던 것이다. 옷장 서랍 가운데 하나가 바로 민아 누나의 은밀한 옷들을 모두 간직하고 있었다. 거기에는 정말 여러 가지 종류의 여성의 양장용 속옷, 즉 란제리(lingerie)들이 가득 들어 있었다. 나는 먼저 브래지어를 들고 냄새를 맡아보았다. 거기서는 말로 형용할 수 없는 좋은 향기가 흘러나오고 있었다. 이번엔 손바닥 크기밖에 되지 않는 삼각팬티였다. 거기서는 브래지어보다 더 좋은 향기가 흘러나오고 있었다. 나는 거기서 그치지 않고 민아 누나의 음부가 닿아 있게 될 부분에 입술을 가져다 대보았다. 황홀한 전류가 전신에 소름끼치듯이 퍼져왔다. 그런데 나의 호기심은 거기서도 그치지 않았다. 불쑥 그 작고 앙증맞은 팬티를 입어보고 싶었다. 그 작고 앙증맞은 팬티를 입어봄으로써 민아 누나의 팬티 차림을 연상해보고 싶었다.

나는 그 일을 개교기념일에 실행하기로 마음먹었다. 아버지 친구는 다시 사업을 일으키기 위하여 외출했고, 민아 누나는 직장에 출근을 한 상황. 게다가 아버지 친구 부인은 민희를 데리고 장을 보러 외출한 절호의 기회였다.

민아 누나의 노랑색 삼각팬티를 꺼내놓은 나는, 그래도 마음이 놓이질 않아 아래층으로 내려가 대문이 단단히 걸려 있는지를 확인하고 다시 올라왔다. 아버지 친구 부인은 열쇠를 놓아두고 외출한 상태였다. 누구든 문을 따고 들어올 사람은 없었다.

나는 일단 민아 누나의 노랑 팬티를 들고 음부가 닿아 있게 될 부분에 코를 들이대어 흠흠거린 다음, 그리고 입을 대어 맛을 보고 나서야 서랍에 걸쳐놓았다. 그 팬티를 입기 위해서는 우선 내가 알몸이 되지 않으면 안 되었다. 나는 내 몸에 걸친 것을 하나도 남김없이 벗어버렸다. 그리고 거울을 바라보았다. 그 부분이 잔뜩 성나 있었다. 나는 쿵쿵 뛰는 가슴을 진정시키지 못한 채 민아 누나의 팬티를 입기 시작했다. 놀랍게도 그 작은 팬티는 나의 아랫도리를 가려버렸다. 거울을 바라보았다. 그리고 바로 그 팬티를 입고 있을 민아 누나를 연상했다. 이어서 민아 누나와 나는 그 노랑 팬티를 통하여 간접적으로나마 한몸이 되었다고 자위했다.

초인종이 울린 것은 다행히도 내가 제정신을 차리고 원점으로 돌아와 있을 때였다.

그러나 그 행복도 잠깐, 민아 누나는 내가 고등학교 2학년때 시집을 가버리고 말았다. 그것도 일본으로 가버리고 말았다. 신랑은 민아 누나가 엘리베이터걸로 근무하던 P그룹의 거래처인 일본의 대기업 중역 재일교포라고 했다. 민아 누나가 떠나가 버린 날, 나는 한강변에 나가 꽤 늦도록까지 앉아 있다가 돌아왔다. 그리고 민아 누나의 작고 앙증맞은 노랑 팬티를 하나 훔쳐두지 않은 것을 못내 후회했다.

8 한 남자가 한 여자를 사랑할 수 있게 되었다는 것은 얼마나 근사한 일인가. 나는 어느덧 그 근사한 일의 주인공이 되어버린 것이다. 그러나 그것은 어디까지나 일방적인 나의 짝사랑일지도 모른다. 지영이와 내가 한 달 좀 넘는 동안 몸을 섞은 것은 도합 다섯 번. 갑남을녀가 만나서 그 정도까지 갔다면 혹 모르되, 매음을 직업으로 삼고 있는 그녀에게 있어서 나는 단순한 손님에 지나지 않을지도 모른다.

그녀의 속은 어떨지 아직 몰라도 어쨌거나 나는 그녀를 품을 때 그녀를 매춘녀라고 생각해 본 적이 한 번도 없었다. 그녀가 매춘녀인 것은 틀림없는 사실이지만, 그녀를 품은 순간만큼은 그녀는 나의 연인이 되어 있는 것이었다.

나는 앞에서 '단순한 화대'라는 말을 쓴 적이 있다. 돈을 주고 여자를 사야 한다면, 그것은 분명 사랑과는 무관한 일인지도 모른다. 하지만 나는 돈을 주고 그녀를 샀다고는 생각하지 않는다. 그것은 단지 사랑스런 이를 만나기 위해서 소요되는 비용일 뿐이다. 사랑하는 연인과 만나서 좀 비싼 숙박업소에 들었다고 생각하면 되는 것이다. 설령 그렇게까지는 가지 않고 한나절 데이트를 즐기더라도, 요즘처럼 음식

값이 비싼 풍토에서 돈 3만원은 잠깐이면 없어져버리고 말 것이다.

나는 여기서 그녀와 몸을 섞은 이야기를 두 가지는 더 얹어야 할 것 같다. 그만큼 내 마음이 그녀에게 절실하게 쏠리어 있다는 고백을 하고 싶으니까.

시각은 겨우 오후 두 시. 지영이는 취침 중이었다.

"지영이 있니?"

나는 그녀의 방문 앞에서 꽤 다정스럽게 물었는데, 방안에서는 아무 대꾸가 들려나오지 않았다. 그녀의 검고 예쁜 부츠는 방문 앞에 모가지가 꺾여진 채 놓여 있었다.

"지영이 있니?"

다시 물었는데 여전히 대꾸가 없었다. 기름 보일러 시설이 되어 있는 방이므로 무슨 연탄가스 중독 같은 불길한 염려는 할 필요가 없었다. 그런데 어째서? 나는 궁금증을 참지 못하고 방문을 슬그머니 밀어보았다. 그녀는 침대 위에 푹 파묻혀 잠들어 있었다.

"지영이 자는구나."

나는 더욱 다정히 말했는데, 그때 그녀가 잠꼬대라도 하는 것처럼 뒤도 돌아보지 않고 중얼거렸다.

"이따가 와요, 아저씨. 지금이 몇 신데?"

그녀는 잠결에 나의 목소리를 들었는지도 몰랐다.

"벌써 낮 두 시가 넘었는걸."

"하지만 나는 밤이란 말예요."

하기야 나한테도 그 시각이 밤일 경우가 많았다. 그것이 예로부터 전형적인 소설가의 생리였다.

"그럼 몇 시에 오련?"

"아홉 시."

"내일 아침?"

터무니없는 질문이라는 것을 알면서도 나는 그녀와 더 대화하고 싶어 그렇게 물었다.

"아이, 아저씨도. 밤 아홉 시요."

그녀가 불쾌해하는 것 같길래 나는 멋쩍어져서 조용히 그녀의 방문을 닫고 밖으로 나왔다. 그리고 나는 그날 여기저기 헤매다니다가 마침내 아홉 시가 되었을 때 그녀의 방으로 가 그녀를 품을 수 있었다. 그날 밤 나는 그녀가 전해준 체온을 안고 고시원으로 돌아와 온전히 잠들 수 있었다.

하루는 어느 3류 극장에 들어간 일이 있었다. 거기서 나는 구라파 영화 〈아름다운 정부(情夫)〉를 두 번 거듭해서 보았다. 이름은 모르지만, 〈아름다운 정부〉에 나오는 여배우의 정사 연기는 실로 리얼하고 감동적인 것이었다. 리얼함을 뛰어넘는 리얼함이라면 어떨까. 그런 것을 일컬어 포스트리얼리즘이라고 하면 어떨까. 주인 여배우는 자신의 검은 음모(陰毛)까지 보여주었으며, 그보다 훌륭한 것은, 그 여배우의 엉덩이 아래에 주연 남배우가 얼굴을 처박고 애무를 하는 도중인데도 그 여배우의 얼굴이 더없이 정숙하게만 느껴지도록 연기한 점이었다. 탁월한 연기력인지 아니면 체질이 그러한 것인지 알 수 없었다.

극장에서 나오니 어느덧 밖은 어둑어둑해져 있었다. 나는 그 길로 지영이를 만나기 위하여 청량리로 갔다. 그런데 조금 늦게 가는 손목시계 바늘이 어느덧 아홉 시를 가리키고 있는데도 그녀는 자리에 없었다. 옆집 여자에게 물어보니 미장원엘 갔다고 했다. 덧붙이기를, 곧 돌아올 것이라고 했다.

마침 잘되었다고 생각했다. 나는 그녀의 첫손님이 되는 셈이므로 다른 녀석들의 손때가 묻지 않는 그녀를 만질 수 있는 것이었다. 그녀는 여러 사람의 손길이 스쳐가도 아름답기는 마찬가지지만, 갓 목욕과 머리 손질을 마치고 돌아왔을 때는 더욱 아름다운 것이다. 그럴 때는 그녀가 처녀처럼 느껴지기까지 했다.

그런데 재수없는 녀석이 하나 있었다. 사실 나는 그 작자를 '녀석'이라고 부르고 싶지도 않다. 아마 '개새끼'라고 부르면 적절할 것이다. 내가 그녀가 영업을 하고 있는 집의 맞은편에 서서 그녀가 오기만을 초조하게 기다리고 있는데, 느닷없이 저쪽 끝에서 곤색 양복 차림의 그 '개새끼'가 나타나 저벅저벅 다가가더니, 그녀의 방문을 열고 쑥 들어가 버리는 것이 아닌가. 천하에 버르장머리 없는 놈이 아닐 수 없었다. 그 방은 그 '개새끼'의 방도 아니요 그 '개새끼'의 애인 방도 아니었다. 그런데 제멋대로 주인 없는 방에 들어가 그녀를 먼저 차지하려는 수작을 부린 것이었다.

그러나 어찌하랴. 그런 일로 그와 시비를 가릴 수도 없는 노릇이었다. 그래서 나는 꾸욱 참고 찬바람을 맞으며 그녀의 입김이 나타나기만을 기다렸다. 마침내 그녀가 옆집과 구멍가게 사이로 난 골목에서 뽀얀 입김을 뿜으며 느낌표 같은 모습을 드러냈다. 나타나는 그녀. 기다리고 있는 나. 근사한 영화의 한 장면 같은 모습이었다. 소설가와 창녀의 사랑. 그러나 그녀는 아직 나를 사랑하고 있지 않을지도 모른다고 생각했다.

골목을 다 빠져나와 마악 커브를 돌려는 찰나에 그녀는 나를 발견했다. 나의 정성이 고마웠던지 푸근한 웃음을 듬뿍 보내주었다.

"왜 거기서 기다리세요? 들어가 계시지 않구."

그녀의 목소리는 추위에 떠는 나를 동정해 주고 있음이 분명했다.

"지영이가 밖에서 걸어오는 모습이 보고 싶어서."

지영이는 화장기가 없는 맨얼굴이었는데, 너무나도 깨끗했다.

"하지만 웬 놈팽이가 새치기했어."

그녀가 자기 방 앞에 놓여 있는 예의 사내의 검은 구두를 쳐다보더니 재미있다는 듯이 웃었다.

"옆방도 비어 있는데 이렇게 추운 데서 떨고 있어요? 할 수 없지, 뭐. 내 방에 있는 손님을 그냥 가라고 할 수도 없고. 그러니 잠깐 옆방에 계세요."

나는 옆방으로 들어갔다. 그러나 20분 내외의 시간이란 결코 잠깐이 아니었다. 내가 그녀를 안고 있을 때와는 전혀 느낌이 다른 지루한 시간이었다. 내가 사랑하고 있는 여자는 바로 옆방에서 내가 '개새끼'라고 부르고 싶어하는 놈을 데리고 연애를 해주고 있다. 그런 생각이 들자 울컥 헛구역질마저 치밀어오르는 것이었다.

"어서 가세요. 다른 손님이 기다리고 있잖아요."

일이 끝났는가. 그녀가 예의 사내를 내쫓는 소리가 들려왔다. 물론 내쫓는 것은 아니겠지만 나로서는 그렇게 생각하고 싶었다. 문득, 그녀가 저 사내의 분문도 애무해 주었을까 하는 의문이 생기는데, 그때 방문이 덜컥 열리고 반가운 얼굴이 나타났다.

"제 방으로 오세요."

그녀는 이미 한 손님을 받았는데도 조금도 피로해 보이지 않았다. 오히려 활기차 보이는 것이었다.

앞의 서술에서 한 가지 빠뜨린 것이 있다. 나는 그 사이를 이용하여 화장실에 다녀왔었다. 아니, 화장실이라기보다는 변소라는 표현이 적당할 것이다. 왜냐하면 변기 아래로 변이 그대로 들여다보이는 구식 화장실이었으니까. 지영이의 깨끗한 분위기와는 전혀 상반되는 구식 화장실이었으니까. 지영이의 분위기와는 전혀 상반되는 구식 변소. 나는 그 변소에 들어가 그녀가 예의 사내를 데리고 연애를 하는 동안 대변을 보았다. 차마 떠올리기 싫은 장면을 떠올리지 않기 위해서는 대변을 보는 방법이 그럴 듯했다. 게다가 마침 뒤쪽이 무거워졌던 것이다. 대신에 그녀와의 사랑을 위해서 밑은 열심히 닦았다. 1회용 티슈가 한 통 다 들었을 정도였다. 어쩌면 이런 일을 위해서 ‘1회용’이라고 굳이 군더더기 말을 붙여놓았는지도 모를 일이었다.

“조금 기다리세요. 양치질하고 올 테니까.”

그녀는 내가 첫손님이 아니었기 때문에 그런 예의를 갖추어 주는 것이었다.

나를 기다리게 해서인지 그날따라 그녀의 서비스는 각별했다. 그럼에도 불구하고 나는 그녀가 누워 있는 나의 분문을 애무해주기 시작했을 때, 재빨리 몸을 돌려 개처럼 엎드려 버렸다. 아니, 그보다는, 〈아름다운 정부〉에 나온 여배우처럼 되고 싶었다. 그녀는 그에 개의치 않고 계속해서 나의 가장 지저분한 신체를, 아니 그 순간만큼은 가장 깨끗해진 신체를 애무해 주었고, 나는 벽면에 붙어 있는 거울 속의 내 얼굴을 들여다보며 결코 정숙해 보이지 않음에 실망했다. 그래서 나의 얼굴에서 눈을 떼고 역시 거울에 비친 그녀의 곡선미를 어렵사리 감상했다. 문득, 그녀가 유명한 여배우가 되었으면 좋겠다고 생각했다.

이러한 두 가지 기억에도 불구하고 나는 여전히 그녀를 짝사랑하고 있을 뿐인지도 모를 일이다. 아니, 그렇지는 않을 것이다. 그녀가 나를 사랑하고 있는지 어떤지는 몰라도, 그녀가 나를 조금쯤은 특별한 손님으로 생각하고 있는 것만큼은 확실하다. 왜냐하면, 그녀는 늘 나의 이름을 알고자 했으며 내가 쓴 소설 제목을 알고자 했으니까. 그리고 한 가지 더 있다면, 아주 귀여운 표정으로 나에게서 내가 쓴 소설책을 증정받고 싶어하는 눈치를 보였으니까.

9 내가 동정(童貞)을 마침내 잃은 것은 어리석게도 꿈속에서였다. 상대는 이름을 대면 알 만한 인기 탤런트 김명란이었다. 지금은 매달 사보까지 발간하는 제법 큰 보석제조회사 대표이사의 부인이던가 ……. 분명히 그녀는 꿈속에서 나의 귀중한 동정을 빼앗아 가버렸다.

장소는 어딘지 정확히 기억이 나지 않는다. 텐트 속이었던가. 아무튼 그녀는 분명히 나를 자기에게로 다가오라고 길고 아름다운 손가락으로 유혹했고 나는 맥없이 끌려갔다. 그녀는 뜻밖에도 천조각 하나 가리지 않은 알몸이었다. 아! 도대체 이런 일이 가능하단 말인가! 평범한 여자도 아닌 저 이름난 대중의 스타가! 가까이 다가가니 그녀의 음부가 고스란히 보였다. 나는 혹시나 놓칠세라 나의 동정 상징체로 앞뒤 가리지 않고 파고들었다.

조루(早漏)였다. 극히 짧은 시간에 나는 사정을 하고 만 것이다. 이상한 느낌에 나는 눈을 떴다. 설마 했으나 흰색 팬티는 젖어 있었다. 끈적끈적하게 젖어 있었다.

그때가 고등학교 1학년에 다니던 해였다.

내가 처음으로 자위(自慰)행위를 시도한 것은, 그래서 성공한 것은 고등학교를 졸업하고서 다니던 직장을 그만둘 때쯤 한 창녀를 통하여 나의 포경이 벗겨지고 나서부터였다. 고등학생 시절에 나는 이따금 몽정을 경험하곤 했었지만, 그래서 어머니에게 내가 컸다는 사실을 확인시켜 드리기는 했지만 절대로 자위행위를 하지는 않았다. 중3 때 다른 친구의 집에서 밤을 새워 시험공부를 할 때 자위행위를 가르쳐 주겠다는 꾐의 말을 들었을 때도 넘어가지 않았으며, 나는 그것을 불결한 행위라고 생각하고 고등학교를 졸업할 때까지 한 번도 시도해 보지 않았다. 아니, 그보다는 귀두를 마찰하기 위하여 포경을 벗겨내야 한다는 사실이 두려웠었다.

그 대신에 나는 만원버스 속에서 이성(異性)간의 신체적 접촉을 즐기곤 했다. 이 땅의 정숙한 여인들에게는 좀 미안한 말이지만, 나의 이성간의 신체적 접촉에서 받는 쾌감은 한 걸음 더 나아가 여자 만지기로까지 이어졌다. 물론, 시도 때도 없이 그랬다는 것은 아니고, 그래도 될 만한 기회를 포착했을 때는 가능한 한 그랬다.

출근 시간대에는 아무리 종점에서 버스를 탔다고 하더라도 버스나 지하철 전동차는 금세 만원이 되게 마련이다. 한겨울에는 바로 그 만원 버스나 만원 전동차가 나쁠 것도 없다. 많은 사람들의 체온이 버스 안을 훈훈하게 만들어 주므로 추위가 제법 가셔 버리는 것이다. 하기야 예쁜 여자만 많이 타 있다면 여름철이라고 해서 굳이 나쁠 것도 없다. 여름철일수록 여자들의 노출은 심해지고, 그나마 입은 옷도 얇아지는 것이다.

고백하건대, 예쁜 얼굴을 하고서 그런 옷차림을 하고 있는 여자를 발견하면, 더욱이 몸매까지 아름다운 여자를 발견하면 그 순간 그 여자의 엉덩이에 손을 대보고 싶은 충동이 끓어오르던 시절이 있었다. 그게 고등학생 때부터 대학 1년생 때까지였다. 여자의 엉덩이에 손을 대기 위해서는 역시 만원 버스와 만원 전동차가 적절하다는 사실을, 일부러 손을 대려고 애쓰지 않아도 저절로 가능해지는 경우가 있다는 사실을 나는 그때 이미 알기 시작했다.

만원 버스를 거의 매일처럼 탔던 것은, 물론 그보다 빠른 중학생 때였다. 하지만 그때 나는 이성간의 신체적 접촉에서도 별다른 감동을 받지 못했으며, 그 감동이 발동하기 시작한 것은 아무래도 변성(變聲)이 되어 버린 고등학생 때라고 보아야 옳았다.

그러나 나는, 고등학교를 졸업할 때까지 등교하기 위해서 만원 버스를 타다 보니 같은 방향으로 가는 여고생들과 신체적 접촉을 하는 수 없이 했을 뿐 고의적으로 여고생의 엉덩이에 손을 대보는 등의 겁없는 행동을 하지는 않았다. 그건 내가 담배를 태우거나 술을 마시지 않았던 것과 함께 상당한 절제의 행위였던 셈이다. 그러나 자연스럽게 이루어지는 신체적 접촉을 은근히 즐겼던 것만은 분명했다.

그렇다면 내가 다 큰 여자의 엉덩이에 처음으로 손을 대본 것은 언제였던가. 고등학교 3학년에 재학 중이던 1979년이었던 것 같다. 어느 날, 문득 대학 캠퍼스라는 데를 가보고 싶어지는 것이었다. 그래서 간 곳이 나의 집 휘경동에서 멀지 않은 K대학교. 마침 축제중이었고, 대운동장에서는 연예인 초청 공연이 벌어지고 있었다. 나의 발걸음은 자연스럽게 그리로 향해졌다. 지금이야 사정이 달라졌지만, 그때만 해도 인기 연예인을 실물로 본다는 것은 큰 즐거움이 아닐 수 없었다.

임시로 가설한 노천무대 앞은 그야말로 발 디딜 틈도 없이 많은 남녀 대학생 커플이 모여들었다. 개그맨들의 개그와 인기 가수들의 노래에 너나 할 것 없이 정신이 팔려 있는 상태였다.

　나도 그 틈에 끼어들어 공연을 보기 시작했다. 그런데 문득 눈에 들어오는 한 여인. 푸른색 스커트가 썩 잘 어울리는 청초한 인상의 여자였다. 여대생인지 아닌지는 몰라도 나이는 그쯤 되어 보였으며, 그 옆에는 연인으로 보이는 남자가 있었다. 나는 불쑥 발동하는 질투심을 억누를 길이 없었다. 그래서 그 감정을 그 여자의 엉덩이에 손을 대보는 것으로 해소하리라고 마음먹었다. 나는 손을 길게 내밀어 사람들 사이를 비집고 그 여자의 엉덩이에 손을 대었다.

　이처럼 부드러운 감촉이 다 있을까 싶었다. 가느다란 스커트를 통해 전해지는 엉덩이의 감촉. 여자는 공연 관람에 정신이 팔려 누군가의 손이 자신의 엉덩이를 만지고 있다는 사실조차 느끼지 못하고 있는 것 같았다. 나의 욕구는 거기서 그치지 않았다. 고약하게도 나의 손은 그 여자의 엉덩이에서 서서히 미끄러져 앞쪽으로 돌아가고 있었다. 그 여자의 성기 부분에 손을 대보고 싶었던 것이다. 마침내 그 여자의 도톰한 부분이 손에 느껴지는 순간, 그 여자가 화들짝 놀라며 주위를 두리번거렸다. 나는 얼른 손을 빼내고서 그곳에서 빠져나왔다. 묘하게도 그 여자를 정복한 것 같은 기분이었다.

　여자들은 낯모르는 남자의 손이 자신의 몸에 닿으면 어떤 생각을 하는 것일까. 사람마다 다를 것이다. 오히려 손을 대주기를 바라는 여자가 있을지도 모른다.

　직장을 그만두고서 대학에 다닐 때, 나에게 거의 매일 엉덩이에 손을 대는 즐거움을 제공해 준 여자가 있었다. 시내버스 안에서였다. 대학 교재를 옆구리에 낀 채 나보다 두 정거장 전에 내리곤 했는데, 긴 머리와 긴 다리가 시원스럽고 영민(英敏)하게 생긴 멋쟁이였다. 오전 여덟 시경에 버스에 오르면, 그 여대생은 대개 그 버스에 먼저 타고 있었다. 일반인들의 출근 시각마저 겹쳐 버스는 당연히 만원, 나는 어김없이 그 여자의 뒤로 가 그 여자의 엉덩이에 손을 대보는 서스펜스에 빠져들곤 했다. 물론 그때마다 나의 특정 신체 부위는 늘 발기해 있곤 했다. 그런데 이상한 것은, 거의 매일 내가 그런 장난을 하는데도 그 여자는 침착하게 가만히 서 있었던 것이다. 결국은 내가 지쳐서 그 장난을 그만두게 되었는데, 아무튼 그것은 젊은 한때의 철없는 장난에 지나지 않았다.

그건 그렇고, 아무튼 이따금 몽정을 하면서도, 그래서 어머니에게 내가 다 컸다는 사실을 확인시켜 드리면서까지 자위행위를 억세게 참아오던 내가, 이윽고 다섯 손가락의 힘을 빌리게 된 것은 한 창녀의 음부를 통하여 포경이 피가 날 정도로 밀려나고 나서부터였다.

10 꿈 속에서의 사정(射精)이 아닌, 그러니까 몽정이 아닌 실제의 여자를 통해서 내가 처음으로 여자의 질 속에 사정을 하게 된 사건을 설명하기 위해서는 나의 상고 출신 사원 시절을 떠올리지 않을수가 없다. 그것은 순전히 나를 속인 한 여자 때문이었다. 그 여자가 나를 속이지만 않았다면 나는 틀림없이 창녀를 두렵게 인식했을 것이며, 하필이면 창녀에게 나의 동정을 빼앗기지도(남자들은 다들 창녀를 통해서 성인신고식을 한다고들 하지만) 않았을 것이다.

내가 상고를 졸업하고 나서 공개채용 시험에 합격하여 들어간 직장은 10대 재벌 대기업의 계열사인 수원의 S전기였다. 나는 필체가 좋다는 이유로 총무과에 배속되었는데, 총무과 업무 가운데 인사 업무가 나에게 맡겨졌다. 나의 업무 가운데 가장 많은 양을 차지하는 것은 생산직 여사원(흔히 말하는 여공)을 직접 면접하여 합격과 불합격을 가려내는 일이었다.

어느 날, 신입 생산직 여사원 신체검사 때의 일이었다. 종합병원의 신체검사장까지 면접시험 합격자들을 인솔해 주고 나면, 나는 으레 신체검사장 바깥으로 나와 바람을 쐬면서 기다리기 마련. 그런데 웬일인지 불합격자 한 명이 혼자 서 있는 게 아닌가.

"왜 안 가고 여기까지 따라왔죠?"

"친구가 합격해서 신체검사를 받고 있기 때문에 기다렸다가 함께 가려구요."

그 여자는 고개를 살포시 수그린 채 퍽 조심스럽게 말했다. 면접시험 때 내가 눈여겨 보았을 정도로 잘생긴 미인이었다. 훤한 얼굴에 넓은 이마, 그리고 마늘코. 더구나 참한 이미지가 한껏 풍겨나오고 있었다. 이 정도면 미스코리아 대회에 나가도 될 거야. 나는 속으로 그녀의 미모에 대해서 감탄을 하면서 그녀가 떨어지게 된 이유를 설명해 주었다.

"위에서 고졸자는 무조건 뽑지 말라는 지시가 있었어요. 같은 일을 하는데도 월급을 더 많이 줘야 하기 때문이죠. 아가씨 같은 미인을 떨어뜨린 내 마음이 몹시 아픕니다."

그녀는 여자상업고등학교 출신으로 주산 2급, 부기 3급의 자격증도 가지고 있었다. 이력서에 적혀진 게 사실이라면, 그녀의 미모로 미루어 생산부서에서 서무를 맡게 될 가능성도 많았다. 갑자기 나는 그녀에 대해서 안쓰러운 생각이 들었다. 그리고 솔직히 말하자면, 그녀를 사귀고 싶다는 생각도 들었다. 그녀의 안쓰러운 분위기가 나의 마음을 그렇게 움직이도록 만들었을 것이다. 더구나, 일부러 보려고 그런 것이 아닌데 그녀의 적당히 풍만한 가슴 윗부분의 흰 피부가 나의 눈에 들어왔다. 순간 아찔했다. 나의 제2차 성징(동물의 수컷과 암컷의 특징을 짓는 성질 가운데서 성숙한 뒤에 나타나는 차이, 즉 성호르몬이 분비됨에 따라 나타나는 차이)이 자극을 받았기 때문이었다. 그만큼 그녀는 어떤 남자도 인정할 만한 미인이었다.

"그런데 왜 생산직에 응시하려고 하나요?"

그녀는 대답하지 않고 부끄러운 듯 미소를 짓고 있었다.

"취직이 잘 안 되나요?"

그녀는 천천히 고개를 끄덕였다.

"하기야 요즘엔 공개채용시험이 아닌 데는 백그라운드라도 확실해야 ……."

그녀는 여전히 대꾸가 없었다.

순탄한 길을 가지 못하는 그녀가 안타까운 한편, 납득이 잘 되지 않는 부분도 있었다. 요즘처럼 외모를 중시하는 면접 사회에서 그녀와 같은 아름다운 여인이 아직까지 사무직으로 취직하지 못했다는 것은 이해하기 어려운 일이었다.

"내가 커피 한잔 사고 싶은데, 내일 시간 있나요?"

나는 큰맘먹고 물어보았다.

"…… 예."

그녀는 들릴 듯 말 듯한 작은 목소리로 대답했다. 그녀가 싫다고 했으면 무안할 법한 일이었는데, 다행히 그녀 쪽에서도 친근하게 다가오는 나에게 호감을 가졌던 모양이었다.

"그럼 남문 왼편에 있는 N다방으로 나와요. 일곱 시. 괜찮아요?"

"예."

나는 한편으로는 행운이라고 생각하고 있었지만, 그녀 역시 행운이라고 생각하기는 마찬가지인 모양이었다.

이튿날 나는 퇴근 시간이 되자마자 회사 유니폼 상의를 신사복 상의로 갈아 입기 위하여 만사 제쳐놓고 탈의실로 향했다. 탈의실 안에서 외자과(外資課) 소속인 입사 동기생이 물었다.

"오늘 당구 안 쳐?"

"안 쳐."

"왜?"

"그럴 일이 좀 있어."

"너, 여자 만나러 가는 거지? 생산부서에 있는 여자 아냐?"

"아냐. 우리 회사 직원이 아니야."

"그러지 말고 나한테도 좀 소개시켜 주라."

"나중에 얘기하자."

"약속한 거지? 꼭이다, 꼭. 술 한번 진하게 살게."

하지만 어림없는 희망이었다. 나는 회사 안의 뚜쟁이로 나설 생각이 조금도 없었다. 게다가 그 친구에게는 이미 고교생 시절부터 몸을 섞은 여고 3년생 애인(애인인지 섹스 파트너인지는 확실히 알 수 없지만)이 있었으며, 그 미성년의 애인은 적어도 한 달에 두 번은 그와 한몸이 되기 위해 주말을 틈타 수원으로 내려오곤 했다. 그녀가 내려오지 않는 주말에는 수원에서 자취하는 그가 올라가 만나는 모양이었다. 이를테면 주말 부부와 비슷한 성격의 주말 연인(주말 섹스 파트너인지도 모르지만)인 셈이었다. 사실 말이야 바른 말이지, 1주일에 한 번씩 정사를 한다면 그건 부부가 된 것이나 다름없지 않은가.

"배꼽 위쪽으로까지 잔잔한 털이 나 있어, 경진이는."

그 친구는 나에게 자기 애인의 신비스런 육체를 거리낌없이 자랑하곤 했으며, 아직까지 동정인 나는 자유롭게 돈 한푼 들이지 않고 여고생을 품을 수 있는 그가 부럽다고 생각한 적도 많았다. 한 번은 그 친구가 직접 자기의 미성년 애인인 홍경진을 나에게 소개시켜 준 일이 있는데, 연기학원에 다니고 있는 그녀는 장래희망이 탤런트인 여고생답게 눈이 크고 깜찍한 얼굴의 소유자였다. 그런데 그의 말로는, 둘이 사랑하고 있음에도 불구하고 결혼은 하지 못할 거라고 했다. 그녀를 집에까지 바래다 주었다가, 늦게까지 데리고 다녔다는 이유로 그녀의 두 오빠와 말다툼 끝에 주먹다짐을 벌인 일이 있기 때문이라고 했다. 그녀가 그의 편을 들어준 데다, 얻어맞은 쪽도 두 오빠 진영이었으니 그럴 만도 했다. 더욱이 그는 디스코테크에서 처음 만난 여자와 하룻밤의 정사를 나누는 것을 예삿일로 여기고 있었다. 그런 절제없는 성교 덕분에 한 번은 농이 뚝뚝 떨어지는 임균성 요도염을 얻은 일도 있었다.

"한 번은 강하게, 두 번은 약하게 먹으래, 제기랄."

이 여자건 저 여자건 얼굴만 예쁘면 가리지 않는, 한마디로 육체 관계가 제멋대로인 그에게 참한 생산직 여사원을 소개시켜 주는 건 곧 그 생산직 여사원을 모독하는 행위라고 나는 생각했다.

그런데 내가 그 여자와 만나기로 한 다방에까지 그 입사 동기생을 비롯한 나의 상고 출신 입사 동기생들이 모두 따라왔다. 내가 만나기로 한 여자가 얼마나 미인인지 확인하려는 속셈들이었다. 하는 수 없이 나는 그녀가 나타날 때까지 그 귀여운, 그러나 찰거머리 같은 적들과 함께 앉아 있기로 했다. 약속 시간인 일곱 시가 다 되어서야 그녀는 나타났다.

"아, 최영혜(어느 때부터인가 나는 그녀의 이름을 잊어버렸다. 그러므로 '최영혜'라고 그녀의 이름을 임의로 붙여두기로 한다.) 씨, 나, 여기 있어요."

나는 자리에서 일어나, 두리번거리는 그녀를 향해 걸어갔다.

"우와!"

나의 동기생들한테서 일제히 감탄사가 터져나왔다. 2천여 명이 근무하는 S전기의 울타리 안에서도 그만한 미인은 본 적이 없었을 것이다.

"저 녀석들은 내 동기생인데, 영혜 씨를 훔쳐보려고 따라와서 저 야단들이에요."

나의 말을 듣고 그녀는 나의 동기생들을 향하여 방긋 웃어주었다.

"야호!"

한 동기생이 신난다는 듯 외쳤다.

"지금 바로 나갑시다. 저 녀석들이 영 신경쓰이니까."

나는 그녀와 함께 얼른 커피를 마시고 N다방에서 황급히 빠져나갔다. 등뒤에서 "우우" 하는 동기생들의 야유가 터져나왔다.

나는 그녀를 데리고 우선 식당으로 들어가 김치찌개 백반을 먹었다. 다음은 생맥주집이었다. 그녀는 생맥주를 조금 마실 줄도 알았다. 나는 자신이 문학청년이라는 점과, 언제고 훌륭한 소설가가 되리라는 점을 강조했고, 그녀는 믿을 수 있다는 듯 고개를 끄덕여 주었다. 나는 마치 조선 시대의 정숙한 여인상을 보는 듯한 느낌이었다. 그녀는 그만큼 순종적인 눈빛을 발산하고 있었으며, 좀처럼 자신의 의견을 내세우는 법이 없었다. 아니, 단 한 번도 자신의 의견을 내세우지 않았다. 내가 열변을 토하면 그저 수긍할 뿐이었다.

이튿날도, 또 그 이튿날도 두 사람은 만났다. 나는 하루하루가 즐거웠다. 마치 천하를 얻기라도 한 기분이었다. 여관에라도 같이 가자면 가줄 것 같았다. 사랑한다는 말은 주고받지 못했지만, "이제 저는 당신의 여자예요" 하는 식의 고백을 그녀는 반짝이는 눈빛으로 말하고 있는 것 같았다.

하지만 만남을 더해 갈수록 나로서는 어딘지 미심쩍은 데가 있었다. 그녀가 뭔가 숨기고 있는 게 아닌가 하는 의구심이 나의 머릿속에 일기 시작했다. 저만한 미모라면 진작부터 남자들이 접근해 오지 않았을 리 없지 않은가? 혹시 처녀가 아닐지도 모른다. 그녀와 결혼을 약속하기 전에 우선 그 점부터 해결해 두어야 할 것 같았다. 왜냐하면 우리의 나이는 이제 고등학교를 졸업한 만 19세에 불과하니까. 더욱이 나는 숫총각 딱지도 떼지 않은 정말로 믿을 만한 총각이니까. 그래서 나는 생산부서에서 일하고 있는 예의 그녀의 친구를 총무과로 불렀다. 그리고 정말 놀라운 사실을 알게 되었다.

"어떻게 알게 된 친구냐구요? 실은 제 올케언니예요."

설마 했지만, 나는 날벼락을 맞은 듯한 충격을 받았다. 전에 다니던 공장에서 생산라인의 반장과 눈이 맞아 동거를 했던 모양이었다. 그런데 지금은 별거 중인 모양이었다. 불쾌했다. 정말 불결하다고 나는 생각했다. 차라리 누군가에게 한 차례 강간을 당하고 그것으로 그쳤으면 그런 대로 좋았다. 그런데 서로 눈이 맞아 동거까지 했다지 않은가. 그리고 친구라던 생산직 여사원이 버젓이 올케언니라고 말하는 것으로 미루어 보면, 두 남녀는 완전히 헤어지지도 않았다는 말이 아닌가. 나는 이제, 판단은 전적으로 자신의 의지에 달려 있다고 생각했다. 나는 그때쯤 서울의 아버지의 친구(민아 누나와 민기, 민희의 아버지) 집에서 한동안 나와 회사 근처에서 전산과 소속인 입사 동기생과 함께 자취 생활을 하고 있었는데, 마침 그 친구가 철야 근무를 하는 날이 돌아왔다. 나는 그녀를 나의 자취방으로 끌어들일 작정이었다.

늘 그래왔듯이, 나는 그녀를 만나 저녁 끼니를 때우고 술을 마셨다. 비장한 각오가 있었기 때문에 맥주 대신에 일부러 소주를 마셨다. 나의 머릿속을 알 리가 없는 그녀는 두 잔까지 마시며 쓴 소주맛을 나누어 주었다. 2홉들이 소주 두 병이 비어 갈 때쯤 내가 비로소 말했다.

"오늘, 내 자취방 구경 좀 할래요?"

"어디신데요."

"여기서 멀지 않아요. 권선동. 저쪽 큰길로 가다 오른쪽으로 꺾어져서 한 10분 거리."

나는 식당의 유리창 밖을 손끝으로 가리키며 말했다.

"어머, 그럼 저랑 같은 동네예요. 들렀다 갈게요. 어떻게 살고 계시는지 궁금하기도 하구요."

둘이 나이는 같았지만, 꽤 여러 번 만났으면서도 우리는 말을 놓지 않고 있었다. 나는 면접시험을 담당한 사원이었고, 그녀는 면접시험을 보러 왔던 응시자였기 때문이었을 것이다. 아무리 같은 나이더라도 그녀가 면접 담당 사원이었던 나에게 말을 놓기는 쉽지 않았을 테고, 나 역시 그녀가 나를 대하는 만큼의 예의를 갖추고 싶었던 거였다.

두 사람은 곧 일어나 나와 밤길을 걸었다. 별다른 대화 없이 묵묵히 걸어 나의 자취방에 다다랐다. 자취방이라고 해야 부엌도 없는 단칸방이었다. 예상했던 일이었지만 연탄불은 싸늘하게 식어 있었다.

"방이 차서 어떡하지? 아무튼 좀 앉아 있어요. 난 발 좀 씻고 올 테니까."

나는 그때 왜 발을 씻고 오려고 했는지 정확히 기억할 수가 없다. 희미한 기억으로는, 아마도 발냄새가 나지 않을까 하는 자기 부끄러움 때문이었을 것이다. 대부분의 남자 자취생들이 그렇듯이, 나는 양말을 이틀째 새것으로 갈아 신지 않았던 것이다.

나는 마당 한가운데 있는 수돗가로 가 찬물로 발을 씻었다. 그리고 쪽마루에서 수건으로 물기를 닦아낸 다음 방안으로 들어갔다. 한기(寒氣)가 가득 깔린 방안에서 그녀는 담요로 몸을 두르고 가만히 앉아 있었다. 예뻤다. 정말 예뻤다. 추위에 떨면서 나의 반응을 기다리고 있는 그녀의 모습이 다른 때보다 한결 예뻤다. 나는 남성으로서의 가슴이, 그리고 제2차 성징이 뜨겁게 달아오르는 기분이었다. 나는 방바닥에 깔려 있는 요 위에 앉아 좀더 가까이서 그녀의 표정을 살펴보았다. 껴안으면 당장 안겨 올 것 같았다. 그녀의 희디흰 목줄기와 가슴 윗부분이 나의 눈을 끌어당겼다. 그곳에 나의 얼굴을 묻고 싶었다. 그리고 애무하고 싶었다. 그녀의 희고 고운 살결은 어떤 맛일까? 아직 경험이 없어 성행위를 제대로 할 수는 없을지는 몰라도, 키스나 애무만큼은 분명히 잘할 수 있을 것 같았다. 하지만 나는 꾹 참았다. 그녀의 또다른 남자가 되기는 싫었다.

"나, 영혜 씨에 대해서 한 가지 아는 게 있어요."

순간, 그녀의 눈빛이 달라졌다. 그러고 곧 고개를 떨구었다.

"왜 그렇게 됐죠?"

"저어…… 하지만 지금은 만나지 않고 있어요. 그 사람의 꾐에 빠졌던 거예요. 실수했던 거예요."

"헤어졌다고는 하지만, 그 자는 버젓이 살아 숨쉬고 있지 않습니까. 아직 다른 여자와 결혼한 상태도 아니기 때문에, 그 자는 한때 동거했던 영혜 씨를 언제고 자기 여자라고 주장하고 나설지도 모르지요. 그럴 때 나의 입장은 참 난처할 것 같군요. 내가 중간에 끼어들어서 그렇게 된 것도 아니고 내가 뒤늦게 끼어든 셈이니까. 그렇지 않나요?"

놀랍게도 그녀는 고개를 좌우로 흔들었다. 연탄불이 꺼져 있는 방 안이 더욱 싸늘하게 느껴졌다. 그렇다면 나를 만나고 나서부터 그 남자와 헤어지기로 작정했다는 말이 아닌가. 그렇더라도 할 수 없었다. 그건 그녀가 잘못 판단한 것이었다. 이제 만 19세밖에 되지 않은 여자가 어찌하여 좀더 나아 보이는 남자를 만났다고 동거까지 한 남자와 헤어질 수 있단 말인가. 나를 만남으로써 그녀의 마음이 바뀌었고, 그래서 그 남자가 뜻밖에 실연을 당하게 된 모양이니까, 엄밀히 따지고 보면 나는 그 남자에게서 여자를 가로챈 것이나 마찬가지의 못할 짓을 저지른 셈이었다.

"그 남자와 전 이제 아무 상관이 없어요."

그녀는 호소하듯이 말했다. 그렇다면 헤어지기로 둘이 뜻을 모았다는 말인가. 하지만 아무리 그렇더라도, 어쩐지 그 남자가 그녀의 몸 어딘가에 진드기처럼 붙어 있을 것만 같은 느낌을 지울 수는 없었다. 그녀의 몸에서는 그 남자의 어떤 고약한 냄새가 날 것 같았다. 이것이 일반 여성과 창녀의 다른 점이었다. 창녀는 불특정 다수의 남성을 상대하므로 특정한 남자의 냄새가 남아 있을 턱이 없지만, 일반 여성이 한 남자와 여러 차례 접촉했다는 것은 그 남성의 냄새를 고스란히 껴안고 있는 것이나 마찬가지인 셈이라고 나는 판단했다. 나는 단호하게 말했다.

"하지만 나로서는 껄끄러워요, 그 자가. 음…… 그만 일어납시다. 내가 집 앞까지 바래다 줄 테니까."

그녀는 일어나기 싫은 표정으로 천천히 일어섰다. 그녀의 자취방은 나의 자취방에서 5백 미터쯤 떨어진 곳에 있었다. 연립주택의 방 한 칸을 빌려 친구와 함께 살고 있다고 했다.

"이제 이것으로 우리의 만남은 끝냅시다. 나는 삼각관계 따위는 좋아하지 않으니까."

"하지만 ……."

연립주택 입구에서 마주보고 선 채 내가 이별을 선언하자 그녀는 당혹감을 감추지 못했다. 밤의 싸늘한 기운에 젖은 채 서 있는 그녀의 모습은 한결 남성의 보호 본능을 자극시켰다. 그러나 나는 자신의 의지를 굽히지 않았다.

"나는 솔직히, 지금 영혜 씨를 껴안고 입을 맞추고 싶은 마음입니다. 하지만 참을 수밖에 없어요. 앞으로 어떤 불행이 우리들에게 먹구름처럼 닥쳐오게 될지도 모른다는 불길한 예감마저 들기 때문이죠. 유치한 말 같지만, 이건 우리 두 사람 간의 운명인지도 모른다는 생각이 들어요. 차라리 내가 그 사실을 몰랐으면 좋았을걸."

그녀는 고개를 숙인 채 소리없이 울고 있었다.

"그만 들어가요, 추운데 ……."

그러나 그녀는 꿈쩍도 하지 않고 제자리에 서 있었다.

"정말 안 들어가고 이렇게 서 있을 건가요?"

"…… 먼저 가세요……."

"알았어요. 그럼 내가 먼저 가겠소."

나는 그녀를 끌어안아 주고 싶은 가슴 한켠의 간절한 욕망을 단호하게 뿌리쳤다. 나는 좀더 비정해지고 싶었다. 사랑하지만, 속시원히 사랑할 수 없는 모난 현실이 나를 그렇게 만들었다. 나는 등을 돌리고 걷기 시작했다. 1백 미터쯤 걸었을까, 나는 자꾸 무엇인가가 자신의 몸을 끌어당기는 느낌이 들어 뒤를 돌아다보았다. 그녀는 여전히 그 자리에 선 채 움직이지 않고 있었다. 하지만 나는 한사코 외면하기로 했다. 하지만 가슴속으로는, 뺨을 타고 흐르는 눈물보다 더한 아픔의 눈물이 삼켜지고 있었다.

그 뒤로 나는 수원에서의 자취 생활을 그만두고 서울의 아버지 친구 집에서 전철을 이용하여 출퇴근하곤 했다. 퇴근길에는 매일같이 술을 벗했다. 최영혜와 헤어진 아픔을 술이 위로해 주는 것도 아닌데, 아무런 기쁨도 얻지 못하며 무모하게 마셔댔다. 그러던 어느 날 누군가의 위로를 받고 싶어 찾아간 곳이 종삼(지금은 없어졌지만 과거에 종로 3가에 자리잡고 있던 방석집 군락을 말함)의 한 퇴폐 술집이었다. 거기에는 술과 더불어 몸까지 파는 미스 정이라는 여자가 있었다 (미스 정에 대해서는 성이라도 기억하고 있으면서도 나의 첫사랑의 이름을 기억해내지 못하는 이유는 무엇일까?). 1980년이 저물어가는 겨울철, 그때 그녀의 나이는 우리 나이로 스물일곱이라고 했다. 나보다 일곱 살이나 연상인 셈이었다. 계란형의 얼굴에 다소 야위고 눈이 큰 것이 특징인 미스 정. 나는 그녀에게 나의 동정(몽정이 아닌)은 물론 싱싱한 육체까지 송두리째 바쳤다.

나는 그녀를 처음 만났을 때부터 잠자리를 같이 하지는 않았다. 몇 차례쯤 나는 그녀와 술을 함께 마셨으며, 그녀의 부드러운 둔부를 손으로 만지며 놀았다. 어느 날 그녀가,

"자기, 오늘 무척 외로워 보여. 오늘 자고 가지 않을래?"

하고 말했다. 나는 마침 화대를 갖고 있었고 술기운도 얼마쯤 올라 있었기 때문에 용기를 내어 승낙했다. 우리는 방석집 맞은편의 허름한 여관으로 자리를 옮겼다.

"자기, 총각이야?"

나는 숫총각답게 고개를 끄덕이는 순진함을 보여주었다. 여자와의 첫 관계가 곧 벌어지게 된다니……. 기대감에 가슴이 떨리기도 했지만, 한편으론 두려움에 가슴이 떨리기도 했다.

"내가 연애하는 법 가르쳐 줄게. 자, 이리 들어와."

나는 바지를 입은 채 이불 속으로 들어갔다. 어느새 알몸이 되어 있는 그녀의 살은 유난히 부드러웠고 따뜻했다. 그녀는 이불 속에서 나의 옷을 하나하나 벗겨주었다. 그러고 붉은 혀를 빼내어 일단 나의 입술을 요구했다. 젖은 키스가 한동안 이어졌다. 투명하고 달콤했다.

"자기는 입맛이 좋아. 다른 남자들은 입안에서 술냄새나 담배 냄새가 나는데 자기는 그렇지 않아. 괜찮은 입맛이야."

잠시 후 그녀는 잔뜩 긴장해 있는, 그러나 충분히 발기해 있는 나의 생식기를 건드렸고, 곧 그녀와 나는 한몸이 되었다. 그러고 그녀의 세찬 여성상위 공격에 의하여 나는 마침내 함락되었다. 몽정이 아닌 첫 오르가슴. 사정을 했을 때의 그 순간은 말로 형용할 수 없는 기쁨이었다. 그런데 나의 생식기에서 약간의 통증이 느껴졌다. 살펴보니, 포경 상태이던 표피가 완전히 밀려나가고 귀두가 완전히 드러나면서 생긴 상처로 인해 피가 조금 내비치고 있었다. 아무튼 성인 신고(그게 바람직한 성인 신고인지는 의문이지만)를 마쳤다는 기쁨에 나는 한겨울에 소변을 보고 난 뒤끝처럼 엄청나게 진저리를 쳤다. 이튿날 나는 피부비뇨기과를 찾아 의사에게 동정을 잃게 된 사실을 고백하고 상처를 치료받았다. 그리고 나의 엉덩이를 작고 고운 손바닥으로 찰싹 때리고 주사를 놓아주는 간호사의 예쁜 얼굴을 바라보면서, 이 여자가 과연 처녀일까를 생각했다.

11 마침내 지영이가 온다는 날, 다행히 집에서는 신정을 쇠지 않기 때문에 나는 시골에 내려가지 않아도 되었다.

저녁시간이 되자 나는 서둘러 고시원을 나선다. 하루빨리 고시원 생활을 청산하고 싶었지만, 경제적으로 여유가 생기지 않으니 도리없는 노릇이었다. 하지만 이제 나의 소설 〈이주민〉이 팔려주기만 한다면 나의 주거 환경은 썩 달라질 수도 있을 것이다. 하숙방이나 사글셋방이 아니라 어쩌면 신식 오피스텔을 전세로, 아니, 살 수 있게 될지도 모른다.

나의 바지주머니에는 현금 4만 몇 천원이 들어 있다. 지영이를 만나기 위해서 필요한 돈이다.

157번과 139번, 그리고 53번 버스는 나에게 있어서 매우 긴요한 버스다. 청량리 오스카 극장에서 우회전하여 전농동 굴다리를 통과해 지나가는데, 그 사이에 한 번 서는 곳이 바로 588 정류장인 셈이다.

버스 안에서 나는 그녀의 모습을 떠올려보려고 애를 쓴다. 하지만 쉽게 영상이 만들어지지 않는다. 지난번 그녀의 얼굴이 공중분해 되어버린 뒤로, 나는 한 번도 그녀의 얼굴을 떠올려내지 못했다. 그러나 떠오르지는 않아도, 이제 곧 그녀의 실물을 보게 될 것이다. 나는 한껏 가슴이 부풀어오른다.

붉은 조명이 도로 양편에 가득하다. 나는 담배를 한 개비 빼어물고 불을 붙인다. 자꾸 꺼지는 성냥. 그때 누군가가 다가와 라이터로 불을 붙여준다. 그러면서 한 마디 한다.

"오빠, 놀다 가요. 서비스 잘 해줄게."

"미안해. 담뱃불 고마웠어."

나는 그 여자를 뒤로 하고 걸음을 옮긴다. 여자들은 대부분 미니스커트를 입고 있는데, 때로는 스커트 속의 팬티가 내보일 때가 있다. 그런데 별다른 느낌은 들지 않는다. 그냥 보통 여자의 보통 얼굴을 본 것 같은 느낌이다. 그러나 그 여자가 이곳이 아닌 전혀 다른 장소에서 그런 차림으로 있다면 문제는 달라질 것이다. 나는 좀더 걸음을 빨리 하여, 이윽고 지영이가 소속해 있는 집 앞에 다다른다. 여자가 네 명 앉아 있는데, 그 가운데 그녀의 모습은 보이지 않는다.

"지영이 있니?"

나는 마음이 급해져서 섣불리 묻는다.

"있어요."

"정말이니?"

"그런데 지금 없어요."

"뭐라구? 오늘 온다더니?"

"온다고 전화는 왔는데 아직 안 왔어요."

"내일은 올까?"

"모르죠. 와봐야 아는 거니까."

"잘 있어."

나는 더 이상 묻지 않고 맥없이 돌아선다.

"그러지 말고 나랑 놀아요."

"잘 있어."

몇 걸음 걸어가는데, 어쩐지 불길한 예감이 든다. 이제 다시는 그녀를 볼 수 없을 것 같은 느낌.

"그만둔 건 아니지?"

나는 뒤돌아보고 큰 소리로 묻는다. 여자들은 유리문 안에서 고개를 끄덕끄덕한다. 허전하다. 그런데 이번에는 그 허전한 마음을 술로 달래고 싶지는 않다. 다른 방법은 없는 걸까? 버스 정류장을 향해 허청허청 걸어가는데, 다른 집의, 짙게 눈웃음을 치고 있는 여자가 그럴듯하게 생겼다. 나는 바지 주머니 속의 지폐 3만원을 손으로 만져 확인한다. 이럴 때 꿩 대신 닭이라는 생각을 왜 하게 되는 것일까? 나는 더 망설이지 않고 유리 미닫이문을 민 다음 그 여자에게 턱짓으로 들어가자고 한다. 여자가 조금쯤 의아스럽다는 표정을 지으며 의자에서 일어서는데, 까무잡잡한 피부에 눈의 흰자위가 유난히 희다.

"맛있게 생겼군."

나의 지저분한 농담에 여자가 듣기 싫지 않다는 식으로 눈을 흘기며 방으로 안내한다. 지영이가 전에 영업하던 방 정도의 크기인데, 좀 어질러져 있다는 점이 다르다. 나는 여자가 요구하기 전에 3만원을 꺼내어 건네준다. 잠시 후 여자가 나갔다가 들어와 손쉽게 옷을 벗어버린다. 까무잡잡한 알몸이 잘 빠진 편인데, 그렇다고 감탄할 정도는 아니다.

"착하게 생겼구나."

나 역시 옷을 훌훌 벗어던지고서 여자 앞에 선다.

"지영이라고 아니?"

"어디 있는 앤데?"

여자가 나의 치부를 닦아주며 묻는다.

“조오기 약국 옆에.”

“응. 최고로 인기 좋은 애? 키 좀 크고 잘 빠진 애 말이지?”

“글쎄, 키가 큰 건지는 모르겠다.”

이 여자는 같은 직업인으로서 지영이를 부러워하고 있는 건지도 모른다.

“그런데 왜 나한테 왔어?”

“시골 갔거든.”

“다 됐어. 누워.”

분홍색 시트가 깔려 있는 침대 위에 길게 눕는다. 곧이어 여자가 까무잡잡한 피부로 덮쳐온다. 그 순간, 이제껏 떠오르지 않던 지영이의 얼굴이 구체적으로 만들어져서 여자와 나 사이를 방해한다. 이것이 바로 지영이의 얼굴인가. 마릴린 먼로와 엘리자베스 테일러의 전성기적 모습을 잘 조화시킨다면 어떤 얼굴이 나올까.

“미안해. 그냥 갈게.”

나는 벌떡 일어서서 주섬주섬 옷을 입는다. 그렇다. 지영이는 마릴린 먼로의 귀여움과 성적 매력을, 그리고 엘리자베스 테일러의 전성기적 매력을 골고루 지니고 있는 것이다. 코만 좀 낮을 뿐.

12 내가 좋아하는 술은 막걸리, 소주, 고량주, 약주, 위스키, 보드카, 맥주, 포도주…… 언제 술을 가려서 마신 적이 있었던가. 몇 군데 술집을 돌다 보면 몇 가지 술을 마시게 되고, 그놈들은 뱃속에서 수소폭탄이 되어 나의 전신을 괴롭힌다. 그런데 나의 고약한 폭주 버릇은 이제 그 정도마저 지나쳐 이승을 떠나고 싶게 만든다. 저승에도

술이 있을까? 술은 없더라도 지영이와 같은 여자 한 사람쯤만 있으면 좋겠다.

나는 오늘도 여지없이 가는 곳이 있다. 어느덧 해는 넘어가 1991년 인데, 지난해 말일부터 시작된 나의 자학적인 폭주는 이제까지 단 하 루도 거르지 않고 있다. 내가 가는 곳은 청량리 수산물 시장에 자리 잡고 있는 한 홍어횟집. 지나가다가 우연히 들러 처음 술을 마신 것 이, 이제는 구두(口頭)로 외상 거래를 할 만큼 단골이 되었다. 그 홍어 횟집의 이름은 '서울집'. 주인 아줌마는 내가 소설가라는 점을 좋아 한다. 이따금 소설가라는 직업을 가진 사람은 어떻게 살아가는 걸까 궁금해하기도 한다. 하지만 나는 머지 않은 어느 날부터 주인 아줌마 가 나에게 실망할 것이라는 사실을 알고 있다. 내가 평상심(平常心)을 기르지 않는 한, 술버릇이 좋지 않은 나의 본색은 언제고 드러날 것 이기 때문이다.

"소주 한 병하고 산낙지 주세요."

서울집에는 산낙지가 사는 어항이 따로 없다. 손님들의 대부분이 홍 어회나 홍어찜을 먹으러 오기 때문이다. 산낙지를 찾는 손님은 그다지 많지 않은 것이다. 하지만 나는 홍어회보다는 산낙지를 좋아한다. 그 래서 늘 산낙지를 안주로 시키며, 오늘도 어김없이 산낙지 한 마리를 안주로 시킨다. 주인 아줌마는 그 옆에 한집처럼 붙어 있는 '단골집' 의 옆집인 '엄지집'으로 산낙지를 빌리러 간다. 산낙지는 작은 게 맛 있는 법이다. 큰 것은 비린내가 난다. 비린내는 언제나 역겹다. 다행히 서울집의 주인 아줌마는 그 사실을 잘 알고 있는 것이다. 잠시 후, 주 인 아줌마가 산낙지와 상추, 깻잎, 마늘, 쑥갓, 초고추장, 그리고 소주 한 병을 나의 테이블로 갖다주며 묻는다.

"오늘도 혼자 왔수? 문욱 씨는 소설을 쓰면서 애인 하나 없이 어떻게 살아요?"

나에게는 애인이 없는 걸까? 그렇지는 않을 것이다. 언니 결혼식 참석차 시골에 간 뒤로 아직까지 나타나지 않아서 만날 수는 없지만, 지영이가 바로 나의 애인인 것이다. 그러나 내가 만일 술에 취하여 그 사실을 털어놓는다면, 주인 아줌마는 '지영이는 단지 돈을 벌기 위해서 살을 파는 여자일 뿐'이라고 설득하려 들지도 모른다. 아니 어쩌면, '문욱 씨는 소설가니까 그럴 수도 있겠지' 하고 넘겨짚을지도 모른다.

13 나는 한 사람 누우면 그만인 반 평 크기의 고시원 방안에 누워 있다. 벌써 몇 시간째 멍하니 천장만 바라보고 누워 있는 건지도 모른다. 베이지색 페인트가 칠해진 베니어판 천장에 환영처럼 무엇인가 떠오르고 있다. 뚜렷하게 윤곽이 드러나지 않는 여자의 얼굴들이다.

진정한 사랑이란 게 서로의 마음을 이해해 주고 서로의 육체를 이해해 주는 것이라면, 지영이 말고도 나에게는 분명히 사랑했던 여자가 있었다. 어느 날 갑자기 나타났다가 어느 날 갑자기 사라져버린 두 여자, 그리고 아주 오래 전부터 나타났다가 어느 날 갑자기 사라져버린 한 여자. 더욱이 그녀에게로 끝끝내 눈을 돌려주지 않은 나를 조용한 눈빛으로 사랑해 주었던, 지금은 훌륭한 젊은 시인으로 자리매김하고 있는 여자도 한 사람 있었다.

제2훈련소가 있는 논산행 열차를 타기 위하여 모친과 함께 서울역

광장에 나와 있는 나는, 친구 한 명만을 제외하고는 아무도 기다리고 있지 않았다. 며칠 전에 있었던 대학 동기생 송별식과 고등학교 동기생 송별식, 그리고 초등학교 동기생 송별식(중학교 동기생들과는 언제부터인가 소식이 끊어져 있는 상태여서 따로 모임을 가지지 않았다) 때 아무도 나오지 말라고 일부러 당부해 두었던 것이다. 오히려 마음만 더 쓸쓸해질 것 같아서였다.

단지 어머니만 있으면 되었다. 혹 몰랐다. 민아 누나의 동생인 민희가 있었더라면 나와 달라고 했었을 것이다.

기다리고 있는 친구 한 명은 김훈규란 이름을 가진 대학 동기생이었다. 현역 일병으로, 재학 중에 휴학을 하고 입대하여 첫 휴가를 나왔다가 내가 입영한다는 소식을 들었던 것이다. 그래서 서울역까지 나오겠다고 했던 것이다.

그런데 김훈규보다 먼저 한 여자가 나왔다. 성민숙이었다. 그녀는 물론 나의 애인이 아니었다. 문예창작과 동기생 가운데 말이 가장 잘 통하는 소설 동인이었다.

"안녕하세요?"

그녀는 볼을 발그레하게 붉히며 나의 어머니에게 인사했다.

"그래요…… 그런데 누구지?"

자기 아들을 군대에 보내는 어머니가 그 아들을 만나러 온 다 큰 처녀를 보고 궁금해하는 것은 당연했다.

"졸업식 때 보셨잖아요. 소설을 참 잘 쓰는 소설 동인이에요."

"아유, 일부러 나와줘서 고마워요."

어머니의 인사말에 성민숙은 숫제 얼굴을 수그리고 부끄러워했다. 그런데 나는 고약하게도 성민숙보다 민아 누나의 동생인 민희가 나와

주었으면 훨씬 좋았을 거라고 생각했다. 뒤에 그 이유가 자연스럽게 고백되겠지만, 그만큼 나는 여전히 그 아이를 잊지 못하고 있었다.

잠시 후 김훈규가 나왔고, 어머니가 사온 음료수를 마시며 문학이 어떻고 군대가 어떻고 하며 이야기를 나누고 있다 보니 곧 열차가 떠날 시각이 가까워졌다. 어머니와 함께 나는 두 친구와 헤어져 개찰구를 통과했다.

열차 안에 올라 자리를 잡고 앉은 지 얼마 지나지 않아 열차는 곧 출발했다. 홍익회 판매원이 지나갈 때마다 어머니는 "뭐 먹을래?" 하며 물어왔지만, 나는 창 밖을 바라보거나 눈을 감은 채 고개를 좌우로 흔들 뿐 아무 대꾸도 하지 않았다.

나의 머릿속에는 성민숙과 민아 누나의 동생인 민희, 그리고 나에게 아무 조건 없이 따뜻한 애무를 베풀어 주었던 초희와 국화가 있었다. 지영이와의 만남과 인연은 아마도 그녀들이 있었기에 가능했었는지도 모른다.

14 성민숙은 참 특별한 여자였다. 아니, 영리한 여자였다. 적어도 나는 그렇게 생각하고 있었다. 왜냐하면 나는 한시라도 자신이야말로 인물감이라는 생각을 놓고 있던 적이 없었고, 성민숙은 대학 시절 내내 나를 사랑의 눈빛으로 바라보아 주었으니까.

성민숙이 나에게 처음 사랑의 눈빛을 보내온 것은 입학한 지 얼마 되지 않아서였다. 수업이 끝났을 때 그녀가 불쑥 말했다.

"문욱 씨. 우리집 된장찌개 맛이 그만이에요. 제가 초대할게 한 번 먹으러 오지 않을래요?"

충청북도 억양이 배어 있는 느리고 구수한 목소리였다.

"집이 어딘데요?"

"충주예요. 충청북도 충주."

"그럼…… 지금 거기서 통학을 하고 있단 말인가요?"

나는 그렇게 능청을 떨 줄 아는 재주를 가지고 있었다.

"아유, 그게 아니라요. 우리집은 충주지만 나는 지금 신사동에 있는 오빠집에서 생활하고 있어요."

"강남 신사? 강북 신사?"

"강남에도 신사동이 있나요?"

"예."

"강북 신사."

"그럼 나랑 비슷한 동네인 것 같은데, 아무튼 된장찌개를 신사동으로 먹으러 가야 하나요?"

"음…… 그것도 좋고…… 아님, 방학 때 시골로 저랑 함께 내려가는 것도 좋고요."

"아무튼 초대해 주어서 고맙군요. 그런데 왜 나를 선택했나요?"

"참 편안하고 재미있는 남자인 것 같아서요."

성민숙은 고등학교를 졸업하고 바로 대학에 들어왔으므로 직장 생활을 하다가 입학한 나보다는 2년 연하였다. 그래서 수업이 있을 때마다 한 강의실에서 만나다 보니 나는 자연스럽게 말을 놓게 되었다.

그런데 성민숙이 다른 여학생들과 분명히 구별되는 것은, 나를 부를 때 '형'이나 '오빠'라고 부르지 않고 언제나 '문욱 씨'라고 부르는 점이었다. 나를 이성(異性) 상대로 생각해서였을까, 아니면 문학 동료로 생각해서였을까?

하루는 성민숙이 나에게 커피를 한잔 하자고 했다. 남녀간이기는 했지만 커피 한잔 사주고 얻어마시는 일은 클래스메이트간에 흔한 일이었으므로 나는 별다른 생각을 하지 않고 만났다. 그런데 커피를 두세 모금쯤 마셨을 때 그녀가 불쑥 메모지 한 장을 내밀었다.

"이건 뭐지? 신청곡인가?"

"아녜요. 아무 말 말고 문욱 씨 어머니한테 갖다 드리세요."

나는 고개를 갸우뚱거리며 메모지를 들여다보았다. 거기에는 엉뚱하게도 그녀의 간략한 신상명세가 적혀 있었다. 생년월일에서부터 된장찌개를 잘 끓인다는 것까지. 말하자면 청혼(請婚)을 한 셈이었다.

"나의 어떤 점이 좋은데?"

"강력한 라이벌이란 점이에요."

그녀가 그렇게 생각하는 것도 무리는 아니었다. 나는 입학하자마자 투고한 단편소설 원고가 학보에 실렸을 정도로 필력을 인정받고 있었고, 그녀는 남들이 흉내내기 어려운 독특한 서정적 문체를 자랑하고 있었다. 둘 다 소설가가 되기 위한 험난한 길을 부지런히 걸어가고 있었지만, 시(詩)를 잘 쓴다는 것도 두 사람의 공통점이었다.

그러나 그녀와는 달리 나는 그녀에게서 특별한 이성(異性)의 향기를 느끼지 못하고 있었다. 그 점이 두 사람이 합쳐질 수 없는 커다란 문제점이었다.

이미 직장 생활을 하던 때부터 유흥업소 출입을 통해서 얼굴과 몸매를 무기로 삼아 장사를 하는 여자들에게 익숙해져 있는 나는, 성적(性的) 매력이 없는 여성들에게서는 조금도 이성(異性)다움을 느끼지 못하고 있었다. 그러므로 언제나 나의 눈은 문예창작과생이 아닌 공연과 학생들에게로 가 있었다. 연극과나 영화과나 방송연예과나

무용과 학생들은 룸레스토랑에 아르바이트를 나가도 상당한 수입을 올릴 수 있을 만큼 빼어난 성적 매력을 대부분 자랑하고 있었던 것이다.

그렇다고 문예창작과 동기생들 가운데 성적 매력이 있는 여성이 전혀 없는 것은 물론 아니었다. 굳이 들자면 이민경이라는 여자를 들 수 있었다. 그러나 그녀는 고등학교 때 무용 공부를 한 데서 비롯되었을 날씬한 몸매에도 불구하고 클래스의 마스코트라 불릴 정도로 너무 귀여운 얼굴을 하고 있었기 때문에 여동생 같은 느낌이 들었을 뿐이지 이성(異性)이라는 느낌은 역시 들지 않았다.

더욱이 성민숙이 접근하던 시절의 1학년 1학기에는 이미 결혼한 사이이기라도 한 것처럼 자유롭게 나와 키스를 주고받던 여자가 있었다. 두 사람은 일과(日課)의 하나인 것처럼 키싱 버그에 취해 있었으며 아예 키싱 버그가 되어 있었다. 키싱 버그(kissing bug)란 키스하는 곤충을 말하는 게 아니라 끔찍하게도 침노린재류의 흡혈(吸血) 곤충을 말한다. 그러나 키스를 많이 하는 사람이나 키스하고 싶은 욕망을 비유하여 일컫기도 한다.

퇴계로 2가에 위치한 어느 한 작은 공간, 그러니까 대연각 호텔 맞은편의 대로변에 '겨울숲'이라는 이름을 가진 룸카페가 있었다. 밤에는 아가씨가 시중드는 술집으로 변신하는, 그러나 낮에는 커피를 취급하는 작은 공간. 그곳에는 초희라는 이름을 가진, 그리고 자신의 이름이 주는 분위기처럼 가냘픈 얼굴과 몸매를 가진 여자가 있었다.

내가 맨 처음 그 공간, 그리고 그곳의 한 작은 룸 안으로 들어간 것은 내가 S예술대학에 원서를 접수시키러 퇴계로 2가에 나타난 날이었다. 그러니까 성민숙을 만나기 전의 일이었다. 나는 S예술대학이 터잡고 있는 남산 중턱으로 향하기 이전에 따뜻한 커피를 마시고 싶었다. 다방에는 어쩐지 들어가고 싶지가 않았다. 밤에는 아가씨가 시중드는 술집으로 변신하는, 그러나 낮에는 커피를 취급할 것으로 여겨지는 작은 공간 '겨울숲'으로 들어가고 싶었다.

커튼이 쳐져 있는 룸 안으로 들어가 앉자 20대 중반쯤 되었을 여자가 다가와 물었다.

"뭐 드실래요?"

여종업원의 얼굴과 몸은 야윈 편이었지만 목소리에는 온기가 흐르고 있었다.

"커피 됩니까?"

"예."

커피를 팔 것이라는 나의 예상은 빗나가지 않았다.

"그럼 커피 한잔."

"한잔만요?"

"아가씨도 한잔 하고 싶소?"

나는 스물 두 살의 나이에 어울리지 않게 점잖게 말했다.

"같이 한잔 했음 좋겠어요."

"그럽시다."

그녀는 룸 안으로 커피를 가지고 들어와서 탁자 위에 놓고는 커튼을 쳤다. 그러고는 나의 맞은편도 아닌 옆자리에 앉았다.

"프림, 설탕, 각각 몇 스푼 넣어드려요?"

"둘 둘."

"후후후."

그 웃음소리에는 남성의 가슴을 녹여주는 따뜻한 기운이 흐르고 있었다.

"이름이 어찌 되오?"

스푼을 젓고 있는 여종업원의 눈매를 훔쳐보며 내가 물었다. 계란형의 다소 까무잡잡한 얼굴에 살짝 쌍꺼풀진 그녀의 눈은 제법 크고 짙었으며 또한 귀염성마저 있었다.

"초희예요."

"난초 같은 그대의 이미지에 꼭 맞는 이름이군요."

"후후후. 좋아요?"

"너무 좋군요."

"후후후."

깨가 쏟아지는 것처럼 느껴졌는지, 그때 넉넉한 몸매의 여주인이 커튼 틈바구니로 슬쩍 엿보았다.

"처음 오신 것 같아요."

여주인의 엿보기에 개의치 않고 그녀가 물어왔다.

둔부가 접촉될 정도로 가까운 거리여서 그녀의 입김이 나의 콧속으로 스며들어왔다. 향긋했다.

"그렇소. 처음이오."

"반가워요. 식기 전에 어서 드세요."

그녀는 나에게 커피잔을 내밀고 자기 것을 젓기 시작했다. 나는 천천히 커피잔을 들어 한 모금 마셨다. 커피맛은 그녀의 적당히 가무스름한 얼굴빛처럼, 그리고 초희라는 이름처럼 진했다. 그러고 보니 커피잔도 먹빛이었다.

"커피맛이 참 좋소."

"후후, 고마워요."

정말 오랜만에 여자와 옆자리에 앉아 마셔보는 커피였다. 그래서 더 맛이 좋았던 것일까.

그때 나의 머릿속으로 슬그머니 중학 시절 국어 선생인 민수옥, 한민아, 한민희…… 그런 여자들의 이름이 떠올랐다. 그러고는 곧 질서를 잃고 뒤엉켰다.

"근데 손님은 뭐하는 분이세요?"

나의 머릿속에 떠오른 여자의 이름들을 쫓아내려는 듯이 그녀가 불쑥 물었다.

"간첩 같소?"

"후후후. 간첩? 후후후. 그렇담 신고해야겠죠?"

"음…… 내 직업은……."

"……."

"초희가 보기에는 뭐 하는 사람 같소?"

"글쎄요…… 화가 아니면 시인?"

"비슷한데."

나는 거짓말을 하려고 작정하고 있었다.

"그럼…… 소설가?"

나는 흡족한 미소를 지으며 고개를 끄덕거렸다. 나는 자신의 직업을 속였던 것이다. 직장을 그만두고 대학의 문을 두들기는 별볼일없는 수험생이라는 말을 하기는 싫었다. 실업자나 재수생인 것을 여자들이 대개 싫어한다는 것을, 나는 직장을 그만두고 났을 때 이미 은행원인 주미현과 D서적 매장 여직원인 심현정이라는 고약한 공주병 환자들을 통해서 익히 경험한 바였다.

"정말? 손님, 정말 소설가 맞아요?"

"그렇소."

"어쩐지 분위기가 달랐어. 처음 들어오실 때부터."

나는 진한 커피의 맛이 한결 진해진다고 생각했다.

"그럼 이름은요?"

그녀는 다급하게 물었다.

"말해도 모를 거요. 문욱이라고……."

"들어보진 못했어요. 그럼 내신 책은?"

"아직은 무명이라……."

"무명작가가 더 멋있어요. 왠지 겨울남자 같고."

"그래요, 내가 바로 겨울남자요. 이렇게 미인이 타준 따끈한 커피
가 절실한."

"후후후."

그녀는 나의 속임수를 그대로 믿고 있었다.

나는 겨울숲에 두 번째 들어갔을 때, 그리고 초희를 두 번째 만났을
때 맥주를 마셨으며, 그녀는 나의 옆에서 술시중을 들었다.

나는 그날 상고 동기인 임길덕이 근무하는 S은행 본점엘 들렀었다.
퇴근 시간이 다 되었을 때였다. 임길덕이 S은행에 근무한 뒤로 두 번
째 찾아간 것이었다.

첫번째 임길덕을 찾아간 것은 그보다 며칠 전의 점심시간 때였다.

"뭐 먹을래?"

"너 잘 가는 데 가자."

"음…… 알았어."

임길덕이 나를 데리고 간 곳은 명동에 흔한 대형 경양식집이었다.

레스토랑 '태양의 거리'. 앉을 자리가 드물 만큼 손님이 가득차 있었다.

곧 미니스커트를 입은 웨이트리스가 주문을 받으러 왔다.

"비프스테이크 둘이요."

그런데 잠시 후 나는 소스라치게 놀라지 않으면 안 되었다. 복도를 사이에 둔 옆자리에 예의 웨이트리스가 음식을 날라다 놓는 순간이었다. 그녀가 몸을 조금 구부렸기 때문에 미니스커트가 엉덩이 중간 부위까지 올라갔는데, 민망스럽게도 그녀는 반투명한 살색의 팬티스타킹만 입었을 뿐 팬티를 속에 입지 않은 것이었다. 그 경양식집에 손님이 들끓는 이유를 알 것 같았다. 더욱이 거의가 남자 손님들이었다. 나와 임길덕의 눈이 마주쳤을 때 나는 고개를 절레절레 흔들었다.

그런 경양식집을 소개한 임길덕을 내가 며칠 뒤의 퇴근 시간에 다시 찾아간 이유는 그럴 듯한 한잔을 원했기 때문이었다. 팬티스타킹만 씌워진 웨이트리스의 엉덩이를 본 이후부터 그 동안 색욕(色慾)에 굶주려 있던 자신의 야수성(野獸性)을 깨달은 것이었다. 심지어 당시 팬티스타킹 한 장만 입고 바로 자신이 입고 있는 팬티스타킹의 상표를 선전하는 탤런트 김명란을 꿈속에서 침범하는 추태를 벌여 첫 몽정(夢精)까지 일으키는 어리석음을 범하고 만 나였다.

"좋은 데 갈까?"

임길덕은 신사복 상의를 입고 나오면서 나의 속마음을 알아차리고 있는 듯이 말했다.

"룸살롱?"

"어때?"

"좋긴 한데, 술값이 꽤 되잖아?"

"아무리 말단 은행원이라지만, 한 달에 한 번쯤은 그런 데 가서 마셔야 되는 것 아니겠어? 그렇지 않아도 한참 그런 분위기에 굶주려 있었는데, 오늘 네가 마침 잘 온 거야. 이왕이면 소설 쓰는 친구와 그런 데 가는 것도 괜찮지 않겠어?"

임길덕은 나를, 무명인 대로 소설가로 인정해 주고 있었다. 아마도 고등학교 시절부터 신춘문예 준비를 한 데다, 이미 소년 일간지의 동화작가들이 발표하는 지면에 자신이 고등학생임을 속이고 동화를 발표함으로써 교내의 명물로 떠올랐던 과거 때문이었으리라. 더욱이 김유정이 이상을 두고 '작가는 모름지기 교만(驕慢)해야 한다' 며 극찬한 것을 빌려, 그 어려운 한자까지 칠판에 써가며 나의 소신을 학우들에게 알리곤 한 데다, 졸업할 때쯤해서는 아예 '장래의 위대한 작가 문욱' 이라는 명함까지 만들어 3학년 모두에게 돌릴 정도였으니까.

아무튼 그 순간 나의 머리에 반짝 하고 떠오른 것이 있었다. 초희의 얼굴과 '겨울숲' 의 아담한 분위기였다.

"파트너는 예쁘고 술값은 싼 데가 이 근방에 있는데, 내가 한번 소개해 볼까?"

"얼마나 싼데?"

"기본이 5천원이야. 팁도 5천원이면 되고."

"두 사람 다?"

"아니, 한 사람 팁만."

"그럼 네 팁은?"

"그건 내가 알아서 할 테니 염려 마."

"가자. 마시고 나서 여유가 되면 내가 부담할게."

잠시 후 두 사람은 '겨울숲' 으로 들어갔다.

초희가 자기 애인이라도 만난 것처럼 나를 몹시 반겨주었다. 두 사람은 곧 네 명이 앉을 수 있는 작은 룸으로 안내되었고, 나의 옆에는 초희, 그리고 임길덕의 옆에는 미스 마가 각각 앉았다.

"이분은 친구분이세요?"

초희가 물었다.

"고등학교 동기동창생. 1학년 때 연합고사 성적순으로 이 친구가 반장이 됐고 내가 부반장이 됐었지."

"후훗, 연합고사 성적순이요? 그럼 공부를 잘했겠네요."

"지금은 S은행에 다니고 있지."

술은 맥주, 안주는 과일. 술자리의 분위기가 무르익자, 기분이 좋아진 임길덕은 맥주를 더 시키고 마른오징어 안주를 추가했다.

시간은 더 흘러갔고 술값은 어느덧 3만원을 넘어섰으며, 그 사이에 초희는 나를 '자기'라고 부르게 되었다.

자정이 넘어서자, 임길덕이 그만 일어서자고 말했다. 어느덧 술값이 떨어진 모양이었다. 임길덕은 미스 마에게 팁 5천원을 건네 주고 나서 나에게 말했다.

"이제 나한테도 차비밖에 없는걸."

나는 초희를 쳐다보며 난감한 표정으로 바지주머니를 뒤지는 척했다. 낡은 1천원권 지폐가 한 장 나왔다.

"자기, 그냥 가요. 난 자기가 와준 것만 해도 고마우니까."

초희는 나를 안쓰러운 듯이 쳐다보며 말했다. 아마도 '소설가는 가난하다'는 걸 정설(定說)로 인식하고 있었던 모양이었다.

"미안한걸."

"괜찮으니까 커피라도 마시러 자주 와요."

"고마워."

"나는 자기 목소리를 듣고 싶은 거예요."

그것이 초희와 나의 두 번째 만남이었다. 그날 '겨울숲'에서 나온 나는 미친 듯이 '겨울숲' 담벼락에 노상방뇨를 했다. 그 행위는 대관절 무엇에서 비롯되었던 것일까? 초희를 향하여 사정(射精)하고 싶은 마음 때문이었을까.

내가 세 번째 '겨울숲'을 찾은 것은, 그리고 비로소 두 사람이 젖은 키스를 나눈 것은 내가 S예술대학 문예창작과의 실기시험과 면접시험을 치르고 난 지 불과 한 시간이 채 지나지 않아서였다.

"또 오실 걸로 믿고 있었어요."

초희는 예상대로 나를 아주 반갑게 맞아주었다. 나는 입에 물고 있던 밤색의 한강 담배를 왼손으로 살짝 빼내고서 대답했다.

"오고 싶었어."

"후후후."

밉지 않게 웃는 초희의 갸름한 양볼에 작은 볼우물이 생겼다. 나는 그녀를 처음 보았을 때 그랬던 것처럼 그녀의 볼우물에서 눈을 떼기가 싫어졌다.

"이쪽으로 들어가세요."

나는 그녀의 안내를 받아 하늘색 커튼이 쳐져 있는 작은 룸 안으로 기어들듯이 들어갔다. 커피를 시켰고, 잠시 후 초희가 커피를 두 잔 가지고 들어왔다.

"자기……."

내가 커피잔을 입에 대려는데 그녀가 속삭이듯이 불렀다.

"왜?"

"잘 있나 확인해 봐야겠어요."

"뭘?"

그녀는 살짝 눈웃음을 치더니 갑자기 나의 가슴께로 손을 가져갔다. 시간이 조금 흘렀을 때, 그녀는 나의 젖꼭지를 만지작거리고 있었다. 그건 무슨 뜻이었을까? 그녀는 왜 나의 젖꼭지를 확인하려고 했던 것일까? 그러나 나는 묻지 않았고, 그녀의 행위는 자연스럽게 이어졌다. 나의 왼편에 앉아 있는 그녀는 자신의 왼손을 나의 가슴에 댄 채 오른손으로 나의 상체를 끌어당겼다. 그녀의 얼굴과 나의 얼굴이 만나고, 잇달아 그녀의 입술과 나의 입술이 만났다. 그리고 혀가 만났다. 그녀는 어째서 나의 가슴과 입술을, 그리고 혀를 필요로 했던 것일까. 그것은 그녀가 나의 목소리를 듣고 싶어하는 것과 어떤 연관이 있는 것이었을까? 궁금했지만 나는 묻지 않았으며, 두 사람의 대낮의 키스 행위는 내가 대학에 합격하여 입학하고 나서도 한동안 이어졌다. 심지어는 대개 라면으로 때우는 점심을 마치고 나서 디저트처럼 키스를 하러 초희를 거의 매일 찾아가곤 했을 정도였으며, 나와 단짝이던 김훈규에게는 나와 초희가 키스하는 장면을 맞은편 자리에 앉아 목격하도록 허용해 주기까지 했었다.

하루는 내가 다니는 대학의 캠퍼스 축제가 다가올 즈음, 명동과 퇴계로 2가를 잇는 지하도에서 두 사람이 우연히 만난 일이 있었다. 나는 자신의 무명작가로서의 한계를 극복해내기 위해 배움의 길로 들어섰다고 초희에게 이미 설명해 놓은 상태였고, 학보에 실린 구성도 엉성한 단편소설을 뭐 대단한 작품 발표라도 한 것처럼 초희에게 뻥튀겨 과시한 적도 있었다. 그런 이후에 만난 것이었다.

"초희. 축제 때 내 파트너 안 해줄래?"

화장기가 없는데다 전날밤에 술을 많이 마셔서인지 얼굴이 초췌해져 보이는 초희는 힘없이 웃으며 나의 제의에 대꾸했다.

"나 같은 여자가 가면 자기가 망신당해요."

그녀가 어쩐지 자학하고 있는 것 같다고 나는 생각했다. 결국 초희를 한 번도 캠퍼스에 데려오지 못한 채 축제는 끝났다. 문예창작과에서 열었던 시화전도 끝났다.

나는 시사(詩寫)로 꾸며진 자신의 시가 마음에 들지 않았던 데다가 자신의 키스 파트너인 초희를 한동안 만나지 못했기 때문에 마음이 울적해져 있었다. 축제도 끝났으니까 초희를 만나러 갈까 싶은 생각이 우선 들었다.

"쫑파티에 빠지지 말기를."

과대표가 제각기 자기의 시화 판넬을 거두고 있는 클래스메이트들에게 큰소리로 말했다. 하지만 나는 그 자리에 참석하고 싶지 않은 마음이었다. 막걸리와 두부김치로 차려진 쫑파티라고는 하지만, 필경 전시했던 시에 대한 토론이 오갈 것이기 때문이었다. 자기 마음에도 들지 않는 자신의 시를 놓고 토론하기는 싫었다. 더욱이 초희가 보고 싶어서 슬쩍 빠져나가려는데 바로 옆에 있던 과의 마스코트 이민경이 팔을 붙들었다.

"형! 왜 먼저 가려고 그래?"

"아니, 뭐 꼭 그런 건 아니고…… 실은……."

"뭐, 죄 진 일 있어? 왜 말을 머뭇거려?"

핑곗거리가 마땅치 않을 때는 써먹을 게 뻔했다.

"배탈이 났나 봐."

"심해?"

"응. 죽을 것 같애."

"어머, 그럼 어떡해?"

"하지만 바로 집에 가서 약을 먹고 쉬면 살아날 수는 있을 것 같애."

"형이 빠지면 재미없는데……."

나는 자신의 핑계가 탄로나기 전에 서둘러 그 자리에서 벗어났다. 하지만 역시 집으로 바로 돌아가기는 싫었다. 축제 기간 동안 보지 못했던 초희를 만나고 싶었다. 그래서 나는 교문을 빠져나가자마자 '겨울숲'으로 향했다. 그런데 이게 웬일인가. 마땅히 나를 반겨주어야 할 '겨울숲' 간판이 사라져버린 것이 아닌가. 나는 아찔했다. 공기 (空氣)가 노란색으로 바뀌어버린 느낌이었다.

"왜 말하지 않았어!"

행인들이 이상한 눈초리로 쳐다볼 정도로 나는 큰소리로 부르짖었다. 무슨 사정이 있어 결혼식을 치르지 못한 사랑하는 동거녀(同居女)가 어느 날 갑자기 사라져 버렸을 때의 심정과 똑같았을 것이다.

이웃하고 있는 식당에 물어보았지만, 장사가 잘 안 돼서 서울에서 멀지 않은 위성도시로 옮겨간 것 같다는 말만 들었을 뿐, 그 이상은 알아낼 재간이 없었다. 이제 나의 키스 상대는 사라져 버린 것이다. 애인 사이도 아닌 키스 상대. 애인간이 아니면서도 서로 젖은 혀가 오가고 침이 오갔던 두 사람. 두 사람은 무슨 사이였을까.

세월이 흘러감에 따라 점점 혼전(婚前)의 처녀가 혼전의 총각 숫자를 따라잡기라도 하려는 듯이 빠른 속도로 줄어들어가고 있는 것이 현실적인 추세라고 하던가. 육체 관계를 한 남자와 결혼하지 않은 것은 물론, 결혼하기로 약속한 것도 아닌데 그런 모양이다. 그 이유는

길게 이야기할 것도 없이 혼전 성교(결혼할 상대가 아닌 경우의)를
거부하지 않는, 아니 오히려 바라는 젊은 여성들이 많아졌기 때문이
다. 하물며 키스에 있어서는……. 어쩌면 키스야말로 더 중량감있고
값어치있는 성교인지도 모른다. 말을 할 수 있는 인간의 입이 오가는
것만큼 순결을 주고받는 행위는 없지 않을까. 그래서 몸을 파는 창녀
들은 가급적 키스를 아무 손님한테나 제공하지 않으려고들 한다. 동
물적인 음부(陰部)는 불특정 다수에게 내주었을지라도 가장 인간적인
입만큼은 순결을 지키려고 하는 것이다. 그러므로 손님에게 키스를
단 한 번도 허용하지 않은 창녀가 있다면, 그녀는 음부를 허용하지
않았을지라도 첫사랑 등의 사내와 키스를 주고받은 일이 허다한 여대
생이나 여사무원보다 훨씬 순결하다고 보는 게 옳을 것이다.

아무튼 나는 그만큼 귀중한 키스의 상대를 잃어버렸다. 앞으로 어
떻게 살아가야 할 것인가, 그런 심각한 지경에까지 생각이 가닿았을
정도였다.

쫑파티하는 자리에 가서 막걸리나 한정없이 퍼 마실까 하는 쪽의
생각이 고개를 치켜들었지만 곧 수그러들고 말았다. 집으로 들어가고
싶지도 않았다. 어디든 목적지도 없이 쏘다니고 싶었다. 걷다 보면
막다른 길이 나타나고 그 막다른 길이 끝나는 담벼락에 초희가 서 있
을 것만 같았다.

15 한동안 걷다 보니 나는 어느새 중앙극장 뒷골목에 이르러 있
었다. 우연히 작은 카페 한 군데가 눈에 띄었는데, 그 소박한 상호(商
號)가 마음에 들었다. 인삼찻집 '작은 사랑'. 당시의 인삼찻집은 지금

의 단란주점이나 마찬가지의 형태였다. 다만 마이크를 들고 반주에 맞추어 노래를 할 수 없을 뿐.

'사랑'을 'love'로 보아도 소박하게 느껴지고, '舍廊'으로 보아도 소박하게 느껴졌다. 자석에 끌어당겨지는 쇠붙이처럼 나는 그 공간으로 들어갔다. 분명히 끌어당기는 호객(呼客) 행위조차 없는데도 피동적인 느낌이었다.

그 공간은 어두침침한 분위기의 실내였으며, 손님이라곤 단 한 사람도 보이지 않았다. 아직 초저녁이기 때문이었을 것이다. 구석진 자리에 앉자, 주방에 있던 한 여자가 메뉴표를 들고 다가왔다. 화사한 국화 같은 분위기가 있는 20대 중반 가량의 여자였다. 그런데 특별한 것이, 메뉴표를 내밀고 서 있는 것이 아니라 나의 옆자리에 앉아버리는 것이었다.

나는 좀 당황스런 기분이었다. 여자 클래스메이트나 동아리 서클 회원들이 옆자리에 앉은 것과는 분명 다른 느낌이었다. 초희 때문이었을까, 왠지 자신이 외도(外道)를 하고 있는 것 같다는 생각마저 들었다.

"뭘 드시겠어요?"

여자는 나의 얼굴을 주의깊게 살펴보더니 물었다.

"커피도 돼요?"

"그럼요."

물어보기는 했지만 커피를 시키고 싶지는 않았다. 초희를 잃어버린 상처(傷處)가 공허함과 쓸쓸함의 형태로 물밀듯이 밀려오는 느낌이었고, 그 공허함과 쓸쓸함을 달래줄 상대로 옆의 여자가 적합할 것 같다는 생각을 했다. 그렇다면 옆자리에 붙잡아 놓아야 할 텐데, 그럴려면 맥주를 마시는 쪽이 더 어울릴 것 같았다.

"맥주 두 병 하고 과일 안주요."

나는 혹시나 그 여자와 키스를 할 수 있는 행운이 돌아올지도 모른다는 생각에서 일부러 과일 안주를 시켰다. 아무래도 키스를 하기 전에는 발고린내와 흡사한 냄새를 지닌 구운 오징어 따위보다는 과일을 안주로 먹어두는 편이 나은 것이다. 마침 주머니가 가벼운 상태는 아니었다. 축제 기간 동안 용돈을 내내 쓰지 않았던 것이다. 모자라면 더 시킬 만큼의 여유가 있었다.

잠시 후 그 여자는 맥주와 과일 안주를 들고 와 다시 나의 옆자리에 앉았다. 둔부가 밀착되었으므로 나의 제2차적 성징이 가볍게 자극을 받았다.

"역시 예상했던 대로 미인이 이 공간에 있었군요."

"어머, 고맙습니다."

미인이라고 하는 데 싫어할 여자는 거의 없다. 술을 팔고 술시중을 드는 여자라고 해서 예외일 리는 없었다. 아니, 그녀들의 생명은 미모나 다름없으므로 오히려 그 기쁨의 반응이 더할 것이었다. 그 여자는 화답(和答)하듯이 더욱 화사한 웃음을 보내주었다.

"미스 한이라고 불러 주세요."

"이름은?"

"이름이 보기 싫어서……."

"그러니까 더 알고 싶군요."

"국자예요……."

"그럼 한국자?"

"거봐요. 밉지요?"

"가명을 쓰면 되지 않소?"

"제가 사랑하는 아빠가 지어주신 이름이라 버리기가 싫은 거예요."

"그래도 나는 바꾸어 부르고 싶군요. 국화…… 그래, 국화가 좋을 것 같군요. 나는 앞으로 그대를 국화라고 부르겠어요. 한국화."

"후후. 받으세요."

국화는 여전히 화사한 얼굴로 웃으면서 나에게 맥주를 한 컵 가득히 따라주었다. 목이 말랐는지, 아니면 맥주를 좋아하는 체질인지 그녀는 자기 몫의 맥주컵까지 가져온 상태였다. 나는 맥주병을 건네받아서 국화에게 맥주를 따라주었다. 건배를 하고 나서 나는 단숨에 한 컵 들이켰다. 그녀는 나에게 사과 한 쪽을 먹여주었다.

"이건 뭐예요?"

그녀가 시사 판넬을 손가락으로 가리키면서 물었다.

"나는 남산 중턱에 있는 S예술대학 문예창작과에 다니는 대학생인데, 축제 시화전에 썼던 거지요. 집에 가서 파괴시켜 버리려고 가져가는 중이오."

"어머! 왜 파괴시켜요?"

"마음에 들지 않으니까."

"그럼 차라리 절 주세요."

그녀의 눈빛이 반짝였다. 하지만 나로서는 자기 마음에도 들지 않는 시가 적혀진 판넬을 남에게 건네주고 싶지는 않았다.

"다음 기회로 미룹시다. 하지만 그 대신에 오늘은, 내가 이 못난 시를 장례식 올리기 전에 직접 읽어주겠소."

"어머, 어서 듣고 싶어요! 자기는 목소리가 너무 좋거든요."

"음…… 제목은 '겨울강'. 띵 하고/깨져 버린 얼음장 사이로/유유히 흐르는/푸름."

"어머, 정말 좋아요. 땅 하고 깨져 버린 얼음장 사이로 유유히 흐르는 푸름…… 정말 좋아요. 시도 좋지만, 자기 목소리로 들으니까 더 좋아요."

"다행이군요."

"앞으로 성우를 하시지 그래요."

"그러지 않아도 지금 학교 방송국 연기 요원으로 활동하고 있지요. 지금 내가 진행을 맡고 있는 프로그램은 '캠퍼스 문예'. 캠퍼스 곳곳에 내 음성이 울려퍼지지요."

사실이었다. 학보사 공개채용 시험에 떨어진(물론 뒤에 학보사 주간 교수의 추천으로 기자에 임명되어 편집장 자리까지 차지했지만) 뒤로 나는 곧장 학교 방송국 공개채용 시험(연기 부문)에 응시하여 합격했고 제법 활발한 활동을 벌이고 있었다.

"가령 한하운 시인의 생애와 그의 시를 만난다고 하면…… 오늘은 천형의 문둥이 시인 한하운 님을 만나보겠습니다. 누군가는 시인을 알바트로스에 비유하기도 했습니다. 하늘을 날아다닐 때는 크고 훌륭한 날개를 뽐내지만, 뭍에 내려와서는 기우뚱거리는 몸짓 때문에 사람들에게 놀림을 받는다는 새. 바로 한하운 님은 알바트로스가 아니었을까요? …… 그러고 나면 백 뮤직이 아름답게 깔리고, 나는 천천히 시를 읽어나갑니다…… 전라도길 …… 가도가도 붉은 황톳길/숨막히는 더위뿐이더라/낯선 친구 만나면/우리들 문둥이끼리 반갑다/천안삼거리를 지나도/쑤세미 같은 해는 서산에 남는데/가도가도 황톳길/숨막히는 더위 속으로 절름거리며/가는 길……/신을 벗으면/버드나무 밑에서 지까다비를 벗으면/발가락이 또 한 개 없다/앞으로 남은 두 개의 발가락이 잘릴 때까지/가도가도 천리, 먼 전라도길……

그리고 여자 연기 요원과 함께 유리관 속에 들어가 있는 재미도 괜찮습디다."

"정말 멋있어요. 애인 있어요?"

"없소."

문득 초희의 얼굴이 떠올랐지만 나는 그렇게 잘라 말했다.

"왜 없을까? 하나 갖고 부족한 모양이죠? 그래서 아예 안 만들어 두는 거죠? 키가 몇이죠?"

"일백 팔십 일 점 오. 꼭 6척이오."

"훤칠한 키에 호남형의 얼굴. 그리고 멋진 음성. 아마 학교에서도 인기 최골 거예요. 그렇죠?"

"그건 사실인 것 같소."

맥주가 좀더 오갔다. 나는 살짝 술기운이 오르는 기분이었다. 그때 그녀가 귓가에다 입술을 가까이 대고 말했다. 작고 부드러운 속삭임이었다.

"저어 말이에요……."

훈(薰)김이 말과 함께 나의 귓볼에 닿았다.

"자기는 우리 아빠랑 목소리가 비슷하군요. 참 듣기가 좋아요. 내가 지금 아빠랑 같이 있는 것 같기도 하구……."

"아빠요?"

"그래요. 아빠는 내가 초등학교 다닐 때 죽었지요."

"그렇게 일찍?"

"교통사고가 났었어요. 시골에서 완행버스를 운전했었는데……."

그렇게 슬픈 기억을 입 밖으로 되살려내면서도 그녀는 여전히 화사한 표정을 유지하고 있었다.

“저어…… 부탁이 한 가지 있어요.”

“부탁?”

그러고서 그녀는 다소곳이 눈을 감고 입술을 살짝 내미는 것이었다. 입맞춤을 원하는 것이 아닌가. 자신의 예상이 오히려 상대방에 의해서 너무도 빨리 다가왔기 때문에 나는 당황하지 않을 수 없었다. 나는 그녀의 입술을 가만히 바라다보았다. 육감적인 입술이 눈안에 가득 담기자 제2차 성징이 빠른 속도로 자극받기 시작했다.

“부탁이에요.”

그녀가 꼭 그렇게 덧붙였기 때문이 아니더라도 나는 더 이상 참을 재주가 없는 상태에까지 도달해 있었다. 마침 다른 손님이 없었으며, 설령 있다고 하더라도 칸막이가 적당히 가려줄 것이었다. 두 사람은 서로 누가 먼저인지도 모르게 입술을 내맡겼다. 그녀는 자기가 원했던 책임이라도 지려는 듯이 능수능란하게 키스를 이끌어 갔다. 나는 한동안 환상 속에 빠져 있는 기분이었다. 손에 문지르면 구릴 때도 있는 침이 키스의 순간에는 더없이 시원하고 달콤한 액체로 변신할 수도 있는 게 인간의 생리였다.

얼마쯤 지나자 두 사람은 서로 상대방의 입술을 풀어주었다. 나는 좀더 할 수 없겠냐고, 이번엔 내 쪽에서 원하고 싶었다. 초희와의 키스보다 분명히 나은 기분이었기 때문이다. 그러나 바로 그때 다시금 쳐들어오는 그녀의 입술은 내가 굳이 말을 할 필요가 없게 만들어 버렸다. 두 사람의 키스는 그리고 한 차례 더, 제법 길게 이어지고서야 막을 내렸다.

“고마워요.”

그녀는 그 동안 키스를 하고 싶은 상대를 무척이나 갈구해 왔던 게 분명했다. 공교롭게도 초희가 퇴계로 2가에서 '겨울숲'과 함께 사라져버린 것을 확인한 날, 당장 나의 키스 파트너는 바뀌어 버렸다. 본명이 한국자인 국화. 그런데 국화는 초희와 달리 키스에만 머무르지 않고 한 걸음 더 나아가 버렸다.

어느 날의 오후 이른 시각이었다. 오후 수업을 받기 위하여 집에서 나온 나는 한 시간 남짓 여유 시간이 있었기 때문에 국화가 있는 인삼찻집 '작은 사랑'엘 들러보았다. 웬일인지 다소 어두운 분위기의 실내는 텅 비어 있었다. 그래서 나는 주방 쪽으로 가서 "아무도 없습니까?" 하고 불러보았다. 그랬더니 주방 벽에 붙어 있는 쪽문 저편에서 "누구세요?" 하는 물음소리가 들려왔다.

"문욱입니다."

내가 대답하자 쪽문이 스르르 열렸는데, 놀랍게도 저편에 있는 국화는 알몸이었다. 샤워 중이었던 것이다.

"후후, 자기 왔군요. 좀 부끄럽네요."

젊고 싱싱한 여자의 알몸을 얼마 만에 보았던가. 나는 숨이 턱 하고 막힐 지경이었다. 그러나 나는 내색하지 않고 "기다리겠소." 하고는 자리를 잡아 앉았다.

샤워가 거의 끝나가던 중이었는지 그녀는 곧 간편한 남방셔츠와 스커트 차림으로 모습을 완전히 드러냈다. 떠올리려고 했지만 이미 그녀의 살색 알몸은 옷 속에 감추어져 있었다.

"학교 가는 중이에요?"

"으흠."

나는 그녀의 알몸을 본 탓에 기분이 잔뜩 부풀어올라 있는 상태였다.

"그럼 술은 마시면 안 될 테고…… 커피를 마셔야겠죠?"

"맥주를 마실 수도 있지요."

"그러심 안 돼요. 수업에 임하는 학생의 태도로 옳지 못한 짓이에요."

그녀는 귀여운 목소리로 충고하듯이 말하고는 주방에서 커피를 두 잔 타가지고 왔다. 그녀가 옆자리에 앉자 그녀의 머리와 몸에서 향긋한 샴푸와 비누 냄새가 났다.

"한 가지 궁금한 게 있는데 말이오…… 나 말고 다른 손님이 왔어도 샤워 중에 알몸을 내밀었을까?"

"후훗. 절대 그럴 리 없지요. 나는 자기한테만 나의 알몸 감상을 허용한 거예요."

그러더니 그녀의 눈빛이 환각제를 먹기라도 한 사람처럼 이상하게 변했다.

"자기가 오기를 기다리면서 몸을 씻었어요. 그런데 마침 와준 거예요. 우리, 키스해요."

두 사람은 한몸이 되지 않으면 큰일날 사람들처럼 재빨리 입을 맞추었다. 혀가 오갔다. 타액이 오갔다. 그런데 어느새 그녀의 손이 슬금슬금 나의 바지 앞춤을 향해 옮아가는 중이었다. 그녀는 능숙한 솜씨로 바지의 지퍼를 내렸다. 그러고는 팬티 속으로 손을 쑥 집어넣었다.

나는 그녀의 적극적인 행동에 경탄하지 않을 수 없었다. 그녀의 손놀림은 매우 능숙하게 나의 은밀한 성징(性徵)을 자극시켰다. 순간 나는 자신도 가만히 있어서는 안 되겠다고 생각했다. 혼자서만 애무를 받고 있다고 생각하니 미안한 느낌이 들었던 것이다. 그래서 곧 그녀의 스커트 밑으로 손을 집어넣었다. 거기에는 단 한 장의 작은 방어막이 있었다. 귀엽고 앙증맞은 핑크빛 팬티였다. 무섭도록 남성화된 손이 그 팬티 속으로 파고들었다. 거기에는 숲이 있고 늪이 있었다. 얼마 후에 사정(射精)이 있고 나서 두 사람은 떨어졌다.

"고마워요."

그녀는 그렇게 말했는데, 나는 그녀가 그렇게 말한 속내를 정확히 파악할 수는 없었다. 그렇다고 묻고 싶지도 않았다. 다만 자신이 그녀의 파트너로 매우 어울렸는 모양이라고 생각했다.

초희가 떠나자마자 국화가 나타났고, 성민숙은 여자로서는 언제나 그녀들의 저편에 있었다. 초희가 그랬던 것처럼 국화가 아무 말도 없이 '작은 사랑'에서 사라져 버린 뒤에도 성민숙은 나의 클래스메이트로서, 또는 문우(文友)로서의 존재일 뿐 여자로서의 존재는 아니었다. 그렇다고 성민숙이 나를 자신의 남자로 만들기 위하여 적극적인 노력을 기울였던 것도 아니었다.

어머니에게 자신의 신상명세서를 전달해 달라는 다소 유별난 프로포즈를 받았을 때 나는 성민숙에게 이렇게 설득했었다.

"우리는 언제고 소설가가 될 거 아냐. 그런데 소설가는 고도의 의식 씨름을 해야 하기 때문에 건강을 많이 해치기 쉬운 직업이라구. 그러니까 신랑감이나 신부감의 직업도 중요하다구. 여자 소설가의 남편 직업은 의사, 그리고 남자 소설가의 부인 직업은 간호사인 게 어떨까?"

그리고 소설가끼리 결혼했을 때는 이혼을 했다든지 사별(死別)하게 되었다든지 남편 쪽이 빛을 못 본다든지 하는 불행한 경우를 예로 들어 설명해 주었다.

그날 이후로 두 사람 사이의 관계는 예전처럼 그대로 껄끄럽지 않게 이어졌지만, 얼마 후에 성민숙에게는 나이가 같은 클래스메이트인 김승진이라는 남학생이 애인으로서 존재하기 시작했다. 김승진 역시 나나 성민숙에 못지 않게 소설을 잘 쓰는 학생으로 평가받고 있었으므로 어느 한 쪽이 기울어지지 않는 보기좋은 한쌍으로 학우들 사이에 비쳐지고 있었다. 그 두 사람을 바라보는 나의 마음은 오히려 홀가분했다.

그리고 그 뒤로는 대학생 시절 내내, 더 이상 초희나 국화 같은, 서로간의 주고받는 미래가 막연한 형태의 술집 여자가 나타나 주지 않았으며, 나는 마침내 사랑하는 이성도 한 사람 붙잡지 못한 채 졸업을 하게 되었다.

16 그런데, 나에게는 사실, 적어도 이번에 꼭 고백하고 넘어가지 않으면 안 되는 여자가 한 명 있는 것이다. 나는 언제나 그녀를 잊으려고 노력하고 있었다. 그런데 웬만해서는 지영이의 얼굴이 영상으로 살아나지 않는 지금에 와서 갑자기 그녀가 나의 머리를 흔들어대는 이유는 무엇일까?

그녀는 바로 나에게 여자의 분문을 처음으로 보여주었던 민희였다.

내가 아버지 친구 집에서 나와 하숙 생활을 시작한 것은, 내가 군대에 가기 전에 이름도 대기 낯부끄러운 K출판사에 다닐 때였다. 그 출판사는 원고 하나를 두 가지로 조잡하게 만들어서 정상물 시장과 더불어 덤핑 시장으로까지 동시에 팔아먹는 곳이었다. 말하자면 본문은 같은데 표지가 두 가지인 식이었다. 표지가 상대적으로 나은 K출판사 상호의 하나는 정상적으로 문화공보부(그때는 납본처가 문화공보부였다)에 납본을 하고 정상적인 서점 유통 경로를 밟아 판매를 하며, 표지가 상스러운 D출판사 등의 상호가 붙는 따위들은 본문이 똑

같은데도 불구하고 덤핑 시장에 싼값으로 팔려나가 속된 말로 현찰 박치기를 하는 것이었다.

학보사 편집장까지 했던 내가 왜 그 출판사에 다녔는가 하면, 그때 는 그만큼 좋은 일자리를 구하기가 어려웠을 뿐더러, 나는 그 해 6월 에 현역병으로 입영해야 하는 영장을 받아놓은 상태여서 더욱 취직하 기가 어려운 대학 졸업생이었기 때문이다. 그렇다고 놀 수는 없으니 어디든 걸쳐 있으려 했던 것이다.

그러던 어느 날 길거리에서 우연히 민희를 만났다. 둘 다 제각기 술 을 얼마쯤 걸친 상태였다. 집에서 매일 보는 민희지만(내가 거주하고 있던 아버지 친구의 집이 곧 민희의 집이므로), 밖에서 우연히 마주 치니 새롭고 더 예뻐 보였다.

민희는 그때 3수 끝에 들어간 D대학교 예술대학 연극영화과 3학년 에 다니고 있었다.

민희는 2학년이 되면서부터 무척 개방적인 여대생으로 탈바꿈했 다. 아니, 원래 그런 끼가 있었는지도 몰랐다. 하루도 빠짐없이 미니 스커트를 입고 등교하는 데다, 하루도 빠짐없이 아카시아 향기가 나 는 생머리를 흩날리고 다녔었다.

나는 거래처 사람과 을지로 4가에서 술 한잔을 걸치고서 헤어진 뒤 에 대한극장 앞에서 번데기를 먹고 있던 참이었다.

"어머, 번데기!"

나는 깜짝 놀랐지만 시큰둥하게 대꾸했다.

"내가 번데기는 아니야. 나는 단지 번데기를 먹고 있을 뿐이라구."

"난 단지 오빠가 먹고 있는 번데기를 보고 그렇게 말했을 뿐이야. 나 좀 주지 않을래? 나도 번데기를 좋아한다구."

“그럼 이리 와서 내 옆에 앉아 먹어.”

“후훗. 나이스!”

그녀는 미니스커트 차림인데도 개의치 않고 내 옆에 앉았다. 지나가는 사람마다 쳐다보지 않는 사람이 없었다. 미니스커트 차림으로 쭈그리고 앉은 채 번데기를 먹는 그녀의 모습은 그야말로 최상의 눈요기감이 아닐 수 없었다.

“어! 잠깐만!”

나는 그녀가 행인들의 눈요기 표적이 되고 있다는 걸 의식하고 그녀의 앞에 마주앉았다. 길바닥에 앉은 셈이었다. 나의 배려로 그녀의 모습이 행인들의 눈요기감이 되는 것은 피할 수 있었지만, 그 대신에 그녀의 야릇한 하반신이 나의 눈에 들어왔다. 그녀의 팬티 색깔은 핑크였다.

“우울하다.”

내가 말했다.

“지금 무슨 말을 하고 있는 거지?”

“나는 코발트블루이기를 바랐어.”

“정말?”

“응, 정말.”

“알았어. 그럼 내일은 코발트블루를 입을게.”

“또 보여줄 수 있어?”

“어려울 것 없지 뭐. 나는 지금 나의 속옷을 이용해 뭇 남성들의 성심리를 연구하고 있는 중이거든. 언젠가는 우리 과의 유학린 교수한테 나의 속옷을 내비치게 해서 허둥거리는 눈동자를 관찰할 생각이야.”

“넌 참 대단한 아이야. 그런데 왜 하필 유학린 교수지?”

124

"마음에 드는 남성이니까."

"……."

"이번엔 내가 번데기를 사줄까?"

그녀가 나의 번데기를 다 먹고서 말했다.

"여기서?"

"아니. 생맥주집에서."

우리 두 사람은 곧 생맥주집으로 자리를 옮겨갔다. 그녀는 번데기 안주 한 접시와 생맥주 1천cc를 두 컵 시켰다. 그녀는 생맥주를 단숨에 들이켜고 또 한 컵 시켰다. 나도 생맥주를 단숨에 들이켜고 또 한 컵 시켰다.

"그런데 말야, 좀 웃기지 않니?"

그녀는 얌전하지 못하게 미니스커트 밖으로 거의 다 빠져나와 있는 두 다리를 훤하게 벌리고 말했다.

"세상에는 여자들을 위하는 척하는 게 너무나 많아. 따지고 보면 하나도 쓸모없는 것들이지."

나는 잠자코 듣고만 있었다.

"여자이기 때문에 어쩔 수 없이 누려야 하는 불필요한 혜택들이 너무 많다는 말이야. 우선 여자들의 목욕 요금이 남자들에 비해서 싸다는 것만 해도 그래. 왜 그런 성차별이 공공연히 존재하는 건지 알다가도 모를 일이야."

그녀가 주장한 논리는 이러했다.

여자들은 비누와 치약, 수건 등이 든 목욕 도구 백을 들고 오는데다 남자보다 체구가 작기 때문에 물을 적게 쓴다고 목욕업자들은 말할지 모르겠는데, 그건 정말이지 하나만 알고 둘은 모르는 무식의 소치가 아닐 수 없다. 실은 체구가 작든 크든 간에 여자가 남자보다 물을 많이 쓰는 법이다. 여자는 우선 머리가 길기 때문에, 그리고 여러 번 감기 때문에 물을 훨씬 많이 쓴다. 살결이 붉어질 정도로 얼굴도 여러 차례, 그것도 뽀드득뽀드득 닦기 때문에 역시 물을 훨씬 많이 쓴다. 알몸을 닦는 일도 역시 그러하며, 심지어 은밀한 부위를 닦는 데도 신체 구조상 여자가 물을 더 많이 쓸 수밖에 없게 되어 있다.

그리고 여자들은 목욕 도구를 들고 오기 때문에 소모품이 절감된다고 주장할지 모르지만, 욕실 안에서 무료로 쓸 수 있는 것이라곤 고작해야 수건과 비누 정도일 뿐이다. 그래서 남자들은 칫솔과 치약, 샴푸 등을 따로 구입하는 경우가 많기 때문에 오히려 목욕탕의 소모품 판매 수익을 올리는 데 기여하고 있다. 여자들이 거의 사용하지 않는 면도기는 더욱 그러하다. 더욱이 일부 몰상식한 여자들은 팬티 같은 속옷을 빨기도 하지 않는가.

그녀의 주장은 거기서 그치지 않았다.

"여자이기 때문에 누려야 하는 불필요한 혜택은 그것뿐만이 아니야. 얼굴과 몸매만 예쁘면 삽시간에 떼돈을 벌 수가 있잖아. 남자의 두둑한 돈지갑을 털어낼 만한 일자리는 얼마든지 있거든. 룸살롱에서 창녀촌까지 말이야. 거기다 여자를 군대에 강제로 보내지 않는다고 하는 건 정말 웃겨. 여자는 뭐, 분단 국가 대한민국의 국민이 아니란 말인가? 우리에게도 국방의 의무를 달라, 우리에게도 국방의 의무를 달라, 이렇게 우리 여성들이 외쳐야 하는 거라구. 그 점을 해결하지 않고서는 남녀 평등을 이룰래야 이룰 수가 없다구. 남자들이 자기들은 군대에 갔다 왔다는 점을 들어 늘 우세한 척하고 대접을 받으려고 든단 말야."

듣고 보니 그런 것도 같았다.

아무튼 민희와 나는 번데기를 안주로 삼아 무려 5천cc씩을 비워냈다.

"그만 일어나자."

"응? 응."

그녀가 나를 이끌고 있었다.

누가 누구를 부축하는 건지 모르게 걸어가다가 나는 참을 수 없는 요의(尿意)를 느꼈다. 그래서 그녀를 잠시 길거리에 세워두고 골목길로 들어가 노상방뇨를 했다. 요즘은 경범죄에 걸려 범칙금을 물어야 하지만 그때는 무료였다.

내가 노상방뇨를 하고 난 뒤에 진저리를 치며 골목길에서 나오자 그녀가 말했다.

"나도 급하기는 마찬가지야. 우린 똑같이 5천cc씩 마셨다구. 그런데 내가 단지 여자라는 이유만으로 노상방뇨를 해서는 안 된다구? 그런 법이 어딨어? 남자보다 여자의 노상방뇨가 더 아름다운 법이야. 색깔 고운 엉덩이가 내비치니까. 꺽. 그런데 남자들은 뭐 볼 것 있어? 새까만 번데기밖에. 꺽."

그녀가 취중에 말을 함부로 내뱉는 것 같다고 나는 생각했다.

"잠깐만 기다려. 나도 오빠가 일 본 자리에서 일 보고 올게. 까불지 마, 임마. 꺽."

그녀가 골목길로 사라졌을 때 나는 몰래 뒤따라 갔다. 그녀의 미니스커트 아래로 살색 엉덩이가 희미하게 삐져나와 있었다. 잠시 후 그녀가 쭈그리고 앉은 채 왼쪽 다리를 탁탁 터는 모습이 보였다. 나는 서둘러 제자리로 돌아와 움직이지도 않은 척 가만히 서 있었다. 문득 아가리를 벌리고 있는 홍합이 떠올랐다. 그녀가 곧 모습을 드러냈다. 다행히 내가 엿본 사실을 모르는지 얼굴 표정이 변해 있지는 않았다.

잠시 후 그녀가 나와서 말했다.

"참 웃기는 거 있지. 남자는 왜 노상방뇨를 하고 나면 진저리를 치는가 몰라."

그러나 그렇게 말한 그녀가 오히려 진저리를 치고 있었다.

"나랑 가자."

"어딜?"

"여관."

"뭐라구?"

"왜, 임마! 안 돼?"

"아, 아니. 나는 너를 책임지기가 두려우니까."

뭔가가 뒤바뀐 것 같다고 나는 생각하면서 대답을 얼버무렸다.

"괜찮아, 임마. 너무 떨지 말라구. 껵. 나는 오빠를 책임질 수 있으니까."

"네가 내 마누라가 되겠다는 거야?"

"그게 아냐, 임마. 단지 오빠 몸에 손을 대지 않겠다는 것뿐이야."

"넌 참 대단한 아이야."

"별것 아니야. 오빠 날 이상한 계집애라고 생각할지 모르지만, 난 단지 오빨 실험 대상으로 삼고 싶을 뿐이야. 오빠의 알몸을 보고도 태연해 할 수 있는 나를 확인하고 싶은 거야, 임마. 껵."

"그런데 내가 공격하면 어쩌고?"

"그건 반칙이야, 임마. 룰은 반드시 지켜야지. 오빤 단지 실험 대상에 불과한 기니 피그(Guinea pig)야, 기니 피그. 그래서 나는 그 대가로 오빠 번데기보다 비싼 번데기를 사주고 생맥주까지 사준 거야."

"기니 피그?"

"응, 기니 피그. 쥐과(科)의 작은 짐승이야. 페루 원산으로 몸길이 25센티 가량. 몸빛깔은 흑색, 백색, 갈색 등 여러 가지인데 꼬리가 없음. 의학, 생물학의 실험용으로 두루 쓰임. 프랑스말로 마르모트 (marmotte)라고 하지."

"모르모트 아니야?"

"그건 잘못 쓰는 말이야, 마르모트 군."

"제멋대로군. 넌 누구한테나 이러니?"

"아냐, 그렇진 않아. 집쥐는 흔하지만 기니 피그는 흔하지가 않거든."

물론 여관에는 가지 않았다. 나의 주머니는 물론 그녀의 주머니도 비어 있었기 때문이었다.

그 뒤로도 나는 술 취했을 때의 그러한 그녀의 언행을 여러 차례 경험했지만 여관에는 단 한 번도 가지 않았다. 차마 그녀의 알몸을 볼 수 없을 정도로 그녀가 너무 신비롭게 느껴졌고, 한편으로는 위악(僞惡)스럽게조차 느껴졌기 때문이었다.

17 그런데 기어코 나는 그녀에게 당하고 말았다. 떠나가는 그녀를 위해 내가 1대1의 송별식을 해주고 나서의 일이었다. 매우 비상식적인 일 가운데 하나이지만, 그녀가 덜컥 휴학계를 내고 공수특전단에 지원하여 입대하게 된 것이었다. 물론 집안에서 엄청난 반대가 있었지만, 그녀는 가출로 시위하면서까지 자신의 주장을 굽히지 않은 끝에 끝내는 공수특전단에 입대할 수 있게 되었다.

“야, 번데기 오빠. 아니, 마르모트.”

먹을 걸 다 먹고 마실 걸 다 마시고 나서 중화요릿집의 남녀 공용 화장실에 함께 들어가게 되었는데, 대변을 볼 수 있는 곳으로 들어간 그녀가, 남성용 소변기 앞에서 바지의 지퍼를 내리려는 찰나의 나에게 말했다.

“오빠도 들어올래?”

“뭐? 거기 같이?”

“아니. 옆칸.”

그것 참 이해하기 어려운 요구가 아닐 수 없었다.

“나는 남자야.”

“임마. 남자는 뭐, 꼭 서서 소변을 봐야만 하는 법이라도 있는 거니?”

“알았어.”

나는 술에 취해 있는 그녀가 앞으로 어떤 말의 폭력을 휘두를지 몰라, 그리고 다른 사람이 들어오면 좀 곤란할 것 같아서 하는 수 없이 대변을 볼 수 있는 곳으로 들어갔다. 그녀가 들어가 앉아 있을 옆칸이었다.

“흠. 그랬었군.”

잠시 후 내가 바지와 팬티를 까내리고 쭈그리고 앉은 채 소변을 보고 있는데 그녀가 저쪽 칸에서 혼잣말을 했다.

“그런 정도군.”

그녀는 마치 연극에서 독백조의 대사를 읊조리고 있는 것 같았다.

나는 화장실에서 나온 뒤에도, 그리고 송별식이 끝날 때까지도 그 궁금증을 풀지 못하고 있었다. 그래서, 귀가길의 좌석버스 안에서 옆자리의 그녀에게 물어보았다.

"아까 그게 무슨 말이었니? 흠. 그랬었군. 그런 정도군."

"알 필요까지는 없어. 나는 단지 확인해 보고 싶었을 뿐이야."

"뭘?"

"마르모트. 오빤 실험용 기니 피그라는 사실을 잊었니?"

"그것 참 궁금해서 미칠 것만 같군."

"가만있자, 이왕 이렇게 된 거……."

"뭘 중얼거리니?"

"오빠. 나한테 실험용 기니 피그, 한 번 더 안 해줄래?"

"무슨 말이니, 그게?"

"알고 싶으면 여기서 일단 내리자, 오빠."

"왜?"

"우선 한잔 더 하고 볼 일이야."

나는 민희에게 거의 이끌리듯이 귀가 도중에 좌석버스에서 내렸다. 그녀는 나를 끌고 다짜고짜 포장마차 안으로 들어갔다. 그러곤 자기 입맛대로 닭똥집 안주와 함께 소주를 한꺼번에 두 병 시켰다. 늘 그랬듯이 바람직한 남녀 평등을 주장하는 민희 특유의 사설(私設)을 이러쿵저러쿵 늘어놓더니, 두 병째 소주가 반쯤 남았을 때 민희가 나에게 불쑥 물었다.

"오빠, 총각이야?"

"응, 법적(法的)으로는."

"다들 그러더라 뭐. 몸 파는 여자랑 한 번 잤었겠지?"

"응. 이를테면 그렇다고 해야겠지."

"두 번도 아니고 딱 한 번? 그것도 술에 무진장 취한 날? 맞지?"

"응. 이를테면 그렇다고 봐야겠지."

"그 정도라면 봐줄 수 있어."

"그럼 민희 너는 처녀니?"

"응."

"혹시 너마저 법적으로만?"

"아니. 여자는 남자와 달라. 사랑하지 않는 남자한테는 자기 몸을 함부로 하지 않아."

"믿어도 되는 거니?"

"싫음 관둬."

"그런데 요즘 어떤 애들은, 특히 지방에서 혼자 올라와서 사는 애들은 혼전 성교를 개방하겠다고들 막 말하더라."

"그건 자기 몸을 소중하게 여기지 않거나, 자기가 못나서 그럴 거야."

"그럼 너는 확실히 처녀란 말이지?"

"응. 난 아직까지 동정을 지키고 있어."

"믿을까 말까……."

"미심쩍으면 현실로 믿게 해주겠어."

"무슨 소리니, 그게?"

"있잖아…… 군대 가기 전에 남자들은 천호동 같은 데 가서 일부러 총각 딱지를 뗀다던데…… 여자에겐 불행인지 다행인지 그런 장소가 없잖아? 그러니까 오빠가 대신 그 역할을 해줘. 그러면 내가 처녀인지 아닌지 알 수 있을 거 아냐?"

"그, 그런가……."

나는 그날따라 거부하지 못했다. 마침 여관비가 있어서가 아니었다.

공수부대에 가는 그녀를 왠지 꼭 한번 경험해 보고 싶었다. 그리고 그녀가 나를 사랑한다고 말하면 나 역시 사랑한다고 화답(和答)해 줄 수 있을 것 같았다. 그리고 그녀가 나랑 결혼하자고 말하면 나 역시 그러마고 응해 줄 수 있을 것 같았다. 그날따라 그녀는 이상하게 쓸쓸해 보였고, 곧 떨어져나가야 할 나의 일부분인 것 같았다. 몸의 일부분인 것 같기도 하고 정신의 일부분인 것 같기도 했다.

우리는 마침내, 뜨거운 살을 뒤섞는 결합을 하기로 하고 마침 포장마차에서 멀지 않은 곳에 있던 작은 모텔로 향했다. 그때 민아 누나가 살짝 나의 뇌리로 기어들어와 방해를 했지만, 그녀는 어디까지나 나로서는 잡을 수 없는 뜬구름 같은 존재였으므로 방해를 지속하지는 않았다.

물소리가 들려왔다. 샤워배스(shower bath)에서 강력하게 뿜어져 나오는 물줄기 소리, 그리고 여자의 하얀 알몸에 부딪치는 소리. 그 소리는 머릿속에 떠오르는 여자의 나체 영상과 함께 가히 환상적으로 다가왔다.

이윽고 물소리가 그쳤다. 민희는 몸을 닦고 있을 것이다.

잠시 후 욕실문 열리는 소리. 나는 바짝 긴장했다.

"나, 할 이야기가 있어, 민희야."

나는 잔뜩 오그라든 긴장을 풀기 위해서 욕실에서 샤워를 마치고 나오는 그녀에게 말했다. 그녀는 가운 속에 아무것도 걸치고 있지 않을까? 아니면 팬티와 브래지어로 살짝 무장을 해두었을까?

"뭔데?"

그녀는 양손으로 긴 머리결을 쓸어올리며 물어왔다. 좋은 향기가 날아왔다. 그린파파야 향기 같은 것?

"입었을까?"

"뭘?"

"속옷."

"아이 참."

그녀는 살짝 얼굴을 붉혔다.

민희. 그 순간의 그녀는 텔레비전의 어떤 간판급 탤런트들보다 예뻤다. 훨씬 예뻤다. 그토록 예쁜 여자가 얼굴을 붉히고 있으니 더욱 예뻤다. 그 순간, 꼭 다물고 있을 그녀의 은밀한 곳은 살짝 떨렸을 것 같았다.

"입은 모양이구나."

"첫날밤은 이래야 되는 거 아니야?"

"더욱 은밀해지는 느낌이야 있을 테지."

"약속해. 불 끄고 하기로."

"꽤 조신한 여성 같구나."

"그럼 조신하잖구."

"그런데 나, 너와 혼외 정사를 치르기 전에 꼭 하고 싶은 얘기가 있다."

나는 그녀에게 나를 사랑하느냐고 묻고 싶었다. 우리가 결혼하는 게 좋겠느냐고 묻고 싶었다.

"무슨 얘긴데? 길어?"

"응. 소설책 한 권만큼 길어."

길 것도 없는데 나는 일부러 그렇게 말했다.

"그럼 뒀다가 해."

"뒀다가?"

"나 지금, 몸이 엄청 달아 있단 말야. 샤워할 때부터 그랬어. 지금까지 살아오면서 이만큼 긴장한 적이 없어. 동정녀의 갈증을 마르게 할 필요는 없잖아. 난 지금 오빠의 살냄새를 빨리 맡고 싶단 말야. 이 건 취해서 하는 말이 아냐."

그러기는 나도 마찬가지였다. 아니, 오히려 내 몸이 더 달아올라 있 는 건지도 몰랐다. 예쁘장한 민희, 그날밤따라 그녀의 미모가 완전히 살아난 느낌이었다.

"오빠. 불 끌까?"

화장 안 한 그녀의 얼굴은 오히려 꾸밈이 없어 좋았다.

그렇다면 그녀를 느껴보고 나서 물어보기로 하자. 하는 수 없지. 지 금 그녀는 심한 갈증을 느끼고 있지 않은가. 그녀를 기쁘게 해주기 전부터 그녀를 고민하게 만들 필요는 없다고 나는 판단했다. 그것도 사랑의 한 방법이었다.

"그래. 불 좀 꺼줄래."

나는 용기를 내어 말했다. 곧 그녀의 손길에 의해 불이 꺼졌다. 아 무것도 보이지 않았다. 암흑(暗黑). 그녀는 내 곁에 누워 있는 것 같았 다. 향수가 뿌려진 그녀의 체취, 혹은 그녀의 숨결이 그걸 읽게 해주 었다. 나는 천천히, 아주 천천히 그녀의 육체로 손을 가져갔다. 가운 을 벗겼다. 그녀를 여성답게 만들어 주고 있는 브래지어, 그리고 팬 티. 나는 조심스럽게 모두 벗겨냈다. 손끝으로 감전(感電)되어 오는 그 녀의 알몸. 나는 조금은 성급하게 가운을 벗어던지고 그녀의 육체 위 로 겹쳐졌다. 그러나 함부로 그녀의 알몸을 애무할 생각을 하지는 못 하고 그대로 정상 체위에 들어갔다. 키스를 하지도 않았다. 가장 동물 적인, 그러나 인간만이 할 수 있는 가장 동물적인 정상 체위. 일부러 그랬다기보단 그만큼 미숙했다. 그녀는 갑자기 외마디 놀라는 소리를 내었다. 처녀성이 사라지는 소리였을 것이다. 액체가 느껴졌다. 뜨거웠다. 그러나 초보자인데도 나는 다행히 조루 증세를 보이지 않았다. 술기운 때문이었을 것이다.

"꼭 껴안아줘, 오빠. 이대로 잠들고 싶어."

나 역시, 사정(射精)도 하지 않은 채 이대로 잠들고 싶다는 생각을 했다. 사정이 무슨 필요가 있다는 말인가, 그녀와 결합되어 있는 이 순간이 더없이 좋은 것을…… 나는 그렇게 가슴으로 부르짖었다.

우리는 언제인지 모르게 잠이 들었다. 그리고 이튿날 우리는 여전히 한몸인 채로 밝은 햇살을 받으며 잠에서 깨어났다. 나의 핵심 부위가 그녀의 핵심 부위에 단단히 결합되어 있는 것을 보고 우리는 그만 쿡쿡 웃었다. 말을 따로 하지 않아도 나는 그녀의 것이고 그녀는 나의 것임에 분명했다. 우리는 잠시 후에 몸을 나누고 나서 함께 욕실에 들어가 샤워를 했다. 서로의 몸에 비누칠을 해주고 닦아주었다. 그리고 세찬 물줄기가 쏟아져내리는 샤워배스 아래서 꽤 오래 키스를 했다. 세미오케미컬이라는 투명한 입안의 분비액이 마음껏 오가는, 정말 훌륭한 키스였다.

18 민희가 입대했기 때문에 그날 헤어진 뒤로 우리는 한동안 만날 수가 없었는데, 정말 오랜만에 그녀에게서 우편물이 왔다. 그 우편물의 내용이란 편지 한 장과 깨어지지 않게 두툼히 싸여진 거울 하나였다. 그리고 그 거울 하나는 비로소 나에게 그녀가 '흠 그랬었군…… 그런 정도였군'이라고 중얼거리게 된 사정을 일깨워 주었다.

그녀는 그날 핸드백을 들고 화장실에 들어갔었다. 화장실의 대변을 볼 수 있는 칸 두 개는 밑이 10센티 가량 트여 있는 조립식이었다. 그녀는 아마도 거울을 꺼내어 나의 성기를 비추어 보았을 것이다. 그리고 관찰했을 것이다.

하필 그때 그 자리에 있었던 여자에게는 미안한 일이지만, 나는 그러한 나의 추론(推論)을 틀림없는 사실로 인정하기 위하여 실험해 보지 않을 수 없었다. 나는 조립식 칸막이로 대변을 볼 수 있는 공간을 나누어 막아놓은 화장실을 한 군데 알고 있었다. 그래서 그 실험 가능한 화장실이 존재하는 강남의 한 빌딩으로 들어갔다. 좀 고약한 짓을 해야 한다는 죄책감 때문인지 식은땀마저 흘렀을 정도였다. 미리 한 칸에 들어가 앉아 거울을 들고 대기하던 나는, 마침내 구둣굽이 복도에 부딪치는 소리를 들었으며, 곧 그 소리의 주인공인 여자가 내 옆칸으로 들어가 문을 닫는 소리를 들을 수 있었다. 거울을 기울이는 나의 손은 몹시 떨리고 있었다.

나는 하마터면 입 밖으로 소리를 내지를 뻔했다. 나의 작은 면도용 손거울 속에는, 스커트를 걷은 채 쭈그리고 앉은 여자의 둔부가 옆모습으로 고스란히 비치고 있었으며, 요령껏 기울이자 차마 보지 못할 여자의 성기마저, 그리고 소변줄기마저 비치고 있었다. 그 장면은 신비 그 자체였다. 그 여자가 대변을 보지 않아 준 것은 정말 다행한 일이었다. 만약 그랬다면 나는 그 똥도 더럽기보다 신비스러운 쪽으로 생각하고야 말았을 것이다.

그런데 나는 왜 하필 그런 식으로 여자의 성기를 목격할 수밖에 없었을까? 민희가 그 방법을 가르쳐 주었기 때문이었을까? 그리고 그녀는 왜 나에게 거울 하나를 보내면서까지 그 사실을 일깨워 주려고 했던 것일까?

나는 차라리 그것을 확인해 보지 말았어야 옳았다. 나는 그 야릇한 경험을 시작으로 한동안 여자의 은밀한 부위를 엿보는 데 많은 시간을 할애하고 다녔던 것이다. 그래서 조립식 공중화장실은 민희가 내 곁에 없는 상태에서 한동안 나의 벗이 되어 주었었다. 그리고 나는 한 가지 깨달았다. 머리가 나쁜 엿보기꾼은 화장실 칸막이에 구멍을 뚫고 들여다본다는 사실을. 화장실 칸막이에는 그만큼 많은 구멍이 나 있었으며, 하나하나 나의 눈에 발견되었다. 어쩌면 그것은 그네들의 머리가 나빠서가 아닌지도 모른다. 거울에 비치는 부위가 아닌 실물을 관찰하고 싶어서였는지도 모르니까.

그리고 내가 깨달은 더욱 중요한 사실이 한 가지 있었다. 여자들은 화장실에 갈 때 대소변을 가리지 않고 언제나 휴지를 챙겨 가는데, 나는 기왕에는 여자들이 그만큼 청결하기 때문이라고 생각했었다. 일을 본 다음에 손을 씻고 휴지로 물기를 닦기 위해서라고 생각했던 것이다. 그런데 그게 아니었다. 여자들은 남자와 달리 요도구가 거의 돌출되어 있지 않기 때문에 요도구의 주위에 묻은 소변을 닦아내기 위해서 휴지를 필요로 하는 것이었다. 그런데 청결한 여자는 그러고 나서 반드시 손을 씻어내는 반면에, 청결하지 않은 여자는 휴지로 살에 묻어 있는 소변을 닦아내고도 손을 물로 씻어내지 않고 당당히 걸어나오는 것이었다.

그런데 나의 그 이상 증세는, 민희가 보내 온 편지에 의해서 언제 그랬었냐는 듯 깨끗이 사라져 버리고 말았다. 편지의 내용은 나의 머리를 정신없이 흔들어 놓았으며, 가슴 깊은 부위를 발기발기 찢어놓았다. 그녀의 눈물자국이 묻어 있는 듯한 편지의 내용은 이러했다.

'욱이 오빠.

어느 날 갑자기 나는 몸을 파는 여자가 되고 싶었어. 몸을 파는 여자…… 창녀 말이야, 창녀. 매춘부라고 불러도 좋아. 창녀라는 말이 나오니까 어떤 이들은 벌써부터 군침을 삼키고 있을지도 몰라. 군침을 삼키고 싶을 때는 삼켜야지. 그것은 인간이 누릴 수 있는 자유야. 나의 이 소설과도 같은 고백의 공간 속에서도 마찬가지야. 군침을 삼키고 싶을 때는 삼켜야지. 그것은 누구나의 자유니까. 이 젊고 아리따운 여자의 육성 고백을 들을 남자가 군침을 삼키지 않는다는 것은 매우 부자연스런 일이겠지?

내가 혹 추물이라면 몰라. 하지만 나는 아니야. 추물이 아니야. 절대 아니야. 길을 걷거나 시내버스에 타면, 어느 남자의 시선도 끌 수 있을 만큼 아리따운 여자야. 설령 그 남자가 세계적인 대학 교수거나 과학자라도 마찬가지야. 세계적인 정치가라거나 영화배우라도 마찬가지야. 돌덩이처럼 단단한 안면 근육을 가지고 있는 남자는 말할 것도 없어. 하필 그 사람이 장님일지라도. 왜냐하면 나의 아름다움에는 나의 내면 세계가 고스란히 배어나와 있으며, 그 아름다움은 이 세상 남자들의 내면 세계를 끌어당기기 때문이야.

어느 날 갑자기 나는 몸을 파는 여자가 되고 싶었어. 몸을 파는 여자는 다행히도 덜 더러워. 자신의 내면 세계를 지성이라는 이름으로 팔아대는 여자보다는. 그런데 나의 몸에는 나의 내면 세계가 고스란히 배어나와 있어. 하지만 나는 지성이라는 이름으로 존재하지는 않아. 언제나 익명으로서 존재할 뿐이야.

나는 사실 오빠와 한몸이 되기 전부터 이미 처녀가 아니었어. 어느 날 갑자기 동정을 잃었던 거야. 나의 동정을 앗아간 그 괴한이 누구냐구? 오빠도 잘 알 거야. 우리 아빠. 이제야 고백하지만 우리 아빠는 나의 친아빠가 아니었어. 본부인과 사별한 뒤로 홀아비로 살아가던 아빠가 나의 친아빠와 사별하고 과부로 살아가던 엄마와 눈이 맞은 거야. 엄마는 나와 민아 언니를 데리고 새아빠의 집안으로 들어갔어. 그게 내가 젖먹이 때야. 나는 어느 날 갑자기 당했어. 왜 있잖아? 오빠가 내 항문을 구경했을 때, 그날은 나 혼자 집안에 남아 있었잖아. 공교롭게도 오빠가 돌아가고 나서 나는 그날 당했던 거야. 갑자기 들어온 아빠가 나를 보더니 군침을 흘렸어. 그러곤 재미있는 것을 한 가지 가르쳐 주겠다고 했어. 그게 나의 입으로 아빠의 징그러운 것을 애무하는 행위였어. 아빠는 그러더군. 앞으로 자기 말을 잘 들어주면 대학에 꼭 보내주겠다고. 나는 대학에 가고 싶어서 바보처럼 아빠의 말을 들어주었어. 아니, 아마 아빠의 상대를 안 해주었더라면 당장에 집에서 쫓겨났을 거야. 그리고 이건 내 생각인데, 나와 함께 새아빠의 핏줄이 아닌 민아 언니도 틀림없이 나처럼 당했을 거야.

물론 나보다 훨씬 먼저 당했겠지? 그러고서야 대학엘 갈 수 있었을 거야. 그런데 그런 민아 언니가 아빠의 사업이 망하는 바람에 대학을 그만두고 취직을 했고, 거기서 알게 된 재일교포와 결혼을 해서 나의 학비를 대주었으니, 참 웃기지 그치?

그런데 정말 웃기는 일이 또 있어. 내가 어느 날 갑자기 민아 언니의 남편한테 당했던 거야. 그게 이래. 어느 날 우리 동급생 진희와 술을 마시고 있었어. 그런데 진희가 화장실엘 간다고 가더니 아무리 기다려도 돌아오지 않는 거야. 어느새 자정이 되었고, 주인 여자는 그만 나가라고 성화를 대는 거야. 그래서 하는 수 없이 술값을 내고 나가려는데 지갑이 든 핸드백이 없는 거야. 먼저 들렀던 레스토랑에 놓아두고 그냥 나온 모양이었어. 그래서 주인 남자와 함께 그 레스토랑에 가

140

보았지만 이미 셔터문이 굳게 닫힌 뒤였어. 친구들 전화번호가 적힌 수첩도 핸드백 속에 있었기 때문에 그들에게 구원을 요청할 수도 없는 노릇이었어. 마침 서울에 출장 와 있는 재일교포 형부가 떠올라 바지 주머니를 뒤져보니 마침 명함이 들어 있었어. 서울 숙소인 오피스텔로 전화를 했지. 그런데 무슨 통화가 그렇게 긴지, 그 동안에 나는 주인 남자에 의해 무전취식죄로 파출소에 끌려가고 말았어. 그곳에서 다시 경찰서 보호실로 갔고, 거기서 다시 전화 부탁을 해서 겨우 형부와 통화를 할 수 있었어. 나는 형부의 도움으로 훈방 조치를 받아 겨우 풀려날 수 있었지. 몸이 너무 피곤해서 그냥 형부의 숙소인 오피스텔에서 자고 가기로 했어. 형부가 그러더군. 아무 일 없을 테니까 염려 말고 푹 자요. 내일 아침에 깨워줄 테니까. 그러나 형부는 나를 속였던 거야. 새벽이었는데, 이상한 느낌이 들어 눈을 떠보니 형부의 얼굴이 나의 그곳에 와 있는 거야. 그러니까 커닐링거스를 하고 있는 중이었어.

내가 군대에 온 것은, 그것도 공수부대에 하사관으로 지원해서 온 것은 내가 남자보다 더 힘이 세어지기 위해서였어. 그래서 나는 이곳에 오기 전에 거금을 들여 처녀막 재생 수술을 했고, 단 하나뿐인 사랑인 오빠에게 재생한 처녀막을 바쳤던 거야. 나는 이제 새롭게 태어나고 싶었어.

그런데 이젠 글러버렸어. 나의 그 생각은 한낱 꿈에 불과했어. 대대장 관사에서 대대장에게 또 당한 거야. 오빠한테 미안해. 이제 나는 더 이상 오빠한테 사랑받을 자격이 없을 것 같아. 몸 건강히 잘 있어, 오빠. 그리고 오빠, 오빠 가슴에 〈민희〉라는 이름의 풀 한 포기를 심어줬으면 좋겠어.'

그런데 그 편지가 준 충격이 채 사라지기도 전인 1주일 뒤에, 이제 더 이상 민희를 처음으로 망가뜨려 놓은 아버지 친구의 집에 머물러 있을 수 없다는 생각을 굳혀가고 있을 때쯤 나는, 정말 지구가 흔들리는 듯한 충격적인 소식을 듣고 말았다. 민희가 낙하 훈련 도중에 낙하산이 펼쳐지지 않아 추락사했다는 것이었다. 그것은 어쩌면 단순한 사고사가 아니라 그녀가 스스로 택한 자살 행위였는지도 몰랐다. 1주일 전에 보낸 편지가 어쩌면 나에게 보낸 유서인지도 모른다는 생각이 들었다.

어쨌든 나는 한동안 슬퍼했고, 그 슬픔을 위로받기 위하여 고약하게도 민아 누나를 생각했다. 내가 하숙 생활을 시작한 것은 바로 그때의 일이었다.

"뭐라고? 하숙 생활을 하겠다고? 그렇잖아도 민희가 사고를 당해서 이 집안이 혼이 나가 있는데, 네놈이 웬 수작이란 말이냐? 숨겨 둔 계집이라도 있단 말이냐?"

사업차 서울에 들른 아버지는 새 삶을 꾸리겠다는 나의 말을 듣고는 버럭 소리를 질렀다.

"이 새끼가 순 제멋대로야! 상대 가겠다고 상고를 가 놓고서 직장엘 다니더니…… 그것도 얼마 다니지 않고 변덕스럽게 대학엘 간다더니…… 고작 간다는 게 문예창작관지 뭔지고 말야…… 거기 나와서 그래, 월급이 쥐뿔이나 되더냐 이 자식아! 얼마나 받냐, 이 새끼야?"

"16만원요."

"그게 뭐냐 이 새끼야! 딴 사람들은 대학 나와서 다들 25만원은 받는데."

"아직 군댈 안 갔다 와서 그렇지…… 갔다 오면 그만큼 충분히 벌 수 있어요."

"네놈 생각이 그렇지 이놈아, 글 쓰는 재주밖에 없는 놈한테 무슨 돈을 그리 많이 준대냐?"

"그게 그렇지 않습니다. 두고 보십쇼. 저는 꼭 소설가가 될 겁니다."

"그래, 돼봐라, 이놈아. 네까짓 게 소설가가 되겠단 것도 우습지만, 소설가가 뭐 밥을 벌어먹여 준대냐?"

"아버지는 왜, 소설가가 얼마나 훌륭한 직업인 줄 모르고서 막 그러십니까?"

"훌륭한 직업이라고?"

"아버지는 참 무식하십니다. 소설은 지성과 예술을 결합한……."

그때 나의 뺨으로 아버지의 손바닥이 날아왔다.

"그래, 나는 무식하다 이놈아! 중학도 다니다 그만두었다 이놈아! 네놈은 대학꺼정 나와서 많이 잘났다, 이놈아!"

아버지의 관자놀이에서 힘줄이 불끈거리고 있었다.

"죄송합니다……."

나는 아버지의 무력 앞에서 결국 항복하고 말았다. 그러나 더 이상 그 집에 버티고 살 수는 없었다. 민희를 처음으로 더럽힌 아버지 친구의 집에서 함께 산다는 건 굴욕이었다. 그래서 나는 가출하듯이 그 집에서 나와버렸다. 그게 나의 방랑 생활의 시작이었다. 군대 생활도 어쩌면 그 방랑 생활의 일부에 해당됐던 건지 몰랐다.

아무튼 민희가 현실에서 떠나간 뒤로, 군대에 가는 나를 가슴 쓸쓸히 생각하며 서울역까지 나와 준 여자는, 그때까지 내가 단 한 번도 이성(異性)의 향기를 느껴 본 적이라곤 없는 성민숙이었다. 성민숙은 두 사람이 주축이 되어 함께 결성한 바 있는, 그리고 동인지도 한 권

내놓은 바 있는 소설 동인으로서 내가 군대에 가는 것을 몹시 안타까
워했다.

　논산에 도착한 나는 그날 저녁에 한 룸카페를 찾았다. 그리고 파
트너로 들어온 여자에게 팬티를 벗고 스커트를 올린 다음 내 앞에
앉아 있도록 했다. 그리고서 수음(手淫)을 시작했다. 그러나 맥주를
몇 컵밖에 마시지 않았음에도 불구하고 수음에는 성공하지 못했다.
파트너는 몹시 안쓰러운 얼굴 표정으로 자신의 성적 매력을 좀더 노
출시키려고 애를 썼지만 나는 수음에 실패했다. 나는 이번에는 대중
목욕탕을 찾았다. 웬일인지 목욕탕은 텅 비어 있었다. 그래서 온탕
속에 들어가 앉은 나는 그 안에서 수음을 시작했다. 그리고 비로소
성공했다. 나에게 수음은 무엇이었으며, 정액은 대관절 무엇이었을
까?

19 시내버스 안에서 깜박 잠이 들었던 나는, 문득 깨어나면서
지금 내가 탄 버스가 157번이라는 것을 알아차린다. 버스는 어느덧
오스카 극장을 돌아서고 있다. 일어서려는데, 몸이 기우뚱하며 넘어
질 뻔한다. 겨우 중심을 잡은 나는, 잠시 후에 버스에서 내린다. 미
니스커트 아래로 뻗어 있는 여자들의 허벅지를 더욱 선정적으로 꾸
며주는 분홍색 조명은 오늘도 예외없이 길 양편에서 현란하게 빛나
고 있다. 나는 오늘도 정해진 발걸음처럼 지영이가 영업을 하는 집
으로 향한다. 없을 것이다. 시골에서 그냥 묻혀 살기로 한 것일까?
시골? 시골집에 갔다고는 했지만, 그녀에게는 전혀 시골 출신 같은
촌스러운 구석이 없다. 그녀의 집은 어쩌면 서울인지도 모른다. 그

녀는 분명히 서울 말씨를 쓰고 있지 않은가. 하지만 서울 여자가 서울에서 그런 영업을 하기는 어려울 것이다. 얼굴을 뜯어고치고 영업을 하는 여자가 있다고는 들었지만, 지영이는 절대 뜯어고친 얼굴이 아니다. 지영이의 집이 시골 어디인지는 몰라도, 만일 시골이라면 그대로 그곳에 눌러 살다 평범한 여자들처럼 시집을 가는 것은 어떨까? 그리고 나는 그녀를 그냥 추억 속의 옛여인으로 간직해 두는 것은 어떨까? 하지만 그러기에는 너무 일렀다. 물론 정사를 치렀다고는 하지만, 내가 그녀를 영원히 만날 수 없게 된다면, 나는 분명히 전신에 두드러기가 돋는 피부병에 걸려 죽거나 아니면 숨이 막혀 죽어버리고 말 것이다. 문예창작과 동기생이며 시인인 성민숙이, 내가 서울을 떠나고 싶다고 하자 "문욱 씨가 없는 서울은 쓸쓸할걸요" 하는 투의 감상적인 말을 들려준 적은 있지만, 아마 지영이가 없는 서울은 기어코 나를 질식시켜 버리고야 말 것이다. 하지만 나는 지영이가 영원히 나타나 주지 않으리라고는 생각하지 않는다. 나는 이곳 여자들의 속성을 알고 있다. 시골로 떠났다가 결국은 다시 돌아오고 마는…… 아니, 반드시 그렇지만은 않은 것 같다. 어디론가 떠난 뒤에 다시 돌아오지 않는 여자가 없는 것도 아니었다. 내가 취재해 본 바로는 그랬다. 그렇다면 지영이도 영영 그 모습을 드러내지 않게 될지도 모른다. 기우다, 기우다, 나는 그렇게 연신 뇌까리며 걸음을 옮긴다. 나는 약간 취해 있기 때문에 나를 아는 여자들은 물론이고 나를 모르는 여자들까지도 붙잡을 생각을 하지 않는다. 아니, 한두 여자가 붙잡기는 한다.

"술 취해서 못해."

하고 말하면,

"괜찮아. 내가 해줄게. 자신있어. 자신있다구."

하는 여자들도 없지는 않은 것이다.

이윽고 지영이의 영업 장소에 다다르지만 역시 지영이의 모습은 보이지 않는다.

"지영이 안 왔어?"

내가 유리 미닫이문을 열고 묻자, 그 중 한 여자가 언성을 높여 말한다.

"아저씨, 어제 왜 우리집에 와서 꼬장부려?"

사뭇 나무라는 투다.

"그게 무슨 소리야?"

내가 어제 술을 마신 것은 사실이지만, 이곳에 온 기억은 없는 것이다. 그러고 보니 어제 엉망으로 취해서 들렀던 모양이다. 아마 있지도 않은 지영이를 내놓으라고 생떼를 썼을 것이다. 이 집의 관리인인 '삼촌'이라는 남자와 여자들에게 욕을 했을지도 모른다.

"야, 저 아저씨가 얼마나 웃긴 줄 알아? 막 나보고 지영이래. 글쎄."

다른 여자가 말한다. 그러고 보니 지영이와 좀 닮은 구석이 있기는 하다. 하지만 여자가 정이 없게 생겼다. 그런 여자를 보고 내가 지영이로 착각했다는 것은 매우 부끄러운 일이다.

"미안해. 많이 취했던 거야."

나는 쓸쓸히 발걸음을 돌린다. 나는 이제 서울집으로 가기로 한다. 서울집은 밤늦은 시각이면 언제나 붐빈다. 밤과 술은 정말 잘 어울린다. 밤술만큼 낭만적인 것도 드물다.

"문욱 씨한텐 술 안 팔아요."

서울집 아줌마가 인사를 그렇게 한다.

"왜요?"

나는 어젯밤 이 집에서 술주정을 했을 것이라고 짐작한다.

"우리 바깥양반이 겨우 말려서 돌아가긴 했지만, 아유, 힘들어서 혼났어요. 하마터면 옆에 있는 손님이랑 싸울 뻔했잖아요."

이따금 술에 취하면 건방져 보이는 사람들에게 시비를 거는 나의 고약한 술버릇이 도졌던 모양이다.

"어이구, 죄송합니다. 하지만 오늘은 조용히 먹고 갈게요. 막걸리 한 통만 주세요."

서울집 주인 아줌마는 입이 조금 나와 있으면서도, 그래도 내가 아주 밉지는 않은지 막걸리를 한 병 가지고 온다.

"안주는요?"

"홍어 무친 거 조금만 주세요. 한 3천원어치만."

"아유, 문욱 씨두. 요즘 3천원어치 안주가 어딨어요?"

그렇게 말하면서도 주인 아줌마는 금방 홍어회를 무쳐 준다. 나는 신맛을 좋아한다. 매운맛도 좋아한다. 그래서 매운맛과 신맛이 골고루 뒤섞인 홍어회무침을 좋아하는 것이다. 산낙지를 먹고 싶은 생각의 농도가 그다지 강렬하지 않을 때는 이따금 홍어회무침을 먹는 것도 괜찮다. 결혼식장에 가보면 십중팔구 피로연 음식 가운데 홍어회무침이 나오는데, 만일 오징어회무침이 있다면 모르되 없으면 그것만 주로 먹는다. 물론 소주 안주로 해서.

나는 엉덩이에 끈만 남겨 놓은 채 달력 안에 들어 있는, 그러나 반쯤 벗었음에도 불구하고 매력은커녕 도리어 역겹게만 느껴지는 모델을 바라보다가, 어째서 제법 오래 바라보고 있었는지 나 자신을 이해할 수 없어진다. 그래도 그 여자의 발가벗은 정성이 갸륵해서일까? 그렇지는 않을 것이다. 저 여자 모델은 어찌하여 저토록 매력없는 몸매를 지녔으면서도 아무데서나 자신을 과시하고 있을 정도로 뻔뻔스러운 걸까 의구심이 들었기 때문일 것이다.

신경쓰지 말기로 하자. 신경쓰지 말기로 하자. 내게는 볼 때마다 사랑스러운 지영이가 있지 않은가. 하지만 지금은 없는데 무엇하랴. 소주를 마실 걸 그랬다는 생각이 든다. 그 생각을 떨쳐버리고 일부러 막걸리를 사발째 쉬지 않고 들이켠다. 거짓말이다. 아니, 거짓 생각이다. 마음의 갈증이 사라져 버렸으면 하고 갈구하듯이 생각했을 뿐이다. 홍어회무침을 입 안으로 한 점 넣으며, 홍어회무침 같은 맛을 지닌 여자도 있을까 생각해 본다. 신 듯 매운 듯 살아가는 여자가 있을까 생각해 본다. 있다면 어떻게 생겼을까 생각해 본다. 지영이는 어떨까? 지영이에게는 신맛이 있는 걸까? 매운맛이 있는 걸까? 그것이야 어떻든, 지영이는 특별히 다른 향기를 지니고 있다. 그냥 바라보고만 있어도 아세로라의 향기가 퍼져나오며, 살짝 손을 대기만 해도 라벤다의 향기가 퍼져나온다. 내가 아세로라의 원산지인 카리브해나 라벤다의 원산지인 지중해에 가보지 않아서 그 향기를 껌 같은 것을 통해서 기껏 상상이나 하는 정도지만, 어쩐지 그럴 것만 같다. 그러나 무엇하랴. 그녀는 지금 없다. 없을 뿐이다. 기약도 없이 없을 뿐이다.

20 종합문예지 〈문학저널〉 특집호에 발표할 단편소설 원고료가 벼랑 끝에 선 나를 살려준 셈이 되었다. 고시원 월세를 내야 할 날이 다가오는데 나의 주머니에는 먼지만 남은 지 이미 오래되었다. H출

판사로부터 한 달치 인세 25만원을 받기는 했으나, 나는 그 돈을 나의 자학적인 폭주에 모두 낭비해 버렸던 것이다. 자학적이라고는 했지만, 지영이를 향한 나의 그리움을 조금이라도 달랠 수 있는 것은 그 방법밖에 없다.

무슨 술이 그리도 좋다고 동서남북을 활개치며 마시다 보니, 주머니에 돈이 남아 있으리라는 건 불가능했다. 그러던 차에 마침 돈을 만질 수 있는 일이 생겼다. 내 사정을 딱하게 여긴 〈문학저널〉 편집장 박지현(덕수궁 돌담길을 걷다가 우연히 마주쳐 단 한 번 커피를 나눈 사이일 뿐이다)이 〈문학저널〉 특집호에 단편소설을 발표할 수 있도록 배려를 해준 것이다. 원고료가 박한 문예지야 별로 환영할 만한 일이 아니지만, 국내 최고 문예지 원고료(1만원)를 내걸고 있는 〈문학저널〉은 신인 작가라면 누구나 한 번쯤 원고 청탁이 와주기를 기대하는 문예지였다.

그래서 나는 반가운 마음으로 쓰기로 했다. 돈이 급했기 때문에 〈이주민〉 2부 집필은 잠시 뒤로 미루었다. 그러나 소설은 구상한 대로 제대로 써지지 않았으며, 그러기는 오늘도 마찬가지다. 도무지 집중이 안 되는 것이다.

나는 요즈음 나의 집필 공간이 마땅치 않다는 데서 회의를 느끼고 있었다. 현재 내가 사용하고 있는 집필 공간이란, 동선동에 자리하고 있는 한 사설 고시원이다. 고시원이란 말할 것도 없이 각종 고시 수험생들을 위하여 마련된 유료(有料) 공간이며, 시설이나 구조로 미루어 볼 때 사설 독서실과 하숙집의 중간 형태라고 보면 좋을 듯.

내가 그러한 고시원의 방 한 칸을 빌려, 장편소설 〈이주민〉 2부를 시작한 지도 어느덧 3주째에 접어들고 있다. 그러나 원고지는 불과 몇 장밖에 채워지지 않았다. 만일 내가 크든작든 어느 빌딩의 소유주라면, 나처럼 집 없는 작가에게 사무실 한 칸을 집필실로 이용하라며 무상으로 임대해 줄 것이다.

내가 집필실 겸 숙소로 이용하고 있는 고시원의 방 한 칸은 사실 소설을 쓰기에는 매우 적당치 않은 공간이었다. 채 한 평도 되지 않을 공간, 그러니까 사람 한 명 누우면 더 이상 틈이 없는 비좁은 공간에 책상과 의자가 하나씩 달랑 놓여 있는 것이었다.

문제는 더 있었다. 방마다 따로 천장이 마련되어 있지 않기 때문에 온갖 소음들이 둥둥 떠다니는 것이었다. 숨소리, 부시럭거리는 소리, 기침하는 소리, 문 여닫는 소리, 지퍼 내리는 소리, 간식 먹는 소리, 코 고는 소리 따위들이 쉴새없이 나의 정신을 산만하게 만들어 놓는 것이었다. 물론 나 자신이 만들어내는 소음도 있으므로, 타인들에게 방해가 될까봐 여간 신경이 쓰이는 것이 아니었다.

그런데 뭐니뭐니해도 가장 골머리를 앓게 하는 것은 이빨 가는 소리였다. 이빨을 바득바득 가는 사람과 함께 자본 기억이 있는 사람은 쉽게 이해할 수 있을 것이다. 작가의 상상력이란 더없이 엄숙한 분위기일 때 가능하게 돌아가는 법이다.

사실 따지고 보면 해결책은 너무도 간단했다. 엄숙한 분위기가 보장되는 곳으로 집필 장소를 옮기면 되는 것이었다. 그러나 나에게는 그럴 만한 금전적인 여유가 없는 것이었다.

몇 달 전만 해도 괜찮았었다. 모 주간신문(무가지)에 장편소설 〈서울살이〉를 연재했었는데, 그것은 〈이주민〉의 짠 선인세와 더불어 나의 정기적인 수입원이 되어주었다. 그러나 어느 날 갑자기 그 연재를 중단하게 됨으로써, 나는 다시 〈이주민〉의 선인세만으로 그달그달을 버텨나가야 하는 다소 배고픈 작가로 전락하게 된 것이다.

　내용이 외설스러우므로 자기 자식의 인격 형성에 해가 된다는, 그러니까 내 소설이 들어간 신문을 자기 집에는 넣지 말라는 어느 고매한 아파트 주부의 항의 전화와, 무슨 청소년 단체에서의 같은 논조의 항의 전화가 잇달아 걸려와 곤혹스러웠다는 게 당시 데스크의 입장이었다는데, 그게 사실인지 핑계인지 여부는 차치하고라도, 단지 그런 정도로 연재를 중단시킨 것은 뭔가 석연치 않았다. 계약서를 쓰고 시작하지 않은 내가 잘못이었다. 아니, 애당초 사막에다 모를 심으려던 내가 잘못이었다.

　나는 그때 그런 식으로 자위하고 말았으나, 그에 따른 갑작스런 원고료 중단으로 인하여 나의 전업작가 생활은 상당한 타격을 입게 되었던 것이다.

　예금통장의 잔고란은 이미 바닥난 상태였다. 이제 얼마 후면 나는 마침내 고시원의 월세까지 걱정하지 않으면 안 될 것이며, 당장에 사먹지 않으면 안 될 끼니까지 걱정하게 될 판이었다.

　〈문학저널〉 편집장 박지현은 초대면임에도 불구하고 나의 딱한 사정 얘기를 듣고는,

　"그 정도로 심각한 줄은 몰랐어요. 단편을 한 편 쓰세요. 이번 특집호에 '사랑'을 소재로 한 단편소설을 싣기로 했어요. 젊은 작가 한 명이 펑크를 냈는데 마침……."

하고 말해 주었다.

　"고맙군요."

　"고맙긴요. 오히려 제가 고마운걸요."

　"그나저나 하루라도 빨리 소음이 덜한 공간으로 옮겨 가야 단편이

든 뭐든 써낼 수 있을 텐데. 칸마다 천장이 있고, 조금 공간이 넓은 고시원이 있더라구요. 한 평쯤 되는 모양인데 10만원이라죠 아마. 단편소설 원고료를 받으면 그 돈으로 옮기든지 해야겠어요. 사실 나는 지금 있는 고시원에선 글 쓰는 데 별로 진전을 보지 못했어요."

"소음 때문에요?"

"일단은 그렇죠. 밤에는 이를 갈거나 코를 고는 사람들 때문에 머리가 아프고, 낮에는 자동차 달리는 소리 때문에 집중이 안 되고……어쩌다 글이 좀 돼나간다 싶으면 또다른 훼방꾼이 있는 거예요."

"그건 또 뭐죠?"

"고시원이라는 데가 여러 사람이 생활하는 공간이 되다 보니까 아무래도…… 여러 번 마주치다 보면 서로를 알게 되죠. 휴게실에서 이런저런 질문도 받게 되고. 사실 이건 작가로서 치명적인 거라구요. 소설 대신 작가가 먼저 공개되는 꼴이니까."

"그럴 수도 있는 거 아닙니까?"

"물론 그럴 수도 있죠. 그런데 더 큰 문제는……."

"뭐죠?"

"앞에 말한 훼방꾼이 말입니다."

"글이 좀 잘 나간다 싶을 때 그런다고 했던가요?"

"그래요. 하필 그럴 때 문을 두드리는 거지 뭡니까."

"왜죠?"

"그만큼 나를 편하게 생각하는 거지요."

"많나요?"

"아뇨, 딱 한 사람."

"그래서, 열어준단 말예요?"

"열어주지 않음요?"

"하기사."

"그런데 나를 더욱 화나게 만드는 것은, 그 비좁은 집필 공간으로 발을 쑥 들여놓는 거예요. 그러곤 한다는 말이…… 뭐 재미있는 책 없수?…… 이러는 거예요."

"예의가 없는 친구로군요."

"잘 모르는 거겠죠. 심지어는 써나가던 내 원고며 자료들을 집어 볼 정도니까."

"저런 고약한 남자를 봤나."

"나도 일순 괘씸하다는 생각이 들더라구요. 하지만 인정(人情)이 어 디 그런가요. 나랑 어울리고 싶어서 찾아온 손인데, 죄송하지만 나가 달라고 할 수도 없지 않습니까. 몹시 서운해할 텐데."

"그래서요?"

"담배를 챙겨들고 그와 휴게실로 나가게 되지요."

"그 다음엔요?"

"대개 바둑을 두게 되더군요."

"바둑도 마약과 마찬가지로 끊기가 어렵다던데, 그날 소설은 다 썼 겠군요."

"도리없는 일이죠."

그런데 바로 오늘, 수십만원과 맞바꿀 단편소설을 쓰느라 끙끙거리 고 있는데, 예의 훼방꾼이 문을 두드리는 것이다. 나는 더 생각할 것 없이 밖으로 나간다. 그가 내 방 안으로 발을 들어밀기 전에 먼저 나 가주는 편이 낫다. 잠시 후, 우리는 여느 때와 마찬가지로 휴게실에 서 바둑을 두기 시작한다.

3급 정도 두는 나는 4급 정도 두는 상대에게 내리 세 판을 내주고 만다. 국후 이렇게 패전 소감을 밝힌다.

"김빼기 작전엔 못 당하겠소. 번번히 역전을 당하니."

내 말은 상대의 지나친 장고(長考)를 이름이다. 빤히 보이는 외길 수순인데도 불구하고 온갖 궁리를 다하느라 시간을 몇 분씩 끌었던 것이다.

그런데 그는 그 점을 인정하려 들지 않는다. 시간 끌기 작전으로 나를 지치게 만들어 놓고서, 바둑은 당연히 그렇게 즐겨야 한다는 듯이,

"그럼 생각도 하지 말고 두란 말이우? 돌다리도 두들겨 보고 건너랬는데……."

하는 것이다.

"바둑은 어차피 이기자고 두는 게 아니우? 내가 내기 만두나 먹자고 이렇게 끙끙거렸는 줄 아시우? 아휴, 신경을 썼더니 골치가 다 아프네."

"몇 집이 불리한가 유리한가 하나하나 세고 앉았으니 골치가 왜 안 아프겠소."

"이길려면 그렇게 하는 것이 당연하잖우."

내기 만두를 먹으면서까지 내내 자신의 지나친 승부욕을 옹호하는 것이다.

아홉 시 저녁 뉴스가 거의 끝나갈 즈음한 시각. 나는 휴우 하는 한숨 소리와 함께 딱딱한 나무의자에서 엉덩이를 떼고 일어선다.

'빌어먹을.'

나의 낯빛은 몹시 굳어져 있을 것이다. 낯빛이 굳어져 있다는 건 무슨 뜻인가? 굳어져 있는 그림물감을 상상하면 되리라. 물을 묻혀 풀

려고 애를 써도 쩍쩍 갈라진 틈만 더 넓어질 뿐, 붓을 적실 만큼 부드러워지지 않는.

집필의 훼방꾼인 상대가 괘씸해졌기 때문이다. 나는 상당히 흥분된 상태여서, 눈에 띄는 것을 닥치는 대로 부숴버리고 싶은 심정이다. 대관절 왜 소설을 쓰는가? 이러한 원초적인 회의에 부닥칠 지경이다. 내가 갖는 그러한 회의는, 대관절 왜 사는가 하는 삶의 회의에 다름 아니다.

나는 이제, 또다른 집필 공간을 찾아 어디로든 떠나야 할 것 같다. 현재 사용하고 있는 집필 공간에 문제가 생긴 것이다. 아니, 엄밀히 말하면 기왕의 집필 공간에 적응하기 어려워진 나 자신에게 문제가 생긴 건지도 모른다.

방을 옮기는 건 둘째 문제고, 오늘도 소설 쓰기는 다 글렀군. 나는 쓰다 만 소설 원고를 한켠으로 밀어두고서 혼자 술집을 찾아가기로 한다. 내조자인 아내를, 아니, 인생의 영원한 친구인 아내를 아직껏 맞지 못한, 그래서 단칸방살이조차 못하고 있는 나 자신이 더없이 처량하고 쓸쓸하게 느껴진다. 그 마음을 술과 술 파는 여자에게서 위로 받고 싶어진다. 이제 나의 생활고(生活苦)는 외상술값 몇 만원이 또 추가됨으로써 더욱 심해질 것이다.

생각 같아서는 지영이를 만나고 싶지만, 지영이를 외상으로 만나는 일이란 허용되지도 않을 뿐더러, 더욱 분명한 것은 지금 그녀가 없다는 사실이다. 아무튼 그녀가 돌아왔다고 가정하더라도, 그녀를 그녀의 영업 장소가 아닌 바깥에서 자유롭게 만날 수 있다면 얼마나 좋을까.

어쨌든 지금은 술집. 어디로 갈까? '서울집'으로 가서 산낙지를 먹을까?

21 나는 〈문학저널〉 편집장 박지현에게 청탁받았던 단편소설 원고를 건네주고서, 그녀와 맥주를 세 병 나눈 다음 헤어져 곧장 청량리로 향한다. 예감 정도가 아니다. 텔레파시인지도 모른다. 지영이가 내 머릿속에서, 내 가슴속에서 살아숨쉬기 시작한 것이다. 만일에 지영이를 영영 만나지 못하게 된다면, 나는 나의 고귀한 짝사랑을 고귀한 그대로 간직해 두기 위하여 자살할 수 있을까, 하는 엉뚱한 생각이 내 머리칼을 한 움큼 잡고 흔든다.

"어디로 모실까요?"

버스를 타고 가다 마음이 급해져서 택시로 갈아탄다. 운전기사의 인상이 제법 고약하다. 말은 그렇게 했지만, 억양이 매우 불쾌하다. 살아가는 데 엄청난 불만을 갖고 살아가는, 그러나 자기보다 나약한 사람을 보면 조금도 마음 베풀 줄 모르는 인상이다. 잘못 걸렸다는 생각이 든다. 내가 농담을 거는데도, 어떻게 생긴 사람이 대꾸 한 마디 안 하는 것이다. 계속해서 속으로 '지랄하고 있네' 하는 것만 같다. 내가 이 땅의 교통정책을 비판해도 그렇고, 이 땅의 무분별한 자가 운전자들을 비판해도 그렇다. 내가 잘못한 것은 없다. 내가 그에게 잘못 보일 만한 일을 한 것도 없다. 약간 술에 취한 나는, 망설여서 해야 되는 말을 망설이지 않고 바로 "588로 갑시다" 했을 뿐이다.

오스카 극장 앞에서 나는 내려달라고 한다. 그는 여전히 불쾌한 표정이다. 하기야 이번에는 내가 말을 잘못했는지도 모른다. '내려 달라'고 할 게 아니라, '세워달라'고 해야 맞을 테니까. 그래서 그는 속으로 '니 발로 내려라, 이 자식아' 했는지도 모른다. 내가 받아야 할 거스름돈은 50원. 그런데 그는 거스름돈을 내어줄 생각을 하지 않는다.

"왜 안 주는 거요?"

친절하고 마음씨 좋아뵈는 운전기사에게는 아이들 귤이라도 사다 주라고 1천원짜리 한 장쯤 덤으로 얹어주기도 하는 나지만, 이렇게 고약하게 생겨먹은 운전기사에게는 국물도 없다. 그런데 하물며 50원을 떼어먹으려고 하는 것이다.

그는 불쾌한 표정을 지으며 50원짜리 동전을 던지듯이 내어준다. 그러고 말을 단다.

"냄비 속에다는 돈을 몇 만원씩 쑤셔넣는 자식이."

"뭐 이 새끼야!"

반사적으로 욕이 튀어나온다.

"꺼져. 꺼지라구. 이건 내 차야."

인간을 좀먹는 놈이다, 라는 생각을 하면서 나는 꾹 참고 내린다. 그러나 속으로는, 달려가다 인적 없는 곳에서 가로수나 들이받고 죽어버려라, 하고 저주한다. 아니, 가로수가 아깝다.

그 운전기사가 지영이의 텔레파시를 끊어놓았다. 오늘도 헛걸음을 한 것일까. 왠지 그녀가 영업하던 집으로 바로 가고 싶지가 않다. 한 잔 더. 아니 몇 병 더 마시고 싶다. 더 마셔서 아주 흐늘흐늘해지고 싶다. 그렇게 흐늘흐늘해져서 그녀를 만날 수 있다면 만나러 가고 싶다. 그래야 그녀가 없어도 덜 허전할 것이다.

나는 걸음을 옮겨 단골 홍어횟집인 서울집으로 간다. 그 포장집은 언제나 아늑하다. 주인 아줌마의 인심도 넉넉하지만, 나에게 이따금 추파를 던져오기 때문이다. 내가 이따금 만취하여 주정만 하지 않는다면 그 추파는 좀더 확실하게 윤곽이 드러날 것이다. 그러기는 그 옆집인 단골집의 주인 아줌마도 마찬가지다. 언제나 서울집 주인 아줌마에게 나를 손님으로서 빼앗기지만, 그래도 얼마간 대중적인 직업이랄 수 있는 소설가라는 직업을 가진 날 보기 위해 놀러오는 것을 보면 그것 자체가 나에 대한 추파다. 그 두 아줌마에게 특이한 공통점이 있다면, 똑같이 낭만을 동경하는 소녀 시절을 간직하고 있으리라는 것이다. 그것은 나의 상상력에 의한 것이지만, 틀림없다고 나는 믿는다.

나는 서울집에서 1만원짜리 산오징어 한 마리와 소주 두 병을 비우고서 일어선다. 그런데 한 구석에 무엇인가가 눈에 띈다. 첫눈에 보건대 쥐약이다. 이렇게 영업 중일 때는 모르지만, 대낮에 천막을 접어두었을 때는 그 속으로 쥐가 기어다닐지도 모른다. 그 쥐를 잡으려고 놓아둔 것일까. 나는 주인 아줌마 몰래 그것을 집어들어 코트 주머니 속에 넣는다. 언제고 필요할 때가 있으리라. 가령 지영이를 영영 만날 수 없게 되었다는 확신이 섰을 경우.

나는 휘청거리며 지영이가 영업하던 집으로 걸어간다. 그 집은 여전히 거리에 있고, 유리문 안의 분홍색 조명이나 여자들은 여전히 있지만, 오늘도 지영이의 모습은 보이지 않는다.

"지영이 안 왔어?"

안 왔다는 대답이 오리라는 것을 짐작하면서도 나는 일말의 희망에 젖어 묻는다.

"지영이, 왔어."

순간, 아찔하다. 내가 잘못 들은 건지도 모른다.

"하지만 오빠가 술에 취해서 오늘은 안 돼."

사실 술에 취해 있을 뿐만 아니라 선금으로 치러주어야 하는 화대마저 없는 신세다.

"그럼 말이지. 얼굴만 보고 갈게."

“정 그렇다면.”

지영이의 동료는 나를 딱하다는 눈길로 쳐다보더니, 벌떡 일어서서 밖으로 나온다.

“저쪽 벽에 가만히 서서 보기만 하는 거야. 응, 오빠?”

나는 그 여자가 이끌어주는 대로 맞은편 벽에 기대어 선다.

“이제 곧 나올 거야. 지금 손님을 받고 있거든. 그냥 보고 가야 해.”

그 여자는 다시 한 번 다짐을 준다.

“그래. 오늘은 보기만 하고, 다음에 올게.”

얼마나 지났을까. 벽에 기댄 채 취기를 못 이기고 깜박 눈을 감았다 싶었는데, 눈을 떠보니 문득 유리문 안으로 보이는 그녀. 속이 슬쩍 내비치는 하얀 가운을 입고 2층으로 통하는 입구에서 1층으로 내려오고 있는 것이다. 지영아, 하고 나는 그녀의 이름을 거의 속으로 부르짖었을 뿐인데, 그 말을 알아들었는지 아니면 그녀의 동료가 알려주었는지 그녀의 얼굴이 내게로 향한다. 마릴린 먼로와 엘리자베스 테일러의 전성기적보다 더 매력적인 모습. 하지만 그녀는 나더러 이리 오라고 눈짓하지 않는다. 그녀는 살짝 눈웃음만 보내고서 1층 복도로 사라졌는데, 곧 그녀는 한 젊은 사내의 손을 잡고서 2층으로 올라간다. 오자마자 줄을 서는가. 사라져버린 그녀의 여운을 바라보며, 나는 ‘지영이’라는 이름이 그녀의 분위기에는 매우 걸맞으며 자연스럽다고 생각한다. 다케미야 9단의 바둑을 ‘자연류’니 ‘우주류’니 하면 어울리는 것처럼, 그녀의 분위기있고 귀염성있고 육감적인 모습을 두고 ‘지영이’라 부르는 것은 매우 적절한 것이다.

22 며칠 뒤, 〈문학저널〉로부터 단편소설 원고료가 입금되었다. 이젠 지영이를 만나러 갈 수가 있는 것이다.

나는 책상 위에 있는 자명종 시계가 오후 여섯 시를 알리며 울릴 때까지 미라처럼 누워만 있을 뿐 아무 일도 할 수가 없었다. 오직 지영이의 모습만이 머릿속에 가득 차 있을 뿐이었다.

채 반 평도 되지 않을 고시원 독실. 나는 천천히 몸을 일으킨다. 이제 서서히 지영이를 만나러 갈 채비를 해야 한다. 그녀는 나를 보고 싶어했을까? 그녀는 엊그제밤 술에 취한 몰골의 나와 눈빛이 마주쳤을 때 예의 부드러운 바람결 같은 미소로 잠깐 웃어주고는 곧 다른 손님을 위하여 사라져갔을 뿐이었다. 그 미소는 무슨 의미였을까? 그녀의 동료들은 필시, 지영이가 부재중인 그 동안 내가 열심히 그녀의 존재를 찾으러 다녀갔다는 이야기를 그녀에게 들려주었을 것이다. 그렇다면 그녀는 그러한 사실이 기분좋았던 것일까? 창녀가 소설가를 흠모하기보다는 소설가가 창녀를 사랑한다는 사실, 거기서 그녀는 신분 상승의 기분을 맛보았을지도 모른다. 아니, 그렇지는 않을 것이다. 그녀는 조금도 자신이 창녀라는 직업을 가진 사실에 대해 열등감을 가지고 있지 않은 것 같다. 그녀는 언제나 부드러운 바람결 같은 미소로 나를 상대해 주었지만, 엊그제밤엔 뭐랄까, 색다른 어떤 맛이 조금쯤 덧붙여져 있는 그런 느낌이었다. 아마 그렇게 느껴진 이유는, 그녀가 곧 나의 시야에서 사라져버렸기 때문이리라. 엊그제밤과 같은 상황은 아니었지만, 그날, 그러니까 내가 '개새끼'라고 부르고 싶었던 다른 손님을 먼저 받느라고 나를 기다리게 했던 그날, 그래서인지 그녀의 서비스가 유난히 각별했던 그날, 그녀가 누워 있는 나의 분문을 애무해 주기 시작했을 때 내가 재빨리 몸을 돌려 개처럼 엎드려

버렸던 그날, 내가 '아름다운 정부'에 나온 여배우처럼 되고 싶었던 그날, 특이한 자세를 취했음에도 불구하고 그녀가 계속해서 나의 부끄러운 신체를 애무해 주었던 그날, 내가 벽면에 붙어 있는 나의 얼굴을 들여다보고 결코 정숙해 보이지 않음에 실망했던 그날, 그래서 나의 얼굴에서 눈을 떼고 역시 거울에 비친 그녀의 곡선미를 어렵사리 감상했던 그날, 문득 그녀가 유명한 여배우가 되었으면 좋겠다고 생각했던 그날, 바로 그날 나는 그녀의 부드러운 바람결 같은 미소에서 엊그제밤과 아주 흡사한 느낌을 받았었다. 그날 나는 그녀의 방에서 나와 백여 미터쯤 걷다가 되돌아서고 말았다. 헤어진 지 얼마 되지 않았는데도, 가슴 벅찬 정사를 나눈 지 불과 몇 분 지나지 않았는데도 웬일인지 못 견디게 그녀가 그리워진 것이었다. 내 주머니에는 마침 돈이 3만원 이상 더 들어 있었고, 나는 그 돈으로 다시 한 번 그녀의 몸을 차지하고 싶어진 것이었다. 정사가 아니라도 좋았다. 3, 40분 정도라도 그녀를 안은 채, 그리고 그녀에게 안긴 채 잠들어 있고 싶었다. 그래서 다시 돌아가,

"또 들어가면 안 될까?"

하고 물었더니,

"낭비하지 말고 그만 가세요."

하고 타이르듯이 말하고는 예의 그 부드러운 바람결 같은 미소를 지어 보인 것이었다. 그래서 나는 그녀의 말에 복종하기로 하고, 그 대신에 골목 건너 구멍가게에서 블랙로즈 초콜릿을 사다가 건네주었다. 그리고 나는 발길을 돌렸는데, 초콜릿을 받아든 순간 그녀의 모습은 더없는 행복감으로 충만해 있었던 듯하다.

몸을 일으킨 나는, 곧 접는 나무의자를 펼쳐놓고 그 위에 구겨지듯

앉는다. 책상 위에 팔꿈치를 올려놓고 손바닥 위에 턱을 괸다. 3단짜리 작은 책꽂이에 꽂혀 있는 책들이 시야에 흐릿하다. 여성들의 성폭력 피해 관계자료가 주로 꽂혀 있다. 그 자료들이 나를 비웃는다.

내 소설이 실린 〈문학저널〉은 나왔을까? 나는 지영이에게 잠시 떠나 〈문학저널〉의 여성 편집장 박지현을 떠올린다. 나왔으면 내가 적어준 주소로 우송했을 것이다. 그 주소는 이곳 고시원의 주소가 아니다. 아버지의 친구가 사는 곳, 그러니까 주민등록상의 주소다. 한번 전화를 걸어볼까 하다가, 차라리 전화를 걸려면 〈문학저널〉 쪽이 낫겠다고 생각한다. 집에서 나가는 것을 만류했듯이, 밖에서 고생하지 말고 다시 들어오라는 민희 어머니의 말씀이 있을 건 십중팔구이기 때문이다. 하지만 여성 편집장에게 전화를 하는 것도 모양이 이상하다. 내가 그 여자의 음성이라도 듣고 싶어 안달이라도 나 있는 것 같은 인상을 줄 수 있기 때문이다. 나는 곧 박지현의 모습을 머릿속에서 지워내고 다시 지영이의 모습에 너울너울 사로잡힌다. 그때 누군가가 방문을 두드리는 소리가 들려온다. 누굴까? 4급 정도의 기력(棋力)을 가진, 내 작업의 훼방꾼 친구일까? 아닐 것이다. 그는 며칠 전에 예비군 동원훈련을 떠난 것으로 알고 있다. 그렇다면 이곳 고시원의 총무거나 원장의 아들일지도 모른다.

"네."

문 쪽으로 얼굴을 돌리며 내가 대답하자, 저쪽편에서 문도 열지 않은 채 들려오는 목소리는 뜻밖에도 낯선 인물이다.

"전화 받으세요."

상냥한 목소리로 그렇게 전해주는 사람은 남자가 아니라 여성이다. 이 고시원 안에서 여자의 목소리를 듣기는 꼭 두 번째다. 먼젓번의 여자는 이 고시원 식구 가운데 홍일점 여대생이다. 사법고시 공부를 하는 여대생이라나. 아니, 대학원생이라고 들었다. 물론 잠을 자지는 않고, 아침에 나왔다가 밤늦게 돌아가는 모양이었다. 그런데 얼마나 공부를 열심히 하는지 때로는 밤 열두 시가 넘은 것도 모르고 책상머리에 붙어앉아 있는 경우도 생기는가 보았다. 이따금 이 고시원의 대학생 총무가 시간이 늦었다고 전해주는 걸 들은 일이 있다. 그 공부벌레 여대생과 몇 차례 얼굴이 마주친 적이 있는데, 정말 한눈 팔지 않고 공부만 열심히 하게 생긴 관상이었다. 화장기 하나 없는, 귀걸이 따위 장식물은 생각도 하지 않을 것 같은 그리 잘나지도 못나지도 않은 평범한 얼굴엔, 그러나 결코 남자들한테 뒤질 수 없다는 비범하고 강인해 보이는 의지 같은 것이 아름답게 담겨 있었다. 얼마 후면 이 고시원에서 공부한 여성 법조인이 탄생하게 될지도 모른다.

내가 문을 열자, 이미 전화를 받으라고 전해준 예의 여성은 저만치 앞서 복도를 걸어가고 있다. 나는 고시원 사무실로 가 그 여성으로부터 송수화기를 받아든다. 사무실 안에는 그 여성 외에 아무도 없다.

"여보세요?"

하려다가 나는 색다르게,

"네, 문욱입니다."

라고 송수화기 저편에게 이쪽을 알린다. 나는 사무실 안의 여성을 의식하고 있는 건지도 모른다. 작고 아담한 체구의 소유자인데, 둥글고 참한 얼굴이 인상적이다. 가정교육이 잘된 집안의 공부 잘하는 딸 같다.

"나야 나, 차윤호."

순간, 가슴이 뜨끔하다. 대학 동기인 H출판사 편집장 차윤호. 필시 원고 독촉 전화일 것이다. 〈이주민〉 1권이 서점에 깔린 지 벌써 몇 개월인가. 예정된 기간에 작가가 원고를 끝내주지 않으면 출판사는 영업에 손실을 입기 마련이다.

"잘 나가?"

"응? 응. 그렇지 뭐."

잘 안 나간다는 뜻을 나는 그렇게 전한다.

"그건 그렇고 말야."

"응?"

"실은 다른 일이 있어서."

"응?"

의외인 것이다.

"오늘 좀 이쪽으로 와줄 수 없을까?"

"응?"

"소설가 문욱 선생님 앞으로 등기우편물이 한 뭉치 와 있어. 뜯어 보진 않았지만, 느낌에 원고뭉치 같은데."

"누가 보낸 건데?"

"그게 없어. 출판사 주소로 보낸 걸로 봐선 독자 같은데."

"그래? 퇴근 언제 할 거야."

"지금 올 거 같으면 퇴근하지 않고 기다릴게."

"음, 좋아. 지금 가지."

나는 궁금한 건 참지 못하는 성질이다. 당장에 확인해 보지 않으면 아무 일도 할 수 없을 것 같다. 지영이를 만나는 일만 해도 그럴 것 같다. 등기우편물의 내용을 확인해 보고 나서 지영이를 만나러 가는 편이 좋을 것이다.

"이따 보자구."

송수화기를 내려놓는다.

"고마워요. 전화 바꿔줘서."

여자가 희미한 웃음으로 대꾸한다.

"어디들 갔나요?"

고시원 총무와 원장의 아들을 두고 하는 말이다.

"영화 보러 간다고 나갔어요."

나는 고개를 끄덕거려 알았다는 말을 대신하고 돌아선다. 비좁은 독실로 돌아온 나는, 곧 옷을 갈아입고 밖으로 나선다.

역시 봄인가. 대학로에 이르자, 겨우내 살색을 가려놓았던 검정스타킹 대신에 흰 다리를 그대로 드러내논 여성들이 많다. 심지어는 허벅지까지 훤히 드러나는 미니스커트와 핫팬츠 차림의 여성들이 많아 나의 갈길을 방해한다. 원체 두리번거리기를 좋아하는 나지만, 그런 차림을 보면 나의 시선은 못견디게 허둥거린다. 젊은 여자의 살색은 언제나 평화롭게 느껴진다.

젊은 여자들의 노출된 모습에 시선을 빼앗기며 가까스로 출판사에 들어서자, 벽시계 바늘이 어느덧 여섯 시 삼십 분을 가리키고 있다. 악수를 나눈 뒤에 차윤호는 곧 등기우편물 봉투를 들고 와 탁자 위에 내려놓는다. 뜯는다. 차윤호의 예상대로 봉투 속에서 나온 내용물은 원고뭉치다. 타이핑되어 있는 원고라 필체를 알아볼 수는 없다. 첫장에는 장편소설 〈익명의 자궁〉이라 타이핑되어 있다. 소설 원고인 것이다. 나는 의아해진다. 출판사 앞으로 원고를 보내는 경우는 있어도 작가 앞으로 원고를 보내는 경우는 거의 없을 것이다. 두툼한 책 한 권 두께의 원고뭉치로 미루어 2백자 원고지로 치면 1천 장 정도는 될 것 같다.

여자일까? 남자일까? 그쪽으로 일단 궁금증이 일어나며, 천박하게도 이것이 여자가 보낸 원고라면 좋겠다고 생각한다. 그때 편집부 여직원이 커피를 가져다준다. 나는 그 커피를 음미하며 천천히 원고를 넘겨간다. 제법 깨끗하게 타이핑되어 있다. 원고 위에 다른 건 없을까 싶어, 이번엔 원고뭉치의 맨 뒤쪽을 본다. 있다. 각 장별로 호치키스 철이 되어 있는데, 맨 뒤에 낱장짜리가 하나 있다. '문욱 선생님께'로 시작되는 점으로 미루어 편지일 텐데, 이 역시 타이핑되어 있다.

"어서 읽어봐."

차윤호가 재촉한다.

나는 남은 커피를 마셔버리고 편지를 소리내어 읽어나간다.

'안녕하세요, 선생님. 선생님의 장편소설 〈이주민〉 1권과 단편집 〈위대한 도시〉를 감명깊게 읽은 독자입니다. 문학도이기도 하구요. 이번에 제가 장편소설을 한 편 탈고했답니다. 원래 극작가 지망생이었는데, 어느 날 갑자기 제가 살아온 이야기를 소설로 쓰고 싶었고 그걸 마침내 실현하게 된 거랍니다. 그런데 써놓고 보니 책으로 만들고 싶은 생각이 불쑥 들었습니다. 미흡하다면 태워 없애주시고, 책으로 낼 만하다면 익명으로 출간해 주십시오. 인세나 원고료 같은 것은 조금도 생각하지 않겠습니다. 선생님이 저작권을 소유해 주십시오. 그럼 안녕히 계십시오.'

내가 편지를 다 읽고 나자 차윤호가 말한다.

"문투로 보아서는 여자 독자인지 남자 독자인지 짐작하기가 어려운걸. 다만 '익명'이니 '인세'니 '저작권'이니 하는 말을 쓰는 걸로 보아선 꽤 문학 쪽에 가까이 가 있는 사람으로 여겨지는데 말야. 아무튼 특별한 사람이군. 원고 괜찮으면 우리 쪽에서 내지 뭐. 익명 출판이라? 햐, 그거 특별한데."

차윤호는 그 원고가 우송되어 온 것이 무척 반가운 눈치다.

"일단 읽어봐야지."

"읽고 나서 연락줘. 〈익명의 자궁〉이라…… 제목도 괜찮고 재미있을 것 같은데 말야."

"봉투나 하나 주지?"

차윤호에게 말했는데, 눈치빠른 편집부 여직원이 원고뭉치를 넣을 서류봉투를 가져다준다.

"고마워요."

서류봉투 속에 원고뭉치를 집어넣고 나자, 차윤호가 일어서며 말한다.

"일어나지 뭐. 퇴근 시간인데, 나가서 한잔 하지."

지영이가 불쑥 떠올라 막는다.

"오늘은 좀 그런걸. 어제 많이 마셔서 말야. 더구나 이 원고뭉치를 잃어버릴 염려도 있으니까."

"그런가?"

잠시 후 차윤호와 나는 출판사에서 나와 헤어진다. 어느덧 일곱 시가 지난 시각인데도 해가 길어져서 어둡지는 않다. 나는 더 생각할 것도 없이 예정한 대로 지영이를 만나러 가기로 한다. 지금 시각이면 아주 적당할 것이다. 지금쯤 지영이는 대중목욕탕에서 고운 몸을 한층 곱게 다듬고 있을 것이다. 얼마만인가. 4개월 만의 만남이 아닌가. 오늘만큼은 내가 첫손님이 되어야 한다.

23 명륜동 로터리까지 걸어가 205번 버스를 탄다.

청량리 미주상가 맞은편 정류장에서 내린 나는, 청량리역 앞을 지나쳐 대중목욕탕으로 향한다. 다이알 비누로 몸을 깨끗이 닦아낸다. 목욕탕에서 나오니 소주가 생각난다. 지영이가 술 마신 손님을 싫어하지만 딱 한잔 정도는 괜찮을 것이다. 포장이 안 되어 있는 리어카 위에 골뱅이, 생굴, 홍합, 삶은 오징어 따위를 놓고 술을 파는 아줌마가 둘 있다. 리어카를 나란히 놓고 장살 하는데, 두 아줌마가 썩 대조적으로 생겼다. 마흔 살 가량 되어 보이는 뚱뚱한 아줌마는 욕심이 아주 많게 생겼고, 그 옆의 쉰 살이 넘어 보이는 보통 체격의 아줌마는 욕심이 거의 없게 생겼다. 실제로 나는 두 아줌마에게 홍합을 사 먹고 그것을 느낀 적이 있다. 같은 값인데도 양에 있어 차이가 나는 것이다. 물론 욕심많게 생긴 아줌마가 주는 양이 적다. 나는 당연히 조금이라도 더 많은 양을 주는 아줌마한테로 가 생굴 한 개와 소주 한잔을 시킨다. 소주 한잔이라고는 했지만, 맥주컵에다 따라 마시는 것이므로 2홉들이 반 병 가까이는 된다. 반 병 정도 마신 것을 가지고 지영이가 뭐라고 하지는 않을 것이다. 나는 간단하게 소주 한잔을 비워내고 초고추장이 얹혀진 생굴 한 마리를 먹은 다음 지영이가 영업하는 장소로 향한다. 도중에 구멍가게에 들러, 그녀에게 줄 달콤한 초콜릿을 하나 사 주머니에 넣는다.

유리 진열장 같은 문간에 지영이는 보이지 않고 그녀의 동료들이 두 명 앉은 채 열심히 호객을 하고 있다. 지나가는 남자들에게 "오빠, 잠깐만" 하고 부를 때도 있고, 그냥 윙크만 보낼 때도 있다. 두 여자 중 하나가, 그러니까 어젯밤에 나더러 맞은편 벽에 기대서서 지영이를 바라만 보게 했던 여자가 나를 발견하고 말한다.

"오빠, 술 안 먹었어?"

"초저녁부터 무슨 술이니?"

"그럼 됐어. 이리 와."

그 여자의 뒤를 따라 나는 2층으로 올라간다. 하얀 미니스커트 아래로 여자의 엉덩이가 보이지만 나는 아무런 느낌을 받지 못한다.

"여기야. 들어가 기다려."

방문을 열어주는데, 지난번에 영업하던 방보다 두 배는 되어 보일 정도로 널찍하다. 여섯 평도 넘어 보인다. 나는 지영이가 목욕이든 머리 손질이든 하고 있으려니 생각하고 침대에 걸터앉는다. 방은 바뀌었지만 먹빛 일색인 가구는 그대로다. 이 일대에서 지영이처럼 고급스러운 가구를 많이 갖추고 사는 여자도 드물다. 그녀가 돈을 많이 번다는 증거일 것이다. 아니, 반드시 그렇지 않을지도 모른다.

전에 못 보았던 가구가 한 가지 눈에 띈다. 가정용으로는 너무 커 보이는, 그리고 고급스러워 보이는 에어 컨디셔너가 천장 쪽으로 붙어 있다. 내가 그녀에게 돈을 주는 입장이지만, 그녀는 나보다 훨씬 쾌적한 환경 속에서 살고 있다는 얘기다. 아니, 에어 컨디셔너가 설치되어 있다고 해서 쾌적한 환경이라고 표현하는 건 옳지 않다. 보다 문명적인 환경 속에서 살고 있다고 해야 무난하겠다. 다만 지영이가 사는 방이라서 그런지 쾌적한 느낌이 드는 것은 사실이다.

문득 목욕탕에서 나오던 때의 상황이 생각난다. 내가 밖으로 나올 때, 나와 엇갈려 들어가던 여자들이 있었다. 나를 유심히 쳐다보다가는 여탕으로 사라졌는데, 아마도 이 일대에서 나를 여러 번 본 여자들일 것이다. 여자들은 대중목욕탕에 갈 때 남자들과 뚜렷이 구분된다. 시장에 갈 때 장바구니를 들고 가는 것처럼, 대중목욕탕에 갈 때는 꼭 목욕바구니를 들고 간다. 그 안에는 비누며 샴푸, 칫솔이며 치약, 수건, 심지어는 때밀이 수건까지 들어 있다. 지영이는 지금 목욕을 하고 있는 것일까? 나는 이제껏 지영이와 다섯 번의 정사를 치르었지만, 불행히도 그녀가 목욕하는 것을 본 일은 없다.

일어섰다가, 앉았다가, 그리고 다시 일어서서 왔다갔다 하다가, 그러기를 수차례 반복한다. 기다리는 일이 지루하기도 하지만, 자꾸 가슴이 설레어서 그렇다. 사랑하는 여자를 4개월 만에 만나 정사를 치르게 되는 것이다. 내가 아니라 다른 누구라도 가슴 설레지 않는 사람은 없을 것이다.

그때 계단을 밟고 올라오는 발자국 소리가 팝콘 튀기는 느낌처럼 찰락찰락 들려온다. 지영일까? 방문을 열어놓았기 때문에 복도가 그대로 내다보인다. 그런데 올라온 여자는 지영이의 동료다. 왼손에는 목욕바구니를 들고 있는 걸로 보아서 목욕탕에 다녀오는 모양이다. 방안을 서성거리고 있는 나를 발견하자 그 여자가 입을 연다.

"어유, 아저씨. 제발 부탁인데, 술 좀 그렇게 마시고 다니지 말아요."

짜증스러운 얼굴을 만들어 보이지만, 내가 그리 싫지는 않은 눈치다. 어쩌면 속으로는 나를 동정하고 있을지도 모른다.

"이제 괜찮을 거야. 지영이가 왔으니까."

"지영이는 좋겠네. 못 잊어 못 잊어서 가슴만 태우는 애인이 있으니."

"어디 있지?"

"지금 목욕하고 있어요. 걘 나보다 시간이 조금 더 걸려요."

나는 고개를 끄덕거려 주고, 여자는 자기 방으로 간다. 나는 다시금 방안을 두리번거린다. 크고 예쁜 인형들이 많이 눈에 띈다. 천장에 매달려 있는, 눈이 큰 검정 뱀 인형도 있다. 풍선처럼 생긴 의자도 있는데, 그것 역시 먹빛이다. 지영이는 어째서 먹빛 가구만을 고집하는 걸까? 그녀의 마음이 어둡지도 않은데 말이다. 아니, 그 먹빛 가구들은 지영이를 만나는 순간부터 더 이상 먹빛 같은 느낌이 아니다. 오히려 백색보다 더 깨끗하고 순수해 보인다.

나는 좀이 쑤셔 더 견디지 못하고 먹빛 냉장고 문을 열어본다. 음료수가 여러 가지 들어 있다. 포카리스웨트, 게토레이, 맥스웰 캔커피, 병에 든 훼밀리 쥬스(외래어 표기법상으론 '주스'가 맞지만, 주스 생산업체에서는 하나같이 '쥬스'라는 틀린 외래어를 고집하고 있다), 구론산. 나는 그 가운데 포도 훼밀리 쥬스를 꺼내 양철마개를 따내고 단숨에 들이켠다. 내 무릎 높이 정도 되어 보이는 키가 큰 양철 쓰레기통에 빈병을 버린다. 쓰레기통은 텅 비어 있다가 첫손님을 맞는다. 나는 방안을 서성거리다가 다시 냉장고 문을 열어본다. 그러고 보니 캔맥주가 한 병 있다. 지영이는 캔맥주를 좋아한다고 내게 말했었다.

다섯 번의 만남 가운데 하루는, 아니, 그러니까 바로 그날이었다. 지영이가 유명한 영화배우였으면 좋겠다고 생각한 바로 그날이었다. 나는 여전히 3만원을 화대로 주었었는데, 그녀는 돈을 입금시키고 오는 길에 캔맥주 두 개와 땅콩을 사가지고 왔었다. 그날 우리는 발가벗은 채 그 캔맥주를 비우고서 정사에 들어갔던 것이다. 발가벗은 채 나와 캔맥주를 마신 여자는 그녀 외에도 '막내'가 있었지만, 그 감격의 밀도에 있어서는 훨씬 덜하다.

나는 캔맥주를 마실까 하다가 그만둔다. 그런 일로 그녀가 화를 내지는 않겠지만, 왠지 그러고 싶지가 않다. 문득 소변이 마렵다. 나는 밖으로 나가 화장실을 찾는다. 좌변식이 아닌 수세식 화장실이 복도 끝에 있다. 소변을 보며 창문 밖을 내다보니, 이따금 차량들이 빠져다니는 너비 5미터 가량의 골목길이 내려다보인다. 골목길의 양옆으로는 붉은 조명 아래 열려 있는 창가(娼家)들이 즐비하게 늘어서 있다. 여자들의 허벅지가 무수히 보인다. 위에서 내려다보는 것인데도 팬티가 보이는 여자가 있다. 가급적 노출을 많이 하는 것이 호객을 하는 데 유리할지 모른다. 하지만 다리가 예쁘지 않은 여자는 오히려 불리할 것이다.

방안으로 다시 돌아온 나는, 끝내 참지 못하고 생각을 바꾸어 냉장고 안에서 캔맥주를 꺼내어 마신다. 그때 불쑥 인기척이 들려온다. 3층에서 내려온 모양인데, 이 집에서 일하는 파출부 아줌마다. 그 아줌마의 품에는 차곡차곡 개어진 옷가지가 안겨져 있다. 아줌마는 그 가운데 몇 벌을 방 한쪽에 다소곳이 놔두고는 다른 여자의 방으로 간다. 고맙게도 아줌마는 문을 닫고 가주었다. 나는 캔맥주를 마시다 말고 지영이의 옷가지가 있는 곳으로 간다. 하나하나 들추어보니 하나같이 앙증맞고 예쁘다. 안식과도 같은 향기가 흘러나온다. 정말 작은 팬티가 한 장 눈에 띈다. 나는 그것을 들고 입에 대본다. 지영이는 내 사랑이다, 그렇게 중얼거리고 있는데, 그때 계단을 올라오는 소리가 또다시 들려온다. 나는 그녀의 팬티를 원위치시켜 놓고 벌떡 일어나 도로 침대에 걸터앉는다. 캔맥주를 마신다. 문이 열린다. 순간, 쓰러질 것만 같다. 문간에 서 있는 여자는 다름아닌, 아아, 나를 그토록 갈증나게 만들었던 나의 사랑 지영이가 아닌가.

"오래 기다렸어요?"

화장기 하나 없는 얼굴이 더욱 곱다.

"보고 싶었어."

지영이는 살짝 웃으며 방안으로 들어온다. 자기를 사랑해주는 소설가가 있다는 것이 나쁘지는 않을 것이다.

"몇 번 왔다면서요?"

"응, 많이."

"술 취해서요?"

"후."

"몸에 좋지도 않을 걸 왜 그렇게 마실까? 걱정돼서 죽겠어."

"정말이니?"

"그럼, 내 손님인데. 그러다 제 명에 못 살면 어쩔려구 그래요? 또 소설은 언제 쓰구요?"

눈물이 솟구쳐나올 것만 같다.

"시골 갔었다구? 언니 결혼식에."

"응."

"만약에 언니 신랑이 지영이랑 한 번 잤던 손님이었다면 어땠을까?"

"피."

지영이는 나의 농담을 대수롭지 않게 받아들인다.

나는 왼쪽 가슴에 손을 대본다. 심장의 박동이 점점 빨라지고 있다. 다시 보지만 지영이는 역시 곱다. 내가 이처럼 뛰어나게 잘생긴 여자의 몸을 다섯 번이나 가졌었다는 사실이 믿어지지 않는다. 하지만 이제 곧 현실로 다시금 느낄 수 있게 될 것이다.

지영이는 파출부 아줌마가 들여놓은 옷가지를 옷장 안에 집어놓고 나서 내 쪽으로 온다.

"이건 뭐야?"

한쪽 구석에 세워둔 서류봉투를 쳐다보며 묻는다. H출판사에서 가져온 익명의 작가가 쓴 소설 원고다.

"응, 원고."

"책은 아니에요?"

"응."

"나, 책 쓴 것 좀 한 권 갖다주면 안 돼요?"

"책 좋아하니?"

"책? 한번 독서를 시작했다 하면, 그거야 뭐 끝내주지."

"그래?"

"그건 그렇고 계산해 줘요."

그녀가 손을 내민다. 나는 바지주머니를 뒤져 지폐 3만원을 꺼내어 그녀의 작고 고운 손에 쥐어준다.

"기다려요."

잠시 후 그녀는 물이 담긴 작은 플라스틱 대야를 들고 들어온다. 하늘에 새털구름이 퍼져 있는 것처럼 디자인된 대야다.

대야를 내려놓고 그녀가 내게로 다가온다. 나의 바지 위에 손을 대어 치부를 만지고, 나의 입술에 자신의 입술을 포갠다. 그러더니 아주 능숙한 동작으로 나의 옷을 하나하나 벗겨나간다. 이윽고 나는 알몸이 되고, 그녀는 기왕에 그랬던 것처럼 나를 대야 앞에 쭈그리고 앉게 한다. 그녀도 곧 옷을 벗고서 내 앞에 쭈그리고 앉는다. 그녀의 허리와 허벅지에는 약간 살이 붙은 듯하다. 그래도 물 흐르듯 미끈하기는 여전히 마찬가지다. 나는 이것은 분명 현실이라고 속으로 뇌까리며 그녀의 부드러운 손길에 의하여 분문까지 씻겨진다.

이윽고 세척이 끝나자 그녀는 분홍색 크리넥스 티슈 여러 장으로
나의 하복부를 잘 닦아주곤 곱게 말한다.

"누워요."

나는 엄마 말을 잘 듣는 어린아이처럼 그녀의 침대에 눕는다. 그녀
는 내 옆에 나란히 눕는 듯하더니, 이내 몸을 일으켜 격렬하게 덮쳐온
다. 그녀는 나를 통째로 먹어버리고 싶은 듯 짙은 애무를 해온다. 이
순간에는 우선 나의 입술부터가 그녀의 것이다. 나는 자연스럽게 그
녀에게 맡겨진다. 그녀의 아름다운 얼굴은 예정된 대로 분문까지 내
려간다. 나의 분문에 머물러 있는 그녀의 얼굴은 너무도 선정적이다.
그녀의 얼굴이 다시 나의 치부로 올라왔을 때, 나는 천천히 상체를 일
으켜 그녀의 머리카락을 만져본다. 더없이 부드럽다. 그녀에게는 초
콜릿색 가발이 있지만 지금은 벽에 걸려 있다. 나는 팔을 길게 늘여
그녀의 등허리를 쓰다듬어 준다. 나의 팔은 더 나아가 그녀의 엉덩이
에까지 이른다. 크지도 작지도 않은 동그스름한 엉덩이. 자연스럽게
들어가 있는 골짜기로 나의 손은 이동하고, 곧 그녀의 분문과 치부가
한 손에 만져진다. 그녀는 엉덩이를 도리질쳐 귀엽게 나의 손길을 거
부한다. 내가 손을 떼고 다시 눕자, 그녀의 얼굴은 다시 가슴으로 육
박해 온다. 나의 가슴은 언제나 그녀를 향하여 열려 있다. 얼마나 그
녀를 그리워했던 가슴인가.

얼마 후 그녀는 나의 치부 위로 자신의 치부를 가져온다. 목욕탕에
갓 다녀온 그녀. 오늘만큼은 콘돔을 쓰고 싶지 않다. 콘돔을 쓰지 않
는 것만이 확실한 결합이 될 것이다. 그런데 불쑥 다른 생각이 든다.
그전에 그녀의 분문과 치부에 나의 입을 대보고 싶다. 그것은 그녀가
나의 치부와 분문을 애무해 준 데 대한 예의다.

"부탁이 있어."

그녀가 나의 치부 위에 앉으려다 말고 귀를 기울인다.

"조금만 더 애무해 줘."

"응."

그녀는 의외로 순순히 승낙한다.

"그런데 거꾸로 엎드려서 해주면 안 될까?"

"응."

정말 의외로 순순하다.

그녀는 곧 자세를 바꾸고, 이제 나의 얼굴 위에는 그녀의 둔부와 치부, 그리고 분문이 아슬아슬하게 떨어져 있다. 이렇게 아름다운 엉덩이가 바로 코 앞에 있다는 것이 믿어지지 않는다. 하지만 믿어야 한다. 바깥으로 살짝 소음순이 나와 있는 그녀의 치부도 보이고, 아주 잘생긴, 부끄러운 듯 입을 꼭 다물고 있는 그녀의 분문도 보이는 것이다. 나는 더욱 실감하기 위하여 검지손가락으로 만져본다. 썩 귀여운 분문이다. 이번엔 양쪽 엄지손가락으로 그녀의 소음순을 벌려본다. 안이 들여다보인다. 그곳은 뭐랄까, 불그스름한 조명이 깔려 있는 깊은 동굴 같다. 동굴의 끝을 본다는 건 무리다. 여자들은 저 깊은 동굴의 끝에서 한 생명을 잉태한단 말인가. 나는 손을 떼어 양쪽 엉덩이를 붙잡고 입술을 대어본다. 엉덩이, 분문, 그리고 음순에 차례로. 그러면서 느낀다. 여자의 하복부는 참으로 오묘하게 생겼다는 걸. 요도구가 따로, 아주 작게 자리잡고 있다는 것만 해도 그렇다. 그리고 치부와 분문이 아주 가까운 거리에 위치해 있다는 것도 그렇다. 내가 여자의 하복부를 확인하며 이런 생각을 하지만, 여자들은 남자들의 하복부를 보며 어떤 생각을 하는 것일까? 아마도 사람마다 다를 것이다. 나처럼 자연의 신비에 외경심을 가지며 아름답다고 찬탄하는 쪽도 있을 것이고, 여자의 하복부를 징그럽다고 말하는 남자도 있듯이 남자의 하복부는 징그럽다고 느끼는 여자도 있을 것이다. 내가 그녀의 하복부를 감상하며 몽롱하게 취해 있는 동안, 그녀는 쉬지 않고 나의 치부를 입으로 달래주었다.

　이윽고 나는 그녀에게 눕도록 하고, 콘돔을 착용하지 않은 채 그녀의 몸 위로 올라간다. 뜨겁다. 그녀와 완전한 한몸으로 결합하는 그 순간은 정말 뜨겁다. 나는 미친 듯이 그녀의 입술 위에 나의 입술을 포갠다. 혀가 오간다. 그녀의 타액은 맛있다. 정말 맛있다. 그 어떤 달콤한 음료수보다도 맛있다. 그녀의 입냄새는 향기롭다. 그 어떤 향기보다도 아늑하다. 알로에 베라의 속살과 같은 투명한 맛, 알로에 베라의 속살과 같은 냄새 없는 향기. 이제 우리의 정사가 끝나면, 나는 그녀에게 아까 구멍가게에서 구입한 달콤한 초콜릿을 줄 것이다.

24 정오가 가까워지자 나는 서둘러 동선동에 있는 고시원에서 빠져나온다. 신촌에 있는 친구 오화수 화백의 화실로 가기 위해서다. 그동안 여러 사보에 발표한 나의 콩트들을 고맙게도 J출판사에서 책으로 묶어주겠다고 했는데, 그 책의 앞날개에 넣을 저자 초상을 바로 오화수 화백이 그려주기로 한 것이다. S예술대학 학보사 편집장 시절에 학보에 만평을 그린 적이 있었고, 전역한 뒤에 K출판사에 복직하여 편집부장을 맡고 있을 적에 동기생 훈규가 편집차장을 맡고 있던 월간지 〈모던 모터〉에 만화를 그린 적이 있으므로 내가 그릴 수도 있었지만, 아무래도 순수 화가인 오화수 화백에 비하면 격이 떨어질 것 같아

한사코 부탁했었다. 며칠 전에 점심식사도 할 겸 초상화를 그리자는 약속을 해두었는데, 나는 약속 시간을 어기지 않으려고 아예 지하철 전동차를 이용한다. 시간이 빠듯할 때는 무슨 일이 있어도 지상 교통 수단을 이용하지 않는 게 상책인 것이다. 자가용 승용차는 내가 술을 좋아하는 데다 체질에 맞지 않아 아예 포기해 버린 지 오래다. 거기다 바쁠 때는 사람을 있는 대로 골탕먹이는 게 바로 자가용 승용차였다.

전동차 안에서 손잡이를 잡고 서 있자니 문득 오화수 화백의 말이 떠오른다.

"그래도 여자만큼은 자가용 승용차가 낫네. 훨씬 경제적인데다 아무리 접촉해도 사고가 날 위험도가 적다구."

31세의 노총각인 나에게 그런 말을 걸핏하면 자신있게 내뱉는 오화수 화백은 지프를 자가용으로 몰고 있는 데다 몸이 뚱뚱한 아내와 함께 살고 있다. 그가 체질적으로 뚱뚱한 여자를 좋아하는 건지는 알 수 없는 노릇이지만, 나 같으면 그런 자가용이 수십 대 거저로 굴러 들어온다고 해도 거절할 건 뻔하다. 어쩌면 오화수 화백은 그의 아내가 재벌의 딸이란 걸 노리고 선택했던 건지도 모르겠고(결혼 전이던 무명화가 시절의 그는 언제나 몇 달째 화실 월세가 밀려 있곤 했다), 지금은 어엿한(?) 자가용이 있으면서도 영업용 택시를 은밀하게 이용하며 사는지도 모를 일이다. 하기야 요즘에는 돈 한 푼 들지 않는 예쁜 여자들이 세상에 널려 있지 않은가.

그의 화실 철문은 굳게 닫혀 있다. 초인종을 누르니 안에서 뜻밖의 목소리가 들려온다.

"누구세요?"

허스키한 여자의 음성이다.

"이 방 주인의 친구 되는 문욱이라고 합니다."

"어머, 〈이주민〉 소설가 선생님……."

곧 문이 열리고 여자가 모습을 드러낸다. 키도 크고 볼륨도 있는, 이를테면 글래머 스타일의 여성인데, 어딘지 낯익은 듯하다.

"어서 오세요."

나는 그 여자의 안내를 받아 소파에 앉으며 묻는다.

"이 친구는?"

"쭈욱 기다리시다가 방금 나가셨어요. 일전에 전시회 때 보았던 그림을 뒤늦게 사시겠다는 분이 오셔서……."

그러고 보니 그 여자는 얼마 전에 열렸던 오화수 화백의 개인전 장소에서 본 일이 있는 것 같다.

"구면인 것 같은데……."

"네. 저도 선생님을 뵌 일이 있어요. 저번 개인전 때."

역시 그렇군.

"언제 들어옵니까, 이 친구는?"

"아마 못 들어오실 것 같아요. 들어오셔도 저녁 늦게나. 그래서 죄송하다고 하시면서 대신 점심을 대접하라고 저한테 식대까지 맡기고 가셨는걸요."

"대단한 손님이 왔는 모양이군……."

내가 중얼거리자 그 여자는 씨익 웃으며 묻는다.

"화가는 그림을 팔아야 하니까요. 뭘 드시겠어요?"

"뭐 아무거나 시킵시다."

나는 시큰둥하게 대꾸한다. 사실, 때에 맞추어 밥을 먹는다는 건 내게 있어서 정말 시큰둥한 일이다. 갑자기 무엇을 먹고 싶을 때가 있으면 그때 사먹거나 고시원의 옥상에 올라가 휴대용 가스렌지로 라면을 끓여먹으면 되는 것이다. 하기야 경제적인 여유가 없을 때는 할 수 없는 노릇이지만.

"낮술을 드시고 싶다고 하면 술을 대접해 드리라고 하셨어요."

"호, 그래요? 그거 괜찮은 발상이군요."

내가 웃음을 보이자, 그 여자는 '역시 소문대로시군요' 하는 표정을 짓는다.

"술은?"

"고량주."

"독한 걸 좋아하시나요?"

"뭐 꼭 그런 건 아니지만……."

미인과 함께일 때는 독한 술이 좋을 때가 많다.

"그러지 말고 선생님 건강을 생각하셔서 가볍게 맥주를 드세요."

"음…… 좋소."

"안주는요?"

"마른오징어."

"아유, 그건 만화 속의 대책없는 술꾼들이나 즐기는 안주죠. 아직 식전이시잖아요. 저는 선생님 오시면 함께 식사하려고 이제까지 참고 기다렸는데……."

"그렇다면 별 수 없군요. 더구나 나 같은 페미니스트가 거절을 한다면 실망을 할 테죠."

그런데 나는 과연 페미니스트인가? 오히려 나는 여성들을 학대하고 조롱하는 쪽이 아닌가? 그러나 나는 스스로의 질문에 곧 대답할 수가 있었다. 여성다운 여성이라면 나로 하여금 조롱을 받거나 학대를 받을 턱이 없었다. 그렇다면 나로 하여금 조롱을 받거나 학대를 받은 여성이 있었더란 말인가. 내가 술에 취해 있을 때 그런 일들은 종종 일어났다.

"재미있는 식당이 있어요. 오는 손님에 대해서는 뷔페식으로 영업을 하는데, 주문을 하면 자그마치 서른 가지 음식을 골고루 배달해 줘요. 다만 한 사람 몫은 시킬 수 없다는 게 흠이긴 하지만."

"두 사람 몫은 시킬 수 있다는 장점도 있군요."

그 여자의 말을 듣고 내가 그렇게 조크를 던지자, 묘하게도 그 여자의 뺨에 이제껏 보이지 않던 볼우물이 패인다. 활짝 웃어야 생기는 보조개인 모양이다.

여자가 전화를 걸어 그 유별난 뷔페 식당에 주문을 하니, 20분쯤 후에 그야말로 진수성찬이 식당 보이에 의해 도착한다. 이래도 남는 걸까? 먼저 의구심이 든다. 눈치를 채고 그 여자가,

"단, 회원에 한해서만요. 한 달에 일정하게 내는 회비가 있거든요. 그것만 내면 매일 이렇게 2인분짜리 진수성찬을 단돈 2만원에 먹을 수가 있어요."
하고 말한다.

2만원이면 적은 돈은 아니지만, 음식의 가짓수로 보아서는 비싸다고 할 수만도 없다. 따지고 보면 비싼 라면 열 그릇 값밖에 안 되는 돈이다. 물론 접시 하나에 여섯 가지 음식이 담겨져 있어서 접시는 모두 다섯 개밖에 안 되지만, 그걸 라면 열 그릇에 비할 바는 아니다.

"술값은 물론 따로 계산하구요."

그 여자가 맥주를 나무젓가락 한 개의 끝으로 따며 말한다.

"뛰어난 기술을 가지고 있군요."

"뭐 별루예요. 어떤 때는 입으로 따는 적도 있으니까요."

"입이라뇨? 어떤 입?"

이것이 바로 내가 여자를 조롱하는 일례다.

"술 마시고 밥 먹는 입이지 무슨 입이겠어요? 온, 선생님두……."

웬일인지 그 여자가 되바라지게 한국말을 배운 일본 여성같이 느껴진다. 미아리 텍사스촌에서 술 파는 여자들처럼 다른 입으로 딸 줄은 모릅니까, 하고 나는 속으로 말한다. 이것이 바로 내가 여자를 학대하는 일례다. 여자는 나의 속마음을 읽어내지 못했는지 아무 대답도 보내오지 않는다. 다행스러운 경우가 아닐 수 없다.

"자아, 맛있게 드세요."

여자가 따라주는 맥주를 거의 한 손으로 받으며 내가 묻는다.

"그런데 회비는 얼마나 됩니까?"

"음…… 일금 3만원이에요."

3만원. 여자는 단지 그것만을 말했을 뿐인데, 나는 마치 그 여자가 자신을 살 수 있는 화대를 그렇게 말한 듯한 착각에 빠져들어 하마터면 맥주컵을 놓쳐버릴 뻔한다.

미술이 주된 화제가 되어, 우리의 식사는 한 시간쯤 걸려서야 끝난다. 알고 보니 그 여자는 오화수 화백의 제자가 아닌가. 이름은 추월미. 오화수가 대학에 강의를 나가는 것은 아니니 그런 쪽의 제자는 아니고, 추월미가 미대에 들어가기 전에 그 친구에게 입시용 특강을 받았던 모양이다. 추월미가 미대를 졸업한 지는 1년째. 벌써 1회 개인전(그것도 자신의 알몸을 그려 전시한 셀프 누드전)을 끝내고 2회 개인전 준비를 하고 있다고 했는데, 나더러 모델이 되어줄 의향은 없느냐고 당돌하게 물어온다. 나에게는 소설가보다 세계적인 칼럼니스트가 될 분위기가 있다는 것이다. 그것도 성(性) 전문 칼럼니스트. 그래서 미리 그려두는 게 자기 같은 풋내기 화가로서는 영광일 거라고 나를 추켜세운다. 그래서 나는 이렇게 대답해 준다.

"그래도 나는 어디까지나 소설가니까. '소설가 M'이라는 제목을 붙이고 나를 그린다면 그럴 듯할 겁니다. 이따금 내 몰골을 쳐다보면 확실히 인상파 화가가 그린 유화를 보는 듯한 느낌이 드는 겁니다. 참, 이런 걸 한번 그려 보지 그래요. '창녀'라는 제목을 붙이고 창녀가 살아가는 모습을."

추월미의 얼굴이 살짝 구겨진다. 그런데 이상한 일이 벌어졌다. 그 여자의 뺨에 또다시 보조개가 생긴 것이다. 문득 그 여자가 전생에 창녀였을지도 모른다는 생각이 든다.

"전 선생님을 그리고 싶은 거예요. '창녀' 같은 비천한 여자는 싫어요."

그런데 문득, 오화수 화백의 제자인 그 여자는 전생에 분명히 창녀였을 거라는 확신이 서는 것이다.

"나를 그리고 싶다면 나도 그쪽을 그리고 싶군요. 이런 건 어떨까요? 그쪽은 내가 알몸으로 소설 쓰는 모습을 그림으로 그리고, 나는 그쪽이 알몸으로 그림 그리는 모습을 소설 문장으로 묘사하고."

그 여자가 나의 비천한 아이디어에 놀라워했다.

"좋아요!"

"정말 좋은가요?"

"네, 선생님. 저는 언젠가 〈주간 리버럴〉에 실린 선생님의 칼럼에 깊이 공감한 적이 있어요. 제목이 '여성은 자신의 노출 부위에 시선을 집중하는 남성을 보고 쾌감을 느낀다'였나요?"

그녀가 공감했다고 하는 글의 내용은 이러했다.

'여성이 아름다워지고 싶어하는 것'은 동서고금을 막론하고 불변하는 철칙이다. 그럼, 도대체 어느 부분이 아름다워지고 싶은 것일까? 욕심대로라면 물론 몸 전체일 것이다. 여성의 몸 전체를 훑어보면 흰 살갗이 드러나는 부분이 세 군데 있다. 평소에도 여성의 부드러운 피부가 노출되어 있는 부분, 그것은 얼굴과 팔과 다리이다. 다른 부위는 일단 옷 속에 감추어져 있는 것이다.

그 가운데 얼굴을 실물 이상으로 보이게 하려고 여성들은 메이크업을 한다. 그럼 팔과 다리는 어떤가? 목에서부터 시작되는 상체의 대부분은 옷을 입는 것으로 숨길 수가 있다. 팔은 그다지 많이 노출되어 있지 않기 때문에 역시 얼굴 다음으로 중요한 부위는 다리이다. 그러므로 여성들은 자신의 다리에 세심한 배려를 하는 것이다.

거리를 걸으면서도, 계단을 오르거나 달리고 있는 전동차 속에서도 남성의 시선이 자신의 다리에 머물러 있는 것을 여성들은 느낄 수 있다. 사실 여성의 다리에는 '섹스 어필'이 있다. 그래서 심지어 여성의 구두에 술을 따라 마시면서 흥분하는 남성도 있을 정도이다.

여성이 남성의 뜨거운 시선을 다리에 받을 때는 필경 미니스커트를 입었을 때이다. 판탈롱을 입었을 때와는 분명히 그 정도가 다른 것이다.

다리가 날씬하고 곧게 뻗은 여성은 물론 매력 만점이다. 그러므로 '각선미'라고 하는 독특한 단어가 생겨난 것이다. 여성의 날씬한 다리에 남성들이 매력을 느낀다는 것을 여성들은 충분히 알고 있다. 그래서 여성들은 다리를 좀더 길게 보이려고 굽이 높은 구두를 신거나 어울리는 색상의 스타킹을 신는다. 그리고 자신의 다리에 남성들의 시선이 오래 머물러 있을수록 쾌감을 얻는다. 성적 쾌감 말이다. 전동차 안에서, 맞은편에 앉아 있는 미니스커트 차림의 여성의 다리에 시선을 주어보라. 결벽증 환자를 제외하고는 기뻐하지 않는 여성이 없을 것이다. 이제 곧 여름철이 올 것이고, 거리에는 전신의 반쯤은 노출한 젊은 여성들이 아무렇지도 않게 돌아다닐 것이다. 그리고 남성의 시선이 자신에게 머물기를 기다릴 것이다.

여성들은 정말 자신의 노출 부위에 시선을 집중하는 남성을 보고 쾌감을 느낄까? 모두가 그런 건 아니지만 그런 여자들이 점차 많아지는 추세인 것만은 확실하다. 남성들에 비해 성을 가두어 두어야만 하는 여성들의 대리배설의 일종인 것이다. 겨드랑이의 체모를 말끔히 제거한 여성은, 전동차 안에서 노슬리브 차림인 채 자연스럽게 머리를 쓸어올린다. 겨드랑이가 훤히 노출되는 것은 당연하다. 선정적이다. 자신이 서 있는 앞자리에 멋진 남성이 앉아 있을 때는 의식적으로 그런 동작을 취한다. 남성의 허둥거리는 눈빛을 보고 승리감을 만끽하기 위해서이다. 혹은 그 남성에게 호감을 갖고 있다는 것을 보여주는 증거이다.

여성의 이러한 노출 심리는 맞은편 자리에 앉아 있는 멋진 남성에게 양다리까지 벌려준다. 그 남성의 시선을 끌어들이는 것으로써 그 남성과 멋대로 사귈 수 없는 인연을 보상받으려는 것이다. 지하도나 육교의 계단을 올라가는 여성은 뒤따라 올라오는 남성들이 자신의 거의 노출된 하반신을 보고 군침을 흘리고 있는 것을 느끼고 있다. 하지만 결코 부끄러워하지 않는다. 자랑스러워한다. 여성 특유의 미적(美的) 과시욕 때문이다. 이러한 여성의 대리배설은 어떠한 공간(만원 전동차나 시내버스 안, 좌석버스 안, 많은 관객이 모여 서 있

는 자리)에서의 자연스런 신체적 접촉(낯모르는 남성과의)으로까지
이어진다.

"어때요, 선생님? 지금 당장 시도해 보는 건 어떨까요?"

"지금 당장?"

"왜, 쇠뿔도 단김에 빼라는 말이 있잖아요? 오늘 우리 오화수 화백
님은 못 들어오시거나 저녁 늦게나 들어오실 테니까 보안 걱정은 하
지 않으셔도 돼요."

나는 농담삼아, 그리고 여성을 조롱하는 버릇이라기보다는 여성을
따로 의식하여 말하지 않는 버릇이 도져 그렇게 말했던 것뿐인데 추
월미가 오히려 적극적으로 나온다. 셀프 누드를 그려 전시한 경력 때
문일까? 아니, 실은 오화수 화백의 제자이면서 그의 누드모델도 겸했
다는 말을 언젠가 그에게서 들은 적이 있는 것 같다. 강의료와 모델
료를 피차간에 없는 걸로 하기로 했다던가. 아무튼 그 정도라면 그
동안 여러 화가의 시선을 거쳐 온 전문 누드모델일지도 모른다. 그렇
지 않고서야 어떻게 이렇게 창녀들처럼 남자 앞에서 간단히 옷을 벗
을 수 있단 말인가. 여자는 외간 남자 앞에서 한번 옷을 벗은 적이 있
으면 그 뒤로는 남자 앞에서 옷을 벗는 데 별로 부끄럼을 타지 않는
다고 하던가. 다른 여자들은 몰라도 창녀들은 분명히 그렇다.

"제가 먼저 벗겠어요."

그녀는 당당하게 말하고는 옷을 벗기 시작한다. 나는 정신이 없다.

"아, 잠깐만요……."

"왜 그러시죠?"

그녀는 브래지어 차림에다 청바지 지퍼가 반쯤 내려간 상태에서 옷
벗기를 멈추고 묻는다.

"아무리 예술도 좋다지만, 너무 서두르는 게 아닌가 싶어서 말이
요."

"저를 무시하시는 건가요? 저는 여성월간지 〈개방여성〉에 선생님
이 쓴 누드 미학 칼럼을 본 적이 있어요. 제가 거기에 등장하는 누드
모델만 못하단 말인가요?"

"아니, 그런 게 아니라 다만……."

"저는 선생님이 자필로 적어주신 저의 누드 인물 묘사를 액자에 담
아 응접실에 가보처럼 걸어놓을 거예요. 그러니까 꼭 써주셔야 해요.
시간이 지나면 또 언제 이런 기회가 오게 될지 몰라요. 선생님도 어
서 옷을 벗으세요."

그렇게 말하고 그녀는 청바지의 지퍼를 완전히 내린다. 그녀의 팬
티는 특이하게도 청포도가 그려져 있는 싱그러운 것이다. 그녀는 난
감해하는 나의 사정에는 아랑곳없이 곧 브래지어와 팬티마저 벗어내
린다.

나는 넋이 나간다. 전신이 드러난 그녀의 몸매는 자랑할 만한 것이
다. 신선한 청포도의 속살 같은 싱그러움이 그녀의 몸매에서 물씬 풍
겨나온다. 하지만 분명히 나의 지영이를 뛰어넘지는 못한다.

"어머, 선생님. 제가 도와드려요?"

맥주 몇 병에 취한 것일까? 어떻게 그런 식으로까지 말할 수 있단
말인가?

"무, 무슨 소리…… 난 이만 가겠소……."

나는 더 이상 머물러 있지 못하고 달아나듯 화실에서 벗어난다.
온몸에 식은땀이 흐른다. 이제 나의 행선지는 지영이의 방이다. 시
내버스 안에서 나는 생각한다. 지영이 앞에선 옷을 자연스럽게 벗는

내가, 추월미 앞에선 왜 한사코 거부했던 것일까? 그리고 한 가지 더 생각한다. 지영이는 왜 그곳에서 분비액이 흐르지 않는 것일까?

내가 알고 있는 상식으론, 여성의 분비액은 세 종류가 있다. 먼저 음핵, 즉 클리토리스에서 나오는 향액이 있으며, 다음으로 질벽에서 분비되는 액체가 있다. 그리고 마지막으로 바르톨린 액이 있다. 바르톨린 선(腺)은 질구의 양쪽에 있는 두 개의 작은 풍선 모양으로 소음순 끝부분에 연결되어 있으며 여성의 내생식기 가운데 가장 끝부분에 자리잡고 있는 셈이다. 바로 이 바르톨린 선이 점액을 분비하게 되는데, 이것은 여성이 오르가슴을 느껴야 가능하다. 이 액체는 멀리까지 날아가며, 이 순간 여성의 자궁 입구에 고여 있던 액체가 다량으로 밀려나온다. 이것은 인류의 생식에 없어서는 안 될 아주 중요한 기능이라고 하던가.

하기야 분비액이 없는 여자는 비단 지영이뿐만이 아니다. 내가 상대했던 창녀촌의 여자는 전부가 그러했다. 아마 그녀들만이 사용하는 무슨 요법이 있을 것이다. 하지만 나는 그것을 그녀들에게 한 번도 물어본 일이 없다. 마찬가지로 지영이에게도 물어보지 않았다. 앞으로도 물어보지 않을 가능성이 많다. 왜 그런지 그런 걸 물어볼 필요가 없다고 생각되는 것이다.

25 동기생들이 성원해 주는 출판기념회란 몹시 즐겁다. 다른 동기생의 출판기념회에 참석해 보면, 그날의 주인공인 그 친구 역시 몹시 좋아하는 것 같다. 술을 다른 날보다 곱절로 마시는 것만 보아도 알 수 있다. 괴로운 날도 그렇지만, 기분좋은 날에도 술은 당기는 것이다.

출판기념회라고는 하지만 그리 거창한 것은 아니다. 동기생들이 모여 회비 1만원씩 내고, 그 돈으로 책을 한 권씩 나누어 갖고 술을 마시는 것이다.

오늘은 나의 콩트집 '쇼트쇼트 스토리' 출판기념회. 여자 동기생인 이민경이 적극 주선하여 마련된 것이다. 출판기념회 장소인 인사동 골목의 한식집 '갈비 만찬'에 도착하니, 역시 적극 주선자인 민경이가 먼저 나와 있다.

"일찍 오네, 형."

민경은 나를 '형'이라고 부른다. 대학 입학 동기요 졸업 동기이긴 하지만, 나는 고등학교를 졸업하고 곧바로 대학생이 된 민경과는 달리 직장 생활을 하다가 뒤늦게 대학생이 되었기 때문에 민경보다 두 살 위다. 민경은 나를 '형'이라고 불러줌으로써 내가 두 살이라도 나이를 더 먹은 대접을 해주는 것이다. 그것이 지금은 촉망받는 시인으로 활약하고 있는 성민숙과 다른 점이다. 성민숙은 나를 언제나 '문욱 씨'라고 부른다. 그리고 지금은 고인(故人)이 되었지만, 민희는 나를 언제나 '오빠'라고 불렀었다. 그 호칭은 내가 학보사 편집장을 하던 시절에 후배 여기자들이 내게 써먹었던 것과 똑같았다.

588의 창녀들, 아니 굳이 588뿐만이 아니더라도 대부분의 창녀들은 나를 향하여 '오빠'라고 부르거나 '자기'라고 부른다. 그런데 지영이만은 다르다. 다른 손님한테는 '오빠'라고 부르면서도 나한테만큼은 '아저씨'라고 부르는 것이다. 지영이가 나를 그렇게 부르는 속내를 알 수가 없는데도 나는 알려고 물어본 적이 없다. 아무튼 지금은 지영이를 떠올리지 말고 조금은 점잖게 앉아 있어야 할 자리.

"나를 축하해 주는 자린데 늦게 올 수 있나? 그러면 사람의 도리가 아니지."

내가 너스레를 떤다.

사실 나는 약속 시간에 늦는 데는 소문이 나 있다. 늘 미안하게 생각하지만, 그게 마음대로 안 된다. 버릇치곤 참 고약한 버릇이 아닐 수 없다. 별로 무게가 나가지 않을 나의 엉덩이는, 이상하게 자리에만 앉으면 무거워진다. 다음 약속 시간이 임박해 와도 잘 일어나지지 않는다. 무슨 일을 시작하기 전에 뜸을 많이 들이는 나의 게으른 체질 탓일 것이다.

민경은 나와 다르다. 뭉기적거리기를 싫어한다. 또 어떤 일이든 열성적으로 대어든다.

그런데 이상한 것은, 엉덩이가 무거운 나는 과거에 직장을 여러 차례 옮긴 경험이 있는 데 반해, 속도감있게 움직이는 걸 좋아하는 민경은 졸업하고서 아직까지 한 직장에 머물러 있다. 얼마 전에 시집을 갔는데도 직장을 떠나지 않았다. 여자 몸인데도 그렇다. 그렇다고 누구 부양할 사람이 있어서 그런 것도 아니다. 민경의 부친은 돈을 많이 버는 사업가이며, 민경의 신랑이 된 사람은 방송국의 유망한 프로듀서다. 그래서 나는 이따금 민경의 살아가는 자세에서 배울 점을 느끼기도 한다. 나처럼 불성실한 인간으로서는 도저히 흉내낼 수 없는 벽이다.

"신혼 생활 재미있니?"

벽에 기대어 앉으며 내가 묻는다.

"뭐 1인 3역 하느라고 정신없지."

아닌게 아니라 얼굴에 피로한 빛이 좀 그려져 있다. 한 남자의 아내 역할, 한 직장의 사원 역할, 한 가정의 가정부 역할, 민경이 말하는 1인 3역은 그 정도이리라.

"이제 곧 1인 4역이 되겠군."

"애엄마?"

민경은 자신의 입으로 자기 지능지수를 밝힌 적이 있다. 145라나? 내가 130에서 약간 모자라는 데 비하면 뛰어난 머리다.

"소식 없니?"

"응, 1개월."

민경의 작은 뱃속에 배아(胚芽)가 들어 있다고 생각하니, 그리고 그 배아가 자라서 민경의 날씬한 허리를 펭귄의 배처럼 불려 놓을 것을 생각하니 갑자기 민경이 가련스러워진다. 하지만 민경 쪽에서는 자랑스럽게 생각하고 있을 것이다. 아무튼 여자가 '어머니'가 될 수 있다는 것은 위대한 일이다. 더욱이 민경은 초등학교 다니던 시절부터 줄곧 사귀어 온 사랑하는 남자와 결혼을 하였고, 이제 그 사랑하는 사이에서 탄생할 축복받은 아이의 어머니가 될 것이니까 한결 위대해질 것이다.

"형은 결혼 안 해?"

"해야지. 암, 해야지."

문득 지영이의 얼굴이 떠오른다.

"금년에는 정말, 형이 예쁘고 착한 여자와 결혼하게 되기를 진심으로 바래."

여성 잡지 편집장인 민경은 목소리가 돌돌돌돌 옥구슬 굴러가듯이 예쁘다.

민경도 알고 있을 테지만, 나는 한때 민경을 얼마쯤 사랑했던 적이 있었다. 얼마쯤이라는 것은, 그러니까 민경을 사랑하는 일에 나 자신도 반신반의하고 있었기 때문이다.

민경은 내가 군대에 있을 때 휴가를 나와 전화를 하면, 몹시 반가워하며 점심을 사주고, 그것도 부족해서 퇴근 후에 술까지 사줄 정도로 나에게 다정했다. 휴가 나와서 민경을 본 것은, 그러니까 대학을 졸업하고 처음인 셈이었다. 그날 민경은 빨강색 투피스를 입고 있었는데, 어느덧 숙녀티가 완연해져 있는 것을 발견하고 나는 놀라기까지 했었다. 민경은 최진실의 스타일에 버금갈 정도로 스포티한 청바지 체질이었다. 그런 민경이 스커트를 입은 모습을 처음 보았고, 그 스커트 아래로 뻗어 있는 날씬한 두 다리를 처음 보았으니 놀랄 만도 했다.

그 뒤로 내가 민경을 자주 만나게 된 것은 제대하고서도 한참 뒤, 출판사를 그만두고 민경이 일하는 잡지사에서 자유기고 일을 할 때였다. 공적으로도 자주 만나지 않으면 안 되었거니와, 그 만남은 사적으로까지 이어졌다. 하루는 내가 점심을 사고 그 이튿날은 민경이 점심을 사고, 한 주일은 내가 술을 사고 그 다음주에는 민경이 술을 사고, 뭐 그런 인간 관계로까지 되었다. 우리들은 서로 부담을 갖지 않고 만났다. 남녀간에 하기가 껄끄러운 어떤 비밀 얘기라도 허물없이 주고받을 만큼 자연스러웠다.

남녀간에 사랑이 이루어질 확률은 서로 부담이 느껴지지 않는 관계일 때 보다 높을 것이다. 그리고, 그랬을 때 비로소 행복한 결혼 생활을 영위할 수 있을 것이다.

그러나 나는 민경에게 애인이 있다는 사실을 알고 있었다. 언젠가 명동에서 그들 연인과 우연히 마주친 적이 있었다. 그래서 내가 그 일을 상기하며,

"애인 잘 있어?"

하고 물으면,

“헤어졌어.”

하고 민경은 대수롭지 않게 받아넘기곤 했다.

나는 그 말을 믿지 않았다. 민경은 나를 속이려고 그런 게 아니라 나를 재미있게 해주려고 그랬다는 것을 나는 잘 알고 있었다. 결국 민경에게는 여전히 애인이 있는 것으로 나는 믿어의심치 않았으며, 그렇다고 내가 민경의 애인이 있다고 하여 민경을 만나는 데 부담을 느끼는 것은 아니었다. 나는 다만 민경을 대학 동기생이거나 형의 입장에서 만나는 것일 뿐, 그들의 사랑을 방해하기 위해서 만나는 것은 아니었다.

그래선지 술에 취한 상태로 민경을 바라보아도 이성(異性)처럼 느껴지지가 않았다. 다른 사람이 보면 십중 팔구 성적인 매력도 느낄 만큼 생긴 모습인데, 이상하게도 나의 머리 한 구석에서는 그러한 느낌을 차단시키고 있었다.

한때 나에게는 일본 만화를 번역해 주고 돈을 벌던 시절이 있었다. 가장 배고프고 가장 부끄럽던 그 시절의 어느 날.

얼마만인가. 나는 두툼한 사각봉투를 만지는 순간 온몸에 누적된 피로가 다 달아나 버리는 느낌이었다. 사각봉투 속에는 자기앞수표를 포함한 현금 50여만원이 들어 있었다. 장마에 햇빛 들 듯 생기는 번역료로 생활하다시피 하는 나에게 있어서, 그것은 여간한 거금이 아닐 수 없었다. 그만한 돈이면 앞으로 두 달 정도는 그럭저럭 버티어 나갈 수 있을 것 같았다.

결과적으로 나의 생계 유지에 큰 도움을 주게 된 D출판사 곽사장에게 내가 인사치레삼아 말을 건넸다.

“함께 식사라도……”

빈말이라도 그게 예의일 것 같았다.

"뭐, 때도 됐고 하니 그럭헙시다."

한편으로 나는 괜히 말을 꺼냈다 싶었다. 내심으론, 바쁘다고 하면서 다음 기회로 미루어 주길 기다렸던 것이다. 아무리 돈이 생겼다고는 하지만, 앞으로 언제까지 번역 일거리가 생기지 않을지도 모르는 나의 입장에서는, 남의 식대까지 얼굴 뭉그러뜨리지 않고 내놓을 만큼 편하지는 못했다.

"냉면 잘하는 집이 있으니, 거기로 갑시다."

나는 마음속으로 한숨을 내쉬었다. 규모는 작더라도 출판사 사장쯤 되니, 불백이나 계삼탕 정도는 먹으리라 생각했던 것이다. 그런 음식들에 비하면 아무 음식점에서나 볼 수 있는 냉면은 덜 부담스러웠다.

잠시 후 나와 곽사장은 잘 간판된 냉면 전문점으로 들어갔다. 종업원의 안내가 아니었음 빈자리도 찾기 어려웠을 만큼 많은 손님들로 북적거리고 있었다. 나는, 곽사장의 소개말대로 과연 잘하긴 잘하는 집이구나 싶었다. 종업원이 물수건을 가져다 주자, 나는 그것을 손에다 비벼대며 무심코 주위를 휘 둘러보았다. 나의 눈이 한 곳에 멈추었다. 그것은 벽에 걸린 식단표였다.

'물냉면 2,500원

비빔냉면 2,500원

별미냉면 3,000원'

순간 나는 아찔해졌다. 하지만 흰 아크릴판 위에는 단정한 페인트 글씨로 분명 그렇게 적혀져 있었다. 그때가 1988년이었으니 꽤 비싼 음식값이 아닐 수 없었다.

그때 또다른 종업원이 엽차를 가져왔다.

"뭘로 하시겠어요?"

나는 종업원의 말을 받아, 곽사장의 눈치를 보며 물었다. 그러나 곽
사장은 나의 심정엔 아랑곳없이 말했다.

"이왕이면 아다라시라고, 우리 별미냉면으로 합시다."

곽사장은 일본 만화를 출간하는 사장답게 '싱싱하다'는 말을 '아다
라시'라고 표현하며 값이 비싼 냉면을 원했다. 나는 못내 찜찜한 표
정을 감추지 못하며 울며겨자먹기식으로 주문했다.

"여기 별미로 두울……."

그러나 곧 나온 별미냉면은 별 게 아니었다. 비빔냉면이나 물냉면
에 비해 살코기가 두어 점 더 얹혀져 있을 뿐이었다. 나는 고기 두어
점에 천원이라고 생각하니 턱없이 속상해졌다. 독신자인 나에게 천원
이라면, 두 번이나 만두라면을 외식할 수 있는 소중한 액수였다. 그
런 속내로 인하여, 나는 그 비싼 냉면을 마치 찰고무줄 씹는 듯한 심
정으로 먹어 갔다.

"그전에도 왜놈 만활 많이 본 모양이죠?"

곽사장이 침을 튀겨가며 불쑥 물었다.

"아뇨, 별로……."

"그런데 번역 실력이 상당하시더군. 표선생, 장선생 등등 나이 잡
순 분들보담 번역이 나아요. 의성어라나, 의태어라나, 그런 것들도
아주 자연스럽고 말이죠. 일테면 그 양반들은 바람 부는 소리를 일본
발음대로 뵤오오오 하고 적어놓는데, 문선생은 그걸 어떻게 알아갖고
휘이이이 하고 적어놓으니 말요."

"그거야 그분들이 일본말보다 한국말을 더 모르니까 그렇겠죠."

나는, 그러니까 나에게만큼은 번역료를 더 쳐줘야 하지 않겠느냐는 말을 하려다가 모질게 접어두고 다른 이야기를 꺼냈다.

"곽사장님께선 다른 출판을 할 생각이 없으십니까?"

"뭘 말요?"

"그야 뭐 한마디로 양서 출판이죠. 일본에서 발행되는 좋은 책은 얼마든지 있습니다. 굳이 만화에만 국한시키지 말고……."

"그럼 만화는 양서가 될 수 없단 말인가요?"

"아뇨, 그게 아니라요. 만화도 내용이 좋은 것만 번역한다면야 괜찮죠. 아니면 우리 나라에도 훌륭한 만화가들이 얼마든지 있으니까."

"문선생. 나, 망하는 꼴 보려고 그러슈. 일본땅에서 소위 우량 만화라고 불리는 건 찍어내 봐야 몽땅 재고되기 십상이오. 애새끼들이 벗기는 것만 좋아하니까."

나는 씨도 먹히지 않을 말을 애당초 괜히 꺼냈다 싶었다. 성인이건 어린이건 벗기거나 벗은 걸 싫어할 사람은 거의 없을 것 같았다. 그건 얌전한 것 같은 여자의 경우에도 마찬가지인 모양이었다. 남자들이 올림픽에서 여자 체조나 리듬 체조, 또는 여자 수영이나 여자 다이빙 등의 종목을 즐겨 보듯이, 여자들도 남자 수영이나 남자 다이빙, 혹은 역도나 레슬링 등의 종목을 즐기는 경우가 많았다. 남자들이 홍합이나 물컹물컹하고 물기 흐르는 산낙지나 해삼 등을 좋아하는 대신, 여자들이 기다란 바나나나 핫도그, 불란서빵이나 쮸쮸바를 좋아하는 것도 따지고 들면 다 그 맥락일 것 같았다. 그것들을 먹으며 무슨 생각들을 하는지 적이 상상이 갈 일이었다. 내가 생각에 잠겨 있을 때, 어느새 냉면을 다 먹어치운 곽사장이 말을 이었다.

"게다가 국내 만화가들이 그렇소. 일류 만화가들 만화는 원고료가 비싸서 못해 먹겠고, 그러니 나같이 자본 없는 사람이야 원고 밑천 들지 않는 일본 만화 복사판으로 눈돌리지 않을 수가 없는 사회 풍조다 이 말씀이요."

"하지만 출판인의 양식상 어긋나는 일이 아닐까요. 청소년의 정신 위생에 알게 모르게 미치는 폐해를 생각하면."

"허, 아직도 이핼 못 허시겠소. 고걸 보는 애새끼들이 문제라니깐. 나는 분명히 책 뒤에 이렇게 단서를 달아둡니다. 이 만화는 성인용이므로 청소년에게 대여를 금함. 아니, 성인용 그것도 아주 완전 성인용이라고 적어뒀소."

"그러니까 오히려 더 기를 쓰고들 보려고 드는 게 아니겠습니까?"

"아아, 그러고 또 봅시다. 요즘 나오는 성인만화 주간지들. 좀 덜 진하긴 하지만 국내 만화가들 것에서도 툭 하면 섹스 컷이 나오기는 매한가지요. 오십보 백보란 얘기죠. 게다가 거기엔 여배우나 모델들의 새카만 젖꼭지가 가려지지도 않은 채 사진으로 실리기 일쑤고, 심지언 거웃까지 슬쩍 비쳐 준대니까. 생각해 보슈. 보는 새끼들은 어떡허든 보기 마련입니다. 플레이보이를 보든 펜트하우스를 보든, 아니, 그보다 더한 도색 잡지를 보든, 아니, 좀더 생생한 비디오를 보든, 아니, 아예 그런 데 돈을 들이느니 며칠 모아서 사창굴로 진격하든지간에."

나는 곽사장의 웅변을 전혀 무시할 수도 없었다. 나의 오래 된 고교 시절의 기억을 더듬어 봐도 그랬다. 수업 시간에 선생 몰래 도색사진 수첩을 보며 자위행위를 하는 축, 소풍 가서 다른 학교 여학생의 순결을 슬쩍했다고 뻐기는 축, 심지어는 어제 같이 잔 창녀는 맛이 어떻더라는 축, 그러나 그와 반면에 책상에서 책상으로 돌아다니는 국산 주간지도 보기 싫어하는 점잖은 축들이 없는 것 또한 아니었다. 결국 그러한 부류는 철저히 나뉘어져 있었던 것 같았다.

"그러니까 오히려 일본 만화 복사판은 그 애새끼들의 생각을 조금 점잖은 쪽으로 돌려줄 수도 있다 이 말씀이오."

"하지만……."

나는 곽사장의 말을 반박하려고 했으나, 너무 기가 찬 나머지 말이 입 밖으로 나오지 않았다. 물론 나에게도 이런 지론(持論)은 있었다. 맹자(孟子)는 성선설(性善說)을, 순자(荀子)는 성악설(性惡說)을 주장했지만, 실은 그게 아니라 인간은 성선을 가지고 태어나는 경우가 있는가 하면 성악을 가지고 태어나는 경우도 함께 있다는. 거기에 덧붙이자면, 그 성선이나 성악은 살아가는 환경에 의해서 쉽사리 바뀌어지는 게 아니라는. 쉬운 예로써, 가난한 집안에서 불량배가 나오기도 하지만 품격 지고한 학자가 나올 때도 있다는. 그런가 하면, 부유한 환경에서 훌륭한 학자가 나오기도 하지만 못돼먹은 정치가나 사업가가 나오기도 한다는. 또는, 창녀 직업을 갖고 있으면서도 착하고 꿋꿋하게 살아가는 여성이 있는가 하면, 종교인이나 선생이면서도 못돼먹은 심보를 가지고 살아가는 사람도 있다는. 환경은 인간의 타고난 성질을 변화시키기 어렵다는 게 나의 지론이었다.

하지만 아무리 그렇더라도, 곽사장의 마지막 말은 해도 너무했다 싶었다.

"그만 갑시다."

내가 냉면 국물을 다 들이켜자, 곽사장이 씨익 웃으며 말했다. 나는 눈치껏 먼저 일어나 카운터로 바삐 다가갔다.

"얼마죠?"

내가 속주머니에 안에 있는 돈봉투에 손을 대려는데, 그때 털장갑처럼 두툼한 손이 불쑥 카운터로 디밀어졌다. 곽사장이었다.

"무슨 돈이 많다고. 내가 낼 테니 앞으로도 계속 좀 도와주슈. 앞으론 찌인한 소설도 한번 번역 맡길 참이니까."

다행히 냉면값의 부담은 덜어졌지만, 얻어먹었다는 사실도 나의 기분을 개운하게는 못해 주었다. 곽사장과 헤어진 나는, 사람 많은 명동 한복판을 비비고 걸으면서, 폭력과 섹스가 난무하는 일본 만화를 번역해 준 데 대한 대가로 살아가는 자신이 부끄럽게 느껴졌다. 차라리 그 돈을 봉투째 쓰레기통에 처넣고 싶은 심정이었다. 하지만 유난히 선정적인 차림의 젊은 여자가 많이 지나다니는 명동 한복판에서 나는, 아리따운 여인의 허벅지가 있는 고급 룸살롱을 찾아가느냐 하는 문제를 놓고 고민하기 시작했다. 한 달 생활비 따위, 그리고 성선이니 성악이니 하는 따위에는 아랑곳하고 싶지 않았다.

그런데 그 순간 갑자기 나타나, 그런 비행(非行)을 미수에 그치도록 해준 여자가 있었다. 바로, 전혀 부담이 느껴지지 않는 여자, 이민경이었다.

"형, 여기서 뭐해?"

나는 그때 내가 엉거주춤 서 있는 상태라는 걸 깨달을 수 있었다. 양옆으로는 호화롭게 차려 입은 사람들이 줄기차게 지나다니고 있었다.

"사람 구경하러 나왔어. 그런데 민경이야말로 웬일이지? 옳아, 애인 만나러 나오셨군."

"우연히 형 만나질려고 나오게 된 모양인데."

"귀여운 것 같으니라구."

민경이 내 옆구리를 주먹으로 쿡 찔렀다.

"여자들은 찌르고 싶을 때가 많을 거야. 아마도 신체적인 콤플렉스 때문이겠지."

민경이 다시 내 옆구리를 주먹으로 쿡 찔렀다.

"일 끝났어?"

"실은 소설가 박시원 씨 만나고 오는 길이야. 곧장 집으로 가려던 참이었어."

그때만 해도 나는 소설가라는 직업을 따내기 전인 신춘문예병자 시절이었다.

"무슨 일로?"

"인터뷰. 여배우 강연희하고 스캔들 났잖아. 자기의 입장을 정리해 주겠다고 해서."

"그 사람이 어디 소설가야, 연예인이지."

"나도 그렇게 생각해."

"그런데 뭣하러 인터뷰하니?"

"먹고 살려니까."

하기야 먹고 살기 위해서 폭력과 섹스가 난무하는 일본 만화를 번역하고 있는 나보다는 그래도 민경이 쪽이 나을 것이었다.

"어때? 저녁 할래?"

금방 점심을 먹고 곽사장과 헤어진 참이었으므로 저녁은 일러도 한참 이른 시각이었다.

"술 하자는 거지?"

민경은 언제나 눈치가 빨랐다.

우리들은 대낮부터 문을 여는 어느 호프집으로 들어갔다. 룸살롱이 호프집으로 바뀐 셈이고, 호스티스가 민경이로 바뀐 셈이었다. 우선 돈이 덜 든다는 점에서 좋았다. 물론 내가 이상한 마음을 가지고 민경이의 몸에 손을 대서는 곤란한 일이었다. 그때까지 민경과의 술자리에서 그런 일이 생겨난 적은 한 번도 없었다. 160센티가 채 못 되는 키, 날씬한 몸. 가녀린 모습의 그녀는 언제나 내 여동생으로 자리했다.

민경은 오징어를 좋아했다. 그래서 오징어와 생맥주를 시켰다. 한 가지 더, 역시 민경이가 좋아하는 감자튀김을 시켰다.

"내가 재미있는 얘기 하나 해줄까?"

"환영해."

나는 500cc짜리 생맥주를 반쯤 들이켜고서 민경이를 즐겁게 해주기 시작했다.

"내가 수원에서 회사 다니던 시절의 이야기야."

민경은 내가 대학에 들어오기 전에 상업고등학교를 졸업하고 S전기에 다녔던 사실을 이미 들어서 알고 있었다.

"지금은 아파트 한 채 장만하고 결혼을 해서 잘 살고 있는 입사 동기와 자취하던 시절의 얘기야. 그 녀석은 소속이 외자과였는데, 우리는 각자 집에서 양말을 한꺼번에 열 켤레씩 가져다놓고 신곤 했지. 하지만 그것도 열흘이 지나면 끝이더군. 그래서 한 번씩 신었던 자기 양말을 한 번씩 더 신는 거야. 또 열흘이 지났지. 이번엔 두 번씩 신었던 자기 양말의 냄새를 맡아보고 그 중 냄새가 덜 나는 걸 골라서 한 번씩 더 신는 거야. 걸어가면 양말에서 물기가 나올 정도지."

"아유…… 한 번도 안 빨아 신었던 거야?"

"추운 겨울이라 빨기가 싫었어. 더구나 대야에 물을 받아 연탄불 위에 올려놓는 것조차 하기가 싫었으니까."

"그래도 연탄불은 지피셨는 모양이군."

"그건 주인 아줌마한테 연탄값에 윗돈을 좀 주고 갈아달라고 했지."

"그럼 세수는 어떡해?"

"바로 그거야. 우리 옆방에 A화장품에 다니는 여공이 두 명 살고 있었거든. 그 마음씨 고운 여자들이 자기들이 쓰고 남은 물을 반 대야 정도 가져다가 우리 방문 앞에 놓아두고 가곤 했지. 아저씨들, 여기 물 있어요. 이렇게 말하고서 말이야. 그럼 우리 둘은 각자의 캐시밀론 담요 속에서 서로의 눈치를 살피고 있다가 동작이 빠른 사람이 먼저 그 따뜻한 물을 차지하는 거지."

"아유, 미치겠어! 그럼 그 물을 놓친 사람은 어떻게 해?"

"찬물로 하든지 한 사람이 먼저 쓰고 난 구정물로 하든지 둘 중에 하날 선택해야 했지."

"형은 어떻게 했어?"

"그놈은 걸핏하면 코를 풀어놓기 때문에 나는 찬물로 하거나 아예 출근해서 화장실 온수로 세면을 하곤 했어."

"구제불능 사원이군. 그런데 세 번씩이나 신은 양말은?"

"고스톱으로 해결하는 거지 뭐. 이기는 사람이 방 청소를 하고, 지는 사람이 두 사람의 양말 20켤레를 혼자서 다 빨아야 하는 거야."

"형이 많이 이겼어?"

"그런데 이상하게 그때만은 내가 지더라. 그래서 찬물이기는 하지만 내 양말은 비누칠을 해서 빨고, 그놈 건 아예 비누 한 번 묻히지 않고 건성으로 찬물에 담갔다가 빨랫줄에 그냥 널어 버렸지."

"아유, 미치겠어, 형 심술!"

내 이야기를 듣고 난 민경은 그렇게 웃을 수 있을까 싶을 정도로 크게 웃었다.

"미인 배꼽 빠질라."

그 말도 우스운지 이번에는 배를 움켜잡고 웃었다. 만났을 때마다 내가 들려준 이야기는 그 밖에도 얼마든지 재미있는 것이 많았는데, 그날이 특히 기억에 남는 것은, 그날 민경이 느닷없이 내 앞에서 울음보를 터뜨렸다는 사실이다. 나는 그것이 내 잘못인가 싶어 안절부절못했었다. 그러나 내가 민경을 울릴 만한 일은 없었던 것 같았다.

생각해 보면, 여자들은 십중팔구, 재미있는 이야기를 들려주는 남자에 대해서 호감을 갖고 자주 어울리고 싶어하는 것 같다. 민경의 예만 들어도 그렇지만, 그 밖에 나와 알고 지낸 많은 여자들이 그러했다. 반면에 남자들은 남의 이야기 듣는 것을 귀찮아하는 경우가 많았다.

여자다운 여자들은 아무래도 듣는 쪽이 많은 것 같다. 듣고서 나름대로 취사 선택하는 것이다. 그 많은 이야기들 가운데 재미있는 이야기나 유머러스한 화술을 즐기는 까닭은, 그것이 듣고 잊어버려도 될 만큼 부담이 없어서거나 스트레스를 그 순간만이라도 해소할 수 있기 때문이리라. 사실 여자들로서는 스트레스를 해소할 길이 별로 없다. 물론 남자들처럼 술과 담배, 그리고 파트너로써 스트레스를 해소하려는 여자들이 요즘들어 부쩍 늘어난 것은 사실이지만, 그것만큼 위험천만한 스트레스 해소법은 없다. 때때로 그것은 한 여인의 종말을 불러오기도 한다. 한 인간의 종말만큼 위대한 비극(悲劇)은 없다. 그 위대한 비극의 주인공이 되고자 하는 것이라면 도리가 없다. 하지만 그 위대한 비극이 결코 영광과 정비례하는 것이 아니기 때문에 많은 여자들이 그것을 짐작하고 금기(禁忌)하는 것이다.

그 점에서는 남자들의 경우에도 마찬가지일 것이다. 매일 술, 담배에 찌들어 살고 오입(誤入)을 즐겨 하는 사내치고 잘 살고 있는 경우란 매우 드물다. 가급적 온갖 체험과 경험을 필요로 하고 그것을 육화(肉化)시켜 재창조해야 하는 소설가라면 혹 모르되.

그런 말은 그만두기로 하자. 그런 비윤리적인 스트레스 해소법 말고도 남자들은 여러 가지 스트레스 해소법을 가지고 있다. 능동적으로 생겨먹은 남성의 체형(體型) 때문인지도 모른다. 낚시니 바둑이니만 해도 그렇다. 나는 이제까지 낚시회니 기원이니 하는 곳에서 여자가 기웃거리는 것을 본 기억이 없다. 거기서 일하는 여자 종업원들을 제외하고는 얼씬도 하지 않는다. 만일 그런 장소에 드나드는 여자가 있다면, 그 여자는 자신을 아는, 그리고 어느 정도 사랑해 주는 남자로부터 욕을 먹기 십상일 것이다. 결혼한 여자라면 남편이 말릴 테고, 성숙한 처녀라면 애인이나 부모나 오빠가 말릴 것이다. 하지만 나로서는 나와 관계없는 다른 여자가 기원에 와준다면 환영할 것이다. 그리고 그 낯모르는 여자와 대국(對局)을 하고 싶어할 것이다.

나는 이런 나의 생각들도 민경에게 들려주었던 것 같다. 민경은 나의 말에 수긍하는 눈치였으며, 그러나 해수욕장이나 풀장에서 남녀가 반쯤 발가벗고 즐기는 것은 왜 허용되는지 그게 궁금하다고 말했다.

그러고 보니 그날 민경이 울기 시작한 것은, 내가 '까불지 마' 하고 핀잔을 주었기 때문이었던 것 같다. 내 입에서 '까불지 마'라는 말이 나온 것은 아마 민경이 유도했던 것인지도 모른다. 그리고 그것을 빌미로 울고 싶어했는지도 모른다. 여자들은 그네들의 하복부가 그러하듯이, 이따금 그 속성을 알 수 없을 정도로 깊이있는 행동을 할 때가 많다. 그

동안 그네들의 하복부처럼 무엇인가를 잉태하고 있는 건지도 모른다.

민경은 그때 나에게 '누가 먼저 소설가가 되나 내기할까?' 하고 당돌한 말을 던졌었다. 그래서 나는 '까불지 마'라는 한마디로 일축해 버렸으며, 바로 그 직후에 민경이 눈물을 터뜨렸던 것이다.

'사랑하지 않는 남자 앞에서는 좀체로 눈물을 보이지 않는 법인데, 이 애가 나를 사랑하고 있는 걸까? 그런데 이 애는 이미 순결을 잃어버린 걸까?'

나는 그때 문득 그런 생각이 들었는데, 아닌게 아니라 민경은 내게 이렇게 말하고 혀를 삐죽 내민 적이 있다.

"남자들은 웃기더라. 자기들은 총각이 아니면서, 자기 아내 될 여자만큼은 처녀이길 바라는 거지."

잇달아 나는 이런 생각도 했었다.

'지금 나처럼 낭만적이고 센티멘탈한 구석이 있는 남자와 살고 싶어하는데, 집안에서 오래도록 사귄 애인과 이미 오래 전에 약속했던 대로 결혼을 하라고 하는 것일까?'

그러나 내가 민경을 반쯤 사랑했듯이, 민경 역시 나를 반쯤밖에 사랑할 수 없었을 것이다. 민경은 나라는 인간을 좋아할 수는 있어도, 내가 처해 있는 환경이나 내가 살아가는 방법을 좋아할 수는 없었다. 그래서 나를 완전히 사랑하기는 어려웠던 모양이다. 내 쪽에서도 그러했으니까.

그날 민경의 울음이 그치고서 우리는 밖으로 나왔는데, 어느덧 해가 저물고 네온사인들이 명동 일대를 뒤덮고 있었다. 민경이 갑자기 구토 증세가 일어나는지 길바닥에 쭈그리고 앉았다.

"왜 그래?"

나는 그때 비로소 민경의 애인에게 미안한 마음을 느끼며 민경의 등을 두들겨 주었다. 그때 문득, 내가 이 아이와 함께 여관에 들 수 있다면 나는 이 아이를 범할 수 있을지도 모른다, 하는 불순한 생각이 드는 것이었다. 아니, 그 상황까지 가지는 않더라도, 이 아이의 알몸은 어떻게 생겼을까 하는 불순한 생각. 그것은 의외였다. 그러나 다행히도 민경은 토하지 않고 일어났으며, 그와 동시에 나의 불순한 생각도 어디론가 사라져 버렸다.

민경의 집은 여의도. 나는 민경을 집 앞에까지 바래다 주기로 하고 택시를 잡아탔다. 그런데 마포대교를 건너기 직전에 택시의 뒷타이어가 펑크나 버렸다. 운전기사는 잠시 택시를 멈춰놓고 타이어를 갈아끼웠다. 갈아끼우는 동안에 택시의 몸체는 뒷부분이 약간 들려져야 했는데, 그 동안에 민경이 뒷좌석에 앉은 채 미리 준비해 둔 비닐봉지에 조용히 토하는 것을 나는 바깥에서 창문을 통해 희미하게 바라보았다. 어째서 예쁜 여자는 오물을 토할 때도 다소곳이 조심스럽게 하는 것일까? 민경이 뱉어낸 오물에서는 어쩌면 아무 냄새가 나지 않을지도 모른다고 생각했다.

택시는 다시 출발했고, 민경은 전혀 오물을 토해낸 흔적이 없는 입으로 이렇게 말했다.

"아빠가 승용차 사주시기로 했어."

그런 것이 나와 민경의 살아가는 방법 차이였다. 누가 내게 승용차를 사줄 리도 없겠거니와, 만일 거저로 생기게 된다고 하더라도 나는 승용차 따위는 몰 생각이 추호도 없었다. 나 하나 편하자고 복잡한 서울의 도로 위를 달릴 생각은 정말 없었다.

"오늘 차 몰고 왔어?"

출판기념회 장소인 인사동의 갈비집. 민경이 승용차를 몰고 다닌 지는 이제 어느 정도 되었다.

"오늘 같은 날은 전철 타고 다녀."

"그런데 민경이 너, 신랑 발 닦아 주니?"

"후훗."

민경은 살짝 웃고 만다. 언젠가 민경은 내 앞에서 이런 설계를 밝힌 바 있다.

'신혼부부가 살아가는 데 적어도 욕실 정도는 있어야 한다. 그런 집에서 자기의 신랑을 아기 보살펴 주듯이 가꾸어 줄 것이다.'

아름다운 일이다. 만일 그대로만 할 수 있다면, 민경이야말로 위대한 아내가 되는 것이다. 하지만 아이를 낳고, 그 아이가 커감에 따라 그 일은 점차 바뀌어져 나갈 것이다.

"오늘 너, 소주 마시지 마."

"언제는 소주 마셨나 뭐?"

"맥주도."

"그러지 않아도 그럴 생각이야."

민경은 자신을 컨트롤할 줄 아는 능력을 철두철미하게 지닌 여자다. 민경이 나의 콩트집을 넘겨보며 한마디 한다.

"인터뷰 해?"

민경이 종사하고 있는 여성잡지 얘기다.

"글쎄, 겨우 콩트집인데……."

"그래도 요즘의 성(性) 풍속 세태를 잘 까고 있잖아."

귀여운 유부녀인 동시에 이제 곧 애엄마가 될 민경의 입에서 '까고'라는 말이 나오자 그녀가 무척 관능적으로 느껴진다. 마치 그녀가 갑자기 스커트를 걷어올리고 팬티 색깔을 공개해 버린 것만 같은. 아니, 숫제 팬티마저 벗어버리고 치모를 공개해 버린 것만 같은. 고교 시절에 나는 지금과 같은 기분을 느낀 적이 있었다. 사직공원 옆에 있는 B여고 축제 때의 일이었다. 정문을 들어서며 방명록에 서명을 할 때였는데, 나는 그 방명록의 한 페이지 가득 나의 초상화를 캐리커처로 그려주었었다. 그리고 나의 그림 솜씨를 보고 감탄하는 한 여학생에게 "참 귀엽게 생겼군요. 내가 그림 한 장 그려 드릴까요?" 하고 물어보았을 때 그녀에게서 돌아온 대답은 "어머, 쪽팔려요!"였다. 나는 그때 마치 그녀의 알몸을 본 것은 물론, 아예 그녀의 순결을 정복해 버린 것만 같은 쾌감이 일어났었다.

"특히 '나는 사랑스런 여자가 싫다' 가 재밌었어."

"음, 출판사 여직원들도 그러더군."

"그런데, 형……."

"응?"

"'어느 페미니스트의 고행' 있잖아? 그건 형 얘기야? 아무래도 사실 같은데……."

"음, 출판사 여직원들도 그러더군. 그건 관례대로 독자의 상상에 맡겨야지 뭐."

"혹시 비키니 캘린더 모델을 했다는 그 여자 주인공 박명진이 눈 크고 코 큰 유명 탤런트 아니야?"

"글쎄……. 콩트는 어디까지나 허구의 산물이니까."

"아무래도 수상해."

"그게 실화를 바탕으로 쓴 것이건 아니건, 아무튼 이제는 시대가 바뀌었어."

“뭐가?”

내 말에 민경이 묻는다.

“요즘 탤런트들은 비키니 차림으로 캘린더 모델을 안 한다는 사실이지.”

“왜 그런다고 생각해?”

“멀쩡한 CF 수입이 괜찮으니까. 여성지에서도 비키니 차림의 인기 탤런트는 거의 안 보이잖아?”

“하기야 그건 우리 잡지도 그래. 늘씬한 전문 모델들이 수두룩하니까……”

그때 동기생들이 몇 명 몰려들어온다. 남편과 함께 온 여자 동기생도 있다. 아기를 데리고 온 여자 동기생도 있다. 여자 동기생들은 자기들끼리 계 모임을 만들어, 특별히 오늘 같은 일이 아니더라도 정기적으로 어울리곤 하는 모양이다. 반면에 남자 동기생들은 그런 경우가 드물다. 한둘이서 만나기도 쉽지가 않다. 그래서 이렇게 오랜만에 만나면, 그 옛날 객기로 똘똘 뭉쳐진 시절로 되돌아가 알코올 농도 속에 정신을 묻어 버린다. 아마 자연스럽게 그러기 위해선지는 몰라도, 이런 자리에 자기 아내를 데리고 나오는 남자 동기생이란 거의 없다고 보아야 옳다. 오늘도 마찬가지다. 그들 옆에는 결혼하여 함께 살고 있는 여자가 분명히 없다. 단 한 사람도.

이제 우리의 술자리는 인사동을 떠나, 청소년들이 많은 대학로로 옮겨가게 될지도 모른다. 거기서 우리는 새우깡을 안주삼아 막걸리를 마실 것이다. 우리와 함께 어울리자고, 여자 청소년들에게 프로포즈를 건네는 주책스런 일도 생겨날 수 있을 것이다. 물론 그때 우리들의 곁에는 이미 여자 동기생들이 남아 있지 않을 것이다. 그네들은 우리가 대학로에서 술에 취하여 흘러간 옛노래를 부르고 있을 그 시각에, 평범한 가정주부로 되돌아가 평범한 내일을 설계하고 있을 것이다. 개중에는 글을 쓰고자 하는 열정을 되살리고 싶어하는 사람도 있을 것이다. 또 그것을 환영하는 그 사람의 남편도 있을 것이다.

마침내 오기로 한 동기생들이 거의 다 모이고, 돼지갈비 굽는 냄새와 알코올 냄새가 우리들의 옛추억과 한 발자국 두 발자국 어울려간다.

그런데 이것 한 가지, 지금 나의 곁에 지영이가 함께 자리하고 있으면 얼마나 좋을까. 그녀는 이런 자리에 참석할 수 없는 것일까? 아니, 참석해서는 안 되는 것일까?

나는 이 자리가 끝나고서도 오늘만큼은 그녀를 찾아가서는 안 된다. 나는 오랜만에 참으로 많은 술을 마시게 될 것이므로 취할 가능성이 농후(濃厚)하다. 나는 그녀 앞에서 나의 술에 취한 추태(醜態)를 더 이상 보여주고 싶지 않은 것이다. 나는 여전히, 그리고 분명히 그녀를 사랑하고 있기 때문에.

26 나는 결국 하루도 버티지 못하고 지영이를 찾는다. 지영이가 속해 있는 유리 미닫이문집으로 가는 도중에 낯익은 한 여자가 부른다. 민양이다. 민양은 지영이를 만나기 바로 직전의, 그리고 나의 분문을 입으로 애무해 준 두 번째 여자다.

그녀는 서비스라기보다는 그녀 쪽에서 먼저 밝히는 편이다. 그 여자 쪽에서 먼저 나의 분문을 자신의 혀로 애무해 주고 싶어 못 견뎌 하는 것이다. 그것을 민양 자신은 잘 고쳐지지 않는 버릇이라고 말했다. 그런 식의 애무를 좋아하기는, 내가 군대에 있을 적에 가장 사랑했던 여자인 신양의 경우도 마찬가지였다. 신양은, 미녀도 개처럼 상대의 분문을 혀로 애무해 줄 수 있다는 것을 내게 맨처음 가르쳐 준 여자였다. 내 쪽에서 더럽지 않느냐고 물으면, 그 여자는 '자기 건 괜찮아' 하고 말하곤 했었다. 그 여자는 나한테 자신의 본명을 알려주었었는데, 나는 그 이름을 잊어버리고 말았다. 내가 군대에 있을 적에 그 여자의 나이가 스물 넷이었으니까, 지금은 서른이 다 되었을 것이다. 지영이를 제외하고 내가 가장 보고 싶어하는 매춘녀를 말하라면 나는 신양을 들 수 있을 것이다. 그 당시 내가 그 여자를 사랑했던 부피는 지영이에게 그다지 뒤떨어지지 않는다. 다만 그 여자 쪽에서 먼저 자취를 감추어 버리는 바람에, 벌써 5년 가까이 만나지 못하는 동안에 얼굴이 기억으로 남아 있지 못하다. 시원스럽게 생긴 인상에 커트한 생머리가 보기 좋았다. 늘씬한 키도 그 모습과 잘 어울렸다. 그 모습은 민희를 많이 닮아 있었다.

"놀다 가."

민양의 눈빛이 측은해 보인다. 어쩌면 민양은 나를 사랑하고 있는지도 모른다. 나는 그것을 과거 그 여자와의 정사에서 느낄 수 있었다.

"시골에 눌러살지 뭣하러 왔니?"

이건 내가 몇 달 전에 민양을 만났을 때도 물어봤던 말이다.

"갑갑해서."

민양의 대답은 똑같았다.

"다음에 올게."

민양은 나를 더 잡을 생각을 하지 않는다. 이 일대에서 일하는, 새로운 애인이 나에게 생겼으리라고 민양은 믿고 있을지도 모른다. 민양은 마음이 매우 너그러운 여자다. 한 번은 내가 술에 잔뜩 취해서 민양을 찾은 일이 있었다. 그때 민양은 나를 너그럽게 받아주었는데, 나는 점 잖지 못하게 민양이 일하는 집의 화장실에 대변을 보고서 물을 내리지 않았다. 감격스러운 것은, 민양이 그것을 깨끗이 청소해 주었다는 사실이다. 물 내리는 장치가 고장나 있었기 때문에 바가지로 물을 퍼서 여러 번 부어야 하는데도 민양은 낯 한 번 찡그리지 않고 그 일을 해냈다.

내가 민양과 정사를 치른 회수는 아마 일곱 번쯤 될 것이다. 민양의 몸매는 군살없이 잘 가꾸어져 있으며, 배의 오른편에 맹장 수술한 자국이 신체의 특성으로 남아 있다. 민양은 나를 처음 손님으로 받아들였을 때부터 교태스런 몸짓으로 다가왔다. 민양의 미모나 귀염성이 지영이에게 뒤떨어지는 편이기는 해도, 남자를 즐겁게 해주는 성행위 하나만큼은 지영이와 비등한 쪽이었다.

민양은 늘 나의 전신을 혀로 핥고 싶어했다.

"자기는 이불 같애."

민양이 나의 가슴을 두고 그렇게 말했다. 넓지만 무게가 별로 나가지 않으니까 그렇게 느낄 만도 했을 것이다. 아무튼 민양은 분명히 나의 가슴에 안겨 있는 순간을 좋아했으며, 우리가 개처럼 성행위를 할 때도 민양은 나의 가슴과 얼굴을 애무하고 싶어 어쩔 줄 몰라했다. 민양이 나의 전신을 애무해 주었을 때, 그리고 여전히 '자기는 이불 같다'는 소감을 밝혔을 때 내가 이렇게 물은 일이 있었다.

"어느 손님한테나 이렇게 해줄 테지?"

"아니, 자기한테만."

"거짓말이지?"

"자기 좋을 대로 생각해."

"거짓말이군."

"나한테 자기만한 이불은 없어."

그러고서 민양은 자기 말을 믿으려 들지 않는 나를 서운하게 생각하는 표정을 지었었다.

민양의 방에는 언제나 국내 작가의 소설책이 두세 권쯤 화장대 위에 놓여 있었다. 그 소설의 주인공은 대개 창녀거나 호스티스였는데, 스토리로 보아서는 멜로물 수준에 지나지 않는 것이었다. 하지만 그것이나마 틈틈이 읽을 수 있는 창녀란 얼마나 고귀해 보이는가.

"실은, 나 소설가야."

그런 민양 앞에서 나의 직업을 속이고 싶지는 않았다. 그때 민양은 매우 감격하는 눈치였다. 그리고 민양은 며칠 뒤에 내게 심각한 표정으로 말했다.

"자기, 유명해지면 나 잊을 거지?"

"아닌게 아니라 나 정말 유명해져서 이런 데 다시 올 수 없으면 어떡하지? 사람들이 알아볼 테니까."

그러자 민양은 나의 엉덩이를 찰싹 때리며 웃어주었다. 신양이 이 일대에서 떠나버린 뒤로 나의 쓸쓸한 가슴을 애인처럼 위로해 주었던 여자, 그리고 한동안 사라져 버려 나를 더욱 쓸쓸하게 만들어 주었던 여자, 다시 이 일대로 돌아왔을 때는 나를 지영이라는 새로운 여자에게 빼앗겨 버리고 만 여자. 안녕, 민양.

민양과 헤어져 5분쯤 후에 도착한 곳은 결국 지영이의 방. 나는 언제나 지영이보다 먼저 지영이 방에 들어와 있기 일쑤다. 지영이의 요구대로 일곱 시쯤 도착한 첫손님일 때는 늘상 그렇다. 옷 한 가지도 벗지 않고 침대에 벌렁 드러누워 있다 보면, 혹은 파출부 아줌마가 깨끗이 빨아 갖다놓아 호기심을 자극시키는 앙증맞은 팬티를 집어들고 냄새를 맡고 있다 보면, 대략 30분쯤 뒤에 그녀가 향긋한 냄새를 온몸으로 풍기면서 방안으로 들어온다.

오늘도 지영이는 대중목욕탕에 갓 다녀온 신선한 알몸으로 여전히 나를 기쁘게 해준다.

40분쯤 애무와 키스와 행위가 지나간 뒤, 역시 지영이의 방.

"내가 지영이한테 갖다 바친 돈도 꽤 될걸."

갑자기, 결혼을 약속한 애인 사이처럼 열심히 알몸으로 만난(모두가 내 편에서 찾아갔기 때문에 이루어진 것이지만), 그러니까 한몸이나 다름없는 우리 사이를 확인하고 싶어져서 그렇게 묻는다.

"피."

지영이는 입을 내밀어도 예쁘다.

"나 말고도 단골 손님이 줄을 서서 기다리는 모양인데, 그렇게 많이 벌어서 뭣에 쓰지?"

"후후."

그녀는 향기로운 입냄새를 풍기며 웃는다.

"혹시 호스트바에 가는 거 아닐까? 어린 새끼들더러 애무해 달라고 하려고."

"어? 어떻게 알았어?"

지영이는 늘 그렇다. 사실이든 아니든 그런 걸 부정하려고 하거나 어렵게 대꾸하려고 하지 않는다. 능청스러움이 프로급인 것이다. 그런 지영이는 이제 나에게 말을 놓을 정도로 편안해졌다. 하기야 원래부터 편안한 여자였지만.

"지영아. 내가 베스트셀러 내서 카페 하나 차려줄까? 지영이가 마담 하면 잘할 것 같은데."

"흥!"

지영이는 지금 하고 있는 일이 가장 편안한 모양이다. 어쨌든 좋다. 내가 필요로 할 때 바로 이 장소에 지영이만 있어주면 되니까.

27 나는 다시 태어날 수 있다면 프로 바둑기사가 될 것이다. 겨우 3급 정도의 기력을 가진 내가 이런 말을 한다는 것이 비웃음거리가 될는지도 모르겠으나, 내가 초등학교에 입학하기도 전부터 바둑의 첫걸음을 배웠으면서도 아직까지 그 정도밖에 두지 못하는 것은, 내가 그쪽 방면에 재능이 없어서가 아니라 순전히 바둑을 둘 만한 시간이 별로 없기 때문이다. 종반전에 강해지려면 실전 경험이 많아야 한다는 것은 전문 기사들의 가르침이다. 나는 초반, 중반까지 바둑을 우세하게 몰고 가면서도, 종반전에서 상대방의 꼼수에 말려 바둑을 그르치는 일이 종종 있다.

바둑은 위대한 창작이다. 바둑이라는 반상의 게임을 과학적인 발명이라고 한다면, 두 사람이서 벌이는 반상(盤上)의 전투는 늘 새로운, 그러나 적당한 모방이 필요한 공동 창작이다. 어쩌면 소설을 쓰는 일이나 바둑을 두는 일이 거의 같은 모양의 것인지도 모른다.

내가 프로 바둑기사가 된다면, 다른 일을 할 시간은 별로 생기지 않을지 몰라도 바둑을 둘 수 있는 시간만큼은 많이 생길 것이다.

나는, 비록 일본인이지만 다케미야 9단의 기풍(棋風)을 좋아한다. 그의 바둑 한 판을 보노라면 호연지기가 느껴지고, 마치 삼국지 같은 대하소설을 보는 느낌이 든다.

1호선 지하철을 이용하여 대방역까지 온 다음, 다시 시내버스를 타고 공군본부 앞에서 내려 내가 찾아온 곳은 소설가 김학풍의 작업실. 말이 작업실이지 1층 단독주택의 구석에 위치한 단칸방에 불과하다. 두 평 남짓한 공간 안에서 그는 잠도 자고 라면도 끓여먹는다. 말하자면 그의 주거지인 셈이다.

자신을 '교주'라고 불러달라고 하며, 대신에 나를 '두목'으로 불러주겠다던 스물 아홉의 젊은 소설가 김학풍. 불교 소재의 장편소설을 써서 신인 문학상을 두 개 받은 경력이 있는 필력이 왕성한 작가다. 내가 그를 처음 만난 것은, 나의 콩트집 〈쇼트쇼트 스토리〉를 내준 J출판사 편집장의 소개에 의해서였는데, 이제는 직접 만나지는 못해도 사나흘에 한 번 정도는 전화 연락을 주고받을 정도로 가까워졌다.

소설가 김학풍은 오늘 몹시 외로워 보인다. 나의 느닷없는 방문은 마침 적절한 것이다. 그의 말대로라면 그는 자위행위를 하지 않기 때문에 아무때나 불쑥 들이닥쳤다고 해서 그의 프라이버시를 건드릴 일은 특별히 없다. 하지만 그는 이따금 몽정을 한다고 한다. 그러니까 그의 꿈속에서만 나타나지 않으면 될 일이다.

"기다리고 있었어요."

그는 마치 내가 올 것을 예견하고 있었다는 듯이 말한다.

"어떻게 알았소?"

"전화를 했잖아요."

누구의 정신이 앞질러 가는 것일까?

"하숙 생활은 할 만해요?"

그는 내게 아랫목을 권하며 안쓰러운 표정으로 묻는다. 나는 그가 가장 소중하게 여기는 책들이 꽂혀 있는 책꽂이에 등을 기대고 앉으며 대꾸한다.

"방을 고시원으로 옮겼소."

"하여간 문형은 대단해요. 좋은 환경에서도 쓰기 어려운 대하물을, 고시원에 들어가 쓸 수 있다는 열정을 사주고 싶어요."

"얼마에 살 테요?"

농담으로 묻기는 하지만, 나의 목소리엔 힘이 없다. 나는 늘 돈이 없어서 괴로워하는 사람이기 때문이다. 콩트집 1쇄 인세는 벌써 바닥나 버렸다. 고시원 월세와 한 달 식당 밥값을 치르고, 또 친구들에게 진 빚을 갚고 외상술값 따위를 갚고 나니 그랬다. 주머니가 비쩍 마른 주제에 감히 그런 농담을 할 수 있다니.

10대들의 일부가 잘 쓰는 '썰렁하다'는 표현이 이런 데 어울리는 것일까, 우리 둘 사이에는 잠시 정적이 감돈다.

"술 할까요? 좋은 생맥주집이 있는데……."

그 소리가 정적을 잠깐 동안으로 멈추게 만든다.

"고맙소."

우리는 소설을 쓰지 않았다면 알코올 중독자라는 직업을 갖고 있을지도 모른다.

"참, 그보다 바둑 먼저 둬요. 그러면 술 살게."

하수는 상수와 바둑을 두고 싶어한다. 그는 겨우 6, 7급 정도의 기력을 가지고 있다.

기원에서라면 혹 모르지만, 그의 집에서 두는 바둑은 재미가 별로 없다. 문방구에서 구입한 몇 천 원짜리 바둑판과 역시 몇 천 원짜리 바둑알로 바둑을 두어야 하기 때문이다. 명필은 붓을 탓하지 않는다고 말들 하지만, 그건 정신나간 사람들이나 할 소리다. 붓이 좋지 않으면 명필은 살아남을 수가 없다. 이런 바둑판과 바둑알을 내주고 조훈현 9단이나 서봉수 9단더러 바둑을 두라고 한다면, 그들은 아마 제 실력의 반만큼도 발휘하기가 어려울 것이다. 그건 매직잉크를 가지고 소설을 쓰라는 얘기나 마찬가지인 것이다.

"여유 있을 때 바둑판을 바꿔요."

그는 내게 석 점을 깔고 싶어하고, 나는 그가 내게 넉 점을 깔아 주기를 원한다.

"술은 상수가 얻어먹기로 한 거고…… 뭔가 내기를 해야 할 텐데……."

그가 안경 너머로 눈을 지그시 감고 있더니 이윽고 입을 연다.

"여자 내기 어때요?"

"그거 좋지, 좋아요."

그는 섹스에 굶주려 있었던 게 틀림없고, 나 역시 별 차이는 없는 것 같다.

"아무나 문형이 원하는 여자를 사주겠어요. 하지만 내가 이기면……."

그의 얼굴이 심각하게 변한다.

"…… 지영이를 사줘요."

그가 놀랄 만한 발언을 한다. 그는 지영이를 직접 만난 적은 없지만, 나의 사실적인 구두 묘사에 의해 그녀에 대해서 상당한 파악을 하고 있다. 그는 단지 지영이와 나와의 섹스에 관한 구두 묘사만 듣고도 바지의 그 부분이 엄청난 크기로 부풀었을 정도이니까.

지영이가 시골집에 갔다며 한동안 자취를 감추었을 때 나는 김학풍에게 몹시 침통한 낯빛으로 이런 고백을 한 적이 있다.

"실은…… 나 요즘 괴로워 죽겠소."

"왜요? 작품이 잘 안 돼서요?"

"작품이 안 되는 이유가 여럿 있지만, 가장 큰 이유는 한 여성 때문이오."

김학풍의 눈빛이 놀랐다.

"나는 그런 일이 이상 선생 같은 분한테만 일어나는 건 줄 알았는데, 나도 그 상황이 되어 가고 있소."

"창녀?"

"그래요. 이름이 지영이라고 하지."

"아주 귀여운 이름이군요."

"실물은 이름보다 더 귀엽게 생겼소."

나는 그녀의 인상착의를 대강 들려주고 나서 이렇게 덧붙였다.

"연애할 때는 뭐랄까, 내가 마릴린 먼로를 안고 있는 기분이 들 정도로 그녀는 뇌쇄적(惱殺的)이었소."

"나도 그 여자를 보고 싶군요."

내 말만 듣고도 그는 군침이 도는 모양이었다.

"그녀는 나의 항문까지 애무해 주었소."

나의 그 말에 그는 다소 흥분이 되는 모양인지, 오오 하는 이상한 소리를 내었다.

"항문을 애무당하는 것은 아주 즐거운 일이지요."

그 역시 경험자인 모양이었다.

"하지만 나는 창녀와는 연애하지 않아요."

"창녀가 어때서?"

"그런 뜻이 아니라 돈이 들기 때문이죠. 나에게는 수시로 정을 통할 수 있는 여자들이 있어요. 내가 오늘 문형을 모실려고 하는 생맥

주집 주인 여자도 마찬가지고. 그 여자도 실은 나의 항문을 애무해
주었지요."

"우리는 비슷한 데가 있군요."

"남들은 변태적이라고 하죠."

"천재는 변태적인 법이오."

"사실 항문만큼 야성적인 곳은 없지요."

"그러고 보니 김형과 내가 다른 점은 바로 그것이로군."

"뭐지요?"

"나는 직업적으로 몸을 파는 여자 이외에는 육체 관계를 맺지 않으
려는 신조를 가지고 살아왔다는 말씀이오. 여관에 들어서도 그대로
둘 정도니까."

"아깝군요."

"그렇기는 해요. 지금까지 나와 사귀었던 숱한 여자들을 그대로 두
었으니 참 병신 같은 짓이었지."

"창녀 이외에는 정말 한 여자도 없었어요?"

"음…… 사실 딱 한 명 있기는 했소."

"누군지 궁금하군요."

"하지만 다시는 떠올리고 싶지 않소. 가슴이 아프니까."

"섹스를 했는데 가슴이 아프다구요?"

"그녀가 죽어 버렸으니까."

"섹스를 하다가?"

"아니, 그게 아니라……."

"후…… 하여간에 지영이란 여자만큼은 한번 상대해 보고 싶군요.
아무리 돈이 든다고는 해도."

"앞으로 그럴 기회가 있을지도 모르죠. 하지만 지금은 없소."

"왜요? 죽었어요?"

"언니 결혼식에 참석한다고 시골에 내려갔다는데, 아직까지 올라오지 않았소. 빚을 져서라도 그녀를 만나고 싶지만, 그녀는 언제나 없소. 그녀가 없는 한 내가 소설을 쓴다는 건 불가능한 일이지요."

"그랬었군요. 그렇다면 문형의 창작을 위해서라도 지영이란 여자는 틀림없이 올라올 겁니다. 노래해요, 우리."

그랬었다. 그런데 그가 나의 사랑 지영이를 육체를 나눌 상대로 요구한 것이다. 감히?

그가 나의 표정을 물끄러미 바라본다: 나의 속내를 읽고 싶을 것이다. 나는 아직 그에게 지영이가 돌아왔다는 사실을 털어놓지 않은 상태.

"아직 지영이는 오지 않았소. 벌써 이른봄인데."

나는 거짓말을 한다.

"그녀는 제비인지도 몰라요. 시골 우리집에 제비가 오지 않은 지도 꽤 오래 되었죠. 서울만 그런 줄 알았더니 그게 아니었어요."

"그렇다면 그녀는 강남으로 갔겠군."

나는 능청을 떤다. 그런데 이런 식으로 오가는 우리들의 대화는 도대체 무슨 의미가 있는 것일까?

"이거 볼래요?"

그가 불쑥 잡지 한 권을 내민다. 도색 잡지다. 대충 뒤적여 보니 그 얼굴이 그 얼굴이요 그 몸매가 그 몸매다. 잔디처럼 깎아놓은 듯한 그 부분의 체모가 노랗다.

"이런 여자라면 공짜로 수십 명을 준다고 해도 먹지 않겠소."

그가 호쾌하게 웃는다.

"오늘따라 문형은 유난히 존 레논을 연상시키는군요."

그는 섹스를 하고 싶어질 때면 언제나 나를 보고 그렇게 말하는 버릇이 있다. 하지만 나는 존 레논에 대해서 별로 모른다. 그의 일본인 아내에 대해서도 별로 모른다. 어느 잡지에선가 존 레논이 그의 일본인 아내와 벌거벗은 채 껴안고 있는 사진을 보고서 '둘 다 지독히 말랐군' 하고 생각했을 뿐.

"아무튼 오게 되면 지영이를 딱 한 번 주는 걸로 걸어요."

그가 다시 요구한다. 그 말이 둘 사이에 잠시 정적을 몰고 온다. 고민스럽다. 나는 이상이 '종생기'에서 했던 식으로는 하고 싶지 않다. 하지만 내기에 이기면 되지 않는가.

나는 이겨야 하는 걸 우선으로 삼으면서도 고집을 부려 그에게 넉점을 깔도록 한다. 질 땐 지더라도 물 흘러가듯 두고 싶지는 않은 것이다. 지영이를 사수하기 위하여 나는 혼신의 힘을 다해보고 싶은 것이다. 이윽고 바둑은 시작된다. 그러나 나의 바둑은 무리수의 연속이다. 채 한 시간이 못 되어서 끝난 초속기 바둑은, 뒤늦은 집 챙기기 작전에도 불구하고 나의 반집 패로 끝난다.

"지영이가 오면 빌려 드리리다."

그녀가 마치 내 소유의 여자이기라도 한 것처럼 나는 말한다. 그는 몹시 즐거워한다.

"가요, 술 살게."

지영이를 확보해 두었으니 신명이 날 만도 하겠다.

나는 곧 그와 함께 그의 거주지에서 한 정거장쯤 떨어져 있는 곳에 위치한 작은 생맥주집으로 들어간다. 자리에 앉자 주인 여자가 메뉴표를 가져온다.

"차암, 저 방 비었지요?"

난데없이 김학풍이 벽 쪽을 가리키며 묻는다.

"좀 추울 텐데…… 그리로 갈래?"

주인 여자를 김학풍은 누나라고 부른다. 꽤 오래 알고 지낸 모양이다. 하기야 그의 분문까지 혀끝으로 애무해 준 여자라고 했으니.

벽에는 문이 하나 달려 있으며, 그 문을 여니 테이블이 하나 놓여 있는 또다른 방이 있다.

"절묘하군요."

"밤새워 술을 마시고 싶을 때는 여기서 시작하지요. 주인은 퇴근하더라도, 나는 여기서 맥주를 박스째 동내는 겁니다."

그는 마치 자신을 위해 만들어 놓은 방이라는 듯 말한다. 사실이 그런지도 모른다.

"그럼 오늘이 그날이군요."

고시원에서 사는 관계로, 술을 오래 마시려면 아예 외박할 생각을 하지 않으면 안 된다. 자정이 되면 고시원 정문이 잠겨 버리기 때문이다. 그렇다고 후문이 따로 있는 것도 아니다. 그때 주인 여자가 옆자리에 와 앉는다.

"처음 뵙겠어요."

40대 중반쯤의, 다소 실한 몸집의 여인이다. 눈가에는 우수가 그려져 있다.

"그래요, 인사하세요, 두 분. 이분은 오래 알고 지내는 우리 누님이고, 이분은 대하소설 〈이주민〉을 쓴 소설가 문욱 씨."

주인 여자가 부끄러운 듯 눈인사를 한다.

"이렇게 누추한 집을 찾아주셔서 영광이에요."

"별 말씀을요. 이런 식으로 특실을 운영하는 생맥주집은 처음이군요."

나는 그렇게 인사해 준다. 그러나 특실이랄 건 없다. 실은 우리가 벽에 달린 문을 열고 들어온 곳은 술집 바깥이다. 그러니까 우리는 문을 열고 바깥으로 나온 셈이 된다. 생맥주집 뒤에는 아주 작은 공간이 남아 있는데, 거기에 천막을 치고 테이블을 놓아 둔 것일 뿐이다.

주인 여자가 석유곤로를 피운다. 그을음이 많이 피어오르고 석유냄새가 단속되지 않는 고물이다. 밖에 내버려도 아무도 가져가지 않을 고물. 이런 걸로 봐서는 이 집의 벌이가 시원치 않은 모양이다. 아니면 벌기는 벌어도 쓰이는 게 많은지 모른다.

"뭐 할까요?"

김학풍이 메뉴표를 펼쳐보며 묻는다.

"골뱅이."

나는 아까부터 그것이 먹고 싶었다.

"골뱅이 하나. 그리고 맥주 한 박스."

"그렇게나 많이?"

"오늘 밤새워 마실 거요. 안주는 이따가 누나 퇴근하기 전에 더 시킬 테니까."

"몸에 해로울 텐데."

"우리 문형이 원하는 눈치거든."

"알았어."

잠시 후 주인 여자가 맥주 한 박스를 낑낑거리며 들여온다.

"나더러 가져가라고 하지."

김학풍이 일어나 주인 여자를 도와준다.

테이블 위에 맥주와 잔이 놓이고, 얼마 후 골뱅이 안주가 도착한다. 나는 매운맛과 신맛을 좋아한다. 그 맛을 즐기기에는 골뱅이 무침이 적당하다.

맛있다. 그래서 골뱅이와 맥주를 먹고 있는 순간만큼은 나는 행복하다. 맥주병은 계속해서 테이블 위에 놓이고, 김학풍은 노가리, 두부김치 순으로 안주를 더 시킨다.

주인 여자가 다른 손님을 받기 위하여 문 저쪽으로 간 뒤에 그가 말한다.

"참, 문형…… 나, 결혼할 거예요."

술이 서서히 밤을 적셔가기 시작한다. 문득 소주가 필요하다는 생각이 든다. 그가 결혼을 한다는 사실은 분명히 나를 처절하도록 외롭게 만들고 있는 것이다. 지영이가 나의 의식과 육체를 모두 사로잡고 있는 이상, 나에게 과연 결혼이란 허용될 수 있을 것인가. 지영이가 아닌 다른 어떤 여자가 과연 나의 마음을 끌어당기고 나의 사랑을 받을 수 있을 것인가.

28 "나, 윤호야. 〈이주민〉은 잘 돼가?"

고시원 사무실로 걸려온 전화, H출판사 편집장 차윤호다.

"글쎄…… 2부는 그럭저럭 마무리되어 가는 것 같은데…… 다음 주쯤 넘길 수 있을 것 같네."

이 말은 사실이 아니다. 적어도 내가 말한 기한보다 1주일 이상은 더 걸릴 것이다.

"광고는 계속 내보내고 있는데 후속권이 나오지 않아 걱정이야. 문의전화도 많이 걸려오고 있거든. 그리고 일전에 가져간 원고는 어찌 됐지? 다 읽어봤나 모르겠네."

"지금 뭐랬지?"

"자네 앞으로 부친 원고 있잖아."

"응? 그래, 그게 말야……."

그러고 보니 까마득히 잊고 있었다. 그날 지영이의 방에 두고 나왔던 걸까? 만일 그랬다면 지영이가 뒤에 돌려주지 않았겠는가. 그렇다면 어느 식당 안에 두고 나왔던 것일까? 귀가길의 버스에 두고 내렸던 걸까? 그때 택시를 탔었던가? 차 안에 두고 내렸다면 택시일 가능성이 많았다. 공중전화 부스에 놓아두고 나왔던 건 아닐까?

"어따 놓고 나왔는지 도무지 알 수가 없으니……."

"분실이야?"

"어떡하지?"

"글쎄 뭐 …… 어차피 자네 앞으로 보낸 거니까 내가 뭐라고 할 바는 아니지만 …… 좀 아깝다는 생각이 드네."

그랬다. 원고를 읽어보지도 않았으니 그 원고를 보내준 독자에게 죄를 지은 것 같은 노릇이 아닌가. 아직 낙심할 단계는 아니다. 다른 곳에서 분실했다면 어쩔 수 없는 노릇이지만, 지영이의 방에 두고 나왔다면 다시 찾을 수도 있을 것이다.

오후 여섯 시가 되자 나는 고시원을 나선다. 근처의 손칼국수집에서 조각낸 풋고추를 많이 넣은 손칼국수를 한 그릇 먹고 205번 버스에 오른다. 벌써 50번 가까이 한몸이 되었고 깊은 입맞춤을 나누었던 지영이지만, 그녀를 찾아갈 때의 내 마음은 언제나 떨린다.

이제 겨우 일곱 시에 다다른 시각, 그녀의 모습은 동료들 사이에서 보이지 않는다. 대중목욕탕이나 미용실에 가 있겠지. 그런데 사정이 다르다.

"오빠. 지영이 입원했어."

"뭐, 입원?"

"응, 그렇다니까."

"어디가 아파서?"

"골반염 때문에."

골반(骨盤). 고등 척추 동물의 허리 부분을 이루며 하복부의 장기(臟器)를 떠받치고 있는, 깔때기 모양의 크고 납작한 뼈. 골반이 크고 튼튼한 여자가 튼튼한 아들을 쑥쑥 낳는다고 하는 속설(俗說)이 있던가. 남자와 너무 관계를 많이 하면 골반염이 생긴다고 하던가. 나의 생각은 정확성이 없이 기우뚱거린다. 아무튼 지영이의 골반이 크고 튼튼한 편은 못 되지만, 허리에서 허벅지로 이어지는 곡선의 흐름이 고운 만큼 골반 자체도 보기에는 좋을 것이다. 또, 물 흐르듯이 부드러운 그녀의 살갗만큼이나 뼈마저도 부드러울지 모른다.

"심하니?"

"1, 2주쯤 있음 퇴원할 거야."

"다행이구나."

나는 그냥 돌아서려고 한다. 그러자 지영이의 또다른 동료가 묻는다.

"오빠. 병문안 안 가?"

"응? 병문안? 어느 병원이지?"

"성바오로 병원."

588에서 가장 가까운 곳에 있는 대형 종합병원이다. 하지만 과연 내가 갈 수 있을 것인가?

"몇 호니?"

"별관 318호."

"알았어."

"오빠 꼭 가. 귤 사들고."

그렇다. 지영이는 귤처럼 먹어도 먹어도 물리지 않는 아름다운 과실과 같다. 돌아서는 나의 등에다 대고 또다른 동료가 덧붙인다.

"오빠. 지영이가 분명히 보고싶어 할 거야. 명심해."

나는 그 길로 귤을 한 봉지 사들고 지영이가 입원해 있다는 병실로 향한다. 그러나 막상 그 병실이 있는 층으로 오르기도 전에 나는 되돌아선다. 병실 안에 그녀만 있을 것 같지 않기 때문이다. 그녀들에게 붙어서 경호를 조건으로 피를 빨아먹는 기둥서방 같은 녀석들이 있을지도 모른다. 그런 녀석들과 한 여자를 사이에 두고 얼굴을 맞부닥친다는 건 대단히 기분나쁜 일 가운데 하나일 것이다. 또 하나, 왠지 병실문 앞에 붙어 있을 그녀의 본명을 보고 싶지가 않다. 그녀의 말대로라면 '지영'이 본명이지만, 내가 당초에 그녀의 성(姓)을 알 필요가 없다고 생각했던 것처럼, 달라질지도 모를 그녀의 틀림없는 이름을 알 필요가 없다고 생각한 것이다. 그저 지영이가 좋았다. 지영이인 채로 그녀는 머물러 있으면 되었다.

병원에서 나온 나는, 지영이에게는 좀 미안한 마음이 들기는 하지만, 청량리 역전 맞은편에 있는 한 퇴폐이발소로 들어간다. 이건 지영이가 병원에 입원해 있는 동안의 새로운 즐김을 찾으려는 의도가 아니다. 어쩌면, 어차피 결혼(동거일지라도 좋다) 같은 정상적인 기약을 맺기 어려운 지영이와의 관계라면, 언제고 또 닥쳐올지 모를 이별의 고통을 더 이상 맛보지 않기 위해서는, 우리 두 사람 사이에 채워진 자물쇠를 풀 열쇠를 반쯤 쥐고 있는 지영이에게서 벗어나기 위한, 일말의 실험 같은 몸부림인지도 모른다.

나는 커튼이 완벽하게 내부를 가리고 있는 칸막이 안으로 이발사의 안내를 받아 들어간다. 잠시 후 참한 인상의 20대 중반쯤 된 여자가 들어온다. 그런데 이건 언젠가 한번 큰맘 먹고 가본 적이 있는 퇴폐 이발소와는 완전히 딴판이 아닌가. 면도를 끝낸 여자 면도사가 아주 자연스럽게 나의 허리띠쇠를 풀더니, 곧 바지를 훌렁 벗겨내리는 것이다. 팬티는 남겨두겠지 하고 생각했지만 그것 역시 완전히 벗겨 버린다. 상체는 이미 드러내놓은 상태였기 때문에 삽시간에 나는 여자 앞에서 알몸이 되고 만다. 잠시 후에 여자 면도사는 나의 부끄러운 부위에 타월 한 장만을 가볍게 얹어놓고서 이내 마사지걸로 변신해 버린다. 나의 온몸 구석구석에 맨소래담을 듬뿍 바르고서 수건 찜질을 해주는 것이다. 앞부분의 맨소래담 마사지가 끝나자 이번엔 돌아서 엎드리게 하고는 등과 둔부를 맨소래담으로 마사지해 준다. 이건 지영이도 한번 해준 적이 없는, 아니, 지영이의 방안에서는 도저히 할 수가 없는 서비스다. 나는 지금 이 상황이 꿈인가 싶지만 분명 꿈은 아니다. 한 술 더 떠서, 여자 면도사는 타월을 덮어놓은 나의 등 위에 올라서서 시원하게 밟아주기까지 한다. 그리고 물수건으로 온몸을 닦아주고 나서 나에게 묻는다.

"샤워하실래요?"

"샤워?"

나는 당황한다. 아무리 퇴폐업소라지만 이용원에서 샤워라니? 대관절 얼마나 값비싼 업소란 말인가? 나는 요금을 묻지 않을 수가 없다.

"3만원이에요. 그냥 여기서 서비스를 원하시면 2만원이구요."

그리 비싼 요금도 아닌 셈이다. 퇴폐이발소 유행 요금이 2만원대니까. 불쑥 호기심이 발동했으나 하필 나의 주머니에는 2만 5천원밖에 남아 있지 않다. 3만원 가운데서 추어탕을 한 그릇 사 먹었으므로 오늘은 지영이에게 2만 5천원만 화대로 지불하려고 했던 것이다.

"샤워는 나중에 하지, 뭐."

"샤워장에 가시면 굉장히 좋은데……."

그렇게 중얼거리며 그녀는 불을 끄고 유니폼을 벗는다. 그리고 잠시 후 실오라기 하나 걸치지 않은 알몸인 채로 콘돔을 하나 들고 나의 몸 위에 올라온다. 돈 몇 푼이 이렇게까지 퇴폐를 조장할 수 있단 말인가 하고 자책하면서도, 나는 욕정에 굶주린 총각답게 자신의 알몸을 여자 면도사의 알몸에 내맡긴다. 일을 치르고 나자 여자 면도사가 크래커와 양주 한 잔을 디저트처럼 가져다준다. 이것도 드링크와 간장보호제를 가져다주는 다른 퇴폐업소와 구별되는 점이다.

양주를 마시고서 요금을 치르고 나온 나는 이제 완전히 딴 사람이 되어 있다. 단정한 머릿결에 수염 한 올 남아 있지 않은 깔끔한 얼굴 피부…… 게다가 기운마저 넘쳐나고 있다.

이튿날, 나는 샤워장에 대한 호기심을 떨쳐버리지 못하고 다시 그 이용업소를 찾는다. 이번에 나를 맡아줄 여자 면도사는 한층 더 미인이다(물론 지영이와는 비교가 되지 않지만). 면도와 마사지 서비스를 받고 난 나는 여자 면도사가 가져다준 목욕 가운을 몸에 걸친다. 그리고 샤워장이라는 은밀한 공간으로 여자 면도사를 따라 들어간다. 타일로 도배된 3평 남짓한 공간에는 플라스틱 의자가 하나 놓여져 있고 샤워배스가 벽에 매달려 있다. 나는 가운을 벗고서 알몸으로 플라스틱 의자에 앉는다.

여자 면도사는 샤워배스를 이용하여 우선 머리부터 감겨준다. 그 다음엔 온몸 구석구석에 비누칠을 하여 때밀이 수건으로 문질러 준다. 부드러운 손으로 치부를 세척해 주는 건 물론이고, 그보다 더 부끄러운 곳인 분문에서까지도 그녀의 손은 부드럽게 움직인다. 그러고 나서야 샤워배스로 물을 뿌려 깨끗이 세척해 준다. 나는 터키배스탕에서 그런 서비스를 받는다는 이야기는 들어보았지만, 퇴폐이발소 안에서 그런 최상의 서비스를 받아보기는 처음이다. 분명히 법에 어긋나도 엄청나게 어긋나는 은밀한 윤락의 공간이 아닐 수 없다. 한마디로 그 업소 주인의 배짱은 위험 수위를 넘어선 셈이다.

나는 미인의 부드러운 손길에 의해 깨끗이 씻겨진 다음, 샤워장에 바로 잇닿아 있는 2평 남짓한 방안으로 들어간다. 나는 그 위에 길게 드러눕는다. 여자 면도사는 곧 유니폼을 벗고 알몸이 되어 뒤따라 들어온다. 그리고 나의 알몸을 혀끝으로 애무해 나가기 시작한다. 가슴 애무를 받을 때 나는 팔을 뻗어 여자 면도사의 긴 머리와 등을 쓰다듬는다. 여자 면도사의 혀끝은 지영이가 나에게 그랬듯이 분문에까지 와닿는다. 물개를 연상시킬 만큼 잘 다듬어지고 매끄러운 몸이다. 얼마 후 여자 면도사의 입에 의해 콘돔이 나의 몸 한 부분으로 옮겨졌고, 나는 곧 여자 면도사와 한몸이 되어 극도의 쾌감을 맛본다. 전희가 훌륭할수록 오르가슴의 밀도는 높아진다는 사실을 나는 그 순간 복습하듯이 깨닫는다.

29 그날 이후, 나는 몸이 피곤한 날은 거의 빼놓지 않고 그 무법의 장소를 찾는다. 그러나 단속이 심해지면서 욕실 서비스는 자취를 감추어 버렸고, 그 이후로 손님의 발길이 뚝 끊기자 그 퇴폐 이발소는 아예 문을 닫아버렸다. 아니, 문을 닫은 것이 아니라 일본에서 유입된 대표적인 오락 공간인 노래방으로 다시 태어났다.

그 동안 나는 지영이를 잊을 수 있었던 것일까? 그렇지는 않았다. 내가 지영이를 잊기 위한 실험을 해보기 위해 몇 주 동안 무작위(無作爲)의 여자에게 몸을 맡겼던 건 사실이었다. 그러나 지영이를 잊게 해줄 만한 여자는 한 사람도 나타나 주지 않았다. 그녀들은 단지 고난도의 애무 서비스로써 승부하고 있을 뿐이었다.

나는 당연히 그래야 하는 것처럼 다시 지영이를 찾아간다. 퇴원은 했을까? 그런데 역시 붉은 불빛 속의 동료들 틈에 그녀의 모습은 보이지 않는다.

"지영이 있니?"

"어, 오빠!"

"지영이 퇴원했어?"

"그런데 오빠, 오빠 한 번도 병문안 안 갔지?"

"사정이 그랬어."

"암튼 퇴원했어."

"방에 있니?"

"목욕 갔어."

"그럼 기다릴까?"

"응. 2층 지영이 방에 가서 기다려."

계단을 밟아 2층으로 올라가는데, 뒤에서 수근거리는 소리가 들린다.

"저 소설가 오빠, 순 엉터리야. 지영일 사랑해 주는 줄 알았더니 그게 아니었나봐."

그녀의 방안은 변한 것이 없다. 뱀눈 인형도 그대로다. 침대에서부터 담배 케이스 겸용 재떨이에 이르기까지 모든 게 먹빛이다. 공처럼 둥근 쿠션도 먹빛이기는 마찬가지다. 나는 옷걸이에 걸려 있는 그녀의 옷을 껴안으며 그녀의 숨결을 맡아본다. 그녀가 방금 그 옷을 벗어놓은 것처럼 그 옷의 품 안에는 그녀의 숨결이 고스란히 머물러 있다. 먹빛 냉장고를 열어보니 포카리스웨트나 게토레이 같은 이온 음료나 구론산 같은 드링크도 여전히 가득 들어 있다. 캔맥주도 두 개 있다. 나는 은박지에 쌓인 작은 초콜릿 한 개를 안주로 하여 캔맥주 하나를 마시기 시작한다.

캔맥주 한 개를 다 비우고 난 나는, 그녀가 올 때까지 눈을 한숨 붙여야겠다고 생각한다. 나는 이제껏 살아오면서 지영이의 침대만큼 좋은 침대에 누워 본 일이 없다. 나는 신사복 상의만 벗고 침대 위로 올라가 길게 눕는다. 지영이의 침대에서는 언제나 좋은 냄새가 난다. 여기서 여러 녀석들이 그녀의 몸 위에 올라가, 때로는 몸 아래로 깔려 신음과 동시에 정액을 토해냈다고 보기는 참으로 어려운 것이다. 하지만 그녀는 창녀다. 분명한 창녀다. 미스코리아보다, 그 어떤 여성 톱탤런트보다 아리따운 창녀다. 다만 무슨 사정이 있어 이리로 와 있을 뿐인 것이다. 그래서 창녀인 것이다.

"아저씨 왔어?"

아직 잠에 빠져들지 않았을 때 그녀가 문을 열고 묻는다. 나는 침대에서 일어나 앉는다.

"아직도 아저씨군."

"그럼…… 오빠? 자기?"

그녀가 문을 열고 선 채로 묻는다.

"대개들 그렇게 부르잖아."

"다른 사람들한텐 그렇게 불러. 하지만 아저씬 좀 달라."

"뭐가 다르다는 거지?"

"소설가잖아."

"흠…… 존재가 다르다는 건가?"

"잠깐 기다려, 아저씨."

잠시 후, 그녀는 타월이나 샤워코롱 같은 목욕 도구가 담겨 있는 작은 플라스틱 대야를 어딘가에 옮겨다 놓고, 그 대신에 물이 담긴 플라스틱 대야를 들고 방안으로 들어온다. 얇은 트레이닝복 차림으로 가까이 다가오자, 온몸에서 향기가 풍겨나온다. 화장 한 군데 하지 않은 지영이의 얼굴, 워낙에 피부가 고운데다 순수한 이미지가 살아나서 그런지 한결 아름답다.

"다 나았니?"

"응."

"오늘 오면서 보니까 예쁜 애들이 많이 생겼더라. 일급 룸살롱에서 일급 아이들이 많이 몰려왔나봐."

"왜? 바람 피우고 싶어?"

"그럼 안 될까?"

"피. 상관없어. 그래도 난 뭐라고 안 할 테니까."

하지만 그녀의 입은 아주 귀엽게 조금 나와 있다.

"누구라도 지영이보단 못해. 나는 지영이를 아주 내 걸로 만들어 버리고 싶은걸."

"후후."

"화장을 안 해서 그런지 오늘이 젤 예쁜 것 같다."

"후후."

나는 기다렸다는 듯이 옷을 벗기 시작한다. 그녀와 한몸이 되지 못한 지 벌써 몇 주째 지나지 않았는가. 나의 온몸의 세포가 목이 마르게 그녀를 기다리고 있는 것이다. 하지만 그녀의 생각은 다르다.

"오빠. 나, 조금 피곤하거든. 한숨 자고 나서 하자."

"사우나에서 땀을 많이 뺀 모양이구나. 그래, 몇 분 있다 깨울까?"

"30분."

분명히 그녀는 나를 다른 손님과 다르게 생각하고 있는 것이다. 어느 손님이 화대 2만 5천원을 주고 이렇게 오랜 시간을 머물러 있을 수 있단 말인가. 채 15분도 버티지 못하고 쫓겨날 것이다.

나는 오히려 잘 되었지 싶다. 사실 나는 그녀와의 정사보다는 그녀를 껴안은 채 오래도록 잠들어 있고 싶은 것이다. 하지만 그녀는 긴 밤 거래를 하지 않기 때문에 돈이 넉넉할 때라도 그녀와 한 이불 속에서 잠든다는 건 불가능했다.

그녀는 이불 속으로 들어가, 벽에 붙은 대형 거울 쪽으로 몸을 돌리고 눈을 감는다. 나는 옷을 다 벗은 상태에서 그녀의 뒤에 포개지듯이 옆으로 눕는다. 나는 우선 그녀의 목덜미에서 향기를 맡아 보고, 곧이어 그녀의 둔부에 손을 대었다가 아예 머리를 아래쪽으로 처박아 그녀의 둔부 쪽에서 향기를 맡아보기도 한다. 향기다, 온통 향기다.

"아이……."

그녀는 내가 가만히 기다려 주기를 바란다.

"그럼 내 쪽으로 몸을 돌리고 자. 내가 팔베개를 해줄 테니까. 내 품 안에서 잠드는 거야."

"그래, 그럼."

이제 그녀는 완전히 내 품 안으로 들어왔다. 나는 그녀의 모든 가난을 감싸주듯이 그녀를 이불처럼 보호하고 있고, 그녀는 가장 편안하다는 표정으로 쌔근쌔근 잠들어 있다. 이 순간이야말로 향기다, 정말 향기다.

30 그날 그녀는 30분이 지났는데도 일어나지 않았다. 30분만 더 자겠다고 했다. 그래서 한 시간이 지난 뒤에야 일어나 나의 부끄러운 곳을 씻어주었다. 그리고 그녀의 적극적인 애무가 시작되었다. 나는 화장도 하지 않은 그녀의 모습을 송두리째 소유하고 싶었다. 그래서 좀더 오랜 동안의 전희를 요구했다. 부끄러운 부분들에 대한 그녀의 애무가 진행되는 동안, 나는 그녀를 나의 머리 방향과 거꾸로 가로눕게 한 다음 소음순을 혀로 핥아 처음으로 맛을 보았다. 그것은 그 어느 직업보다 다양한 수식어 구사 능력을 갖춘 소설가 직업을 가진 나의 재주로도, 세상에 탄생되어 있는 그 어떤 형용사로도 표현하기가 불가능한 맛이었다. 그 순수에의 열망에서 비롯된 순간 체험이 끝나고 나서야 나는 분실한 원고에 대해서 물어볼 수 있었다.

"원고? 그거 내가 돌려주려고 잘 놔뒀는데, 어느 날 갑자기 없어져버렸어. 파출부 아줌마가 내가 입원해 있을 때 치워버렸나봐. 꽤 재밌던데. 그래서 물어봤더니, 버렸던 것 같기도 하고 잘 모르겠대. 그렇지 않았음 아마 어떤 손님이 훔쳐갔을지도 몰라."

어쨌든 없어져 버린 건 사실이었다.

그거야 이제는 원고 봉투에 발이 달리지 않은 이상 주인을 찾아 다시 돌아올 가능성은 거의 없는 노릇이고, 어쨌든 지금 나의 마음은 한결 편안해졌다. 1,700매 가량의 〈이주민〉 2부 원고를 어제 H출판사에 넘겼기 때문이다. H출판사 사장이 소주 여러 병에 곁들여 푸짐하게 토끼구이를 샀는데, 앞으로 쓸 원고가 3분의 1만 남아서인지, 아니면 영양 만점의 안주를 먹어서인지 하룻밤 자는 동안에 취기가 죄다 달아나 버려 이른 아침인데도 숙취가 조금도 남아 있지 않은 것이다. 갑자기 산을 보고 싶었다. 또 폭포를 보고 싶었다. 그래서 상계동을 병풍처럼 내려다보고 서 있는 불암산엘 다녀왔다. 불암폭포도 보았다. 하산하다 보니, 누구든 대화의 상대를 만나고 싶었다. 아니, 그보다는 누군가에게 나의 지영이를 소개해 주고 싶었다. 갑작스런 변화였다. 어차피 그녀를 소개해 주어야 할 사람이 한 명 있기도 했다. 동료 소설가 김학풍이다. 나는 더 망설이지 않고 공중전화 부스에 들어가 전화를 건다.

"그때 그 생맥주집, 아직 해요?"

"거기서 볼래요? 좋아요."

나는 오랜만에 김학풍과 술을 나누기로 약속한다. 생맥주집 안으로 들어서자, 김학풍이 '누나'라고 부르며 대우해 주는 여자가 몹시 반긴다. 그는 자신이 그 여자와 정을 통했다고 말을 하지만, 나로서는 진위를 가려낼 수 없는 일이다. 게다가 그 여자는 성적인 면에서 내가 좋아하는 타입이 아니므로 어쨌거나 상관없다. 다만 그 여자의 딸이 여대에 다니고 있다는 점에서 마음에 좀 걸리기는 하지만. 나는 그런 경험이 없어서 모르겠는데, 대관절 여대생 딸을 둔, 더욱이 무

능력한 남편마저 살아 있는 여자와의 정사는 어떤 맛을 지니게 되는 걸까.

당사자들에게는 죄송하지만, 나는 언젠가 패션 잡지에 나온 사진을 보고 이런 생각을 해본 적이 있다. 먼저 패션 잡지에 나온 사진이란 미녀 탤런트와 그 어머니가 함께 나와 모녀간의 패션 조화를 과시하는 것이었는데, 나는 그 모녀를 동시에 데리고 혼음을 벌인다면 어떻게 될 것인가, 지구라도 멸망할 것인가 하는 생각을 했었다. 지구가 멸망하지는 않겠지만, 그 순간에 당사자들은 지구가 으깨어지는 듯한 느낌을 받을 것이라고 생각을 마무리지었었다.

"내게 소원이 두 가지 있는데 그것이 뭔지 아시우?"

언젠가 내가 김학풍에게 이런 어리석은 질문을 던진 일이 있다.

"뭔데요?"

그가 대답하기 난처한 표정을 지으며 물었다.

"하나는, 가능하기만 하다면 지영이와 산 속에 들어가 함께 사는 것. 폭포수 옆에 목재로 전원주택을 짓고 말이요."

"아름다운 꿈이로군요."

"또 하나는 지영이의 환상적 사슬에서 벗어나는 것. 그러기 위해서는 뭔가 획기적인 전기가 도래해야만 하겠죠."

"지영이에게서 벗어날 수 있는 획기적인?"

김학풍의 표정이 심각하게 변했다. 나는 천하에 고약한 표정을 짓고서 말했다.

"브룩 쉴즈, 피비 케이츠, 다이안 레인, 소피 마르소 같은 당대의 미녀들과 한꺼번에 혼음을 벌이는 거요."

김학풍이 서글픈 표정을 지었다. 눈에 물기가 어린 것도 같았다.

"하지만 그렇게 하려면 독재자가 되어야 할걸요. 세계를 뒤흔드는."

김학풍의 대꾸는 적절한 것이었다. 아닌게 아니라 그 일은 히틀러 같은 세기적인 독재자라야 가능할까 말까 한 일일 것이었다. 나는 브룩 쉴즈의 알몸, 피비 케이츠의 알몸, 다이안 레인의 알몸, 소피 마르소의 알몸을 모두 영화와 사진을 통해서 본 것만으로 만족해야 할는지도 몰랐다.

"브룩 쉴즈와 피비 케이츠는 엉덩이가 볼 만하고, 다이안 레인은 키스 솜씨가 뛰어나더군. 입술을 떼었다 붙였다 어쩔 줄 몰라하는. 하지만 뚱뚱한 소피 마르소에게서만큼은 나는 별다른 매력을 느끼지 못했어요. 매력없는 게 매력인지는 모르지만. 맞아, 겉으로 보아서 쉽게 느낄 수 없는 여자가 오히려 훌륭한 섹스 실력을 갖추고 있을지도 모르지."

이건 김학풍의 말이었다.

"오랜만에 오셨어요."

소피 마르소보다 더 뚱뚱한 생맥주집 여주인이 다가와 말한다.

"그런 셈이죠 뭐."

나는 시큰둥하게 대꾸한다. 하필 손님이 많은 것이다.

"저 아가씨는?"

구석진 자리의 손님 옆자리에 앉아 있는 젊은 여자가 눈에 띄길래 내가 묻는다.

"전에 말했잖아요. 몸이 아파 못 나왔다는. 누나를 도와주는 종업원 아가씨예요."

소설가 김학풍이 주인 대신 대답한다.

"아깝군."

하필 그 여자가 시중들고 있는 손님의 생김새가 도둑놈같이 생겨먹
은 것이다.

"문형. 저 여자가 마음에 들어요? 내가 오라고 할게."

"놔둬요. 여기서 보는 게 한결 좋은걸. 팬티 색깔이 어두워서 잘 구
분이 가지 않는군."

김학풍이 좋아라 웃고, 주인 여자도 따라 웃는다.

몇 시간쯤 지났을 것이다. 이상한 예감이 든다. 지영이가 갑자기 사
라져 버린 것만 같은. 생맥주집에서 나온 우리는, 그가 단골로 삼고
있는 즉석 우동 포장마차로 가 우동 국물로 허기를 달랜다. 쫄깃쫄깃
한 면발도 그렇지만, 얼큰한 국물맛이 그럴듯하다.

"또 연락합시다. 늦기 전에 고시원에 들어가야죠?"

전업작가가 고시원에서 살아야 한다는 건 가슴아픈 일이다. 이건
나보다도 김학풍 쪽의 생각이다. 그는 자신에게 돈이 많다면 나를 도
와주고 싶어한다. 하지만 그 역시 팔리지 않는 소설을 쓰기는 마찬가
지여서 당분간은 어려울 것이다. 어쩌면 내가 먼저 그를 도와주게 될
는지도 모른다. 얼마 전에 낸 콩트집 〈쇼트쇼트 스토리〉는 하필 그 출
판사에 화재 안전사고가 나서 다 타버렸지만, 이제 한 권 출간된 나
의 소설 〈이주민〉이 3부까지 탈고되어 전3권으로 완간되고 그것이 잘
팔려주는 날엔, 그 다음에 나는 나의 자전적 연애소설마저 잘 팔려주
기를 기대하는 욕심을 부릴지도 모른다.

"가만…… 우리, 지난번에 했던 약속 있잖아?"

"지영이 말이죠?"

"갑시다."

"정말이죠?"

그는 지영이가 왔는지 안 왔는지도 묻지 않았지만, 아무래도 믿기지 않는다는 눈치다. 나의 설명과 묘사대로라면, 지영이는 분명히 인어와 같은 신비스런 존재임에 분명하니까.

우리는 즉시 택시를 잡아 타고 청량리로 향한다. 지영이가 영업하는 유리 미닫이문집.

"지영이 있니?"

유리문 안에 앉아 있는 낯익은 여자에게 내가 묻는다.

"어떡하지, 오빠. 지영이 손님, 줄 섰어."

"뭐라구?"

내가 좀 언짢은 표정이 되자 김학풍이 오히려 달래듯이 말한다.

"문형. 그냥 저쪽 담벼락에 서서 얼굴만 구경하고 갑시다. 어디 가서 술이나 한잔 더 하지 뭘."

"음…… 알았소."

우리는 차량들이 지름길로 삼아 빠져다니는 길을 건너가 담벼락에 기대어 선다. 잠시 후, 지영이가 2층에서 내려와 한 말쑥한 화이트칼라를 내보내고는 안쪽으로 사라진다. 그러고 잠시 후, 이번에는 지영이가 건달처럼 생긴 헤비급 손님의 팔을 이끌고 방에서 나와 도로 2층으로 올라가 버린다.

"봤어요?"

김학풍에게 내가 묻는다.

"글쎄요…… 하필 차가 한 대 지나가서…… 얼핏 보긴 했지만…… 하여간에 마릴린 먼로는 나올 것 같았어요."

"그래요, 그렇다니까. 그녀는 자기에게 마릴린 먼로 분위기가 있다고 하면 좋아하지요."

"섹스 심벌들은 역시 따로 있는 모양이군요. 자, 가죠. 창녀이긴 하지만, 그래도 문형의 여자에게 내가 손댄다는 건 왠지 죄스럽다는 생각이 들긴 했는데…… 차라리 잘됐어요. 한잔 하러 가요, 우리."

골목을 빠져나오다 모서리에 있는 약국을 가리키며 내가 불쑥 묻는다.

"김형, 저 여약사 어때요? 참 차분하게 생겼지요?"

"커트 머리가 잘 어울리는군요. 처녀 약사인 것 같은데…… 몸도 처녀일까요?"

우리는 동시에 하하학, 웃는다.

31 여덟 시쯤 되어 도착한 오늘, 지영이는 나보다 먼저 온 손님을 받고 있다. 게다가 빈 방 한 군데엔 이미 손님 하나가 그녀를 기다리며 들어가 있다. 나는 하는 수 없이 포주방에 들어가 기다리는 신세가 된다. 삼촌이 지키고 있는 그 포주방은 쉽게 말해 카운터나 마찬가지인 곳이다. 손님에게 화대를 받으면 이곳으로 입금을 시키고 나서야 손님을 받으러 갈 수 있는 것이다. 입금통이 참 재미있게 생겼다. 베니어판으로 만든 것인데, 저금통처럼 직사각형의 구멍이 나 있는 박스가 여러 개 붙어 있는 것처럼 되어 있다. 모두 여섯 개인데, 대개 만원권들이 들어가야 할 그 구멍들 옆에는 이름이 하나씩 붙어 있다. 지영이의 이름도 보인다. 아마도 지영이의 이름이 붙어 있는 박스의 구멍 속으로 가장 많은 지폐가 들어갈 것이다.

나는 지영이를 기다리다가 생각이 바뀐다. 이미 한 손님이 그녀의 알몸을 만지며 애무를 받고 있고, 그리고 연거푸 다른 손님이 그녀의

242

알몸을 만지며 애무를 받을 건 뻔한 노릇인데, 다 알면서까지 내가 그 다음 손님이 되기 위하여 순서를 기다리고 있다는 것은 참으로 딱한 노릇이 아닐 수 없다. 그런데 마침, 얼굴이 귀엽고 까무잡잡한, 그리고 몸매가 늘씬한 지영이의 동료가 포주방을 들여다보며 싱글벙글거린다.

"무슨 좋은 일 있니?"

"응."

"뭘까?"

"바캉스 가."

그녀는 바캉스가 비교적 긴 휴가인지 알고 말하는 걸까?

"어디로?"

"속초."

"좋겠다. 그럼 뭐 타고 가니? 고속버스? 기차?"

"아니, 봉고차."

"봉고차에 여섯 명의 미녀들이 다 타고 간단 말이지?"

"응."

"야, 영동 고속도로에서 인기 최고의 차량이 되겠군."

"흠."

"운전은 누가 하니?"

"삼촌."

그러자 그 삼촌으로 불려지는 사람이, 그 사람의 분위기에 어울리지 않는 넉넉한 표정을 지어 보인다. 어쩌면 그 사람이야말로 복이 많은 사람인지 모른다. 돈 한푼 들이지 않고, 아니 오히려 돈을 벌어들이면서 미녀 여섯 명으로부터 골고루 애무를 받을 수 있을 것이다. 아니 그게 아니라, 어쩌면 미국산 하드코어 포르노에서 하는 식으로, 한꺼번에 여섯 여자 모두에게서 애무를 받을 수 있을지도 모른다.

그나저나 나의 생각은 이제 완전히 바뀌었다.

"네 이름이 뭐지?"

"민지."

이름도, 까무잡잡한 얼굴만큼이나 귀엽다.

"아무래도 오늘은 파트너를 바꿔야겠다. 민지야, 네 방으로 가자."

"오케이! 지영아, 멜롱!"

민지는 천장을 올려다보며 혀를 쑥 내밀었다 넣는다. 민지의 방은 1층이다. 내가 지영이 대신에 민지를 선택한 것은 단지 기다리기가 지루해서라거나, 아니면 세 번째 손님이 되는 것이 싫어서만은 아니다. 단골손님이 줄을 서고 있는 지영이에게서 벗어날 수 있는 방법은 없을까 하고 나는 늘 고민하고 있는 것이다. 지영이를 끝없이 좋아하면서도 그런다. 어쩌면 다정한 육체 관계 외에는 더 이상 발전적인 사랑을 나눌 수 없는 관계 때문이어서 그럴는지도 모른다.

민지는 나에게서 받은 화대를 포주방에 입금시키고 돌아온다. 그녀의 손에 물이 담긴 플라스틱 대야가 들려 있기는 지영이의 방식과 마찬가지다. 그러나 지영이처럼 나를 쭈그리고 앉게 해서 치부를 세척해주지는 않는다. 서 있는 채로다. 분문에도 물을 대지 않는다.

"너랑 연애한다는 얘기, 지영이에겐 절대로 비밀이다."

"알았어, 오빠."

실은 한 손님이 같은 집에서 파트너를 바꿔가며 관계하는 것을 이 바닥의 여자들은 싫어한다. 그렇지만 이 집의 사정은 다를 것이다. 지영이에게서 단골손님을 하나둘쯤 넘겨받고 싶어할지도 모른다. 그만큼 지영이는 단골손님 확보 능력을 탁월하게 갖추고 있는 것이다.

"오빠, 누워."

나를 침대 위에 눕게 해놓고 그녀는 하나하나 옷을 벗는다. 얼굴만큼이나 까무잡잡한 몸매가 서서히, 마침내 고스란히 드러난다. 시원한 느낌이 들 만큼 날씬하다. 아마 피부가 하얀 쪽이었다면 더 시원한 느낌이 들었을 것이다.

"선탠한 몸이니?"

"아니, 실제."

"지영이 몸매도 좋지만 민지 몸매도 보통이 아니구나."

"하지만 지영이한테는 못 따라가지. 지영이는 더 빼고 더 불릴 것도 없는 완벽한 몸매고, 나는 좀 마른 편이지 뭐."

지영이의 아름다움을 그녀들마저 인정하고 있는 모양이다.

"지영이 좋지, 오빠?"

"응."

"갠 우리가 부러워할 정도로 성격이 참 좋아. 애가 뒤끝이 없어."

"민지도 성격이 좋은 것 같은데……."

"난 별로야. 토라질 때가 많거든. 하지만 난 지영이가 토라지는 걸 한 번도 못 봤어. 참, 오빠. 소설가라며?"

"어떻게 알았어? 다른 사람들한테 말하지 말라고 지영이한테 당부했었는데."

"오빠 입으로 그랬잖아, 지영이가 없을 적에."

"정말이니?"

"그건 기억 못할 거야, 아마. 술에 엉망으로 취해서 지영이 내노라고 막 그랬으니까."

"아무튼 좋다."

이번엔 지영이 대신에 민지가 다가온다. 불쑥 지영이에게 못할 짓을 저지르고 있다는 생각이 든다. 하지만 미안한 마음은 오히려 지영이가 가져야 할 것이다. 지영이야말로 매일같이 불특정 다수의 남자와 관계하고 있지 않은가. 민지의 애무 솜씨도 만만치 않다. 분문에만 입을 대지 않을 뿐, 최선을 다 하는 것이다. 관계를 끝낸 뒤에 내가 묻는다.

"혹시 둘이서 한 남자를 파트너로 받은 적이 있니?"

"음…… 딱 한 번."

"그 작자는 화대를 두 배로 냈겠군."

"응."

"기분이 어땠니?"

"좀 이상했어."

"그때 콤비였던 여자가 혹시 지영이는 아니었겠지?"

나는 이처럼, 자꾸만 지영이의 단점을 찾아내려고 애쓰는 것이다.

"아니. 지영이는 두세 사람 몫을 혼자 다 해내잖아."

"그걸 어떻게 아니? 민지가 지영이 하는 걸 직접 봤니?"

"아니. 손님들 얘기가 그래."

"지영이한테 얘기하지 마라, 절대로. 민지 너와 관계했다는 걸."

"오케!"

아무래도 나는 지영이에게서 영원히 벗어날 수 없을 것 같다.

32 밤 열두 시 가까운 시각. 나는 지금 청량리를 향하고 있다. 내가 탄 이 버스가 아마도 막차일 것이다. 내가 출발한 장소는 영등

포였다. 내가 동선동에서 영등포, 그것도 신세계 백화점 영등포점까지 갔던 이유는, 그곳에 출판사가 있어서도 아니요 잡지사가 있어서도 아니었다. 그렇다고 친구를 만나러 갔던 것도 아니요 신세계 백화점 영등포점에 쇼핑을 하러 갔던 것도 아니었다. 나는 지영이에게서 벗어날 수 있는 길을 마련해 보려고 스스로도 도저히 납득하기 어려운 행동을 다 하고 있는 셈이었다. 신세계 백화점 영등포점 뒷골목에서 다른 여자를 샀던 것이다. 잇달아 두 여자를 샀으나 사정(射精)만 했을 뿐 첫번째 여자에게서나 두 번째 여자에게서나 아무런 기쁨을 느끼지 못했다. 그러니까 사정은 억지로 한 것일 뿐 결코 오르가슴에 도달해서 이루어진 것이 아니었다. 오르가슴이 배제된 사정이란 무슨 의미가 있단 말인가. 까닭은 결국, 그 두 여자 모두 지영이만한 미모와 몸매를 갖추고 있지 못했을 뿐만 아니라, 사랑하는 남자에게 할 수 있을 만한 전희가 앞서지 않았기 때문이었다. 삽입 성교만 하는 인간을 어찌 인간이라 칭할 수 있겠는가. 그건 짐승과 다를 바 없는 것이다. 허리 운동만 열심히 할 뿐이지, 거기에 무슨 사랑의 의미가 담겨 있겠는가. 그런 것도 모르면서 남자들의 쓸쓸함을 빌미로 돈을 벌겠다고 나서는 것은 무슨 해괴한 망령인가. 그런 창녀들은 영원히 창녀 소리를 들으며 창녀로 살아갈 수 밖에 없을 것이다. 부부간에도 마찬가지다. 적어도 30분 가량의 주고받는 전희가 없는, 그저 체위만 열심히 번갈아가며 해대는 피스톤식의 성행위란, 그 부부의 사람됨을 능히 짐작할 수 있는 것이다. 어차피 그럴 것을, 그러면서 오랜 세월 괴롭게 살아갈 것을, 대관절 무슨 이유로 결혼을 했단 말인가. 그건 서로를 사랑하지 않는, 그러나 섹스는 필요하다고 생각하는 창녀와 창남이 만난 행위에 지나지 않는다. 단지 다른 점이 있다면, 아이를 갖기를 원하며, 또 낳게 된다고 하는 사실이다. 하지만 그런 성행위에서 비롯되어 나온 자녀는 사랑의 성행위에서 비롯되어 나온 자녀가 아니기 때문에 평생토록 사랑에 굶주려 태어난 원죄(原罪)를 안고 살아가게 마련이다. 그러므로 황진이나 지영이 같은 여자에게는 절대로 창녀라는 말을 붙일 수가 없을 것이다. 적어도 나에게만큼은, 지영이란 존재는 분명히 창녀가 아니라 선녀(仙女)였던 것이다.

늦은 밤에 지영이가 핫팬츠 차림으로 손님을 기다리고 앉아 있다. 역시 옆에 나란히들 앉아 있는 다른 동료들과 확연히 구분되는 미모다. 하지만 누구보다 뚜렷하고 맑은 눈빛이 풀어진 것이, 몹시 지쳐 있는 듯이 보인다.

"이렇게 늦게 웬일이에요, 아저씨."

"지영이가 보고 싶었어. 보고 싶었을 뿐이야. 다른 여자는 다 소용 없다구."

"무슨 일이 있었어요?"

나는 그녀의 뒤를 따라 계단을 올라간다. 그녀의 핫팬츠 아래로 둔부의 아랫부분이 비어져 나와 있다. 이 세상에 지영이보다 더 귀엽고 사랑스러운 둔부를 가진 여자도 있을까? 없을 것이다. 틀림없이 없을 것이다.

언제나 낯설지 않은, 그래서 마치 나의 방이 아닐까 착각하게 만들곤 하는 그녀의 방은, 그 시각까지 검정 쓰레기통에 수북하게 쌓인, 콘돔을 싼 휴지만큼이나 많은 손님이 거쳐가서인지 투명한 느낌이 다소 사라져 버렸다.

"아저씨, 다음엔 일찍 와."

"그래, 일곱 시쯤 오라고 했었지? 그래야 목욕탕에서 갓 나온 지영이를 가질 수 있을 테니까. 다른 사람은 몰라도 나한테만은 꼭 깨끗한 몸으로 서비스해 주고 싶다고 했었지."

"잘 알면서 그래."

나는 그녀에게 화대를 지불하고서 냉장고에서 박카스 한 병을 꺼내 마신다.

그런데, 그녀가 화대를 입금시키러 나간 뒤로 5분쯤 지났는데, 어쩐 일인지 5분이 넘게 지났는데도 그녀가 들어올 생각을 하지 않는다. 성질급한 손님이 와서 먼저 처리하고 오려는 걸까? 만일에 그렇더라도, 행동의 당사자가 바로 지영이기 때문에 나는 참아야 할 것이다. 아니, 오히려 지영이는 나에게 느긋한 마음으로 최선의 애무를 베풀어 주기 위해서라도 성질급한 손님을 먼저 끝내 보내야 하는 게 마땅한 일이다. 그런데, 바로 그때 그녀가 문을 열고 들어온다. 손에는 늘 하던 식대로 물이 담긴 플라스틱 물통이 들려 있다. 그렇다면 다른 손님을 받기 위해 시간이 걸린 것도 아니지 않은가. 마침 그녀가 입금시키러 내려갔을 때 나타난 손님을 다른 방에 안내하여 기다리고 있으라고 하느라고 늦었던 걸까?

"왜 시간이 걸렸을까?"

굳이 물어볼 필요가 없는데도, 평소에는 나오지 않던 질문이 갑자기 툭 튀어나온다. 지영이만큼이나 나 역시 지쳐 있기 때문인 걸까? 아니, 그보다는 퍽이나 지쳐 있는 지영이가 안쓰러워 나온 질문일 것이다. 노파심 같은 것.

"양치질하고 왔어."

그랬었구나. 순간, 가슴이 뭉클해진다. 나는 언제나, 목욕탕에 갓 다녀온 그녀를 가장 먼저 차지하곤 했기 때문에 그녀가 따로 양치질을 하리라고는 미처 예측할 수 없었던 것이다.

"다른 손님 받을 때도 양치질을 하고 오니?"

"아니. 아저씨한테만 특별히."

우리는 서로를 바라보며 옷을 벗는다. 그녀가 마지막에 벗는 작은 팬티는, 노랑 빛깔인데 여전히 예쁘다. 나는 곧 지영이에게 나의 치부를 맡기고, 오늘 벌써 두 여자의 음부에 내맡겼던 나의 치부는 그녀의 예쁜 손에 의해 깨끗이 씻겨지면서 또다시 긴장한다. 벌써 세 번째인데, 앞의 두 번과는 느낌이 분명히 다르다. 단지 그녀의 알몸이 내 앞에 있을 뿐이고 그녀의 손이 치부에 와 닿았을 뿐인데도 그렇다. 만일에 다른 여자가 나의 세 번째 상대였다면 발기는 어림도 없을 것이다.

그녀는 몹시 지쳐 있는, 그래서 오히려 관능적인 것처럼 풀어져 있는 눈빛을 하고서도 그녀는 나의 몸 구석구석을 입술과 혀로써 적극적으로 애무해 준다. 이윽고 여성상위 체위로 들어간 그녀는, 나의 몸 위에서도 여전히 젖꼭지를 혀로 애무해 주는 동작을 늦추지 않는다.

"지영아…… 사랑해…… 지영아……."

나는 혀를 내밀어 그녀에게 입맞춤을 요구한다. 그녀는 언제나 나의 키스 요구를 거부하지 않는다. 오늘도 마찬가지다. 이윽고, 서로의 입술이 떨어질까봐 어쩔 줄 몰라하는, 서로의 혀가 서로의 입안으로 오고가는 뜨거운 키스가 이어진다. 그러나, 그럼에도 불구하고 사정을 하기란 쉽지 않다. 나는 사정을 할 때까지 꽤 오래 허우적거린다. 기어코 배설을 하기는 했지만, 보통때보다 10분쯤은 더 걸렸을 것이다.

250

"오늘은 너무 오래 걸렸어. 어디 아파?"

"실은 말이야…… 한번 실험을 해봤어."

나는 속내를 감추지 못한다.

"실험?"

"응. 지영이 말고 다른 여자한테서도 이만큼 좋은 느낌을 받을 수 있나 싶어서 말야. 하지만 헛일이었어."

"어디서 했어? 이 동네에서 했어?"

"아냐. 영등포에서 두 여자를 샀었어. 하지만 그 여자들은 모두가 나무토막 같았어. 아무 기쁨이 없었던 거야."

"그럼 내가 세 번째? 그러다가 몸 고장나면 어떡할려구…… 소설도 못 쓰고 죽으면 어떡할려구?"

"역시 지영이밖에 없다는 결론을 얻었으니까, 이제 다시는 그런 실험을 하지 않을 거야."

"제발 그래 줘."

"참, 지영아."

"응?"

"피서는 잘 갔다 왔니?"

"응? 어떻게 알았어?"

"응. 지영이가 피서 갔을 때 옆집 아가씨한테 들었어."

"그애하고도 바람피웠지?"

"아니."

"괜찮아. 바람이란 원래 자유니까."

"잘 놀다 왔니? 어땠어, 남자놈들이 침깨나 흘렸겠는걸."

"당연히 그랬지. 나이트클럽에선 우리가 완전히 날렸지 뭐."

“놀러온 대학생이랑, 같이 자거나 하지는 않았니?”

“나는 내 몸을, 아무데서나 막 주는 여자가 아니야.”

“하하하하하!”

“왜 웃는 거야?”

“응. 지영이가 비키니 입은 걸 상상해 봤지. 지영이 같은 미녀들이 비키니를 입고 해수욕장에 나타났으니 인기 최고였을 거 아냐. 아마 CF모델들이 왔는 줄 알았을 거야. 특히 지영이의 비키니 차림엔 사내놈들 넋들이 나갔을 거야. 그래봐야 눈 높은 내 지영이니까 그림의 떡이었겠지. 낙산 해수욕장에서, 아니, 동해안에서 최고의 미모를 뽐낼 지영이를 나는 이렇게 알몸으로 송두리째 차지할 수 있는데 말야.”

“아유, 귀여운 아저씨.”

지영이가 살짝 다가와 나의 이마에 입을 맞춘다.

“참, 지영아.”

“왜 또?”

“그전처럼 갑자기 떠나는 일이 앞으로 없었으면 좋겠어. 난 그게 불안하다. 집으로 돌아갈 거면 언제쯤 돌아갈 거라고 나한테 예고해 줘.”

“어? 그럼 지금 예고해야겠네.”

“뭐라구?”

“사실은 떠날 거야.”

“언제쯤?”

“두 달 뒤에 그만둘 거야.”

“두 달 뒤면?”

"10월. 쓸쓸하게 낙엽과 함께 떠나가는 거지 뭐."

"어디로 가니?"

"집."

"그 집이 어딘지 나중에 좀 가르쳐 주라."

"왜?"

"물어물어 찾아가게."

"후후, 귀여운 아저씨."

그녀는 다시 나의 이마에 입을 맞춘다. 그때 갑자기 눈에 들어오는 것이 있다. 지영이가 다른 동료들과 함께 담겨져 있는 사진이다. 시원한 노슬리브에 핫팬츠 차림으로 여럿이 재미있는 포즈를 취하며 해변을 걸어가고 있는 사진인데, 그녀가 가장 예쁘기는 여전히 마찬가지다.

"지영이는 포토제닉상을 받아도 되겠구나."

"후후."

"저 사진 내가 가지면 안 될까?"

"다음에 가져가. 사진 속의 지영이를 가져가면 내가 외로우니까. 하나 더 빼놓게."

"아유, 귀여운 것."

이번엔 내가 지영이의 이마에 살짝 입을 맞춰준다.

33 지영이와 정사를 나눈 뒤로 두 달이 지났건만, 나는 그 동안 또다시 단 한 번도 그녀를 안아보지 못했다. 물론 먼 발치에서 바라보기는 했다. 그러나 그저 바라보고만 있을 뿐이었다. 나의 허줄한

가슴을, 신체의 가장 부드럽고 따스하고 예민한 곳으로 보살펴주었던 지영. 그녀는 언제나 저쪽편 유리 진열장 안에서 나의 출현을 기대하고 있는지도 모르지만, 그러나 나는 그녀를 만날 자격을 갖추고 있지 못했다.

나의 사랑을 방해하는 건 바로 돈이었다. 돈이 원수였다. 나는 원수를 사랑하고 싶었지만, 원수는 내 앞에 나타나 주지 않았다.

그렇다면 그 동안 받아 둔 인세나 원고료는 모두 어디로 갔단 말인가. 나는 그 돈이 설령 1백만원이 되더라도 쓰기로 하면 얼마 되지 않는다는 사실을 진작부터 알고 있었다. 얼핏 어감상 많아 보이는 1백만원이 결코 많지 않은 돈이라는 사실을 다시금 깨닫게 되었을 뿐이었다.

몇 달 동안 친구들에게 진 빚과 외상술값을 적당한 선에서 갚는다고 갚았는데도 70만원이나 나갔다. 8만원은 고시원 방세. 거기서 3만원은 지영이를 딱 한 번 더 만나는 데 썼으므로(지영이는 그날 내가 요구한 사진 한 장을 더 인화해 놓지 않았다) 잔액은 또 줄어들었다. 그리고 그것이나마 아껴서 밥값과 교통비로만 쓰면 그럭저럭 살아갈 수 있는 것을, 나는 주제넘게 책값으로 다 써버렸던 것이다. 이제 나는, 고시원을 좀더 나은 환경으로 옮길 수 있게 되기는커녕 또다시 빚을 얻지 않으면 안 될 신세가 되고 말았다.

이제 또다시 거처를 옮겨야 한다. 나는 중진 시인 P의 소개로 여당의 중량급 정치가 C의 자선전을 쓰기로 했다. 그 중량급 정치가가 과연 깨끗한 인물인지 아닌지는 내가 그의 가슴속에 들어가 보지 않은 이상 알 길이 없지만, 아무튼 나는 지영이를 보고 싶을 때마다 만나러 가기 위해서는, 게다가 여러 시간 동안 내가 원하는 만큼 품고 있기 위해서는…… 아니다, 그게 아니었다. 나는 상당액의 돈을 마련해 아예 그녀를 그 공간에서 빼내 올 작정이었다. 그러기 위해서는 얼마나 많은 돈이 들지 알 수 없지만, 그리고 그러기 위한 나의 뜻을 그녀에게 뚜렷이 전달한 바도 없었지만, 하여간에 우선은 돈을 모아야 한다는 생각뿐이었다.

마포대교가 저 아래로 내려다보이는 쾌적한 오피스텔 공간이 제공되긴 했지만, 침대가 없으니만큼 잠까지 자긴 좀 그렇다. 이 근처에도 고시원이 있을까? 없으면 하숙집이건 사글셋방이건 구해야 한다. 지금 머무르고 있는 고시원에서 출퇴근하기에는 좀 갑갑하다. 현재 지하철 공사가 한창이기 때문에 고시원이 있는 동선동에서 이곳 용강동까지 오려면 정말 많은 시간이 소요되는 것이다.

그건 그렇고, 나만큼 이사를 많이 다닌 사람도 드물 것이다. 생각해 보자. 내가 아버지 친구의 집에서 분가해 나온 데도 결정적인 어떤 원인이 있었지만, 하숙 생활을 청산하고 고시원 생활을 시작한 데도 원인이 있다. 돈 때문이었다.

"글 쓰는 양반, 다음달부터는 하숙비를 20만원 내셔야겠네."

문을 열어주자, 충정로의 하숙집 주인 할머니가 얼굴을 쑥 디밀며 월세를 올려받겠노라고 엄포를 놓는다. 〈이주민〉 제1권이 출판사에서 광고를 낸 만큼, 그리고 출판사와 내가 기대했던 만큼 나가 주지 않았으며, 덩달아 2, 3권을 잇달아 써내야 하는 나의 필봉이 더욱 무디어진 참이었다. 〈이주민〉 2, 3권 원고가 끝날 때까지 내가 H출판사에서 매달 선인세로 받는 돈은 25만원. 그 동안 다니던 출판사도 그만두고 전업작가의 길로 들어선 처지였기 때문에 그것만이 유일한 나의 고정 수입인 셈이었다. 그러므로 기왕의 하숙비 15만원은 나에게 상당한 부담이 되어 왔는데, 거기다 5만원을 더 올려내라니. J출판사로부터 콩트집 〈쇼트쇼트 스토리〉 계약금 20만원을 받기는 했지만 지영이를 몇 차례 만나는 데 다 써버렸다. 그 돈은 절대로 매매춘(買賣春) 비용이 아니다. 어디까지나 그녀는 나의 사랑이기 때문이다. 설령 지영이가 창녀가 아니었다고 하더라도 돈 들기는 마찬가지일 것이다. 여러 차례의 데이트 비용으로 그만큼 소비하지 않을 수전노(守錢奴)는 없을 것이다.

그랬다. 내가 그녀와 여러 차례나 한몸이 되기 위해서 소비한 돈 20만원이 나로서는 조금도 아깝다는 생각이 들지 않았다. 그녀는 결코 화폐 가치로는 환산할 수 없는 행복과 평화를 나에게 선사해 주었으니까. 그녀는 어쩌면 빼어난 예술 작품 한 점이거나 한 편인지도 몰랐다.

하지만 20만원도 아닌 5만원을 그 잘난 하숙방 월세로 더 내야 한다고 생각하니 아까워서 견딜 수가 없었다. 5만원에 만원만 더 보태면 지영이의 신비스런 맨살을 두 번씩이나 어루만질 수 있는 것이다. 어루만지는 정도가 아니라 입술을 대보거나 혀로 핥을 수까지 있는 것이다.

"오늘 짐싸겠습니다."

나는 앞뒤 가리지 않고 그렇게 말해 버렸다. 하숙집 주인 할머니의 안면이 묘하게 일그러졌다.

"5만 원이 부담되면 3만 원만……."

하지만 나의 생각은 굳어 버렸다.

또 하숙집 말이 나왔으니까 말이지만, 나는 정말 지독한 하숙집 주인 아줌마를 만났던 적이 있다. 그 하숙집은 하숙생을 위하여 만들어진 집이 아니라 하숙생을 고생시키기 위하여 만들어진 집이라는 생각이 들 정도였다. 〈이주민〉 한 권을 쓰는 동안 나는 5만원을 올려 달라는 할머니 하숙집까지 충정로에서만 모두 세 군데 하숙집을 전전했는데, 그 가운데 두 번째 집이 그 모양이었다.

반복하지만, 부모님 계신 본가(本家)가 강원도 춘천에 있는 관계로 나는, 사람이 크게 되려면 한양땅에서 공부해야 한다는 엄명을 받들어 중학교 2학년 때부터 서울에서의 자취 생활을 시작했다. 사실 따지고 보면 중·고등학교 시절에는 정히 자취를 했다고 볼 수 있는 성질은 아니었다. 서울에 전가족이 올라와 살고 있는, 나의 아버지 친구 집에 나는 맡겨졌던 것이다.

그 집에서 줄곧 생활해 오다가 내가 마침내 분가해 나온 것은 내가 수원에서 직장 생활을 할 때였으며, 다시 그 집에 들어가 살다가 또 분가해 나온 것은 K출판사 편집부원 시절의 어느 날이었다.

첫번째 하숙집은 그런 대로 잘 만났다. 주인 아주머니가 교회 집사인 관계로 거의 매일 들려오는 찬송가 소리가 나의 심신을 괴롭히기는 했지만, 아주머니의 인심 하나만큼은 넉넉한 편이었다. 그래서 밥을 한 그릇 더 먹을 수가 있었고, 국도 한 그릇 더 먹을 수가 있었다. 주인 아주머니의 인심도 좋았지만, 목욕을 할 수 있는 세면장도 좋았다. 나는 샤워를 하면서 창문을 열곤 했다. 그러면 사무실로 개조해 쓰고 있는 맞은편 집 안이 바라보였다. 준수하게 생긴 여직원이 왔다 갔다 하거나 책상 앞에 앉아 일을 하는 모습이 보였다. 그때 나는 발가벗고 있었기 때문에, 그것은 실로 가슴벅찬 구경거리가 아닐 수 없었다. 이따금 내가 자신들을 바라보고 있다는 사실을 알아차리게 되면 커튼을 쳐버리곤 했는데, 그 여자들이 그렇게 내숭을 떠는 것도 나로서는 기분좋은 일이었다.

첫번째 하숙집은 오히려 나를 잘못 만난 셈이었다. 내가 이따금 술에 취해 들어오는 것만 해도 그랬다. 안 좋은 나의 술버릇은 하숙집에서도 여지없이 본색을 드러내고야 말았다. 엉망으로 취해 들어오는 날에는, 언제나 작은 실수를 저지르곤 했다. 이튿날 깨어나면 간밤에 귀가하던 때의 기억이 도무지 없는 터라 하숙집 주인 아주머니에게 묻게 마련인데, 그러면 그 아주머니는,

"식당으로 와서는 술 한잔만 먹게 해달라고 조르지 뭐유. 타일러서 보내긴 했지만."

그렇게만 말하고 묵과해 주곤 했다.

그러나 나는 한 달 만에 그 25만원짜리 하숙집에서 물러나오고 말았다. 다른 하숙생이 오기로 되어 있으니까 방을 비워주지 않으면 안 된다는 것이었다.

"그 동안 신세 많이 졌습니다. 책 나오면 한 권 갖다 드리겠습니다."

그렇게 정중히 작별을 고하기는 했는데, 나의 책은 그리로 가지 않았다.

다음 하숙집이 바로 그 문제의 월세 17만원짜리 합방이었다. 월세가 싸긴 하지만 그건 정말 구질구질한 노릇이 아닐 수 없었다. 나와 함께 방을 쓰게 된 사람은 그 일대에 흔한 재수생이었는데, 그 재수생은 공부를 하러 서울에 올라와 있는 건지 놀기 위해서 서울에 올라와 있는 건지 알 수 없는 노릇이었다. 머리에 무스를 바르고 얼굴에 스킨로션을 바르는 등 몸치장에 열중했다. 늦잠을 자느라 학원 강의도 빼먹기 일쑤였다. 저녁때는 텔레비전을 보는 데 온 신경을 썼다. 나는 소설을 쓸 수가 없었다. 하기야 그 재수생을 모델로 소설을 썼

다면 가능했을 것이다. 그 재수생이 가스라이터를 조작하여 가스까지
흡입한다는 걸 알았을 때는, 나는 숫제 소설 소재와 더불어 살고 있
다는 느낌마저 들었다.

"그 학생이 방해하지 않아요?"

어느 날 내가 소설을 쓰는 사람이라는 걸 알고 호감을 갖게 된 주인
아줌마가 물었다.

"뭐 괜찮습니다."

"한번 우리 하숙집 얘기를 소설로 써봐요. 아주 재미있을 거예요."

"그럴 것 같습니다."

그러던 어느 날 하숙집 주인 아줌마가 또 물었다.

"혹시 독방 쓸 생각 없수?"

그러고는 싶었지만 돈이 부족했다.

"아뇨."

"그럼 어떡하나? 지금 댁과 한 방을 쓰는 그 아이는 애가 못돼먹어
서 내보낼려고 그래요. 이번달 월세도 밀리고 있지 뭐유. 그런데 그
방을 혼자서 쓰고 싶어하는 사람이 생겼거든. 30만원에."

그러니까 그 학생이 나간 뒤에 내가 30만원을 내고 혼자 쓸 양이면
나에게 우선권을 주겠다는 의도였다. 17만원짜리 둘이면 34만원이니
까 더 많기는 하지만, 먹는 거나 빨래감이 적으니까 그 편이 더 나을
지 몰랐다.

"그럼 남은 날짜만큼은 환불해 줄 테니까 닷새 후에 방 비워 줄 수
있어요?"

그렇게 나오자 갑자기 그 여자가 밉살스러워졌다. 팥쥐 어미가 실
제 인물이라면 꼭 이렇게 생겨먹었을 거라는 생각마저 들었다.

"좋습니다."

나는 그러겠노라고 대답했는데, 그 아줌마가 팥쥐 어미보다도 더 독한 여인이라는 사실은 며칠 뒤에 드러나고야 말았다. 나와 한 방을 쓰던 그 학생이 먼저 나가고 나서, 다른 방을 쓰는 학생들이 나를 찾아왔다. 이를테면 구원을 요청한 것이었다. 내용인즉, 독방 월세 25만원을 30만원으로, 합방 월세 17만원을 20만원으로 인상한다는 통보를 주인 아줌마로부터 받았다는 것이었다. 그건 곧 나가달라는 통보에 다름아니라고 했다.

"이제 곧 농협 진급시험이 있다나봐요. 그러면 많은 진급시험 응시 대상자들이 하숙을 하며 공부를 한대요. 우리는 학력고사가 끝나면 나갈 테고, 그때는 농협 사람들 받기가 시기적으로 늦으니까 우리더러 미리 나가달라는 거죠. 빈방을 만들려는 수작이에요."

나는 그 길로 주인 아줌마에게 학생들의 사정을 이야기하고 월세 인상을 보류해 달라고 요청했으나 한마디로 묵살당했다.

"요즘 물가 뛰는 걸 보세요. 말도 안 돼요."

"그나저나 제가 내일모레 나가면 환불해 주시는 겁니까?"

"약속대루죠."

그런데 그날로 학생들은 모두 짐을 싸고 말았다.

"아저씨, 그 여자 이름이 뭔 줄 아세요? 영자예요, 영자. 이건 완전히 영자의 전성시대라구요."

"그런 여자를 소설 주인공으로 삼으면 재미있겠군."

먼저 짐을 싸서 나가게 된 학생들에게 나는 그렇게 농담을 해주었는데, 재미있는 것은 그 학생들 가운데 단 한 사람도 남은 일수에 대한 환불을 받은 경우가 없다는 사실이었다.

나는 주인 아줌마의 팥쥐 어미 같은 마음씨에 분개하여 그날 밤 폭주를 하고 들어갔다. 마침 주인 아줌마와 마주쳤길래, 공부하는 학생들한테 그렇게 박대하는 법이 어딨느냐고 따졌다.

이튿날 나는 약속대로 짐을 쌌다. 그리고 주인 아줌마에게 환불을 요구했다. 그랬더니 엉뚱한 핑계를 대었다.

"어젯밤에 술주정을 해놓고서 뻔뻔스럽게시리. 당신 때문에 우리 아들이 밤공부를 제대로 못해서 오늘 토플 시험을 망쳤잖아요. 그런데 뭐? 환불을 해달라고? 우리 아들 시험 망친 거 어떡할래요? 물어내요, 엉?"

갑자기 주인 아줌마는 고자세로 나왔다.

"제가 소란을 피워서 아드님이 시험을 망치게 되었다면 용서해 주십시오. 하지만 환불 문제는 다른 사안 아닙니까."

"무슨 소리요? 시험 망친 거 물어내 놓고 그런 소릴 해!"

주인 아줌마의 언성이 점점 높아지자 나는 더 이상 참고 들을 수만은 없었다.

"아니, 뭐 이런 여자가 다 있어?"

"뭐, 이 새끼야?"

주인 아줌마의 목소리가 찢어져 나오자, 그때 응원군이 쳐들어왔다. 그의 아들이라는 뻔뻔스럽게 생긴 학생이었다.

"뭐요, 아저씨는? 왜 남의 집에서 행패예요, 행패가?"

제법 힘깨나 쓸 표정이었다. 그때 그 집 강아지마저 달려와 물어뜯을 기세로 합세했다. 나는 결국 세 마리 집짐승에 쫓기어 그 집에서 나오고 말았다.

그 다음에 거처하게 된 곳이 바로 여인숙이나 다름없는 할머니 하숙집인데, 어느 날 불쑥 하숙비를 인상하겠노라고 나섰던 것이다.

나는 다시 한 번 꾸역꾸역 짐을 싸야만 했다. 이제 어디로 가야 할 것인가. 무작정 짐을 싸들고 나섰는데, 문득 고시원이라는 데는 어떨까 하는 생각이 드는 것이었다. 그래서 나는 일단 짐을 다방에다 맡겨놓고 발길닿는 대로 돌아다니며 '고시원'이라는 세 글자가 붙어 있는 건물을 찾아다녔다. 그런데 단 한 군데도 눈에 띄지 않아 아예 우체국에 들어가서 전화번호부를 뒤져보았다. 업종편. 동선동과 돈암동에 고시원이 몇 군데 있었다.

나는 그 동네로 몸을 움직여 시설이 상대적으로 깨끗한 한 고시원을 골랐다. 칸막이가 되어 있는 독실은 반 평 정도인데, 하숙비의 반액 정도인 8만원이었다. 그 고시원이 현재 내가 거주하고 있는 공간이다. 나는 오늘 아침에 일어나자마자 짐을 꾸렸다. 자료로 쓰는 책들 이외에는 이렇다할 짐이 없지만, 언제나 싸놓고 보면 29인치 텔레비전 수상기만한 크기로 세 꾸러미였다.

지금 내가 서 있는 공간은 마포구 용강동. 나는 이제 이곳에서 방 한 칸을 찾아야 한다. 값이 저렴하다면 3류 여관이나 여인숙도 괜찮을 것이다. 아무튼 대중 목욕비가 적지 않은 세상이므로 목욕탕은 어디에든 붙어 있어야 한다.

34 거물 정치가 C의 자서전 집필 선금 겸 계약금을 그의 보좌관으로부터 얼마쯤 받았다. 구체적으로 말하면 150만원이다. 그리고 거처도 옮겼다. 고시원 생활에서 이번에는 보증금 없는 15만원 사글셋방에서의 자취 생활이다. 두 평 크기의 2층 사글셋방에서 마포대교가

내려다보이는 19층 오피스텔까지, 그리고 오피스텔에서 사글셋방까지 오가는 반복된 생활이 며칠째 계속되었다. 어느덧 빨래가 많이 밀렸다.

토요일, 어깨걸이가 달린 가방 속에 밀린 빨랫감을 대충 구겨넣은 뒤에 시계를 본다. 주간 문화정보지 〈라이프 채널〉의 기자인 중학교 동기 강박식이 준 다이너스 클럽 회원용 손목시계는, 오전 아홉 시가 좀 넘은 시각을 날렵하게 가리키고 있다. 미국 사람들이 만든 시계치고는 어쩐지 일본스럽다는 느낌이 들곤 한다. 가볍고 착용감이 없는, 그래서 늘 날렵하다고 생각되는 시계의 모양새가 그런 느낌을 갖게 만든다.

나는 가방의 어깨걸이를 늘여 어깨에 둘러멘 다음 방을 나선다. 막노동자 합숙소 형태의 슬래브 건물 2층에 자리한 나의 방은, 문을 열면 바로 복도와 연결되어 있다. 딱딱한 시멘트 바닥의 복도는 언제나 어둡고 차가운 느낌이다. 무더운 한여름인데도, 그리고 환한 대낮인데도 늘 그렇다. 2층에 따닥따닥 붙어 살고 있는 세입자들의 어두운 분위기 때문일까.

맨 구석에 자리한 나의 방에서 폭 1미터, 길이 10미터 정도 되는 복도를 지나 하향 계단목에까지 이르는 동안, 나는 단 한 군데도 방문이 열려진 걸 보지 못한다. 오전 아홉 시란, 아직까지 그 방의 세입자들이 꿈을 꾸며 잠들어 있을 시각이기 때문이다. 그 방의 세입자들은 모두들 새벽 두 시경에 귀가해서 그보다 더 늦은 시각에 잠들곤 하는 것이다. 그러니 깨어나는 시각이 자연 늦을 수밖에 없다. 그러나 그 방의 세입자들도 이제 두세 시간 후면 기지개를 켜고 일어나 방문을 활짝활짝 열어젖힐 것이다. 그 방의 세입자들도 밥을 먹어야만 살아갈 수 있는 똑같은 인간이기 때문이다. 남들에게는 점심이 될 테지만, 그네들한테는 엄연한 조반이 될 것이다. 나도 그런 적이 대부분이기 때문에, 그 사정은 내가 잘 안다. 다만 그네들이 나보다 좀더 부지런한 것은, 일어나는 대로 머리에 수건을 동여매고 세면장으로 내려들 간다고 하는 사실이다. 그네들 세입자들은, 보통 여자들과 달리 출퇴근 시각이 뒤바뀌었을 망정, 똑같이 아름다움을 가꾸어야 하는 여자들이기 때문이리라.

그런데 나는 오늘 그녀들보다 세면장을 먼저 이용한 상태다. 내가 오늘 특별히 부지런을 떤 것은 순전히 밀린 빨랫감 때문이다. 나이 서른이 되도록 아직 총각으로 머물고 있는 나는, 빨래라고 하는 작업이 얼마나 귀찮고 지루한 일인가를 잘 알고 있으며, 그래서 늘 나의 빨래는 이따금 휘경동의 아버지 친구 집으로 놀러 올라오시는(묵은 나의 빨래를 처리해 주기 위하여 일부러 올라오시는 것인지도 모르지만) 어머니의 몫이 되곤 했다. 하지만 나는 그걸 추호도 불효라고 생각지 않고 있다. 내가 쓰는 일에 바빠 생활비 한 푼 제대로 못 입금시켜 드리는 내 입장에서는, 오히려 나의 체취가 배인 빨랫감을 듬뿍 가져다 드리는 것만이 유일한 효도가 되는지도 모른다. 당신이 손수 갈아입혀 주시지는 못해도, 묵은 것과 새 것을 바꾸기 위하여 일부러 어머니를 만나러 가는 것만으로도 얼마나 어머니의 마음엔 새털처럼 안도감이 자리잡히겠는가.

그런데 오늘은 한 가지 효도를 더할 수 있을 것 같다. 정치가 자서전 집필 건으로 받은 선금 가운데서 얼마쯤 떼어 드릴 수 있으니 말이다. 그 다음 나의 발길은 예정된 대로 청량리로 향할 것이다. 물론 지영이를 만나기 위해서.

오늘 아침 일찍부터 나는 세면장(말이 세면장이지 세입자 대부분이 공동 욕실로 사용하고 있는 공간이지만)에서 참 유별난 경험을 했다. 한꺼번에 그렇게 많은 여자의 작은 팬티들을 구경하기는 처음이었다. 분홍, 빨강, 연두, 주황 할 것 없이 총천연색이었다. 그 팬티들은, 그때까지 아직 일어나지 않은 미성년으로 짐작되는 술집 여자들의 것이리라. 그때 왜 하필 그것들을 하나하나 만져보고 싶다는 생각을 했을까? 심지어는 그것을 하나하나 번갈아가며 입어 보고 싶다는 생각마저 불쑥 끼어들었다. 그러나 나는 그 해괴한 짓을 하지 못하고 말았다. 민아 누나의 팬티를 몰래 입어 보았던 중학교 3학년 시절의 호기심이 아직까지 살아남아 있는 것이냐 하는 자기 꾸지람 때문이기도 했지만, 더 큰 이유는 그때 갑자기 떠오른 지영이의 모습 때문이었다. 지영이의 모습 앞에서는 어느 신기한 것도 호기심의 대상이 될 수 없었다. 팬티만 하더라도 어쩌면 그렇게 다를 수가 있는가? 향기가 있는 세제로 빨아놓아서 후각적 냄새는 향기로울지 몰라도 시각적 냄새는 분명히 달랐다. 지영이의 팬티만큼 예쁘고 귀엽고 자연스러운 것은 더 이상 없었다. 아니, 앞으로도 더 이상 나타나지 않을 것 같았다. 어쩌면 후각적인 냄새마저도 지영이의 팬티는 다른 여자들의 것보다 월등한 것인지 모른다. 아무리 똑같은 향기의 세제를 쓴다고 하더라도, 그 향기와 어우러지는 여자들의 체취가 지영이의 것과 똑같을 수는 없으므로. 그랬다. 분명히 그랬다. 온갖 모양과 색깔을 가진 그녀들의 팬티는 결코 지영이의 팬티를 대리해 줄 수 없었으며, 살냄새 역시 마찬가지였다.

인도를 밟고 걷다가 육교를 건넌 다음, 나는 마포 아카데미텔Ⅱ 앞에 멈추어 선다. 시내버스 정류장이 있기 때문이다. 아카데미텔Ⅱ?

저 큰 빌딩의 한 방에, 일부 10대들의 우상인 가수 김완선이 살고 있 다지, 아마. 일요일이면 내 옆방의 여자들이 김완선의 노래가 담긴 카세트 테이프를 틀어놓고 노래하며 흥겨워하는 것을 목격한 일이 많 았다. 내가 알기로 그녀들도 아직 10대를 넘기지 못한 것 같았는데, 그녀들에게도 김완선은 역시 우상인 모양이었다.

휘경동을 경유해 가는 302번 버스가 깨끗한 차체로 멈추어 선다. 깨 끗한 버스에 탈 수 있다는 것은 아무래도 기분좋은 일이다. 마음이 조 금이라도 더 젊어지는 것이다. 이제 서른 살인 내가 이런 말을 하면 덜 어울릴지 모르겠지만, 나에 비해 20대 초반이니 10대니 하는 사람들은 확실히 젊어 보이는 것이다. 깨끗한 버스란 세차니 페인트칠이니 하는 지속적인 관리의 영향도 있을 테지만, 아무래도 낡은 버스에 대한 상 대적인 개념으로서의 새차를 말하는 것이 보다 적절하다. 이를테면 젊 은 버스란 얘긴데, 그런 버스에 타면 나도 동화되어 덩달아 더 젊은 인 간으로 한동안 변신해 있게 되는 것이다. 내가 어느 순간 갑자기 10대 나 20대, 아니면 그보다 더 아래 세대로 다시 태어나 있는 듯한 느낌이 드는 것이다. 20대야 그렇다치고, 내가 아직 성인이 되기 전인 10대를 느낌으로만이 아닌 진실로 다시 살 수 있게 된다면 얼마나 좋을까. 하 지만 다시 살 수 있게 된다고 하여 반드시 좋을 리만은 없을 것이다. 어쩌면 나의 실제 과거처럼, 아, 어서 10대를 벗어나 성인이 되었으면, 하고 바라게 될는지도 모른다. 그 시절로 되돌아가면 왠지 잘해 볼 수 있을 것 같은 사람의 느낌이란 참으로 요망한 것이다.

그런데 왜 그런 잡념에 빠져들었을까. 정신을 차렸을 때, 이미 302 번 새차는 뒤차에 밀려나간 듯 저만치 빠져나가 있다. 그 차에 타려 는 손님이 별로 없기 때문에 열심히 뛰어가더라도 결국엔 지나간 버스 손들기가 될 모양이 뻔하다. 나는 포기하고 다음 버스를 기다리기로 한다.

옆에서 머리에 무스를 바른 소년 소녀들이 깔깔거리고 있다. 필시 미국과 일본을 통해서 밀려들었을, 이름조차 알 수 없는 그네들의 이상한 옷차림은, 그네들을 조금도 이 땅의 10대답지 않게 만든다. 무엇이 저들을 저토록 서구 취향적으로 만드는 것일까? 서구통 패션 디자이너들일까, 서구 모방형 청소년 대상 잡지들일까, 서구 취향 일색의 텔레비전 쇼 프로그램들일까? 저들이 저렇게 되는 데 기여한 공로는 대관절 누구에게 돌려야 할 것인가?

앳된 얼굴로 보아서 고등학생들이거나 아니면 고등학교를 다니다 중퇴하고 노는 아이들 같은데, 주거니받거니 침착하게 오가는 법 없이 한꺼번에 서로들 쏟아내놓는 그네들의 대화를 엿들어보니, 하나같이 '애, 걘 어떻더라, 춤 잘 추지 그치, 너보다 더 놀게 생겼더라, 애' 하는 따위다. 나는 잠시 어지러워 이마를 짚고 서 있지 않으면 안 된다. 어쩌면 내가 그 동안 발표한 소설도 저들이 저렇게 되는 데 한몫 기여한 건 아닐까? 그렇지는 않을 것이다. 나는 오히려 저들이 그릇되게 인식하고 있는 대중문화에 관한 오류를 지적하고 비판하는 데 힘을 쏟았다. 그러나 나의 의도는 그러해도 받아들이는 쪽은 그 반대일지 모른다.

그렇게 시도때도 없이 다가서는 번잡한 사고력(思考力)에 시달리고 있을 때, 그리고 나의 일상의 태반이 이렇게 되는 것은 내가 소설가가 될 수밖에 없었던 운명이겠지 하고 자위하고 있을 때, 누군가의 손길이 나의 어깨를 짚어 다시금 정신이 들게 만든다.

"여긴 웬일이야?"

S예술대학 문예창작과 동기생인 나구원 시인이다.

"너야말로 여긴 웬일이야?"

대답 않고 내가 똑같이 묻는다.

"내가 먼저 물었네."

그가 그렇게 묻지는 않았지만, 안경 너머로 싱글싱글 웃고 있는 눈초리는 말 대신에 그렇게 말하고 있다.

"나, 실은 이쪽에 와 자취하고 있어."

"고시원에서 쓴다고 하더니."

"담배를 피울 수가 없어서 얼마 전에 이리로 왔어."

나는 중량급 국회의원의 자서전을 써주기 위해 이곳으로 왔다고 말하지는 않는다. 그걸 말하는 작가는 심성이 순박하기보다는 바보 같은 축에 드는 것이다.

"어디?"

"저기 저쪽, 용강동."

"나 있는 데랑 가깝네."

"집?"

"아니, 사무실. 집은 영등포야."

"하기야 결혼식 이후로 거의 못 보았으니."

"집들이 할 땐 안 왔던가?"

"응."

"그런데 어디 가는 길인가?"

"아버지 친구분 댁. 이게 빨랫감이야. 다니러 오신 어머니께 드릴 주말 선물인 셈이지."

나는 어깨에 걸린 가방을 흔들어 보인다. 그는 나의 조크에 밝게 웃

는다. 친구 사이에 밝은 웃음이란 언제나 좋은 것이다. 서로 용기를
주고받을 수 있는 것이다.

"커피 한잔 할까?"

"어디 가는 길 아니야?"

"응, 사무실. 시간 있어."

"그럼 가자구, 오랜만인데. 나두 어머니께 빨랫감 안겨드리는 게
썩 급한 일은 아니니까."

우리는 곧장 가까운 다방으로 몸을 옮긴다. 우리는 똑같이 커피를
시켰고, 레지는 곧 커피를 날라온다. 저 아가씨는 어떤 성장 과정을
거쳤기에 하필 그 많은 직업 중에 레지라는 직업을 갖게 되었을까.
직업에 귀천이 없다고는 하지만 현실이 어디 그런가. 월급이 비교적
많다는 것만으로 위로하며 일하는지도 모른다. 그렇다면 지영이는
어떤가? 나는 왜 한 번도 지영이에게 그러한 궁금증을 풀기 위한 질
문을 던져 본 적이 없는가? 오늘 만나면 한번 물어 볼 필요가 있을
까? 첫 남자는 누구였지? 왜 창녀가 됐지? 어째서 나를 애무하는 기
술이 이만큼 능숙하지? 사랑하는 사람에게만 이렇게 해 줘야 하는
거 아냐? 언제까지 이걸 할 거지? 결혼은 안 할 거니? 질문 몇 가지
외에 내가 그녀에게 해야 할 일은 또 있다. 그녀가 나에게 베풀어주
곤 했듯이 나도 한번 베풀어주어야 하는 것이다. 분문 애무 말이다,
분문. 어쩌면 그녀는 나의 분문 괄약근이 맛이 좋기 때문에 그토록
열심히 혀로 핥아주는 건지도 모른다. 나는 그것도 물어보지 않았다.
그 부끄러운 부위의 맛이 좋으냐고. 지영이는 얼굴만큼이나 그 부끄
러운 부위도 깜찍하도록 예쁘게 생겼다. 과거에 살짝 입술을 대어본
적은 있지만, 아무래도 맛이 좋을 것 같다. 오늘은 꼭 한번 시도해

보고 말리라. 그러기 위해서는 지영이가 아직 그곳을 떠나지 않았어
야 한다.

"뭘 생각해?"

"응? 응. 레지가 예쁘게 생겨서……."

"아까 버스 정류장에서도 뭘 생각하는 것 같던데."

"응, 문제 청소년들에 대해서."

"그래?"

"왜 그렇게 놀라지?"

"그 문제에 관심이 많아?"

"청소년이 잘 돼야 나라가 잘 되는 것 아닌가?"

"옳은 말이야. 그렇다면 말야…… 청소년 문제 소설 한번 써보지
않을래?"

그가 정색하여 진지한 표정으로 물어온다.

"청소년 문제 소설? 그건 또 뭐야?"

"실은 말이야, 내가 기획을 맡고 있는 출판사에서 그런 소설을 시
리즈로 출간하기로 했어. 그래서 요즘 신인작가들한테서 집필계획서
를 받고 있는 중이라구."

"썩 의미있는 일이군."

"어때, 의향이? 조건은 10프로 인세, 초판 5천 부 할 테니까."

"흠……."

"그러지 않아도 그런 문제를 다루는 데는 네 성격이나 문체가 어울
릴 거라고 생각했었는데……."

"내 문체야 뭐 워낙 자유분방하고 버릇이 없어 놔서 오히려 좋지
않을 텐데……."

"일단 집필계획서를 써줘. 여러 작가들이 쓰려고 하기 때문에 간략한 소재를 좀 보자는…… 그저 형식적인 거지."

"음…… 이번 기회에 청소년들을 위해서 좋은 소리 한번 해볼까?"

"아무렴."

"며칠간 여유를 줘. 내가 가부간에 연락 줄 테니. 단, 하기로 하면 충분한 집필 시간의 여유가 있어야 된다구. 그래야 튼튼한 육아(育兒)가 이루어질 테니까."

"충분해. 계약금도 초판분을 다 줄 수 있어."

그는 튼실한 덩치만큼이나 듬직한 구석이 있다. 불쑥, 이런 친구와 일을 해야 튼실한 소설을 만들어낼 수 있고, 또 배가 고프지 않으리라는 생각이 든다.

그와 헤어진 뒤에 나는, 실은 지긋지긋하게 가기 싫은, 그러나 어머니가 나의 속사정을 모르시는 한 가야 할 수밖에 없는 아버지 친구 집으로 가 어머니를 만난다. 어머니에게 내가 모아 온 빨랫감을 넘겨드리고, 그 대신에 그만한 양의 세탁된 옷들을 건네받는다. 이만하면 불효자다. 어찌하여 결혼을 하지 않아 이 모양인가. 다행히 거물 정치가 C의 보좌관에게서 받은 자서전 집필 선금 겸 계약금 150만원 가운데 3분의 1을 편지봉투에 넣어드림으로써 조금이라도 덜 불효자가 된 듯한 느낌이 드는 내가 다음으로 가야 할 곳은, 예정대로 향기 가득한 지영이의 방. 살림살이를 할 수 있는, 평범한 사람들이라면 누구나가 지니고 있는 능력이 지영이에게 있으면 좋으련만. 그리고 그 지영이가 나의 아내가 되어 주어, 한 소설가의 아내로서 온갖 문화예술을 함께 향수(享受)하며 살아갈 수 있으면 좋으련만. 이곳저곳 돌아다니는 취재 여행도, 그녀와 함께라면 한결 숨쉬기가 낫지 않겠는가.

하지만 거기까지야 어쩔 수 없다고 하더라도, 지영이가 떠나버린 건 아닐까 걱정부터 앞선다. 지영이가 아직 그 장소에 머물러 있는 것일까? 아니, 머물러 있어야만 한다. 당연히 그래야 한다. 설령 떠났다고 하더라도, 그녀의 행선지 정도는 알아낼 수 있어야 한다. 그것이 불가능하다면, 나는 이제 구심점을 잃은 채 흔들거리고 말 것이다. 그녀가 곧 구심점은 아닐지라도, 일 년 가까운 세월동안 그녀가 때때로 내 곁에 존재해 주었기 때문에 나는 힘겨운 인생 노정을 굴러올 수 있었다. 내가 기계라면, 그녀는 내게 구심력을 제공해 주는 특수 장치와도 같았다. 그런 그녀가 없다면, 또 그런 그녀를 끝내 찾아낼 수 없다면, 나는 이리저리 기우뚱거리다가 기어코 시궁창 속에 처박혀 버리고 말 것이다.

나는 그녀가 소속돼 있는 업소로 조심스럽게 다가간다. 붉은 조명 속의 창녀들 사이에 지영이의 모습은 보이지 않는다.

"지영이 있지?"

나는 더욱 조심스럽게, 그녀들 가운데 한 사람에게 물어본다.

"어머, 오빠! 어떻게 하면 좋아? 지영이 갔어, 간 지 벌써 1주일 넘었어."

"뭐라구? 그게 무슨 말이야? 그럼 언제 온다는 거지?"

"모르지 뭐. 아마 오지 않을 거야. 왜냐면 아주 집으로 간다고 가버렸거든."

"그럼 그 집이 어딘 줄 아니?"

"모르지 뭐."

"그럼 어느 곳인지 정도도 모른단 말이니?"

"제주도라던가…… 하지만 그건 거짓말 같았어."

"너네 포주나 삼촌도 모르니?"

"응, 물어보나마나야. 그러지 말구, 오빠. 지영이 대신에 나랑 놀다가. 내가 지영이보담 더 잘해 줄 수 있으니까. 지영이가 혹시, 거기까지 애무해 줬던 거 아냐? 그 정도라면 까짓거, 내 실력으로도 충분히 해줄 수 있어."

그 여자의 말에 다른 아이들이 까르르 웃었다.

"아니야, 오빠가 못 잊을 만도 해. 걔만큼 성격 좋고 예쁜 애는 더 보지 못했으니까."

"그래, 맞아. 지영이는 정말 복 받으며 살아가야 할 텐데……."

아무튼 지영이는 없다, 없는 것이다.

"잘들 있어라……."

나는 그녀들에게 힘없이 인사말을 건네주지만, 서울집으로 가 소주를 세 병이나 마시고 나서 다시 찾아온다.

"야, 너 지영이지?"

"오빠. 술 취했어? 내가 왜 지영이야?"

"야! 너네 집 기둥서방인지 삼촌인지 나오라 그래."

"지영인 오지 않을 거야. 잊고 돌아가, 오빠."

짜증을 내는 그녀들 가운데는 이렇게 안쓰러운 눈빛도 보인다.

"뭐야? 누구야?"

바깥이 소란스럽자 포주방에서 누군가가 나온다. 그녀들이 삼촌으로 대접해 주는 사람이다.

"어, 잘 나왔다. 그래, 지영이 어따가 감춰뒀소?"

"감춰두기는? 시골로 갔어요."

"시골이 뭐야? 완월동이요? 자갈마당이요? 아니면 옐로하우스요?"

"집이라니까요, 그냥."

"아니면 목포요?"

"나 참 기가 차서……."

그 삼촌이란 사람도 지영이의 동료들이 알고 있듯이 내가 소설가란 사실을 알고 있을 것이다. 그래서 다른 사람이라면 등을 떠밀려 가거나 밀려서 넘어졌을 것을, 그래도 이만하면 꽤 예우를 받고 있는 셈이다.

"어서 바른 대로 대쇼."

"이것 봐요. 왜 남의 영업집에 와서 방해하고 그래요?"

"집이 어디요?"

"그걸 내가 어째 알아요? 죽었어요. 지영이 걔, 죽었다구!"

"뭐 이 새끼야!"

나의 입에서 욕설이 튀어나오자, 이윽고 그에게 등을 떠밀려 나가는 수모를 겪게 되고야 만다. 그냥 순순히 떠밀려나갔으면 다행인데, 떠밀려나가지 않으려고 애를 쓰다가 그만, 제풀에 지쳐 아스팔트 바닥에 나뒹굴고 만다. 차들이 성급하게 클랙슨을 울려댄다. 일방 차선인 좁은 아스팔트길이 몇 배로 넓어 보이고, 승용차나 소형 트럭의 헤드라이트들이 나를 향해 한꺼번에 달려드는 것만 같다. 지영이는 없다. 분명히 없다.

35 지영이를 잃어버린(그렇다. 이건 순전히 잃어버린 것이다) 뒤로 며칠이 지났다. 정치가 자서전 쓰는 하루 일과를 끝낸 뒤에 나는, 마포대교가 내려다보이는 오피스텔의 창가에 앉아 나구원 시인에게 전화를 건다.

“알았어, 하겠어. 며칠 뒤에 내가 집필계획서를 들고 그쪽 사무실로 방문하는 게 좋겠지?”

“응. 기다리고 있을게. 가급적 빨리.”

통화는 비교적 간단하게 끝난다.

나는 나구원 시인에게 전화하기 전에 생각했던 것을 다시 떠올린다. 동학농민혁명 같은 민중운동사니, 구한말 치욕의 정치사니, 일제 치하의 독립운동사니, 역대 공화국에 얽힌 비사(秘史)니, 6.25 전쟁 문제니, 빨치산 이야기니, 최근 들어서의 광주민주화운동에 관한 조명이니, 꼭 그러한 굵직굵직한 역사적인 소재만이 우리 나라 소설가들이 다루어야 할 중요한 소재는 아니다. 청소년 문제는, 최근 내가 관심을 갖고 있는 온갖 공해 문제와 더불어 매우 시급하고도 절실한 소재가 아닐 수 없다. 지나간 역사를 조명하는 작업도 창작인에게 있어 중요한 과제이긴 하지만, 그보다 나는 인간의 미래와 현 사회의 위험 수위를 소설이란 장르로써 진단하고 경고하는 일도 빼놓아서는 안 되는 과제라고 생각하는 것이다.

깨끗한 오피스텔에서 나와 너저분한 셋방으로 돌아온 나는, 방안에 틀어박힌 채 ‘청소년 문제에 대한 소설적 연구’를 테두리로 한 소설을 구상하는 데 골몰한다. 구상하는 노릇이야 단편이건 장편이건 어느 쪽이나 다 어려운 건 마찬가지지만, 아무래도 이번 것은 장편이기 때문에 이야깃거리가 더 필요하다. 없는 이야기를 작가의 사변(思辨)만 가지고 늘여 쓴다는 것은, 보통 독자들을 본격소설로부터 점점 더 멀어지게 만드는 작가의 유희에 불과하다고 나는 믿고 있다. 사실 방안에 틀어박혀 하루종일 생각하는 것만으로도 대하소설의 스토리가 못 되는 건 아니다. 그러나 특별한 경우라면 혹 모르지만, 이런저런 사회 현상을 소재로 다루어 전작으로 만들어 책으로 꾸민 다음 서점에 내놓아야 할 장편소설을, 저 어려운 〈칠조어론(七祖語論)〉과 같은 형이상 소설로 만들 필요는 굳이 없는 것이다. 그렇다고 형편없이 술술 익히게, 읽고 나면 남는 것이 별로 없게, 이를테면 〈×××〉처럼 써서는 베스트셀러는 될 수 있을지 모르되 말이 아니다. 분명 작가 자신도 후회하게 될 터. 〈칠조어론〉처럼 공들인 소설을 쓰고픈 작가정신적 욕망을 훗날로 미뤄두고, 또 〈×××〉처럼 저질 만화책에 버금가는 소설을 쓰고픈 상업작가적 욕망을 지워버리고, 그 중도적 입장에 서는 게 무엇보다 중요하다.

백지 위에 등장인물들을 포석해 본다. 주인공을 장차 소설가가 되기를 꿈꾸는 평범한 가정의 평범한 여고생으로 정한다. 그녀는 이 1인칭 소설의 스토리를 이끌어가는 내레이터도 겸한다. 그녀의 초등학교 동기동창생이며 고등학교에 진학하여 다시 만나게 된, 그러나 썩 친한 편은 아닌 친구로 희야라는 인물을 만들고, 그러고 보니 주인공의 이름은 안 정했다. 뭘로 할까, 요즘 한창 인기가 좋은 청순미 만점의 탤런트 최진실의 이름을 따 한진실로 하면 어떨까, 희야의 불량 서클 친구이며 진실을 짓궂게 따라다니는 고등학교 정학생 기석도 있어야겠다, 그 친구는 진실을 따라다니는 동안에 10대의 참모습에 눈을 뜨고 개전(改悛)하게 되는 정의파로 만들자, 기석의 변신을 방해하는 서클 친구 박도, 병식, 한구 등도 필요할 것이다, 엑스트라적인 인물들로 대학로를 오가는 많은 청년들이 필요할 테고, 학급과 학교 내의 다른 교우(校友)들도 있어야 할 것이다, 선생님들도 물론 있어야 할 테지, 주요 인물들의 가족들도 있어야 그들의 성장 과정이나 가정환경에 따른 설득력을 표현할 수 있겠다, 미안하지만 요즘 청소년들

중에 그런 아이들이 적지 않은 모양이니까 삼각 관계로 만들자, 삼각 관계라고 해서 무조건 유치하게 생각할 것만은 아니다, 기석은 진실을 짝사랑하는데, 희야는 기석을 짝사랑하며 진실을 시기하고 질투한다, 그런 희야를 박도, 병식, 한구 등은 본드와 부탄가스를 흡입하게 해 환각 상태로 만든 다음 윤간한다, 매일 술에 취해 들어오는 주정뱅이 아버지와 새엄마 사이에서 박대만 받는 문제 소녀 희야는 그 일로 더욱 큰 충격을 받아 가출한다, 갈데없는 희야는 결국 악의 구렁텅이로 떨어져 룸카페에 나가게 되고, 그 사실을 알게 된 진실과 기석은 힘을 합해 희야를 구하려 하나 도저히 힘에 부친다, 그때 그들을 도와주는 인물로는 누가 적당할까, 학교 체육 선생님 아니면 여형사, 추리소설가면 어떨까, 여형사도 괜찮고 추리소설가도 적당할 것이다, 아무래도 여형사가 더 좋겠다…….

그러나 마음에 들지 않는다. 이처럼 드라마틱한 소설은 백 편도 더 만들어낼 것 같은 것이다. 어질머리가 오기 시작한다. 이럴 때는 내게 가장 필요한 것이 술이다.

나는 더 생각하지 않고 곧장 집 앞의 중국집으로 나간다. 며칠 동안 라면을 끓여먹기로 작정하고 과감하게 탕수육을 안주로 시킨다. 술은 고량주다. 탕수육과 고량주는 잘 어울린다. 저녁식사까지 겸할 수 있어 더욱 좋다.

다른 손님이 없기 때문인지 안주는 곧 만들어져 나온다. 고량주도 물론 딸려나온다. 나는 곧 고량주의 독한 맛을 즐겨 가기 시작한다. 탕수육의 육질도 부드러워 안주로는 그만이다. 청소년 문제 소설을 구상하는 요즘이다 보니 문득, 내가 술을 처음 마신 것은 몇 살부터였던가 하는 생각이 든다. 어릴 때 한잔 정도, 제사 때 어른이 마시라고 주시는 퇴주를 마셔보지 않은 건 아니었으나, 확실히 나는 중고등학생 때 술을 내멋대로 사 마시지는 않았던 것 같다. 나는 고등학교를 졸업하고 나서야 비로소 술을 사 마시기 시작했던 게 틀림없다. 그런데 지금은 둘째 가라면 서러워할 못된 폭주가가 되고 말았으니, 뒤늦게 배운 뭐가 뭐 한다고 참으로 한심한 노릇이다. 하기야 뒤늦게 배운 술은 아닐지 몰라도, 고등학교 때 술을 마시던 아이들에 비하면 확실히 늦은 셈이다.

한참 알코올 기운에 젖어들어 눈빛이 흐느적거려 가는데, 중국집 문이 열리면서 안면있는 몇몇 얼굴들이 나타난다. 나와 한 층에 거주하는 세입자들이다. 여자로서 잘생긴 얼굴들도 아니지만 보기싫은 얼굴들도 아니다. 평범한 집안에서 태어나 자라왔으면 지금쯤 고등학교에 잘 다니고 있을 10대 소녀들이다. 지금 그녀들은 룸카페 같은 데 나가기 전에 적당히 배를 채워두려는 것이리라.

나와 눈이 마주쳤는데도 그녀들은 나를 애써 외면하는 눈치다. 나의 정체를 모를 테니 그럴 만도 하다. 단지 옆방 아가씨로 생각하기엔 좀 거리감이 엿보이는 모양이다. 언젠가 그녀들 가운데 누군가가 내 방문을 노크하고 함께 화투 치자고 권했을 때 내 쪽에서 거부한 것이 근본적인 원인일지도 모른다. 그녀들은 내가 자기네들을 무시한다고 생각했을 수도 있었을 것이다.

그녀들은 곧 원탁 테이블을 차지하고 앉아 수다스럽게 짬뽕이며 짜장면을 시킨다. 내 쪽에서 먼저 아는 체를 하고 말을 걸고 싶지만, 혹시 그녀들 편에서 부담스러워 할지도 모른다는 생각이 든다.

"대통령이 이렇게 원탁에 앉아 회의를 한다며?"

"다 전시효과지 뭐."

그녀들이 그렇게 말을 주고받는다. 그 바람에 나는 술잔을 잘못 털어넣어 사래가 들리고 만다. 맹물도 아닌 고량주로 사래가 들렸으니 그 고통은 정말 참기 어려울 정도다.

내가 놀랐던 것은 앞의 말보다도 뒤의 '전시효과'란 말 때문이었다. 그런 비교적 어려운 말을, 저 10대 소녀가 어찌 저렇게 손쉽게 사용할 수 있으랴. 그녀들의 대화로 미루어, '전시효과'란 말을 한 소녀의 이름은 '은이'다. 가명인지 아닌지는 몰라도 '은희'가 아닌 '은이'다. '은이'라면 쉽게 사용하지 않는 이름일 텐데, '전시효과' 정도의 말을 적절하게 사용할 줄 알 정도면 그런 이름을 지어내 가질 수도 있을 것 같다. 그 정도의 특별한 이름이라면, 한 어머니가 귀여운 자기 딸을 애지중지하는 것만큼이나 소중히 생각할 수도 있을 것 같다.

내가 고량주를 한 병 더 시켜 반쯤 비워내는 동안에 그녀들은 다 나가 버렸다. 어쩐지 서운한 느낌이 든다. 오랜만에 저녁 식사를 외식으로 한 모양인데, 이제 곧 저마다의 일터로 그녀들은 떠나갈 것이다. 그런데 문득, 바로 저 아이들의 이야기야말로 '청소년 문제'를 다루는 데 절실하고 적절한 소재일 것 같다는 생각이 드는 것이다. 그러기 위해서는 내 쪽에서라도 먼저 그녀들에게 부딪쳐 가는 도리밖에 다른 묘안이 없을 것 같다. 순간, 나와 우연히 시선이 마주쳤을 때의 '은이'란 소녀의 눈빛이 떠오른다. 은장도(銀粧刀)처럼 차갑고 예리한 느낌을 주는 눈빛이었다.

문득, 지영이가 저 아이들 나이였을 때는 어땠을까 궁금해진다. 하지만 나는 묻지 않을 것이다. 지영이에게서는 이상하게도, 어딘지 모르게 그 속내를 도저히 헤아릴 수 없는 신비함이 담겨져 나온다.

36 며칠 뒤, 청소년 문제 소설의 골격을 좀더 구체화하기 위하여 내가 '은이'란 소녀와 대화하고자 작심했을 때, 그 소녀는 다른 친구들과 함께 이미 어디론가 떠나버린 상태였다. 어디로 갔는지는 알 수 없는 노릇이지만, 주인 아줌마의 얘기인즉, 불량한 남자 친구들의 경제적 괴롭힘으로부터 벗어나기 위하여 가급적 먼 곳으로 이사갔으리라는 것이었다. 혹시 사창가로 간 것은 아닐까? 어쩌면 지영이에게도 그런 10대가 있었는지 모른다. 그런데 아니다 아니다, 지영이는 다르다, 분명히 다른 것이다. 지영이의 내면에 감히 접근하기 어려운 신비스런 과거 세계가 존재할 것만 같은 느낌이 항상 드는 것이다. 언제나 그랬다. 나는 그녀의 과거를 물어보는 것을 스스로 거부했고, 그녀가 창녀촌에 들어오게 된 동기를 알기 위하여 애써 물어본 적도 없었다. 그랬으므로 그녀는 내 곁에 언제나 베일이 벗겨지지 않은 신비스런 존재로 다가왔고, 나는 그 신비스런 존재를 내 가슴에 온통 품을 수 있다는 사실에 늘 몸을 떠는 감격을 느끼곤 했다. 나는 어쩌면 그녀를 '나무꾼과 선녀' 속의 '선녀(仙女)' 같은 존재로 생각하며 꿈을 꾸고 있었는지도 모른다.

나는 혼기가 다 된 사람들에게 '국수 언제 먹게 해줄 거야?' 하고 묻는 일이 거의 없다. 혼기가 찬 것은 바로 내 처지여서 그런 게 아니다. 나는 결혼을 축하해 주는 일 다음으로 국수를 먹기 위해서 가는 게 아니다. 아무래도 국수보다는 소주와 홍어회무침을 그리워하는 것이다. 그래서 이따금 소주가 나오지 않는 결혼식장에 가면 실망하게 된다. 그렇다고 맥주가 있는 것도 아니다. 고작해야 콜라나 사이다 같은 음료수만이 있을 뿐이다. 신랑이나 신부의 부모가 술을 터부시하는 종교인인 경우에 그런 고약한 사태가 발생한다. 그럴 때면 솔직히, 내가

1만원 부조한 것이 아까워질 정도다. 1만원어치 음식을 먹지 못해서가 아니다. 부조할 필요가 없는 잔칫집에 부조를 했다는 생각이 들어서다. 술을 마시길 좋아하는 것이 자랑거리는 못 되지만, 그런 하객들을 위해서 자신들의 종교적 금기를 그날만은 물리칠 수도 있지 않을까?

나는 홍어회무침을 안주로 시킨다.

막걸리를 마시고 홍어회무침을 먹고, 막걸리를 마시고 홍어회무침을 먹고, 막걸리를 마시고 홍어회무침을 먹고…… 그런데 누군가 나를 뚫어지게 바라보고 있다. 어딘지 낯이 익은 여자.

"안녕하세요?"

언제 들어왔는지 혼자 앉아 있는 여자가 고개를 살짝 수그리며 인사한다. 다른 사람에게 인사한 건 아닐까 싶어 주위를 두리번거려 보았지만, 주위에 그 여자의 인사를 받고 있는 사람은 없다. 저마다 자기 잘난 체를 하며 술을 마시고 있을 뿐이다. 자기가 비록 노가다를 하고 있지만 한 달 봉급 백만 원을 받는다, 그러나 이왕 몸으로 때워 일하는 거 돈 더 주는 데로 조만간 옮길 계획이다 등등.

'많이 벌어서 좋겠다, 임마' 하고 시비를 걸고 싶지만 꾹 참는다. 주인 아줌마와의 약속도 약속이지만, 지금의 관심사는 나에게 인사를 한 낯익은 듯한 여자가 아니던가.

"소설 잘 되세요?"

어찌된 일인가? 저 여자가 어찌하여 내가 소설을 쓴다는 사실을 알고 있다는 말인가?

"그날은 많이 취하셨더랬어요."

오늘도 취해 있기는 마찬가지일 것이다. 다만 주인 아줌마와의 약속을 지키기 위해서 정신을 바짝 붙잡고 있을 뿐.

"반가워요. 같은 장소에서 이렇게 또 뵙게 되어……."

그러고 보니 알 것도 같다. 며칠 전에 만취하여 내가 이곳에 들렀을
때 그 여자를 처음 보았던 것이다. 내가 취한 상태에서 내가 구상하
고 있는 소설을 주정처럼 아무에게나 소개했을 것이다. 그때 마침 그
여자가 내 옆자리에 혼자 앉아 있었고, 나는 오래 전에 헤어진 친구
를 만나는 것처럼 그 여자에게 다정하게 접근하여 나의 소설 이야기
를 들려주었을 것이다. 그러자 주인 아줌마가 '소설가 문욱 씨셔' 하
고 거들어 주었을지도 모른다. 그 여자는 마침 소설가 '문욱' 이라는
이름을 어디서 한 번쯤 들어보았거나 아니면 나의 소설 〈이주민〉을
어디서든 한 번쯤 들어보았을 것이다. 그러면 이제 내가 반가워지지
않겠는가. 아니, 한 가지 더. 그 여자는 필시 소설을 좋아하는 여성이
거나 소설처럼 파란만장한 삶을 살아온 여성일 것이다. 그렇다면 지
영이가 없는 지금, 나는 이제 조금 덜 외로워질 수 있을지도 모른다.

"합석해도 될까요?"

여자는 전혀 싫지 않은 눈치를 보인다.

나는 막걸리병은 다 비워진 상태이므로 그대로 두고 막걸리잔으로
쓰는 사발과 홍어회무침이 담겨 있는 접시를 들고 여자 자리로 가 맞
은편에 앉는다. 여자의 자리에는 산낙지와 소주병이 놓여져 있다. 혼
자 마신 것이 분명한데 벌써 반 이상이나 비어져 있다.

"술은 다 드셨군요. 소주 괜찮으시겠어요?"

지영이를 떠올리면 비할 바가 아니지만, 그런 대로 호감이 가는 얼
굴로 여자가 묻는다. 싫을 리가 없다. 나는 슬쩍 주인 아줌마의 눈치
를 본다. 주인 아줌마는 '아무튼 문욱 씨한테는 못 당해' 하는 얼굴로
나를 쳐다보고 있다.

"딱 한잔만 하지요."

"받으세요."

여자는 조금 떨고 있는 두 손으로 소주를 따라주고, 나는 두 손으로 소주를 받는다. 잔이 약간 넘쳐 소주가 나의 손가락을 타고 흐른다. 손가락이 잠시 경련한다.

여자의 손을 보았던가. 시골에서 농사를 짓기라도 하는 것처럼 투박하게 생겼다. 억세게 생겼다. 소주잔을 입에 대면서 슬쩍 쳐다보니 얼굴도 다소 억세게 생긴 구석이 있다.

나는 술에 취하면 이따금 낯모르는 사람의 관상을 봐주는 일이 있다. K출판사 편집부장 시절에 역학자들의 관상학이나 수상학 책을 몇 권 만들어 보았기 때문에 어느 정도의 정리된 상식을 가지고 있기는 하지만, 사실 나의 관상법은 그게 아니다. 어디까지나 인물 창조를 하는 소설가로서의 느낌에 의한 관상인 것이다. 아무튼 그게 제법 맞는 편인데, 이따금 문제가 발생하기도 한다. 느낌이 오는 대로 절제하지 않고 말해 버리기 때문에, 관상이 잘 나오면 소주 한잔 얻어 마시는 경우가 있지만, 관상이 잘 나오지 않으면 욕을 바가지로 먹기 십상이다. 왜 남의 운명에 대해서 왈가왈부하느냐는 것이다. 그도 그럴 것이, '당신은 일제 시대에 태어나 살았으면 필시 친일파가 되어 나라를 팔아먹었을 거요', '순 도적놈같이 생겼군' 하고 되는 대로 지껄이니 욕을 얻어먹어도 할 수 없는 노릇이다. 주먹다짐을 받지 않는 경우가 다행일 것이다.

개버릇 남 못 주는가. 하물며 처음도 아닌 구면의 이성임에랴. 나는 여자의 관상을 보기 시작한다.

"고생이 정말 많군요."

문득 여자는 매춘부라는 생각이 든다. 아마 그전에는 그런 생각을 단정처럼 했던 것 같다. 기둥서방이 있으며, 그 기둥서방에게 꼼짝못하고 묶이어 살아가는 여자. 이 일대에는 여인숙 같은 숙박업소도 있으며, 그런 집에 3류 콜걸로 불려다니는 여자도 적지 않다. 바로 그런 여자가 아닌가.

"잘 보셨어요. 실은 제가 살아온 얘기를 세상에 알리고 싶은 마음 뿐이에요."

서른 가까이 되었을까, 그런데 아까부터 계속해서 단 한 번도 웃음을 보인 일이 없다. 아니, 그 여자를 맨처음 이곳에서 만났을 때도 웃는 것을 보지 못한 듯하다. 무엇이 그 여자로 하여금 웃을 수 없게 만드는 것일까? 하다못해 시니컬한 웃음 한 조각쯤 흘릴 수 있는 법 아닌가.

"제가 살아온 얘기를 소설로 써줄 작가분이 계시다면 더 이상 이승에서는 원이 없겠어요."

왜 이 여자는 자신이 살아온 얘기를 세상에 공개하고 싶어하는 것일까? 보나마나 식상한 이야기일 것이다. 들어보면 대부분이 그렇다. 곧 실망해 버리고 만다. 이렇게저렇게 살아가다 대개는 남자를 잘못 만나 악의 구렁텅이로 빠져든다. 사랑을 잘못 선택한 것이다. 아니면 결혼을 잘못 선택한 것이다. 그런 이야기는 주간지를 보면 얼마든지 많다. 주간지에도 한 여성의 사랑 실패담이나 결혼 실패담을 불과 몇 페이지 분량의 다이제스트로 심심풀이삼아 읽어버릴 수 있도록 한 게 수두룩한데, 비록 실화일지라도 그와 유사한 이야기를 장황하게 소설로 엮어낼 필요는 없는 것이다.

그런데 세상에는 무지(無知)한 독자가 많아서, 그런 기구한 여자의

인생 이야기가 소설로 나오면 너도나도 사보고 눈물을 흘리고 싶어하
는 것이다.

"부디 제 이야기를 소설로 써주시면 안 되시겠어요? 사례는 충분히
해드리겠어요."

돈도 없어 보이는 허름한 옷차림의 여자가 어떤 식으로 사례를 하
겠다는 것인가.

나는 소설을 쓰고 있는 사람이지만, 일부러 남의 이야기를 귀담아
듣는 편은 아니다. 차라리 내가 겪어오고 눈으로 보고 깨달은 것이
소설 소재로서는 더 적합했다. 나는 체질적으로 소설가가 되기 위해
서 살아와진 것이라고 감히 말하고 싶다. 그러니 남의 3류 통속 드라
마 같은 인생유전을 굳이 듣느라 시간을 빼앗길 필요는 없다고 보는
것이다. 하지만 지금 내 앞에 앉아 있는 여자의 표정은 너무도 애절
해 보인다. 만일 자신의 이야기를 들어주지 않는 날이면 그 여자는
소주를 병째로 마셔버릴 것만 같다.

"어디 이야기나 한번 들어 봅시다."

순간 여자의 눈이 놀란다. 감격한 것일까?

"먼젓번에 들려드렸었잖아요. 한번 생각해 보시겠다고 하고서."

여자의 놀란 눈빛은 잇달아 실망한 모양으로 풀어져 버린다.

"그랬나요? 그때는 너무 취해 있던 터라……."

"그때 제목을 '여자의 섬'이라고 붙이고 쓰면 괜찮을 거라고 말씀
하셨었잖아요."

'여자의 섬'. 순간 안개처럼 자욱하게 깔려오는 그 여자가 살아온 이
야기. 그때 나는 만취한 채 그 여자의 이야기를 단편 정도로 꾸며보았
으면 좋겠다고 생각하고서 이제까지 그 기억을 상실하고 있었던 것이

다. 만취한 다음날은, 전날 술을 마시면서 무슨 말을 했던지 무슨 생각을 했던지, 심지어는 막바지에 누구를 만났던지를 기억하지 못할 때가 태반이었다. 어떤 날은 주머니 속에서 모르는 사람의 명함이 나오기까지 했다. 인사불성인 채 다른 술꾼과 어울렸을 것이다.

"그래요. 기억나요. 애인이 죽었다고……."

"……."

"씁시다. 쓰기로 합시다."

여자의 눈이 다시 놀라며 얼굴이 활짝 펴진다.

"믿어지지 않아요. 꿈만 같아요."

여자는 숫제 감격하고 있다.

"하지만 장편으로는 곤란할 것 같아요. 단편 정도라면 혹 모를까……."

그랬다. 그런 이야기를 장편으로 쓰려고 대들다 보면 통속물로 떨어져 버릴 우려가 많았다.

"단편은 얼마나 되는 건데요?"

"그 얘기라면 백 장은 좀 넘겨 써야 할 거요."

"그래도 책으로 나올 수 있는 건가요?"

그것이 책으로 나오면 가보로 남겨두기라도 할 것인가?

"책은 당장에 어렵고 나중에 단편집을 묶을 기회가 있으면 다른 소설들과 함께 실을 수는 있어요. 우선은 어디 문예지든 싣는 방향으로 해야죠."

"그럼……."

"하지만 그 소설이 실린 잡지가 나오면 부쳐드리도록 할게요. 그리고…… 소재 제공료도 좀 건네야 할 텐데……."

"그런 건 필요없어요. 제가 오히려 대접을 해드려야죠. 그 소설이 나오면 제가 술을 한번 대접해 드리고 싶어요."

"아무튼 잡지를 부칠 주소를 좀 주신다면……."

여자는 내가 건네준 파랑색 플러스펜과 수첩을 서툴게 사용하여 주소를 적어준다.

'서울시…… 김복술 씨 댁내 이영숙'

"소설 속의 이름은 가명으로 하지요."

여자는 말없이 고개만 끄덕끄덕한다.

"그만 일어나야겠군."

그 이야기를 하는 동안 술이 많이 깬 기분이어서 일어서려고 하는데, 여자가 말한다.

"참, 손금도 볼 줄 아세요?"

맨처음 만났을 때 나는 그 여자의 관상을 공교롭게도 족집게처럼 짚어냈던 것 같다. 여자는 나를 신봉하고 있는 눈치다.

"물론이죠."

대답하고 다시 주저앉자, 여자가 오른손을 내민다.

"먼저 왼손을 주세요. 오른손은 후천운을 보는 거니까. 차암, 왼손잡이 아니죠?"

"예."

여자가 다소곳이 말하며 다시 왼손을 내민다. 오른손이나 마찬가지로 여전히 투박하고 거친 손이다. 흡사 장갑 낀 손을 만진 듯한 기분이다. 어머니가 나병 환자였다고 했지. 그 여자가 나병 환자인 것도 아닌데 괜히 기분이 이상해진다.

나의 두 눈으로 그 여자의 왼손을 한참 들여다보고 있는데, 그때 느닷없이 등뒤에서 위협적인 목소리가 들려온다.

"뭐요, 선생은?"

'선생'이라고는 했지만 결코 존대하는 말투가 아니다. 돌아보니 거친 말투만큼이나 거친 생김새를 지녔다. 이 작자가 바로 이 여자의 못된 기둥서방이로구나.

"아무것도 아니올시다."

나는 빈정거리듯이 말하고 서둘러 자리에서 일어나 포장 밖으로 나온다. 괜히 오해를 살 필요가 없다. 나야 상관없겠지만, 그 여자만 더 괴롭힘을 당하게 될 것이다. 하기야 내가 술이 좀 깬 상태가 아니라면 사정은 달라졌을 것이다. 이런 못된 자식, 마침 잘 만났다, 하고 사내와 맞붙었을 것이다. 그리고 힘이 달리는 쪽이 상처를 입게 되었을 것이다. 어느 쪽이 당하든 나로서는 매우 다행한 일이었다. 그런 건달들 가운데는 일부러 맞아주고 위자료를 요구하는 치들도 있는 것이다.

여자가 포장 저쪽에서 말한다.

"작가 선생님, 제 이름은 영숙이에요, 영숙."

"뭐야, 저 새끼는?"

이어 사내가 호통치는 소리가 들린다.

나는 갑자기 빠른 속도로 외로워지기 시작한다. 가엾어지기 시작한다. 곧 무슨 대책을 강구해내지 못하면 가슴이 무너져내릴 것만 같다. 지나는 길에 지영이의 영업 장소를 슬쩍 들여다보지만 여전히 지영이는 보이지 않는다. 하기야 그 사이에 지영이가 돌아왔을 리 만무하다. 그런데도 나는 불쌍하게 일말의 희망을 가져보는 것이다.

37 다른 여자. 문득 다른 여자를 사야겠다는 생각이 든다. 어쩌면 지영이보다 나의 가슴을 따뜻하게 해줄 여자가 있을지도 모른다는 생각이 든다.

하지만 그런 여자가 눈에 띄기는커녕 다른 여자들도 나를 붙잡을 생각조차 하지 않는다. 여자들은 내가 그네들 앞을 사냥개처럼 스쳐지나가기만 해도 오히려 더 독한 사냥개가 되어 내 몸에서 나는 술냄새를 맡아낼 것이다.

포기하고 택시를 잡으려는데, 바로 뒤에서 한 여자가 부른다.

"오빠, 쉬었다 가요."

'놀다 가요'나 '쉬었다 가요'나 그게 그거지만, 그래도 그 말이 지금의 내 컨디션에는 어울리는 것 같다. 돌아보니 얼굴이 동그랗고 깜찍하게 생긴 여자가 생글생글 웃고 서 있다. 문득 저 여자 정도면, 하는 생각이 든다.

"나, 취했는데 괜찮을까?"

여자의 반응을 더 볼 필요가 있다. 만일 심성이 못된 아이면 곤란한 것이다. 잘못하면 나의 가슴이 발기발기 찢어져버릴 우려가 있는 것이다.

"괜찮아, 오빠. 하나도 안 취했는걸 뭐."

여전히 생글생글 웃으며 말한다. 스무 살이나 먹었을까?

내가 유리문 안으로 들어가자, 여자가 커튼을 젖혀준다. 그 커튼 안쪽으로 여자들의 방이 줄지어 있는 것이다. 들어서자, 여자가 따라온다. 그러곤 바로 나를 앞질러 세 번째 방문을 연다.

"들어가요."

들어간다. 지영이의 방에 비하면 3분의 1 정도 될 것이다. 여자는 이 집의 신참인 모양이다. 냉장고도 없고 텔레비전도 없고 오디오 시스템도 없으며, 심지어 침대 저편에 의당 있어야 할 대형 거울도 없다. 단지 있는 것이라곤 침대와 옷장, 그리고 옷걸이뿐이다. 방은 깔끔하고 깜찍하게 생긴 여자의 생김새대로 깨끗하게 치워져 있다.

"계산해 줘요."

방안에 들어와 내 옆에 서니, 가슴에나 미칠 정도의 작은 키다.

"얼마지?"

으레 2만 5천원일 걸 알면서도 쓸데없이 물어본다.

"3만원예요."

"왜 더 비싸지?"

"여긴 길가잖아요."

"길가면 손님 입장에선 더 불리하잖아. 아는 사람한테 들킬 염려가 있으니까."

"우린 위험수당을 받는 거예요. 우리야말로 아는 사람한테 들키면 곤란하니까."

"그건 그렇겠군."

"옷 벗고 기다리세요."

나는 빠른 속도로 옷을 벗어치운다. 술을 마셨을 때는 웬일인지 옷이 더욱 빨리 벗어진다. 여자가 곧 따뜻한 물을 작은 플라스틱 대야에 받아가지고 들어온다. 빨간 원피스 치마 밑으로 길지 않게 뻗어 있는 다리가 앙증맞다.

"이름이 뭐지?"

여자가 나의 치부를 세척해 줄 때 나는 뻣뻣이 선 채로 고개를 숙여 여자 머리에서 풍겨나오는 향기를 맡으며 묻는다.

"향미."

예쁘다. 물론 가명일 테지만, 정말 '향미' 같이 생겼다. '향미' 그러면 어딘지 작은 느낌이다. 키가 큰 여자가 그런 이름을 갖고 있다면 어울리지 않을 것이다.

"이름도 얼굴처럼 예쁘구나."

향미는 생글생글 웃으며 나의 치부에 있는 물기를 마른수건으로 골고루 닦아준다.

"그런데 이런 길가에 나와서 호객을 하다 보면 정말 아는 사람도 만날 수 있을 텐데, 그래도 괜찮아? 그런 일 없었니?"

"있었어요."

향미가 빨간 원피스 치마를 벗는다. 쥐색 브래지어와 쥐색 삼각팬티를 입었다. 정말 귀여운 몸이다. 가슴 안에 쏙 들어올 만큼 작고 예쁘장한 몸이다.

"그런데 괜찮았어?"

"워낙 화장을 짙게 했으니까 긴가 민가 하다 그냥 가버렸어요, 바로 어제."

화장이 짙긴 짙다. 그러나 본래 얼굴은 더 나을 것 같다.

"집이 서울인가 보지?"

"예."

향미는 이윽고 브래지어와 팬티마저 벗어버린다. 그런데 순서는 팬티가 먼저고 브래지어가 나중이다. 이곳에 있는 여자들은 브래지어보다 팬티를 먼저 벗는 경우가 많다. 하지만 지영이는 언제나 브래지어 쪽이 먼저였다.

"귀엽구나."

지영이에게 결코 뒤지지 않을 예쁜 가슴을 가졌다. 엉덩이도 그렇다. 아니 어쩌면, 전체적으로도 지영이에게 그다지 뒤질 몸매가 아니다. 생김새도 개성이 있는 미모다.

"이리 오세요."

향미는 바로 자기가 먼저 침대에 누우며 말한다.

이런 경우는 이 일대에서 드문 법이다.

"왜? 전주곡 없어?"

"할 줄 몰라요."

"정말?"

"안 해봤어요."

"언제 왔는데?"

"어제."

"그전엔 어디 있었니, 그럼?"

"카페."

"외박도 안 나갔었어?"

"아니."

"그런데?"

"그런 건 안 해봤어요."

정말인 것 같다.

"그럼 어떡하니? 오래 걸리는데?"

"한번 해볼게요."

내가 침대 위에 드러눕자 향미는 얼굴을 들어 나의 치부 쪽으로 접근해 온다. 정말 안 해 본 솜씨임에 틀림없다. 자신의 입을 어쩔 줄 모르는 것이다. 문득 향미에게 그런 행위를 시킨 내가 악독하게 느껴지고 상대적으로 향미가 가엾어 보인다.

"그만둬. 텍스 있어?"

콘돔을 말하는 것이다.

"그냥 해요. 전 그럼 아파서 못해요."

그러고 보니 향미는 조금 떨고 있는 것 같다.

"초보 운전을 나온 셈이구나. 하지만 초보 운전자가 영업을 하면 손님이 타지 않는 법이지."

나는 가련하게 떨고 있는 향미의 얼굴을 쳐다보며 몸 위로 올라가지만, 향미의 치부는 자신의 얼굴보다 더욱 부끄러워하며 떨고 있다. 문득 순결을 잃은 지 얼마 안 되었거나 아니면 처녀일지도 모른다는 생각이 든다. 물론 처녀가 바로 이런 데 나왔을 리는 없다고 생각되지만.

"그만두자."

"그럼 어떡해요?"

향미가 미안한 표정을 지으며 묻는다.

"손으로 할게. 대신에 입으로 가슴을 애무해 줘. 나는 가슴이 가장 외로운 사람이거든."

그리하여 향미의 깜찍하게 생긴 얼굴이 곧 나의 가슴에 달라붙는다. 얼마 후 나는 쓰레기통에 휴지를 던져넣고 일어선다. 괜찮은 여자다. 괜찮은 여자지만 너무 수동적이다. 요즘 여성은 너무 수동적이어서도 현모양처가 되기 곤란하다.

"잘있어."

아무래도 지영이가 나타나지 않는 당분간(어쩌면 영원히 나타나지 않을지도 모른다)은 향미가 나의 쓸쓸한 가슴을 위로해 주어야 할 것 같다. 어쩌면 지영이가 나타나고서도 향미와의 그런 단순한 관계는 좀더 지속될지 모르겠다. 향미는 나름대로 독특한 매력을 지니고 있지 않은가. 그러나 그것은 단지 스스로를 위안하려는, 지독히 사치스런 생각일 뿐이었다.

향미에게서 벗어난 나는, 꼭 그렇게 해야만 정상적인 것처럼 밤새도록 이 거리 저 거리를 헤매다닌다. 그런 틈틈이 술도 꽤 마신다. 술을 마시는 것이 오래고, 헤매다니는 것이 틈틈이인지도 모른다. 어느 술집에서는 다른 술손님과 시비가 붙기도 한다. 지영이 영업집 삼촌(30대의 삼촌은 어디 가고 없고 20대의 젊은 삼촌으로 바뀌었다)과 말싸움을 벌이기도 한다. 욕을 퍼부어대다가 그의 손에 등을 떠밀려 넘어지기도 한다. 그래도 좋다, 밤은 곧 지나가 줄 것이다. 내가 술에 취해 있으면 밤도 역시 술에 취해 있는 것이며, 술 취하지 않은 밤은 길지만 술 취한 밤은 짧은 것이다.

누가 판정을 해주지 않더라도 나의 생각은 옳았다. 어느덧 아침노을이 어둠 대신에 나타나 붉더니, 그것마저 사라지고 세상이 환해진다. 막내가 있는 집과 등을 맞대고 있는 집 쪽을 지나는데 또 한 여자가 부른다.

"놀다 가, 자기."

키가 제법 큰 글래머 스타일의 여성. 나는 웬일인지 너무 쉽게 빨려들어간다. 여자의 이름은 미진. 미진의 방은 2층. 미진은 지영이와 비교하면 분문만 빼놓고 모든 신체를 애무해 줄 줄 안다. 뜨거운 입을 가졌다. 나는 미진의 서글서글한 얼굴에 정이 간다. 키스도 한다. 어디선가 지영이가 울고 있는 소리가 들린다.

38 오늘은 Y그룹 사보 편집자를 만나기로 한 날이다. 나는 몹시 들떠 있다. 나는 그 동안 마치 여자에 굶주려 있는 플레이보이처럼 잔뜩 웅크리고 지내왔다. 그러나 이제 원고료를 받을 수 있게 되었으니 자학적인 정사나마 치를 수 있게 된 것이다. 우선 지영이가 왔는지 확인해 보러 갈 것이고, 역시 오지 않았다는 것을 확인한 다음 술을 마시러 서울집 등에 갈 것이고, 취한 나를 받아주는 향미를 만나러 갈 것이다. 그 다음 다시 쏘다니며 밤새 술을 마실 것이고, 해가 오르면 미진이를 만나러 갈 것이다. 그렇게 하는 것이 지영이를 다시 만날 수 있는 길이 아니라는 것을 잘 알면서도 나는 그 짓을 강행할 것이다. 나의 자학 증세는 어느 정도 위기까지 몰려 있는지 나도 모른다.

다행히 마감일자에 맞추어 단편소설 원고는 완성되었고, 이제 나는 사보 편집자를 만나 그것을 현금 50여만원과 맞바꿀 것이다. 원고 매수가 조금 늘어나긴 했지만 상관은 없을 것이다. 경험으로 미루어 보면, 삽화의 크기를 줄이고 늘임으로써 지면을 원고 매수에 맞게 조절할 수 있기 때문이다.

나는 원고를 타이핑하기를 주로 하지만, 한때 고시원에 있을 때는 그것이 불가능했었다. 따다다닥 하고 들리는 전자타자기의 소음은, 다른 사람들의 정신 노동을 방해한다. 그래서 하는 수 없이 2백자 원고지를 사용하곤 했었다. 하지만 이제는 사정이 다르다. 아무리 보증금 없는 15만원짜리 사글셋방이지만, 그래도 원고를 타이핑하는 일만큼은 비교적 자유스러운 것이다.

나는 소설 원고의 상단 모서리를 호치키스로 찍어 철하고서, 한 장 두 장 넘기며 읽어나간다.

소설의 마무리가 그런 대로 잘되었다고 스스로 진단한다. 물론 영숙이란 여자의 불행이 소설의 결말 이후부터 본격적으로 시작된다. 영숙이란 여자의 남편이 되는 영민(가명)이 죽고, 그 뒤에 그 여자가 지금의 못된 기둥서방을 맞게 되기까지의 이야기야말로 눈물겹다. 그러나 나는 희망을 주는 부분까지 이야기를 맺기로 했다. 그것은 그 여자에게 있어서 옛 남편과의 아름다운 추억으로 영원히 남을 것이다.

나는 사글셋방에서 나와 일단 그것을 한 부 복사한 다음, 그 복사한 것을 영숙이란 여자에게 부쳐주려고 하다가 나중에 사보가 나오면 부쳐주기로 하고 시내버스를 탄다. 어느덧 Y그룹 사보 편집자를 만날 시간이 다 된 것이다.

만나기로 한 장소는 대학로에 있는 N카페. 들어서니 혼자 차분하게 앉아 있던 연분홍 투피스 차림의 한 여자가 나를 알아보고 일어서며 인사를 한다. 다소 어두운 자리다. 나는 그리로 걸어가 그 여자의 맞은편에 앉는다.

"말씀 많이 들었어요, 김학풍 선생님한테서."

"허, 뭐."

내가 단편소설을 발표할 수 있도록 이 여자를 소개시켜 준 사람이 바로 김학풍인 것이다. 여자의 목소리는 몸가짐만큼이나 차분하다. 격조가 있다.

"신문 광고도 많이 나오던데…… 아직 〈이주민〉을 못 봐서 죄송해요."

"'신간안내' 란이 있으면 출판사에서 부쳐드리도록 하죠."

"감사합니다."

그러고 보니 이야기가 너무 앞서가는 느낌이다. 아니, 그게 올바른
순서인지도 모른다.

"차암, 이거……."

여자가 먹빛 핸드백 속에서 먹빛 지갑을 꺼내더니, 거기서 다시 명
함 한 장을 꺼내어 내민다. 그러고 보니 백색 바탕의 명함에 인쇄된
글씨도 먹빛이다.

"명함이 예쁘군요."

"회사에서 일괄적으로 나오는 명함이 있기는 한데, 디자인이 마음
에 안 들어서 따로 만들었어요."

문득 명함이 지영이를 닮았다는 느낌이 든다. 명함이 살아움직이는
것만 같다.

"원고 여기 있습니다."

나는 받은 명함 대신에 건네줄 것도 없고 해서 원고뭉치가 든 서류
봉투를 내민다.

"감사합니다."

고개를 살짝 수그리면서 그렇게 말하는데, 참 예의가 바르다.

"여기 있습니다, 원고료."

여자는 다시 핸드백을 뒤져 작은 봉투를 내민다. 돈이 들어 있는 봉
투다. 그런 것을 건네받을 때 나는 언제나 무안해진다. 못 받을 걸 받는
것 같다. 심지어는 무슨 촌지나 뇌물이라도 건네받는 것 같은 느낌이
들 때가 있다. 정당한 정신 노동과 육체 노동이 합쳐진 대가인데도 그
렇다. 역시 예술 작품은 화폐 가치로 가려질 수 없는 것이기 때문에 그
럴까? 아무튼 돈은 좋은 것이다. 자본주의 사회에서 돈 따위는 필요없
노라고 배짱을 부리다 보면 아사(餓死)하기 십상이다.

“차암, 뭐 드시겠어요?”

확실히 순서가 바뀌었다. 웨이터가 그제서야 나타난 것이다.

“커피요.”

“커피 둘 주세요.”

커피를 여러 잔 마시면 얼마쯤 시간이 흐른 뒤에 헛구역질 증세를 늘상 일으키면서도 나는 왠지 커피를 고집하고 싶어진다.

잠시 침묵. 커피가 도착하고 여자가 다시 입을 연다.

“차암, 문 선생님…… 혹시 성민숙 씨 아세요?”

“아, 민숙이요? 네, 알다마다요. 한 교실 안에서 문학 공부를 한 처진데 모를 리가 있겠습니까.”

“실은 저랑 고등학교 동기동창이에요.”

“네에?”

“함께 공장에 다니면서 부설 야간여고를 마쳤죠. 그리고 그애는 시인 아니면 소설가가 되겠다고 S예술대에 가고, 저는 나름대로 뜻이 있어 Y대 간호학과엘 갔죠. 그런데 인생은 정말 알 수 없는 일이에요. 간호사 생활을 그만두고 제가 사보 편집을 하게 될 줄이야.”

“편집 기술은 어디서?”

나 역시 사보는 아니지만 출판사에서 편집자 생활을 오래 해본 경력이 있기 때문에 그쪽은 늘 관심을 갖고 있는 분야였다.

“편집학원엘 다녔어요. 민숙이가 많이 가르쳐 줬죠, 뭐.”

“대단하군요, 뒤늦게 직종을 바꾸는 용기가.”

“지금 생각하면 간호사나 사보 편집자나 그게 그거인 것 같아요. 사보 편집자도 사원들의 정신 건강을 위해 애쓰기는 마찬가지니까요.”

"딴은 그렇군요."

이처럼 귀공주 같은 스타일의 여성이 과거에 여공이었다면 누가 믿을 것인가. 그런데도 그걸 스스로 밝히는 용기는 어떻게 보아야 할까? 민숙이는 여공 출신의 시인이라서가 아니라, 아무래도 귀공주 스타일은 아니었다. 이 여자와 다르게 어딘지 소박한 구석이 있어 보였다. 지금도 노동문학을 몸으로 뛰어들어 하고 있기 때문인지도 모른다.

문득 내가 수원의 S전기에 다닐 때 만났던 여공들의 얼굴이 슬라이드 화면처럼 찰칵찰칵 지나간다.

나는 여자가 준 명함을 살짝 들여다본다. 나현지. 정말 예쁜 이름이다. 지영이만큼이나 예쁜 이름이다. 얼굴이 더 잘났다고는 볼 수 없어도 정숙함이 배어 있다. 이지적이다. 이 여자가 간호사 하던 시절에 이 여자로부터 주사를 맞은 남자들은 기분이 괜찮았으리라.

"참, 주민등록번호랑 주소 좀 적어주세요."

나는 여자가 내민 메모지에 주민등록번호와 주소를 적어준다. 나는 남에게 글씨를 써줄 때는 조금도 무안하지가 않다. 그런 대로 달필이기 때문이다. 그런데 영수증을 적어줄 때만큼은 다르다. 여자는 내 마음을 간파하기라도 한 것처럼 이번엔 영수증을 내민다.

"사인 좀 해주세요."

나는 영수증에 사인을 하며 또다시 아까 원고료를 건네받을 때와 같은 심정이 된다. 그런데 나는 원고료 봉투를 어느 주머니에 넣어두었던가. 기억이 나지 않는다. 식은땀이 흐른다. 혹시 바닥에 떨어뜨린 것은 아닐까. 그렇다고 바닥을 훑어볼 수도 없는 노릇이다. 나는 그제서야 담배를 물고 있지 않다는 것을 깨닫는다. 초대면의 여성 앞에서 담배를 물고 있지 않으면 어쩐지 어색하고 무엇인가를 잃어버린 듯한 기분에 종종 사로잡히곤 하는 것이다.

담배를 시키려 하는데 그때 여자가 말한다.

"저어, 선생님."

물론 나이가 두 살 위이기는 하지만, 그렇더라도 자기 친구의 대학 동기인 나에게 '선생님'이라는 호칭을 붙이기가 어색할 텐데도 그 여자는 스스럼없다.

"다음 필자분과 약속이 있어서 그만 일어나야겠어요."

"아, 그러세요? 다음에 맥주 한잔 살 기회를 주십시오. 성민숙 씨와 김학풍 씨와 함께라면 더 재미있겠군요."

"네. 전화 드릴게요. 큰 소설 쓰시느라 바쁘실 텐데 이렇게 시간 뺏어드려 죄송해요. 좋은 작품 많이 쓰세요. 건강하시구요. 그리고 이번 작품, 너무너무 고마워요."

갑자기 여자가 말을 빨리, 그리고 많이 하니까 그 여자의 이름이 '나현지'가 아니라 '나발지'쯤으로 바뀐 느낌이다. 그러나 여자는 그것을 만회라도 하려는 듯 매우 정숙하고 반듯한 걸음새로 걸어나간다. 내가 찻값을 내려고 원고료 봉투를 찾는 동안 여자가 먼저 내 버린다.

"안녕히 가세요."

여자, 아니, 나현지는 고개까지 숙여 깍듯이 인사하고는 혜화동 지하철역 입구로 내려가 사라져 버린다.

나는 마치 그렇게 하기로 이미 결정해 두었다는 듯 택시를 잡아 타고 청량리로 향한다. 지영이가 없다면 나는, 과거와는 다른 역순으로 정사를 벌일 것이다. 지금은 대낮. 글래머 스타일의 미진을 먼저 만나고서, 술을 마시다가 저녁때가 되면 깜찍한 몸을 가진 향미를 만나러 갈 것이다.

지영이는 역시 오지 않았다. 미진은 마침 호객을 하기 위하여 유리 진열장 안에 나와 있다. 나를 보자 몹시 반가워한다. 미진은 담배를 좋아하기 때문에 입에서 담배 냄새가 난다. 키스를 할 때도 그렇다. 미진이 즐겨 피우는 담배는 민양과 마찬가지로 입생로랑이다. 지영이의 탁상용 담배 케이스 안에는 늘 마일드세븐이 가득 차 있다. 그것이 중요한 것은 아니다. 향미는 전혀 담배를 피우지 않는데, 미진은 누구보다 골초다.

나는 이제 미진의 입에서 풍겨나오는 담배 냄새를 맡게 될 것이다. 아니, 그것은 단순한 담배 냄새가 아닐지도 모른다. 미진의 입냄새, 혹은 세미오케미컬과 섞인 독특한 냄새일 것이다. 나는 미진의 입에서 나는 그 냄새가 싫지 않다는 것을 깨달아 버린 것이다.

하지만 내 깊은 가슴속은 언제나, 어떤 다른 여자도 아닌 지영이, 바로 지영이의 뽀얀 입김과 그 향내를 갈구하고 있는 것이다.

39 "으아아아악!"

나는 비명을 지르며 깨어난다. 오피스텔의 소파에 누워 잠시 눈을 붙였던 것 같은데, 아주 잠깐 시간 동안에 그만 가위눌리고 말았던 것이다. 소복을 입은 여자가, 그러나 얼굴의 정체를 전혀 짐작할 수 없는 여자가 내 몸을 덮쳐 몸을 눌러댄 것이었다. 밀어내고 벗어나려 했지만 웬일인지 조금도 힘을 쓸 수가 없었다. 벽시계를 보니 책상에서 몸을 뗀 지 겨우 10분밖에 지나지 않았다. 몸이 얼마나 허약해졌단 말

인가. 기(氣)가 의식과 신체에서 완전히 달아나버린 느낌이었다. 오피
스텔에 나와서는 어느 거물급 정치가의 자서전을 쓰고, 사글셋방으로
돌아가서는 〈이주민〉을 쓰고, 이런 나에게 한약을 달여주는 여자는
그만두고라도 따끈한 커피 한잔 타주는 여자라도 있으면 좋겠건만,
그것은 정말이지 꿈만 같은 얘기였다. 지영이 말고는 다른 어떤 미인
을 보아도 아무런 욕정(欲情)이 생겨나지 않았으며, 나는 정말 어리석
게도, 사랑의 눈길과 목소리로 나를 꽁꽁 묶어 구속하고 있는 지영이
를 위하여 바로 지금 정신적, 신체적 무리를 하고 있는 것이다. 그러
나 앞으로 나의 구원을 받아주어야 할 지영이는 없다. 분명히 없는 것
이다. 단지, 집으로 돌아갔다는 소식만을 588 일대의 다른 창녀에게서
들을 수 있을 뿐.

오후 다섯 시가 조금 넘은 시각이다. 나는 책상머리로 옮겨 가 앉았
다가, 더 타이핑을 할 생각을 하지 못하고 의자에서 일어선다. 가슴
까지 타는 갈증을 해소시켜 줄 시원한 맥주 한잔이 필요한 것이다.

마포에는 카페가 참 많다. 대기업에서 중소기업, 혹은 개인 기획실
등속이 빽빽이 들어차 있는 마포의 고층 빌딩들 지하에는 온통 카페
들이다. 카페의 여주인들은 대부분 20대 중반 이후의 여성들이며, 손
님 테이블에 합석하여 술을 마셔줄 예쁜 여자 후배들 몇몇을 데리고
장사한다. 나는 이들 카페들 가운데 단골을 따로 정해 놓지 않았다.
내가 단골손님이 되어야 할 만큼 나를 감동시켜 줄 여주인이 아직 나
타나지 않았기 때문이다. 아마도 지영이와의 비교적인 느낌 때문일
것이다. 이따금 저녁식사 시간에 찾아가면 시켜놓은 밥을 반쯤 덜어
함께 먹자고 권할 만큼 인정많은 룸카페 여주인도 있었고, 내가 오늘
들어가기로 작정한 카페처럼 칸막이는 없지만 그 대신에 안주를 시키

지 않아도 고소한 팝콘을 떨어지지 않게끔 충분히 내어주는 멋쟁이 여주인도 있었다. 그 카페의 여주인은 이목구비가 뚜렷하고 늘씬하기가 슈퍼모델감인데, 실은 패션모델을 겸업하고 있었다.

"작가 선생님 오셨어요?"

오늘도 역시 미니스커트 하체인 그녀의 큰 눈에는 환한 미소가 담겨 있다.

"맥주 두 병 줄래요?"

나는 테이블로 가지 않고 스탠드 앞에 앉으며 말한다.

"외로워 보여요."

그녀가 맥주를 한잔 따라주며 말한다. 그녀는 이어서 자연스럽게, 스탠드에 올려놓은 한쪽 팔로는 턱을 괴고 나머지 한쪽 팔로는 나의 어깨를 감싸주며 나의 고독에 지쳐 있는 모습을 감상하듯이 바라보는데, 역시 베테랑 모델답다. 그러나 그녀는 계속해서 스탠드에 머물러 주지는 못한다. 그녀를 찾는 테이블 손님이 시간이 갈수록 자꾸 늘어나기 때문이다. 나는 지영이를 대신해 주어야 할 그녀가 계속해서 머물러 주지 못하는 상황에서, 맥주를 연거푸 시켜 마실수록, 그리고 양주를 잔으로 더해 마실수록 끝을 예측할 길이 없는 고독의 심연(深淵) 속으로 빠져들어간다. 나는 마침내, 그녀 또는 그녀의 여자 후배들을 데리고 끊임없이 히히덕거리고 있는 손님 새끼들을 보기가 싫어서 자리에서 일어선다. 어디로 갈까? 저만한 미인이 여주인으로 있을 가능성이 거의 없는 포장마차에는 저만큼 웃음이 헤픈 손님 새끼들이 없을 테지.

시간이 어떻게 흘러갔는지 모른다. 소주의 투명한 빛깔만이 찬란하게 기억에 남아 있을 뿐이다. 나는 그 찬란한 소주의 빛깔을 나의 가슴 위로 쏟아부었던 것 같다. 마포에는 지하 카페가 많은 만큼 길거리

포장마차도 많다. 나는 소주의 그 투명하고 찬란한 빛깔에 이끌려, 나 외에는 아무도 알아듣지 못할 주사(酒邪)를 해대다가 쫓겨나면 옆의 포장마차로 이동했던 것 같다. 그때의 투명하고 찬란한 소주는 분명히 지영이만큼 투명하고 찬란한 몸매를 가지고 있었으며, 죽을 때까지 마셔도 고통을 느끼지 못하게 만들 만큼 신비스러운 살냄새를 가졌던 것 같다. 그랬다. 간밤의 소주는 지영이였다.

깨어나 보니 바깥이다. 찬 아침 공기가 몸을 온통 감돌고 있다. 이게 웬일인가. 내가 술을 마시고 밤새 돌아다니기는 할 망정 이렇게 아무데나 쓰러져 잠든 적은 없지 않았던가. 지갑도 없어졌고 손목시계도 없어졌다.

나는 어제 오피스텔에서 일찍 빠져나가 오후 다섯 시밖에 안 된 초저녁부터 또 술을 마셨다. 몇 군데 술집을 돌며 얼마나 마셨는지 모른다. 지영이를 대신하여 향미와 미진이를 만나는 것도 이제는 싫증나 버렸다. 그래서 굳이 청량리까지 가지 않고 마포를 돌며 술을 마셨던 거다. 대형 빌딩 지하의 카페에서 맥주도 마셨고 양주도 마셨다. 포장마차에서 소주도 마셨다. 그러고 길바닥에 아무렇게나 쓰러져 버렸던 모양이었다. 아니면 누군가에게 발을 걸려 넘어졌던 건지도 모른다.

인도에 멍청하게 앉아 있자니, 저쪽 건물 지하에서 한쌍의 남녀가 걸어나온다. 남자는 정체를 알 수 없는 훤칠한 키의 미남자인데, 여자는 알 것 같다. 아니, 분명히 아는 여자다. 스물 일곱 먹은 카페의 여주인이다. 패션모델을 겸업하고 있는 여자. 그러고 보니, 나는 어제 저 여자의 카페에서 1차로 맥주를, 더불어 잔으로 양주를 마시지 않았던가. 그랬다. 나는 그런 여자들에게서 지영이의 느낌을 찾으려고 애를 쓰고 있었다.

"어머! 어제 안 들어가셨어요?"

그녀가 나를 알아보고 다가온다.

"어머! 이걸 어째요, 팔뒤꿈치가 다 까졌잖아요! 잠깐만 기다리세요, 제가 약 가져올게."

'까졌잖아요' 대신에 '벗겨졌잖아요'라는 말을 쓰면 더 좋지 않을까 하는 분수에 넘치는 생각을 해본다. 내 생각이야 어떻든, 그녀는 의문의 미남자를 기다리게 내버려두고 승용차 안에서 연고를 꺼내어 들고 온다.

"제가 발라 드릴게요."

그녀는 연고를 짜내 검지손가락에 덜어낸 다음 나의 팔뒤꿈치 상처에 살살 발라준다. 문득 느껴지는 모성애. 그녀는 맥주를 따라줄 때도 발랄하고 상냥하게, 또는 스탠드에 앉아 있는 나에게 엉덩이를 기댄 채 전화를 받기도 한다. 내가 서비스 안주인 팝콘을 좋아하니까, 따로 안주를 시켜달라고 권유한 일도 없다.

다 발라주고 나서 그녀는 윙크를 한 번 하더니 승용차와 남자가 서 있는 쪽으로 엉덩이를 멋지게 흔들며 걸어간다. 역시 베테랑 패션모델다운 분위기다. 훌륭한 워킹이 되고 있는 것이다.

나는 그대로 앉은 채 생각에 잠긴다. 생각보다 궁리라는 단어가 어울릴 것 같다.

혼자 살아가는 사람으로서 견디기 어려운 것 가운데 하나로 외로움을 빼놓을 수가 없을 것이다. 외로움은 하루에 한 번쯤은 찾아오는 배변 현상과 같은 상습적 생리 현상과 다를 바 없다. 다른 것 같으면 이력이 나서 그럭저럭 견디어낼 수 있을지 모르지만, 그 외로움이라고 하는 귀신은 배변을 참을 수 없는 것처럼 도저히 그냥 넘어가기가 어렵다. 그래서 고작 한다는 게 알코올의 힘을 빌리는 일이다. 그럴 때마다 알코올은 정열적인 애인으로 변신하여, 비어 있는 나의 가슴을 활활 불태워 준다.

그러나 그것은 배변을 하는 일과는 달리, 어디까지나 무책임하고 형편없는 대책일 뿐이다. 일견 외로움을 달래버린 것처럼 보일지는 모르지만, 그 이튿날의 결과는 너무도 참혹하다. 머릿속이 온통 헝클어져 있어 도무지 아무 생각도 할 수가 없으며, 약사에게 어떤 식으로 아프다고 표현도 하기 어려울 정도의 통증이 복통과 함께 찬란한 악(惡)의 꽃을 피우는 것이다.

거기다 예산에도 없는 술값 지출로 인하여 사글세가 걱정되고, 며칠 뒤에 탈고하여 출판사로 넘겨주기로 한 원고 집필이 걱정된다. 더욱이 알코올이 얼마나 인체에 해로운 건지 누구나 아는 바와 같이, 이제 머지 않아 내게는 생명의 위협까지 도래하게 될지 모른다.

형체도 없이 스며드는 외로움이라고 하는 귀신.

나에게 그런 식의 외로움을 달래는 가장 좋은 방법이 있다면, 그것은 뭐니뭐니해도 결혼일 것이다. 결혼식을 올리고 하는 절차가 복잡해서 싫으니까 마음에 맞는 여자와 동거를 하는 일일 것이다.

그런 아들의 외로움을 나름대로 이해하고 있는 것 같은 어머니한테서는 이따금씩 전화가 걸려온다.

"조만간 집엘 좀 다녀가거라. 좋은 규수가 나타났구나."

나는 '나타났구나' 라고 하는 어머니의 절박한 표현에 감동을 받는 게 사실이지만, 한 번도 거기에 응한 적은 없다.

"키가 좀 작은 모양이고 대학을 나오지는 못했지만, 밥도 잘하고 빨래도 잘하고, 얼굴도 참 참하게 곱다는구나."

고모나 이모의 말을 빌려 그렇게 덧붙이기도 하고, 또 심지어는 사진까지 준비해 두었으니까 와서 보라는 때도 있었지만, 나는 여전히 "됐습니다"였다. 아무리 좋은 여자가 나타났다고 하더라도, 바라보고만 있어도 마음이 편안해지고 거기다 나를 먹여 살려주기까지 할 여자가 나타났다고 하더라도, 어딘지 맞선을 본다고 하는 일은 부자연스러운 것이다.

"성적인 매력이 몸 구석구석에 흐르더군. 더욱이 목소리까지도 말이야. 어때? 원한다면 소개시켜 주지."

이처럼 다가오는 친구들의 정성에도 어느 정도 감동을 받는 게 사실이지만, 역시 응한 적은 한 번도 없었다. 물론 맞선의 성격을 벗어난 일이기도 하고 요즘 젊은이들 사이에서 흔히 이루어지는 일이기는 하지만, 아무래도 나의 직업이 '소설가'라는 사실이 마음에 걸렸다. 나는 여전히, '소설가는 한 세계를 창조하는 창조자요, 인생을 통찰할 수 있는 전지자(全知者)'라는 자존심을 버리지 못하고 있었다. 하물며 결혼을 주된 목적으로 하는 맞선과 미팅에 일반인들처럼 나설 수 있겠는가 말이다.

그렇다고 길을 걷다 보니 나와 입술이 맞붙어 있다고 하는 천생 연분이 생겨나는 것도 아니었다.

하지만 나는 바라고 있었다. 외로움. 알코올. 폭주. 만취. 길바닥에 죽어가는 미친개처럼 버려짐. 방. 온기(溫氣). 사방연속무늬. 기다란 머리카락 한 올 두 올. 향기. 개나리꽃. 진달래꽃. 안식과도 같은 여자의 체온.

"하마터면 어젯밤에 큰일날 뻔하셨어요. 기온이 영하로 떨어졌는데……"

이쯤에서 창조자 및 전지자의 극적인 사랑이 전개될 수 있을 것이다.

나는 그런 현실성없는 생각에 사로잡힐 때마다 지영이를 떠올리곤 한다. 그러나 지영이는 없다. 분명히 없다. 588에서 그녀를 아는 사람들 사이에서는 다만, "집으로 갔어요", 혹은 "시집갔어요"라는 소문만이 떠돌 뿐이다.

그녀는 없어진 것뿐만이 아니다. 나의 머릿속에는 '지영이'라는 이름만이 남아 있을 뿐, 이제는 얼굴의 윤곽마저 사라져 버렸다.

40 나는 벌써 여러 시간째 지영이의 얼굴을 떠올리지 못한 채 괴로워하며 생맥주를 마시고 있다. 아버지 친구 집에 다녀오는 길이었다. 민희의 처녀를 잃게 한, 그럼으로써 민희의 내면 세계를 방황하게 만든 민희의 의붓아버지(아버지 친구)를 만나러 갔던 건 절대로 아니다. 어머니가 세탁하여 들고 온 입을 것들을 가져가기 위해서였다.

그 다음에 들른 곳이 588이었다. 지영이란 존재가 한때 머물렀던 약국 옆의 그 업소엔, 붉은 조명만 가득히 살아 있을 뿐 지영이는 물론 없었다. 마침 나는 술을 마시지 않은 상태였기 때문에 그 업소의 삼촌이란 존재와도 싸우지 않았다. 하지만 한 번은 더 물어보았다.

"지영이는 영영 오지 않는답니까?"

"아유, 또 오셨네. 글쎄, 아주 가버렸다니까요."

"그럼 어디로 갔는지 알 수 있을 거 아닙니까?"

"글쎄 그애 집이 어디에 있는지 내가 어떻게 알아요. 아무튼 시골이에요, 시골."

"혹시 어떤 못된 놈들이 데려간 거 아니요?"

"거 참 정말 귀찮게 구는 양반이네. 죽었어요, 죽었어. 병에 걸려 죽어 버렸다구."

문득, 민영이라는 여자가 생각났다. 향미와 미진이를 지영이 대신해서 만나고 난 뒤에 술에 취해서 돌아다닐 적에 이름을 물어보았던 여자였다. 갑자기 그 여자를 만나고 싶다는 생각이 들었던 건 무슨 까닭일까? 향미와 미진이보다는 오히려 민영이 쪽이 지영이에 가깝다고 생각했던 것일까?

"민영이라고 있나요?"

시골티가 나는 여자가 미닫이문을 잡고 서 있다가 말을 받았다.

"예. 잠깐만요. 방에 들어가 계세요."

"이 방이요?"

"예."

민영이의 동료일 것으로 보이는 여자는 미닫이 출입구 밖으로 나가 저쪽을 향해 소리쳤다.

"민영아, 손님 왔어!"

잠시 후 민영이의 목소리가 들려왔다.

"누가 민영일 다 찾아? 어머, 오빠 왔네. 오빠, 오늘은 술 안 취했네."

자기 방안에 들어가 앉아 있는 나를 보고 그녀가 감격해했다.

"뭐야 이게. 방을 이렇게 어질러 놓고, 숙녀가. 침대 위에 있는 재떨이에도 담배꽁초가 가득하잖아."

늘 깨끗한 지영이의 방에 비하면 반쪽도 되지 못할 공간인데다 침대도 1인용에 불과한데도 여성의 향기라곤 전혀 느껴지지가 않았다. 다만 민영이가 처음 보았을 때만큼이나 귀엽다는 생각이 들 뿐이었다. 그녀는 꽁초가 수북한 재떨이를 얼른 한켠으로 치우고 말했다.

"미안해요, 오빠. 인제 일어났는걸."

"그럼 세수도 안 했겠다."

"아냐, 다 했어. 목욕탕까지 갔다 왔단 말야. 머리만 하면 돼. 지금 미장원에서 머리 하다 말고 오빠 왔대서 달려오는 길인걸."

"어쩐지 귀신 같더라."

나는 웃으면서 핀잔을 주었다.

"정말? 정말 귀신 같아?"

그녀는 거울을 들여다보고 나서 물었다.

"할머니 보는 것 같았어? 응, 오빠?"

"그래, 할머니 같았다. 아니야, 아니야, 귀신 같았어."

"그렇게 보기싫어?"

"아냐. 나는 귀신을 좋아하니까."

"참, 오빠두."

"여자 귀신을 좋아하는 남자 귀신."

"호호호. 참, 오빠. 내."

"뭘?"

"돈."

"암, 드려야지."

나는 화대를 지불하고 나서 옷을 벗었고, 입금을 시키고서 다시 들어온 그녀는 나의 치부를 세척해 주고 나서 자신의 입술로 나의 젖꼭지를 꽤 오래 애무해 주었다. 치부를 애무하고 난 뒤에 정사에 들어갔을 때는, 간절히 나의 입을 요구했고 그녀는 나의 입을 받아 꽤 오래도록 깊은 키스를 퍼부었다. 정사를 끝낸 뒤에 내가 물었다.

"민영이는 남자친구한테 처음 순결을 빼앗겼니?"

이건 지영이한텐 단 한 번도 물어보지 않았던 질문이었다.

"그런 건 나한테 아무 일도 아니야, 오빠."

"그럼?"

"새아버지가 있어."

"새아버지한테 당했어?"

"많이. 그래서 그 새아버지랑 싸우고 집을 나온 거야."

"집이 어디니?"

"수원."

수원이라면 공교롭게도 내가 그녀만한 나이에 직장을 다니던 경기도의 도청소재지가 아닌가.

"학교는 졸업했니?"

"응, Y여상."

문득 이름과 얼굴 생김새를 모두 잊어버린 나의 첫사랑의 여자가 떠올랐다. 그녀도 아마 Y여상을 나왔었지?

"왜 취직을 안 하고?"

"취직이 공부 웬만큼 해서 쉬운가, 뭐? 공순이 하는 것보담 차라리 이게 낫지 뭐."

"그런데 민영이는 어릴 적에 엄마랑 헤어져 살았지?"

그녀가 유난히 나의 젖꼭지 애무에 집착했던 걸 떠올리며 물었다.

"아니, 그건 아니구. 동생이 바로 태어나서 엄마 품에서 금방 떨어졌어."

"엄마 품? 엄마 젖 말이지?"

“응. 젖도 별로 못 먹었어.”

“어쩐지 그래. 엄마 정을 덜 받았던 것 같았어.”

“어떻게 알아?”

“얼굴에 쓰여 있어. 소설가는 그런 관상을 잘 보는 법이야.”

“오빠, 소설가야?”

“응.”

“이름이 뭔데? 무슨 책 썼는데, 응?”

“민영이가 소문낼 것 같아서 안 가르쳐 줘.”

“소문 안 낼게.”

“그래도 안 돼. 다음에 믿을 만하면 가르쳐 주지.”

“흥. 차라리 모르는 게 나아. 알아봐야 마음만 상하지. 내 남자도 아니니까. 그런데 이 가방은 웬거야? 굉장히 무거워 보이는데.”

“응? 그거? 빨래 가방이다.”

“그 안에 빨랫감이 가득 들은 거야?”

“아냐, 이건. 세탁한 것들만 들어 있어.”

“누가 빨아준 건데?”

“어머니.”

그녀는 심각한 듯 큰 눈을 더욱 크게 뜨고 나를 쳐다보더니 말했다.

“빨래, 내가 해줄게, 오빠.”

이건 무슨 뜻이었을까? 나와 함께 살고 싶다는 뜻이었을까?

“민영이 빨래도 안 할 거면서. 파출부 아줌마가 해주지? 그렇지?”

“응.”

그녀는 고개를 끄덕끄덕거리며 믿지 않게 웃었다.

"그런데, 오빠. 나, 오빠가 보고 싶음 어떡하지?"

"글쎄…… 내가 오면 되지."

"정말? 그럼 매일 와."

"내가 무슨 갑부니?"

"아니, 그런 뜻이 아니라, 그냥 매일 지나다니라구. 얼굴만이라도 보게."

"녀석…… 그런데, 민영아. 너 혹시, 저 아래 큰집에서 영업하던 지영이라고 아니?"

"아, 지영이 언니. 그 언니 그만뒀잖아."

"그만뒀다는 건 무슨 뜻일까?"

"집에 갔다는 거지, 뭐. 돈 좀 모아서."

"그런가? 정말 그런 건가?"

민영이와의 만남은 그런 정도였다.

지금 나의 옆자리에는 아무 술친구도 앉아 있지 않다. 다만 옷이 가득 든 커다란 여행용 가방만이 육중하게 놓여 있을 뿐이다. 생맥주집이 있는 곳은 지하철 1호선 동대문역. 골목으로 들어가면 소규모 인쇄소가 가득하다. 거기서는 매일 엄청난 양의 전단과 엄청난 양의 명함이 쏟아져 나온다. 길가를 따라서는 도장집이 즐비하다. 거기서는 매일같이 많은 양의 도장이 조각되어 나온다.

내가 302번 시내버스를 타고 가다가 이곳에서 내린 이유는 무엇인가? 명함을 만들기 위해서도 아니요, 도장을 새기기 위해서도 아니었다. 전단을 만들기 위해서는 더더욱 아니었다. 누군가를 발견했기 때문이었다. 그랬다. 그것은 발견이었다. 차창 밖으로 보인 한 여인. 나는 저 여자를 알고 있다고 생각했다. 그래서 내렸더니 동대문이었다.

내가 알고 있는 것 같은 그 여자는 어딘가를 열심히 두리번거리며 찾고 있었다. 그녀가 올려다보는 곳에는, 이름도 들어보지 못한 작곡가의 이름이 걸린 음악 사무실 간판이 층층이 걸려 있었다. 나이가 서른쯤 되었을까, 나는 그 여자의 커트 머리와 얼굴을 잘 알고 있는 것 같았다. 민희의 분위기를 닮은 신양이 아닌가? 그러나 확신이 서지 않았다. 그래서 그 여자에게 말을 걸기를 망설이고 있을 때 그녀가 갑자기 나를 돌아다보았다. 그런데 조금도 아는 척을 하지 않았다. 비슷한 얼굴일까? 내가 육군 병장이던 시절에 처음으로 나에게 미녀가 남자의 분문을 혀로 애무해 줄 수 있다는 사실을 가르쳐 주었던 여자, 바로 그 신양이 아닌가? 단지 비슷한 얼굴일 뿐일까?

그랬다. 나는 더 이상 확인하기를 멈추고서 지하도를 밟고 건너편으로 가 한 생맥주집에 들었던 것이다. 생맥주를 마시는 동안에도 신양을 연상시키는 그 여자의 얼굴은 계속해서 나를 사로잡았고, 어제도 그랬고 1주일 전에도 그랬듯이 지영이의 얼굴은 윤곽조차 잡히지가 않았다.

생맥주 5백cc를 석 잔째 들이켜고 나자 불쑥 소변이 마렵다. 생맥주를 마시고서 소변을 보는 일이란 언제나 상쾌한 일이다. 전립선염에 걸린 사람이나 전립선 비대증을 앓고 있는 사람도 생맥주를 마시고 나서는 마찬가지로 소변을 시원하게 볼 수 있을까? 모른다. 당연히 모른다. 내가 비뇨기과 전문의가 아닌데다 그런 전문가에게 물어본 적도 없으므로.

"아주머니. 여기, 화장실 어디로 갑니까?"

생맥주집 주인 아줌마에게 묻는다.

"담벼락 뒤로 돌아가야 돼요."

"열쇠 없어도 되죠?"

"예. 시방 문 열려 있어요."

나는 소변이 조금 급해져서 빠른 걸음으로 이동한다. 단칸 화장실이다. 그런데 누군가가 들어 있다. 남자인 것 같은데, 끄응끄응 하고 신음하는 걸로 봐서 대변인 모양이다. 나는 얼마나 기다려야 할지 예측할 수가 없어서 지하철역으로 내려가리라 생각한다. 마침 이곳은 개찰구 바깥 쪽으로 공중 화장실이 마련되어 있는 것이다. 나는 그 사실을 잘 알고 있다.

화장실은 텅 비어 있다. 나는 구석에 있는 소변기를 택해 바지 지퍼를 내린다. 왼손 검지와 엄지로 그것을 꺼내어 쥐고 소변을 보기 시작한다. 시원하다. 무척 시원하다. 나는 이럴 때 통쾌함마저 느낀다. 그러면서 신양의 얼굴을 지우고 지영이의 얼굴을 떠올리려고 애쓴다. 그러나 그것은 소변 보기의 통쾌함과 정반대로 매우 답답하다. 그때다.

"저 새긴 오줌이 좆나게 시원하네?"

누군가가 들어서더니 불만스러운 투로 중얼거린다. 화장실엔 나 혼자밖에 없으니 나를 두고 말하는 것일 게다. 나는 신경쓰지 않는다. 단지 나의 머릿속에서 지워져 버린 지영이의 얼굴을 떠올리려고 애쓰고 있을 뿐이다.

"씹새끼!"

그 소리가 들린 바로 그 순간, 나는 '허억!' 하고 엎어진다. 칼이 느껴진다. 화장실 바닥에는 소변이 홍건하다. 그 홍건한 소변에 붉은 핏물이 섞여 입안으로 스며든다. 아, 바로 그 섞여진 소변과 핏물에 번져나오는 얼굴…… 지영이다!

에필로그 2인용 병실이지만, 나는 지금 혼자 누워 있다. 맞은편 침대의 다른 환자가 물리치료를 받으러 내려갔기 때문이다. 교통사고 때문에 끊어진 무릎 인대를 꿰맸다고 했던가.

텔레비전에서 비가 온다는 소식을 알린다. 나는 텔레비전 수상기에서 눈을 떼고 창 쪽으로 얼굴을 돌린다. 나는 화들짝 놀란다. 저것이 무엇인가? 무엇이 창문 틀에 몸을 잔뜩 웅크리고 앉아 있는가? 추위에 떨고 있는 한 마리 비둘기다.

병원 내부는 언제나 냄새가 없다. 소독약 냄새가 늘 깔려 있는 건 물론이지만, 그러기에 냄새가 없다. 소독약 냄새 외에는 아무런 냄새도 나지 않기 때문이다. 병원에 입원해 있던 환자여, 잠시 바깥에 나가보라. 병원 문 밖으로만 나가면 온갖 냄새가 코끝으로 달려드는 것을 느낄 수 있으리라. 저 비둘기는 병원 내부의 냄새 없음이 좋았던 것일까, 아니면 단지 자신을 떨게 만드는, 비 내리는 바깥 추위가 싫었던 것일까?

어제 오후에 성민숙이 다녀갔다. 성민숙은 요 몇 달 사이에 국내의 내로라 하는 문학상을 두 개인가 연거푸 타는 등, 보기드문 내면 세계를 지닌 역량있는 시인으로 평가받고 있었다. 그녀가 최근에 출판된 시집을 한 권 선물해 주고 갔는데, 70여편의 시 가운데 가장 기억에 남는 것이 이 한 편이었다.

'내가 사랑한 남자는 창녀를 사랑하는지

아직도 창녀를 사랑하는지

내 곁을 떠난 기숙사 동기 정이는 창녀를 사랑하는지

아직도 창녀가 되어 있는지

내가 사랑한 남자가 사랑해 주지 않은 아무개 시인은

아직도 이름을 팔고 있는지

벌거벗은 글자들을 팔고 있는지

그 이름이 창녀인지

벌거벗은 글자들이 창녀인지'

그리고 정말 놀랄 만한 어느 여자가 부친 등기우편물이 방금 배달되었다. 내용물은 저자의 서명이 담긴 소설책 한 권과 아주 짤막한 글이 담긴 편지 한 장이었다. 소설책의 제목은 〈익명의 자궁〉이었고, 그 편지의 내용은 이러했다.

'문욱 선생님. 제가 보내드린 소설이 마음에 안 드셨던 모양이지요. 그래서 출판사로 전화를 해보았더니, 원고를 분실하셨다고 하더군요. 그래서 고민하다가 자비 출판을 하게 되었어요. 저는 선생님과 헤어지고 난 뒤로 꽤 오래 방황하다가 술집에 발을 들여놓게 되었어요. 지금은 돈을 좀 모아서 작은 카페를 하나 차렸지만, 돈보다 잃은 것이 너무 많아요. 언제 내려오시면 꼭 한번 들르세요. 좋은 술을 대접해 드리겠어요. 수원에서 최인혜.'

수원에서 첫사랑이란 존귀한 이름으로 만났던, 그러나 이름도 얼굴도 떠오르지 않는 여자. 성민숙이 쓴 자전적인 내용의 시구(詩句)들과 최인혜가 보내준 편지 사이를 오가며 감상에 빠져 있는 지금, 누군가가 그 감상을 무심(無心)으로 멈추게 만들며 병실문을 두드리고 있다.

"들어오세요."

잠시 후 문이 열리고, 심호흡을 하듯이 아주 경건하게 들어선 사람은, 여자다. 한동안 멀어졌지만, 바라보면 바라볼수록, 아주 낯익은 여자다. 순간, 나는 지금 이 순간이 꿈인지도 모른다고 생각한다. 지영이, 다.

나는 수술한 부위의 통증을 느끼며 잠시 기우뚱거린다. 어떻게 지냈느냐고 물을 필요도 없다. 그녀만 있으면 되는 것이다. 오직 그녀만 내 곁에 있어주면 그만인 것이다. 이리 와요, 지영. 나는 눈빛으로 그녀를 부른다. 보고 싶었어요. 아저씨가 사고를 당했다는 소식을 신문을 보고 알았어요. 그녀는 눈빛으로 대답하며 다가온다. 채 1년이 되지 않았는데, 웬일인지 그녀의 눈가에 주름이 피어 있다. 더 가까이 와요, 지영. 나는 계속해서 눈빛으로 부른다. 입맞춤해 드리겠어요. 끝을 알 수 없는 저 내면 세계로까지 끝없이 입을 맞춰요, 우리. 그녀는 눈빛으로 대답하며 나의 눈빛 바로 앞으로 다가와 앉는다.

그때 누군가가 병실문을 두드리는 소리가 들려온다. 문을 잠갔소? 예, 잠갔어요. 아주 꼬옥 잠갔어요. 나와 그녀의 눈빛이 언어가 되어 오간다. 우리는 곧 안심하고 합쳐진다.

"문욱 선생님, 문욱 선생님! 왜 병실문을 잠그셨어요?"

간호사의 목소리와 병실문 두드리는 소리가 비 내리는 소리와 어울려 보기드문 화음(和音)을 만들어낸다. 비둘기가 놀랐는지 푸드득푸드득거린다.

그러나 우리는, 입맞춤을 풀지 않는다. 그렇다. 얼마 후에 병실문이 간호사가 가져온 열쇠에 의해 열려지게 되더라도, 우리는 절대로 깊은 입맞춤을 풀지 않으리라. 까닭은 오직 하나, 사랑하고 있으니까. ✱

포르노는 없다

초판인쇄 · 1998년 1월 21일
1쇄 발행 · 1998년 1월 30일

지은이 · 김선영
펴낸이 · 최정헌
펴낸곳 · 좋은날
주소 · 서울시 서대문구 충정로 3가 8-5호 동아 아트 1층
전화번호 · 392-2588~9
팩시밀리 · 313-0104

등록일자 · 1995년 12월 9일
등록번호 · 제 13-444호

값 7,500원
ISBN 89-86894-21-1   03810
*잘못된 책은 바꿔 드립니다.
*저자와의 협의에 의해 인지를 생략합니다.